Las almas perdidas

José Manuel Castro

Las almas perdidas

Primera edición: septiembre de 2017

© Grupo Editorial Max Estrella
© José Manuel Castro
© Las almas perdidas

ISBN: 978-84-947419-6-8
ISBN Digital: 978-84-947419-7-5
Depósito legal: M-24112-2017

Grupo Editorial Max Estrella
Calle Fernández de la Hoz, 76
28003 Madrid

Editorial Calíope
editorial@editorialcaliope.com
www.editorialcaliope.com

A mi esposa por su inestimable colaboración a la hora de corregir los textos y, la paciencia mostrada, por las horas de espera durante la creación de Las Almas Perdidas.

A mi amigo Emilio Hermo, por sus valiosas y constructivas opiniones.

A Rafael Piñeiro, por el entusiasmo mostrado sobre la obra, una vez leído el manuscrito.

1. La espera

Ese día, 26 de octubre de 1946, era un día feliz para Jesús y María; se disponían a bautizar a su segundo hijo, tenían una niña y la llegada de Manuel —ese sería el nombre de pila—, vino a llenar la casa de felicidad, su hermana que contaba con cuatro años lo había recibido como un regalo, estaba feliz con su nuevo hermano y, sus orgullosos padres también, ya que había sido un niño muy deseado, En esos momentos los felices padres se encontraban en su casa a la espera de que llegaran los padrinos para acudir a la iglesia y bautizar al nuevo miembro de la familia en la fe de Cristo. Sabes Jesús, estoy muy feliz, hoy nuestro niño va a recibir los sacramentos del bautismo y se convertirá en un hijo de la iglesia de Cristo y, además, en contra de lo que nos habíamos temido, su hermana lo recibió con los brazos abiertos, está encantada con él, el miedo que teníamos a que lo rechazara era infundado.

—Yo también estoy feliz por todo lo que nos está pasando, deseábamos tener un niño y ha llegado y, como tú dices, su hermana Blanca lo recibió muy bien, la verdad es que debemos estar contentos y disfrutar de este día que se presenta maravilloso para nosotros.

—Así es, Jesús —respondió María con ternura a la vez que besaba a su esposo.

Ambos se encontraban en su habitación y la niña estaba en la suya jugando con una muñeca que su abuela materna le había regalado el día anterior, María ya había preparado el niño y esperaba impaciente la llegada de los padrinos.

—¡Oye Jesús! ¿No crees que se estén retrasando Manuel y Teresa?

—Bueno, hemos quedado a las nueve —respondió Jesús con una sonrisa—, y son ahora mismo, tampoco es tanto retraso, ten en cuenta que vienen andando desde la aldea de Pirillueiro y hasta nuestra casa hay por lo menos dos kilómetros.

—Tienes razón, pero es que estoy impaciente por llegar a la iglesia, no me gustaría llegar tarde.

—No te preocupes por eso, ayer cuando Manuel y yo estuvimos hablando con el cura nos dijo que cuando llegáramos le avisáramos en la casa parroquial, ya que el bautizo de nuestro hijo es el único sacramento que tenía hoy por la mañana, tan solo tenía que ir al entierro del señor Francisco, pero que sería a las cinco de la tarde, que por cierto, alguno de nosotros debería ir, ya que es una familia muy conocida.

—Ya lo había pensado —indicó María—, pero, como coincidió con el bautismo de nuestro hijo, me daba algo de reparo acudir al entierro el mismo día en que nuestro hijo recibe los sacramentos del bautismo, no sé, lo veo como algo extraño.

—¡Vamos, María! —exclamó Jesús riéndose—, no digas tonterías, nada tiene que ver el entierro del señor Francisco, con el bautizo de nuestro hijo.

—Lo sé, Jesús, pero que quieres que te diga, a mí me da algo de reparo.

—Bueno, no te preocupes, iré yo al entierro y, si me preguntan por ti, les diré que estás con nuestros hijos, que no tenías con quien dejarles.

—De acuerdo, voy a la ventana a ver si vienen Manuel y Teresa. —María se acercó a la ventana, y por el camino que venía del Pirillueiro los vio venir por lo que exclamó:

»¡Ya vienen, Jesús!, coge el niño de la cuna, ya les aviso que bajamos —María llamó la atención de Teresa y Manuel para decirles que ya bajaban, mientras Jesús cogió el niño en la cuna, María fue a la habitación de su hija y la llamó.

—Vamos Blanca, los padrinos de Manuel ya están aquí y hasta la iglesia tenemos casi tres cuartos de hora.

—¿Y también vienen los abuelos, mamá? —preguntó la niña.

—No, hija, los abuelos ya quedaron de vernos en la puerta de la iglesia, ellos viven más cerca que nosotros y no hacía falta que vinieran a casa, vamos, date prisa.

—¿Puedo llevar la muñeca? —preguntó la niña.

—Claro, hija —asintió María—, de esa forma también tu muñeca se convertirá en cristiana como lo va hacer tu hermanito Manuel.

—Vale —respondió la niña dándole la mano a su madre.

A continuación bajaron las escaleras acompañadas de su padre que llevaba el niño en brazos, al llegar a la calle los padrinos del niño ya estaban cerca y al llegar a su altura Manuel y Teresa les saludaron.

—¡Hola, buenos días! ¿Cómo está nuestro ahijado?

—Buenos días —respondieron Jesús y María—, el niño está muy bien —dijo a continuación María con una sonrisa—, ahora mismo está durmiendo, esperemos que lo siga haciendo hasta llegar a la iglesia.

—Seguro que sí —respondió Teresa—, el niño es muy bueniño. Y tú, Blanca, ¿estás contenta con tu hermanito? —preguntó a continuación a la niña.

—Sí, mucho y, también llevo a Rebeca a la iglesia para que se haga cristiana como mi hermanito —dijo Blanca mostrándole la muñeca a Teresa.

—Ah, muy bien, es una muñeca muy bonita —dijo Teresa sonriendo.

—Sí, lo es —respondió la niña llena de orgullo—, me la regaló mi abuela Consuelo.

Durante unos minutos estuvieron hablando entre ellos hasta que María dijo:

—Bueno, debemos irnos, hasta la iglesia tenemos una buena tirada.

—Sí, tienes razón —respondió Teresa—. Vamos, déjame que lleve yo al niño.

—De acuerdo —asintió María—, te lo dejo porque tú estás más fuerte que yo.

—Vale —respondió Teresa con una sonrisa—. Y tú, Manuel —le dijo a su marido—, lleva a Blanca a caballo ya que le gusta mucho.

Manuel subió la niña a su cuello y comenzaron a caminar hacia la iglesia a donde tardarían en llegar unos tres cuartos de hora, la iglesia de Santa Cristina de Barro se encontraba a unos cinco kilómetros de distancia y, con los niños, les llevaría algo más, debido a que su paso sería más lento.

2. El error

Mientras en la casa parroquial el cura párroco hablaba con el sacristán acerca del bautizo que iban a realizar.

—Dime José, ¿ya tienes preparado todo para el bautismo del nuevo cristiano? —Inquirió el párroco.

—Sí, don Félix, lo tengo todo listo en la sacristía —aseguró el sacristán.

—Muy bien, entonces cógelo y lo dejas al lado de la pila del bautismo para cuando lleguen con el niño tenerlo todo dispuesto, tan pronto lleguen, si yo no estoy en la iglesia me llamas.

—De acuerdo, don Félix, voy a prepararlo todo —dijo el sacristán a la vez que se dirigía a la sacristía, ya que ambos se encontraban en la casa parroquial que formaba parte de la iglesia, ésta estaba ubicada en uno de los laterales.

Cuando el sacristán llegó a la sacristía, cogió la botella de óleo para colocarlo en la pequeña caja de madera donde guardaban los óleos para el bautismo y la extremaunción, cuando José se dispuso a coger el paquete de algodón para introducir un trozo en la caja, se dio cuenta de que este se había acabado.

—¡Mierda! —exclamó. «¿Y ahora qué coño hago?, le dije a don Félix que lo tenía todo preparado y no es así, ¿de dónde coño saco ahora yo un algodón? » pensó José mientras metía la pequeña botella de óleo en la caja.

Al hacerlo, para su sorpresa vio que dentro de la misma había un trozo de algodón.

—¡Vaya! —exclamó al verlo—, estoy salvado, este trozo es suficiente.

A continuación lo cogió con la mano y al hacerlo se dio cuenta de que estaba impregnado en óleo.

—¡Mierda!, es el algodón que empleó ayer don Félix en la extremaunción del vecino del Pirillueiro que falleció y se entierra hoy por la tarde, bueno, es igual, don Félix no se enterará, a él le da lo mismo, total, es el mismo óleo, qué más da.

El sacristán vertió un poco más de óleo en el algodón y lo volvió a guardar en la caja, se dirigió a la pila del bautismo y depositó la pequeña caja en un estante que había justo al lado de la pila, lo dejó y, continuó con los preparativos para el sacramento que tendría lugar dentro de poco tiempo.

3. El bautizo

Cuando María y su familia acompañados de los padrinos llegaron a la iglesia, en la puerta se encontraban los padres de María. —El padre de su marido hacía años que había fallecido y, la madre tan solo dos años.

—¡Hola papá!, ¡hola mamá!, ¿hace mucho que habéis llegado? —preguntó María

—¡Hola, hijos!, no mucho, ¿cómo esta nuestro nietecito?

—Bien, de momento sigue durmiendo —dijo María a la vez que miraba al niño.

—Así me gusta —respondió el abuelo—, seguro que es un chico muy listo y, sabe que hoy no tiene que llorar.

—Claro que sí, papá —asintió María sonriendo—, seguramente se parece a ti.

Después de un tiempo hablando en la puerta, el sacristán apareció por la misma y les dijo:

—¡Entren por favor!, el señor cura ya les está esperando.

Cuando llegaron a la pila del bautismo acompañados del sacristán, el cura les esperaba, después de saludar a los familiares comenzó con el sacramento del bautismo entonando la liturgia perteneciente a ese momento. Después de los rezos, el cura le indicó al sacristán que le acercara la caja con los Santos óleos para proceder a la santa unción del nuevo cristiano. El sacristán puso la caja delante del cura, este cogió el algodón impregnado en el Santo óleo y, haciendo la señal de la cruz en la frente de Manuel entonó la liturgia del Santo bautismo: En el nombre del Padre, del Hijo y del Espíritu Santo. Cuando Manuel sintió el óleo en su frente sus vivarachos ojos relucieron con gran intensidad a la vez que agitaba los brazos mirando desconcertado hacia todos los lados de la iglesia, este gesto del niño hizo reír a todos los presentes, a excepción del cura, quien miraba atentamente a los ojos de Manuel. Él sabía que algo estaba pasando, el cura continuó con la liturgia del bautismo hasta el final, al terminar, el cura dio una vela a los padrinos para que la encendieran y depositaran esta en el altar junto a los grandes cirios que lo adornaban. Cuando los padrinos dejaron la vela en el altar, esta aumentó su luminosidad sin que los padrinos se percataran de ese hecho, una corriente de aire caliente hizo que la vela se meciera de forma extraña, los asistentes al bautizo abandonaron la iglesia y, a continuación lo hicieron el cura y el sacristán una vez recogieron los utensilios del bautismo.

Cuando salieron de la iglesia, una figura blanca se acercó al altar y cogió la vela que los padrinos de Manuel habían dejado encendida, sin que nadie se percatara de esa presencia. En la puerta de la iglesia todos querían ver a Manuel, este se había despertado del todo y le hacían chistes acerca de que cuando el cura le ungió con los santos óleos se había agitado de forma cómica.

—¿Qué, Manuel? —dijo su madrina riéndose—, ¿qué te pasó cuando el cura te ungió con los santos óleos?

Manuel miró a su madrina a la vez que le sonreía, otra cosa no podía decir —puesto que no hablaba—, tan solo expresarse con sus vivarachos ojos tal como lo estaba haciendo.

—La verdad es que fue muy cómico —dijo María—, parecía como si estuviese viendo algo cerca del altar.

—Sí, es cierto, fue realmente algo gracioso —respondió la madrina a la vez que acariciaba las manos del pequeño Manuel.

Después de unos momentos de charla sobre lo cómico que había sido la situación, los invitados al bautizo se dirigieron a la casa de los padres de María, donde su madre había preparado una comida para los asistentes al bautizo de su nieto Manuel, el cual junto con los sacramentos del bautismo ese día había recibido un don que tardaría años en saber que lo poseía.

4. Doce años después

El grupo de niños correteaba por la aldea, se encontraban jugando al escondite, se trataba de cuatro niños y tres niñas, en la aldea la luz del sol comenzaba a perderse por el horizonte haciendo que la aldea brillara de forma extraña, cuando los niños se cansaron del juego del escondite, entre ellos comentaron el nuevo juego.

—¡Yo ya estoy aburrida de jugar a esto! —dijo una niña que respondía al nombre de Chiruca—. ¿Por qué no contamos cuentos?, cada uno de nosotros contará uno y, el que sea más bonito de todos, ese será el que gane, entre todos elegiremos el más original.

—¡Nos parece bien! —gritaron los chicos.

—Yo creo que para eso de los cuentos sería mejor que escucháramos a Encarnación —matizó otro de los chichos que respondía al nombre de Manuel—, ella sí que sabe muchos y, a buen seguro que pronto vendrá a la fuente a buscar agua, siempre lo hace a esta hora.

—No es mala idea, podemos esperarla en la fuente —sugirió otro de los chicos que respondía al nombre de Pepe.

—¡Bien! —exclamó Manuel—, y mientras la esperamos, jugaremos a las cuatro esquinas, el lavadero principal está sin agua, tan solo tiene agua el pequeño debido a que la fuente emana muy poco. ¿Os parece si jugamos? —preguntó Manuel.

—Sí, es muy buena idea —respondieron los chicos al unísono.

A continuación el grupo se dirigió a la fuente la cual quedaba al lado de la carretera a un lado de la pequeña aldea, cuando los chicos llegaron se pusieron a jugar. Después de una media hora de juego vieron aparecer a Encarnación con una pequeña jarra en la mano derecha, los niños se quedaron quietos, pues aunque todos la conocían, ella les infundía un serio respeto. Encarnación era una mujer de unos sesenta años, más bien bajita, siempre iba vestida de negro —Era posible que en sus años mozos fuese incluso bonita—, pero la vida le había castigado de forma dura y, en su rostro se dejaban ver las secuelas de su sufrimiento, la mayoría de las gentes de la aldea la tomaban por loca, por lo que nadie hacia caso de sus cuentos, tan solo los niños la escuchaban con gran atención, dado que las historias que contaba la mayoría de las veces trataban sobre brujas y la Santa Compaña —Incluso algunas gentes de la aldea decían que ella era bruja—. Cuando Encarnación llegó a la altura de la fuente se detuvo y, después de estar observando un instante, saludó al grupo de chicos que estaban expectantes.

—¡Qué tal niños! ¿Estáis jugando a las cuatro esquinas?

—Sí —respondió uno de ellos—, pero nos gustaría escuchar tus historias, si tienes tiempo para contarnos alguna de ellas, a nosotros nos encantan.

—De acuerdo, llenaré la jarra de agua y os contaré una historia sobre la Santa Compaña.

Cuando los niños escucharon el nombre de la Santa Compaña, algunos de ellos sintieron un ligero miedo, Encarnación se dirigió a la pequeña fuente que emanaba un agua fresca y cristalina, aunque en esa época del año comenzaba a secarse por lo que tan solo del pequeño caño emanaba un pequeño hilo. Encarnación puso la jarra de cristal bajo el caño y, poco a poco esta se fue llenando.

Los chicos se quedaron callados, tan solo el sonido del agua al caer en la jarra rompía el silencio del anochecer, cuando la jarra se llenó, Encarnación se incorporó y se dirigió al lado de los chicos depositando la jarra de agua sobre una piedra cuadrada que formaba parte del lavadero, a continuación se metió dentro de este y, se sentó en uno de los lados, los cuales servían de base para depositar los cestos de la ropa de las mujeres que acudían a lavar.

Una vez se hubo acomodado, miró a los chicos y, estos no pestañearon, estaban impacientes por escuchar una de las muchas historia que sabía Encarnación.

—Bien chicos —dijo ésta con voz pausada—, la historia que hoy voy a contaros es real, espero que después de escucharla, podáis dormir bien esta noche, si no queréis no os la cuento —matizó con unas palabras llenas de nostalgia.

—¡Sí que queremos!, cuenta, cuenta —dijo uno de los chicos.

—De acuerdo, ya que veo que estáis tan interesados os la contaré —dijo Encarnación a la vez que sonreía—. Veréis, hace muchos años cuando yo era una niña y esta fuente se secaba del todo, no como ahora que siempre le queda un hilito de agua, mi madre siempre me mandaba a buscar agua a la fuente de Valconde, una fuente que como vosotros sabéis queda algo alejada de nuestra aldea y, sobre ella pesa una leyenda que dice que en las noches de San Juan, las brujas salen de la fuente para bañarse en el agua que es pura y cristalina y, de esa forma reforzar sus poderes.

»La fuente de Valconde se trataba de un manantial que nacía en medio de unas rocas graníticas y la gente de la aldea cercana construyó un lavadero a base de piedras el cual servía para lavar sus ropas, el manantial estaba rodeado de maleza, tan solo la pequeña salida de las rocas estaba sin ella, los vecinos siempre la mantenían limpia para así, de esa forma poder coger cómodamente el agua limpia y cristalina que brotaba en medio de las dos grandes peñas que formaban el manantial, y yo puedo dar fe de que eso es cierto —dijo Encarnación con una voz tranquila, pero tenebrosa a oídos de los chicos, los cuales comenzaron a inquietarse debido a que ellos también se encontraban en una fuente.

»Cuando llegué a la fuente —prosiguió Encarnación con su pausada voz—, la luz del día comenzaba a desvanecerse para dar paso a la noche y, algunos niños de las aldeas cercanas ya habían prendido las hogueras de San Juan, esa era su noche, el aire que respiraba estaba cargado, debido a la quema de las hogueras, al acercarme al lavadero me di cuenta de que el agua rebosaba por encima de las paredes con gran intensidad debido a que el manantial había aumentado su caudal de forma considerable, yo por un momento me asusté, ya que el agua hacia mucho ruido y yo me encontraba sola. Aunque la aldea quedaba tan solo a unos trescientos metros, no veía a nadie por los alrededores, a continuación bordeé el lavadero para no mojar las zapatillas de esparto que llevaba y me dirigí al manantial para llenar la garrafa de agua lo más rápido posible y marcharme, notaba algo extraño en el ambiente y estaba asustada, el manantial parecía que a cada momento que pasaba su caudal aumentaba considerablemente, la verdad es que me sorprendía mucho ese aumento del caudal del agua, pero jamás pensé que lo que iba a ocurrir a continuación tuviese nada que ver conmigo —Encarnación hizo una pausa y, mirando a los niños les dijo de forma melancólica—. Creo que no debo seguir con esta historia, es demasiado dura para unos chicos de doce años y, además, no la entenderíais —aseguró Encarnación con tristeza en sus palabras.

—¡Sí que la entendemos! —dijo el chico que respondía al nombre de Manuel, quien era el más despierto del grupo, se trataba de un chico inquieto con ansias de conocer cosas, siempre estaba haciendo investigaciones por su cuenta—, y además, todos sabemos que todo lo que tú cuentas son tan solo fantasías, nada es verdad, por lo tanto no nos asustaremos.

Encarnación quedó unos instantes pensativa mirando a los chicos de uno en uno, y después de un silencio valorativo les dijo:

—¡No!, no voy a seguir, en la fuente de Valconde se esconde la maldad y, si invoco su recuerdo, es posible que la puerta vuelva a abrirse y, la Santa Compaña salga para cobrar nuevas almas.

Los chicos se revolvieron en sus asientos cuando escucharon de nuevo el nombre de la Santa Compaña, en las aldeas todos tenían miedo de ella, a pesar de qué nadie la había visto.

—Pero la Santa Compaña no existe, es tan solo un cuento para asustar a los niños —respondió Manuel de forma tranquila, que a pesar de su juventud, su mentalidad era muy madura.

—Sí, que existe —respondió Encarnación melancólica—, yo la he visto, es más, lo he vivido en mis propias carnes, aun hoy cuando pienso en ello se me va la vida, por esa razón os digo que no debo seguir contando la historia.

El resto de los chicos, a diferencia de Manuel, se sentían inquietos, de todas las historias que Encarnación les había contado, esta les parecía muy diferente, en el tono de voz de la anciana se notaba la melancolía de contar algo que parecía real y, de un alma que no se encontraba en paz consigo misma, de sus palabras brotaba la tristeza.

Encarnación en la aldea era considerada una loca por mucha gente, ella era una persona con muchos conocimientos a deferencia de la gentes de la pequeña aldea, que la mayoría tan solo sabían leer y escribir lo justo, Encarnación era una persona muy culta, había estudiado magisterio en Santiago de Compostela, tenía un hermano cura ya fallecido, el cual también había estudiado en el seminario en la misma ciudad, provenía de una familia de terratenientes, sus padres eran poseedores de grandes extensiones de tierra, cuando Encarnación terminó sus estudios, al no encontrar una plaza en la enseñanza se fue a vivir con su hermano a una pequeña parroquia donde él era párroco, pero un día Encarnación regresó a la aldea a casa de sus padres y, ésta venia encinta.

Las malas lenguas de la aldea decían que se había vuelto loca porque su novio un chico de Santiago la había dejado debido a que los padres del chico no se la querían y, desde entonces Encarnación vivió con sus padres y con su hijo cuando este nació. Al morir sus padres le dejaron la casa en la pequeña aldea, un lugar del pueblo de Noia en la provincia de A Coruña.

—De hacerlo —prosiguió Encarnación—, es posible que el mal vuelva a esta aldea y no quiero que eso ocurra, yo jamás fui capaz de sacarme de la cabeza esa maldita visión, me atormenta desde hace muchos años, vosotros sabéis que en la aldea me conocen como Encarnación la loca, pero realmente no estoy loca, tan solo atormentada. Como os habrán contado, mi hijo está internado en un hospital, pero pronto se pondrá bueno y regresará para casa; si hoy he decidido contaros esta historia es porque los chicos sois más comprensibles que los adultos y, es posible que sepáis entrar en mi corazón, aunque como os dije antes, creo que será mejor que no os la cuente.

Los chicos estaban realmente impresionados ante las palabras de la anciana, ya que ellos tan solo esperaban escuchar una de tantas historias que Encarnación les había contado a lo largo de los años desde que tenían uso de razón, pero a pesar de su corta edad, se daban cuenta de que en esos momentos estaban ante una historia totalmente diferente a todas las demás, por lo que Manuel le dijo:

—¡Puedes contárnosla!, ya te dije que no nos asustaremos y, además, cono tú dices nosotros sabemos escuchar.

Encarnación miró a Manuel con tristeza y después de unos instantes de silencio le dijo:

—De acuerdo, Manuel, os la seguiré contando, necesito que este penar que llevo dentro salga fuera de mí de una vez por todas.

5. La inquietud de María

A pocos metros de donde se encontraban los chicos escuchando a Encarnación se ubicaba la casa de Manuel; su madre María en esos momentos subía las escaleras hacia el piso superior, llevaba una jarra de agua para dejarla al lado del baño —En esos tiempos algunas casas carecían de agua corriente, por esa razón siempre se abastecían de las fuentes, tanto para consumo, como para el aseo personal. María siempre llenaba la jarra el día anterior para tener el agua preparada a la mañana siguiente cuando su hijo se levantara para ir al colegio y, ella misma, para su aseo personal—. María a medida que subía las escaleras percibía una extraña sensación que jamás antes había sentido, se encontraba incomoda y no sabía muy bien a que atribuir ese inquietante malestar. La luz de la luna interrumpía con fuerza a través de las ventanas, dando un aspecto fantasmagórico a toda la casa, subió los primeros peldaños y, a medida que avanzaba también la sensación de angustia aumentaba sobre su pecho, la luz que procedía de una bombilla de 25 watios y 125 voltios iluminaba de forma tenue el rellano de las primeras escaleras donde ahora se encontraba. María se había parado, se dio cuenta de que su respiración había aumentado de forma alarmante, parecía que le faltaba y, a cada paso que daba su esfuerzo era mayor, como si en los pies llevara unos zapatos de hierro.

—¡Dios mío! —exclamó María—, que me está pasando. ¡Hay alguien ahí! —gritó María para liberar sus miedos, sin saber muy bien porque lo hacía.

Luego se quedó expectante para ver si obtenía respuesta pero el silencio era total, la sensación de miedo aumentaba a cada momento que pasaba, María se daba cuenta que el miedo le estaba jugando una mala pasada, por lo que se decidió a subir las escaleras aunque la extraña sensación que la atenazaba de una forma irracional continuaba envolviéndolo todo.

6. Encarnación y la Santa Compaña

Fuera de la casa, a unos veinte metros, en la fuente, Encarnación seguía narrando la historia de la Santa Compaña a los chicos, los cuales escuchaban atentamente, no querían perderse ni una palabra de lo que esta les estaba contando.

—Como os decía —continuó Encarnación—, cuando me disponía a coger el agua, me di cuenta de que una espesa niebla había aparecido de pronto inundándolo todo por lo que me asusté, me puse de pie para ver si conseguía distinguir algo en medio de la niebla y, para mi sorpresa, pude ver como las grandes piedras de granito por donde emanaba el manantial comenzaban a moverse. En principio creí que se trataba de una ilusión o algo así, pero al fijar bien la vista sobre las rocas, vi que realmente se estaban separando, ya lo habían hecho por lo menos un metro y continuaban haciéndolo, yo en ese momento quise darme la vuelta y echar a correr, pero las piernas no me obedecieron, era como si las tuviese pegadas al suelo, entonces lo que vi a continuación me dejó realmente aterrada. Por la separación que se había abierto entre las dos rocas vi como salía un hombre el cual portaba una campanilla, quise preguntarle quien era pero las palabras no salían de mi boca, estaba realmente aterrada, pero ilusa de mí, lo que vino a continuación eso si me dejo realmente sin aliento. Justo detrás del hombre fueron apareciendo unos seres de color blanco y negro, digo seres porque no sabría cómo llamarles; iban vestidos con túnicas blancas y negras hasta los pies dejando ver sus pies descalzos y las capuchas les tapaban las caras, o lo que realmente fueran, ya que todo lo que percibí de sus caras eran tan solo un rostro mortecino carente de toda vida.

»La mujer que iba delante me miró, pero tan solo un fugaz instante; en ese momento me di cuenta de que me encontraba delante de la Santa Compaña y, no se les podía mirar a los ojos, si lo haces tú serás la próxima en morir, te arrebataban el alma. Yo separé mi vista de forma rápida, por todo mi cuerpo sentí un escalofrío que me llegó a los huesos, la comitiva continuó saliendo de la fuente hasta que salieron todos los componentes; aunque yo estaba aterrada pude ver que se trataba de seis hombres y seis mujeres —Lo de las mujeres lo deduje por el pecho—. Sus rostros aparecían difuminados por su color blanquecino, la espesa niebla reinante en ese momento no dejaba ver bien. Los seis hombres portaban un ataúd lo cual incrementó más mi terror, sabía que a la Santa Compaña no se le podía mirar a los ojos si lo hacías te llevarían con ellos. La comitiva pasaba de forma lenta delante de mis ojos, yo intentaba no mirarles, de hacerlo estaría condenada a muerte.

Los chicos se revolvían intranquilos en el lado de la fuente que les hacía de asiento.

—¿Te llevaron con ellos? —preguntó Manuel, quien realmente se encontraba tranquilo.

—No, no —respondió Encarnación—, pero solo por los pelos.

—¿Cómo por los pelos? —preguntaron los chicos intrigados.

—Veréis, cuando la Santa Compaña ya pasaba de largo, el último ser de la fila se dio la vuelta y me ofreció la vela que llevaba encendida, yo trataba por todos los medios de no mirarle a los ojos pero estaba como hipnotizada por lo que no podía apartar la vista de tan extraño ser. Me fijé que su rostro completamente pálido era el rostro de una mujer joven, yo diría que unos veinte años, la impresión que me causó esa visión hizo que me estremeciera de pánico, me daba cuenta de que estaba totalmente perdida, la había mirado a los ojos, unos ojos vacíos carentes de toda expresión. De pronto los seres que portaban el féretro me mostraron lo que había en su interior y, mi cuerpo se estremeció hasta tal punto, que mis sentidos perdieron la noción del tiempo, me quedé aturdida mirando al féretro sin poder separar la vista. La figura blanquecina de la joven volvió a mirarme fijamente a la vez que me ofrecía la vela encendida, yo extendí la mano para cogerla, era incapaz de rechazarla, estaba como hipnotizada, una fuerza invisible me obligaba a ello, sin pensar en las consecuencias, cuando estaba a punto de tocarla, a mis espaldas la voz de mi padre retumbó con gran intensidad rompiendo el silencio de la noche, haciendo que la visón de la Santa Compaña se difuminara.

—¡¡Encarnación, dónde te has metido!!

—¡Estoy aquí!, —grité yo a la vez que corría en dirccción a donde su voz había sonado, cuando le vi me abracé a él completamente temblorosa.

—Pero, ¿dónde te habías metido? —me preguntó mi padre—, hace una hora que saliste a buscar agua, estábamos preocupados.

—¿Has dicho una hora papá? —pregunté yo asustada.

—Sí, hija, o más, por eso salí a buscarte, teníamos miedo de que te hubiese pasado algo.

—Pero, no hace una hora que salí de casa —dije yo convencida—, tan solo hace unos diez minutos que llegué a la fuente.

—No, hija, créeme, hace algo más de una hora que has salido.

Cuando mi padre volvió a asegurarme que hacía más de una hora, no podía entenderlo, era como si el tiempo se hubiese dilatado, yo juraría que tan solo habían pasado diez minutos que había llegado a la fuente.

—¿Y qué pasó después? —preguntaron los niños totalmente atemorizados.

—Nada, no pasó nada más, la Santa Compaña había desaparecido al oír la voz de mi padre, por lo que nos fuimos a casa.

—Pero, ¿no le dijiste a tu padre que habías visto la Santa Compaña? —le preguntó Manuel.

—Claro, se lo dije a mi padre y a mi madre, pero no me creyeron, me dijeron que eso de la Santa Compaña eran tan solo leyendas y, que al encontrarme sola en la fuente mi imaginación me había jugado una mala pasada, cuando me fui a la cama no pegué ojo en toda la noche, la visión de la chica ofreciéndome la vela aparecía a cada momento que intentaba cerrar los ojos.

—Caray, se me ponen los pelos de punta —dijo una de las chicas.

—Y a nosotros también —respondieron los demás.

—¿Y qué pasó luego? —le preguntó Manuel.

—Nada, al día siguiente por la mañana fui a la fuente y, todo era normal, el lavadero tenía el nivel de agua como siempre y fluía por los laterales de desagüe, hasta el riachuelo con su caudal de todos los días, las piedras del manantial estaban totalmente juntas, completamente rodeadas por la maleza, desde luego era cierto de que no se habían movido, de hacerlo tenía que notarse la tierra removida por los lados, y nada de eso había ocurrido, pero yo estaba segura de que había visto a la Santa Compaña, ya que dos días después algo me recordó que la había visto.

—¿Qué fue lo que te recordó? —preguntó Pepe totalmente asustado.

—Fue algo terrible —respondió Encarnación con el semblante triste—, que cuando lo recuerdo, todavía me entran ganas de llorar.

—¿Qué fue lo que pasó? —preguntó una niña llamada Teresa, totalmente angustiada por lo que Encarnación les estaba contando.

—Una compañera del colegio se ahogó en el río, el féretro blanco que portaba la Santa Compaña era el suyo cuando la vi en Valconde.

Ahora los chicos se quedaron sin respiración, se hizo un silencio tan espeso que se podía cortar con un cuchillo, cientos de imágenes imposibles pasaban por sus jóvenes mentes intentando evitarlas. Nadie decía nada, durante unos segundos que a los chicos les parecieron eternos, se callaron, tenían miedo de hacer más preguntas, hasta que de pronto uno de ellos rompió el silencio para exclamar:

—¡Ostias, qué miedo! —Se trataba de Pepe que era el mayor de los chicos.

—Así es, yo ese día también pasé mucho miedo —aseguró Encarnación con una voz tan calma que hizo que los chicos se estremecieran de miedo revolviéndose de nuevo en sus asientos de las frías piedras del lavadero—, durante una semana no pude dormir, se lo conté a mi madre, le dije que había visto a Lidia en la caja que portaba la Santa Compaña y, ella me dijo que eso eran solo fantasías, que la Santa Compaña no podía llevarse a nadie, porque no existía, que Lidia se había ahogado en el río porque no sabía nadar. Pero la Santa Compaña sí, existe —aseguró de nuevo Encarnación—, yo lo sé, sé que ella siempre está al acecho en algún sendero que cruza los bosques.

—Pero, ¿la volviste a ver? —preguntó Manuel.

—No, en Valconde no la vi más, pero cuando me fui a estudiar a Santiago allí ocurrieron cosas extrañas, pero esa ya es otra historia, que os contaré otro día, ahora tengo que irme.

Encarnación llenó de nuevo la jarra de agua. La anterior se había calentado debido a que era época de primavera y, hacia bastante calor, luego se marchó en silencio con el semblante triste, dejando a los chicos con el miedo en el cuerpo, la historia que la anciana había narrado sobre su amiga Lidia, caló hondo en las infantiles mentes y en silencio cada uno de ellos la interpretaba a su manera.

Después de un sepulcral silencio, entre los chicos se formó un pequeño debate de si lo que Encarnación les había contado era cierto, o de lo contrario se trataba de un cuento para asustarlos. Algunos decían que todo era mentira, que eso no podía ser real, pero en cambio otros creían que podía ser cierto, debido a que habían visto a la anciana muy afectada cuando hablaba sobre ello y todos en la aldea sabían que no era la primera vez que Encarnación hablaba de la Santa Compaña, la cual era conocida en toda Galicia y que cientos de historias circulaban de lugar en lugar. Después de un encendido debate sobre si era o no real, no llegaron a ninguna conclusión, por lo que lo dejaron y se dedicaron a jugar que era realmente lo que les interesaba como niños que eran. Pero sin embargo la historia contada por la anciana sí, era real y, traería terribles consecuencias a la aldea, ella sin quererlo había evocado un alma maligna que tenía relación directa con lo que estaba a punto de ocurrir en la casa de Manuel y que a partir de ese momento cambiaría sus vidas para siempre.

7. La visión

María había llegado al final de las escaleras y, la sensación de miedo había aumentado, cuando se disponía a pisar el último escalón miró al frente y se quedó aterrorizada, justo frente a ella se encontraba su marido mirándola fijamente con la mirada perdida, María cerró los ojos y los frotó varias veces creyendo que lo que estaba viendo era una alucinación, al cabo de unos segundos los abrió con la esperanza de que la visión hubiese desaparecido, pero para su sorpresa su marido seguía allí mirándola de frente con la mirada totalmente perdida. Ante esa irreal visión, María sacó fuerzas de la flaqueza y le preguntó.

—¿Cómo es posible que estés en casa?, si esta mañana recibí una carta tuya desde Avilés donde me dices que estás bien, que las obras del puerto avanzan de forma prevista y, que en un plazo de tres meses estarás de vuelta en casa, pero dime, ¿cuándo llegaste y, como no me dijiste nada? ¿Te encuentras bien?, te veo muy pálido.

María esperaba una respuesta de su marido, este gesticulaba con la boca pero no le salían las palabras, María sintió que el pánico se apoderaba de ella por momentos, un intenso frío lo envolvía todo, pero el amor que sentía hacia su marido Jesús era muy fuerte, por lo que hizo un esfuerzo para vencer esos miedos que la atenazaban, por lo que avanzó hacia él con la intención de abrazarlo, cuando llegó a su lado extendió los brazos y lo mismo hizo su marido. Durante unos segundos ambos se abrazaron y María sintió que el cuerpo de su marido estaba helado, por lo que le preguntó:

—¿Estás bien cariño? ¿Por qué estás tan frío?

Jesús gesticuló con la boca, pero igual que antes ningún sonido salía de su garganta.

—¡Dime, Jesús!, ¿Que te ocurre? ¿Estás enfermo? —Inquirió ahora totalmente aterrada María—.

De nuevo el silencio fue la respuesta y ante ese hecho lo abrazó con fuerza con la intención de darle el calor de su cuerpo, al hacerlo percibió como el intenso frío desaparecía para tornarse en calor, haciendo que el entorno se volviera denso y extraño, a medida que la temperatura aumentaba el cuerpo de Jesús se desvanecía en el aire hasta que llegó el momento que desapareció por completo, dejando a María totalmente desconcertada.

—¡Dios! ¡Mío! —gritó ésta—, ¿qué me está pasando? ¿Qué ha sido esa visión? —se preguntó María a la vez que cogía la jarra de agua que depositara en las escaleras y la dejaba al lado de la pileta.

Después de unos angustiosos segundos, totalmente acongojada bajó a la cocina, la visión que había tenido de su marido, para ella era como una señal de algo, pero, ¿Realmente le he visto? ¿O tan solo fue una mala pasada de mi mente? ¿Me estaré volviendo loca? —pensaba María tratando de buscarle una explicación racional a la visión que había tenido—. Al cabo de un corto espacio de reflexión, abrió un pequeño cajón del mueble de la cocina donde guardaba las cartas enviadas por su marido, cogió la última que había recibido ese mismo día por la mañana y, comenzó a leerla de nuevo. En la carta todo lo que decía eran cosas agradables, que estaba deseando volver a casa para poder amarla, que la separación la llevaba bastante mal y, que recordaba mucho a los niños, en la carta no había nada que pudiese alarmar a María, después de leerla dos veces, la volvió a guardar, ya más tranquila pensando que tan solo había sido una mala pasada de su cansada mente, se dispuso a preparar la cena para su hijo Manuel, sobre el cual sabía que se encontraba jugando con sus amigos y que no tardaría en llegar.

8. El despertar del mal

Fuera en medio del seco lavadero los chicos continuaban jugando, aunque a su pesar, la imagen de la Santa Compaña queriendo llevarse a Encarnación y, la niña ahogada en el río, rondaba en sus cabezas, pero ninguno de ellos se lo comentaba a los otros, todos tenían el mismo sentimiento, estaban aterrados, sentían un pánico irracional, la historia de Encarnación les había calado hondo, esta vez fue Manuel quien rompió el silencio para decir.

—Bueno, está llegando la hora de la cena, ¿qué os parece si jugamos al escondite por última vez antes de marcharnos?

—De acuerdo —respondieron el resto de los chicos—.

—Pero no alejaros mucho de las casas —dijo Chiruca todavía con el miedo en el cuerpo.

—Desde luego que no —aseguró Manuel—, después de lo que nos contó Encarnación, no vaya a ser que nos encontremos con la Santa Compaña —Esto lo dijo Manuel para asustar a las niñas.

—¡Joder, Manuel! —exclamó Pepe—, no digas eso ni en broma, aunque sabemos que todo es mentira, tenemos algo de miedo.

—¡Venga!, no es para tanto —respondió Manuel riéndose—, solo bromeaba, vayamos a la era que está en el centro de la aldea, allí no se atreverá a venir la Santa Compaña —Volvió a decir Manuel con una malévola sonrisa mirando a las niñas, que estaban bastante asustadas—, allí nos esconderemos lo más cerca posible.

—Vale, vamos entonces —respondieron los chicos a la vez que abandonaban la fuente y se dirigían a la era.

Al llegar sortearon a quien le tocaría apandar la primera vez y, le tocó a Ricardo, quien se apoyó en uno de los pilares del viejo hórreo y, comenzó a contar, a la vez que el resto de chicos corrían a esconderse, cada uno de ellos lo hacía en un lugar que creían que Ricardo no les encontraría fácilmente. Cuando terminó de contar hasta veinte, se dio la vuelta y comenzó a buscar a sus amigos y descubrir donde se habían escondido, de eso se trataba el juego.

En la fuente de Valconde la oscuridad ya había hecho acto de presencia, eran las nueve y media de la noche y, la luz del sol se había perdido en el horizonte, el pequeño manantial que nacía entre las rocas parecía aumentar de caudal a cada paso, por lo que el pequeño pilón de piedra se llenó del todo desbordando el agua. El caudal era tan grande que el riachuelo que servía de desagüe incapaz de contener tanta agua inundaba los prados, parecía que las fuerzas de la naturaleza se habían desatado. De pronto las grandes rocas donde nacía el manantial comenzaron a separarse y un helado aire frío acompañado de una espesa niebla surgió desde el interior de forma fantasmagórica. Después de unos segundos en medio de la intensa niebla apareció una figura que poco a poco se fue perfilando en un hombre portando una campanilla haciéndola sonar cada tres segundos, justo detrás iban apareciendo unas figuras con túnicas blancas, se trataba de doce almas de la Santa Compaña, seis hombres y seis mujeres. Sobre los hombros los hombres portaban un féretro, delante de las almas iba el vivo, en este caso se trataba de José el enterrador de la parroquia a la cual pertenecía la fuente. José era un hombre de 41 años de aspecto taciturno, la Santa Compaña lo había reclutado en el cementerio, este era la víctima perfecta para la Santa Compaña en la recolecta de almas. José se encontraba deprimido por la dolorosa pérdida de su mujer y sus dos hijos, él había tenido que enterrar a sus seres queridos debido a que un brote de meningitis se los había llevado hacía tan solo unos meses. La salud de José cada día que pasaba se deterioraba, tenía muy mal aspecto, los vecinos atribuían este deterioro a la pérdida de sus familiares, pero la realidad era otra, el diario peregrinaje encabezando la Santa Compaña era la causa de su deterioro, esta vez la Santa Compaña reclamaba el alma de uno de sus parroquianos, un hombre llamado Jesús al cual pertenecía el féretro que la Santa Compaña portaba en esta ocasión. José lo sabía, sabía que iban a por Jesús, pero él nada podía decir ya que la Santa Compaña había comprado su silencio a cambio de liberar las almas de su mujer y sus dos hijos y, dejarlas subir al cielo.

La comitiva esta vez se dirigía hacia la pequeña aldea donde vivía Jesús, aunque este se encontrara lejos, su aureola permanecía en su casa por el amor que tenía hacia su esposa María, pero la vida de Jesús había llegado a su fin, reclamado por la Santa Compaña, la cual avanzaba de forma lenta en su macabra procesión hacia la casa de Jesús. La Santa Compaña estaba compuesta de un vivo y doce personas fallecidas de las cuales sus almas estaban penando por los errores cometidos en su vida. La macabra procesión irrumpía en las noches portando sus negros faroles y sus velas blancas, en este caso, su lento caminar la llevaba a reclamar el alma de Jesús, no por sus errores, si no por venganza de un alma en pena que quería terminar su peregrinación en la tierra y descender a los infiernos para completarla; y para eso necesitaba cuatro almas, de las cuales Jesús era la primera.

Encarnación sin saberlo, cuando les contó la historia a los chicos invocó un alma maligna que ella creía en el infierno, pero no era así, no se encontraba el infierno, sino que esa alma maligna estaba más cerca de lo que ella pensaba y en esos momentos iniciaba el camino hacia su venganza.

9. Encuentro con la Santa Compaña

Mientras tanto en la era, Ricardo cantaba las últimas cifras antes de abrir los ojos, cuando finalizó mirando al entorno de la era, gritó:

—¡Voy!

A continuación se alejó un poco del hórreo para buscar a las chicas. Sabía que estas se encontrarían cerca, puesto que tenían miedo por la historia que Encarnación les había contado. Ricardo fue descubriendo una a una a las chicas, alguno de los chicos llegó primero a la base del hórreo por lo que estos ganaban la partida. Manuel se encontraba agazapado detrás de un pequeño cerro a la espera de que Ricardo se alejara de la base del hórreo para salir corriendo y llegar primero, y así, él ganar también la partida. Ricardo se fue alejando de la base en dirección contraria a donde se encontraba Manuel, por lo que este estaba expectante. Cuando viera que la separación de Ricardo era lo bastante grande, saldría corriendo en dirección a la base.

Pasados unos minutos, Manuel se disponía a salir corriendo, pero se dio cuenta de que no lejos por el camino aparecían unas luces las cuales se iban meciendo de un lado a otro, la noche era clara con una luna creciente nítidamente perfilada. Iluminaba por completo el sendero por donde las luces se iban acercando, haciendo que la tierra del sendero brillara como si de un mar de plata se tratara. Manuel se dio cuenta que la luz aumentaba su intensidad a la vez el aire se volvía denso a cada paso que la luz se iba acercando. De pronto el ladrido de los perros de forma desmedida se dejó oír en la noche, haciendo que Manuel sintiese miedo, un miedo que no sabía a qué atribuirlo. Él había escuchado muchas veces el ladrido de los perros, pero esta vez, eran diferentes, parecían llantos desgarrados, como si algo les estuviera atenazando. Una ráfaga de aire frío irrumpió junto a él, haciendo que se estremeciera. Lejos de asustarse se quedó expectante a que las luces se acercaran a donde él se encontraba.

Al cabo de unos segundos se percató de que las luces aparecían por el camino que llevaba a la aldea, por lo que Manuel salió del cerro para ir a su encuentro, pero con tan mala fortuna que resbaló y salió rodando por la ladera en dirección al camino, debido al gran desnivel. En su viaje fue adquiriendo una considerable velocidad por lo que cuando llegó al fondo del camino, su cabeza golpeó en una piedra y perdió el conocimiento.

Al cabo de un corto tiempo Manuel se despertó, echó la mano a la cabeza y noto un gran chichón junto a una herida, pero la herida apenas sangraba.

—¿Qué me ha pasado? —se preguntó Manuel—, ¿qué hago aquí en medio del camino?

Poco a poco fue recobrando la conciencia hasta que se dio cuenta de que se había caído por el desnivel del cerro hasta llegar al camino donde se golpeó. Manuel giró la vista a la izquierda y lo que vio le dejó aterrado, sin respiración, notó como de pronto toda la sangre de su cuerpo se agolpaba en su cara; frente a él se encontraba la Santa Compaña sobre la que Encarnación tanto les había hablado y, que ellos no creían.

Manuel sintió un roce suave en el pelo del ligero viento que se había levantado, creyó volverse loco de la impresión, su respiración parecía detenerse, fueron unos segundos eternos, todo sonido había cesado, no se oía nada, silencio total. Manuel quiso gritar, pero la voz no le salía, quiso salir corriendo pero sus pies no le obedecían, parecían estar pegados al suelo.

—¡Dios mío! —exclamó Manuel—, la Santa Compaña me va a llevar con ellos —pensó de forma agónica.

Cuando José el enterrador vio a Manuel, unas lágrimas resbalaron por sus mejillas, lo conocía de la parroquia, pero nada podía hacer por él, ya todo estaba decidido, una de las ánimas salió de la fila y, le ofreció una vela. Cuando Manuel vio su mortecino y cadavérico rostro se estremeció, rechazando de inmediato la vela que el ánima le ofrecía. Manuel completamente aterrorizado miró al resto de la comitiva, pero no podía verles los rostros, la capucha de las túnicas en ese momento se lo impedía, estas les cubrían totalmente sus caras. Cuando el ánima que ofreció la vela a Manuel vio que este la rechazaba, levantó la mano y, con el dedo índice le indicó que mirara dentro del féretro que las ánimas portaban. Estas bajaron el féretro hasta la altura en que este pudo ver en el interior; entonces Manuel sí que se quedó totalmente aterrado, su joven corazón se aceleró de tal manera que parecía iba salirse de su sitio, la sangre se heló en sus venas, lo que estaba viendo era el cuerpo de su padre muerto. De su garganta no salió ni un solo gemido ya que era incapaz de gesticular cualquier palabra, se frotó varias veces los ojos cerrándolos pensando que todo aquello era una pesadilla, los abrió de nuevo pero delante de él seguía la visión de la Santa Compaña portando el féretro de su padre. Las ánimas levantaron de nuevo el féretro y, al tañido de la campanilla de José el enterrador que rompía el silencio de la noche, la macabra comitiva continuó con su lenta procesión por el camino, dejando a un aterrado Manuel en medio de la oscuridad. Al no aguantar tanta emoción acumulada se desmayó, cayendo totalmente inconsciente en medio del camino, mientras la Santa Compaña continuaba por el sendero que la llevaba de vuelta a la fuente de Valconde.

10. Visita del médico

Cuando Manuel se despertó, se encontraba en su cama, a su lado estaba su madre junto al doctor Manuel Bedate al que Manuel conocía muy bien, era el médico de cabecera de su casa y, le había atendido en varias ocasiones.

—¡Menudo susto nos has dado, hijo! —dijo María mirándolo.

—¿Qué me pasó mamá? —preguntó Manuel sorprendido al verse en su cama.

—¿Acaso no lo recuerdas? —le preguntó el doctor.

—Bueno, sí, recuerdo que estábamos jugando al escondite y, yo me escondí detrás de un cerro y me caí al camino.

—Así es, hijo —asintió María—, menos mal que tus amigos nos avisaron de que te habías perdido, salimos a buscarte y te encontramos en el camino inconsciente, avisamos a don Manuel y él te ha reanimado.

—Así es Manuel, has tenido mucha suerte —dijo el doctor—, si la piedra contra la que te golpeaste estuviera un poco más de lado te hubieras golpeado en la sien y, posiblemente hubieras muerto, te he dado tres puntos de sutura, a pesar de que no sangrabas mucho, lo hice por seguridad, si se te levanta mucho dolor de cabeza te tomas una de las pastillas que dejo encima de la mesilla de noche.

—Tengo hambre —dijo Manuel a modo de respuesta—. ¿Puedo comer? —le preguntó al doctor.

—Claro Manuel —respondió el doctor esbozando una sonrisa—, no es que puedas comer, es que tienes que hacerlo para ponerte bien, si puedes levantarte lo haces y, si no, que tu madre te traiga algo a la cama.

—No hace falta que te levantes, hijo —Se apresuró a decir su madre—, te traeré un trozo de tortilla que te había hecho para la cena y, también un poco de queso con membrillo con un vaso de leche.

—Bueno, eso me gusta —respondió Manuel—, que se encontraba mucho mejor.

—Bien, Manuel, dentro de cinco días vienes a la consulta para sacarte los puntos —indicó el doctor—, y la próxima vez ten más cuidado.

—Lo tendré, don Manuel, es que hoy iba despistado y resbalé de una forma tonta.

—De acuerdo, hasta mañana —dijo don Manuel despidiéndose.

A continuación el médico junto a María abandonaron la habitación. Cuando Manuel quedó solo se acordó de lo que había visto en el camino, pero enseguida se dio cuenta de que lo había soñado al quedar inconsciente cuando se golpeó contra la piedra, por lo que se tranquilizó. Su madre subió con la cena y, le acompañó durante el tiempo que Manuel cenaba, pero este para nada le habló a su madre que había soñado con la Santa Compaña, ya que seguramente le diría lo que él sabía, que había sido una pesadilla, influenciado por las historias que contaba Encarnación.

María por su lado tampoco le dijo nada a Manuel de la visión que había tenido de su padre cuando subió al piso superior a llevar el agua para el día siguiente, no debía preocupar al chico, se lo diría a su hija mayor cuando regresara el fin de semana. La chica se encontraba sirviendo en una casa en el pueblo cercano, esta contaba con dieciséis años y, ella entendería mejor lo que le había pasado.

Manuel terminó de cenar y su madre recogió la bandeja al tiempo que le decía.

—¡Buenas noches hijo!, que descanses, hasta mañana.

—Hasta mañana, mamá —respondió Manuel con una sonrisa—, mañana llámame para ir al colegio, ya me encuentro bien.

—Bueno, hijo, eso lo veremos mañana —respondió su madre abandonando la habitación dejando que este descansara.

Cuando Manuel se quedó solo, no podía dormir, de nuevo le vino a la mente la imagen de la Santa Compaña portando el féretro de su padre muerto. Reflexionó acerca de lo que había visto y, llegó a la conclusión de que no se trataba de una pesadilla, recordaba claramente cuando se cayó al camino, se golpeó con la piedra pero luego se despertó y estuvo viendo la Santa Compaña. Después de que ésta se alejara se desmayó con el susto; estaba seguro que la había visto.

Manuel apenas pudo dormir, toda la noche estuvo en medio de pesadillas relacionadas con la Santa Compaña. Cuando por la mañana su madre le despertó le preguntó si se encontraba bien.

—¿Estás bien para ir al colegio hijo?

Manuel tardó un rato en contestar, realmente se encontraba mareado, pero no quería quedarse solo en casa, ya que su madre tenía que ir a la huerta por lo que lo pensó mejor y le dijo:

—Sí, mamá, me encuentro muy bien, iré al colegio.

—De acuerdo, hijo, cuando termines de asearte baja, ya te tengo el desayuno preparado.

—Vale, mamá —respondió al tiempo que se levantaba de la cama para prepararse.

Cuando llegó a la cocina, su madre le tenía el desayuno en la mesa, este se sentó y, su madre le preguntó de nuevo.

—¿Seguro que estás bien, hijo?

—Sí, mamá, estoy bien, la herida no me duele nada —mintió, sentía como los puntos le daban unas terribles picadas—, no te preocupes, estoy bien del todo, pero dime mamá. ¿A ti te pasa algo?, te veo muy preocupada, ¿qué te ocurre?

—Nada, hijo, a mí no me pasa nada, será que esta noche no he dormido bien debido a que estaba preocupada por tu herida —María no podía decirle nada a su hijo de lo que había visto, ya que el chico no lo entendería.

—Bueno, será eso, pero yo te noto muy triste.

El joven terminó el desayuno y, cogió la cartera del colegio para unirse a sus compañeros.

—Bueno, hijo, pórtate bien —dijo su madre—, atiende todo lo que te diga la maestra.

—Sí, mama, siempre lo hago —asintió Manuel.

—De acuerdo, hijo, pero, ¿seguro que estás bien? —Volvió a preguntar su madre, que notó como su hijo hacía muecas de dolor.

—Sí, mamá, seguro que estoy bien, pero sigo pensando que la que estás mal eres tú, te veo como ausente —Volvió a recordarle Manuel.

—No, hijo, no me pasa nada, ya te he dicho que era debido a que dormí muy mal esta noche.

—De acuerdo, ¿te puedo hacer una pregunta?

—Claro, hijo, tú dirás.

—¿Tú crees en la Santa Compaña?

María se quedó sorprendida ante la pregunta de su hijo. ¿A qué venía esa pregunta? —pensó María.

—Bueno, hijo —respondió al fin—, esos son cuentos de viejos, son solo leyendas que corren por los pueblos de Galicia, sobre todo en el mundo rural, pero, ¿Por qué me lo preguntas?

—Verás, ayer por la noche Encarnación nos contó una historia acerca de la Santa Compaña y, ella dijo que era cierto, que ella lo había vivido.

—¡Ah, es eso! —respondió María un tanto aliviada, esperaba que el chico le hiciera otra pregunta—, la verdad es que no tenéis que hacerle caso a Encarnación, lo que cuenta son solo leyendas, todo el mundo sabe que está loca, incluso algunos la tachan de meiga, no debéis hacer caso de sus historias y, mucho menos de que la Santa Compaña existe, como te digo, eso son solo leyendas, por lo tanto no te preocupes por eso, la Santa Compaña nunca se te va aparecer, puedes estar seguro —afirmó María de forma tajante.

Manuel se quedó pensativo, quería contarle a su madre que ya la había visto, que había visto como la Santa Compaña llevaba el féretro de su padre, que ésta se lo mostró, pero estaba claro que su madre jamás le creería, estaba convencida de que la Santa Compaña era solo una leyenda y, sin embargo él la había visto.

—¿Seguro que puedes ir al colegio? —Volvió a preguntar su madre.

—Sí, mamá, seguro —asintió Manuel.

—Entonces vete, o llegarás tarde —aconsejó su madre—, tus amigos ya deben haberse marchado.

—No lo creo, pero si es así los alcanzaré.

Manuel cogió su cartera y salió de casa, al llegar a la calle vio que sus amigos Teresa y Ricardo aparecían por la esquina, al llegar a su lado Teresa le dijo:

—¡Creíamos que no venías al cole!, tú siempre eres el primero en salir de casa —aclaró Teresa.

—Es que hoy me levanté algo tarde, por el golpe que me di ayer —respondió Manuel.

—La verdad es que nos diste un buen susto, cuando te buscamos entre todos y no te encontramos, nos asustamos, por eso avisamos a tu madre, no hacía falta que te escondieras tan lejos —dijo Ricardo.

—Lo sé —respondió Manuel—, lo que ocurre es que resbalé en el cerro, yo no quería ir tan lejos.

—¿Y ya estás bien? —preguntó Teresa.

—Sí, la verdad es que tan solo me molestan un poco los puntos, pero apenas me duele.

—Vale —dijo Teresa—, démonos prisa, los otros ya van delante.

Los tres chicos apresuraron el paso para llegar a su hora a la escuela, la cual se encontraba a unos dos kilómetros de su aldea. Se trataba de una escuela rural que englobaba varias aldeas de la redonda. En la España del 58 la vida en el medio rural en Galicia era muy dura, las tierras se araban de forma artesanal, muchos de los campos de labradío de Galicia eran minifundios, casi todas las cosechas se empleaban para el consumo propio, por lo que las familias de labradores acudían de la mañana a la noche al campo, muchos de los chicos que iban a la escuela cuando salían de esta, a menudo ayudaban en las tareas del campo, con la siembra o conduciendo los bueyes que tiraban de los arados. Este era el caso de Manuel y alguno de sus amigos, puesto que sus familias eran labradores, por lo que poseían algunas tierras de labradío; todavía faltaba tiempo para que la tecnología de los tractores se incorporara a la Galicia rural.

Cuando los chicos llegaron a la escuela, antes de entrar, todos comentaban lo que le había pasado Manuel, quien a lo largo del día se fue olvidando de lo que le había pasado la noche anterior. Como niño que era, todas sus energías las dedicó al juego con sus amigos, hasta tal punto que la visión de la Santa Compaña pasó a un segundo plano, olvidándose por completo de lo que le había ocurrido, llegando a la conclusión de que todo había sido un mal sueño por el golpe recibido cuando se cayó al camino.

11. La visión de Manuel

Durante dos días nada ocurrió, pero al segundo día por la noche, Manuel se despertó sobresaltado, había escuchado un ruido en su habitación. Cuando abrió los ojos no vio nada, su habitación se encontraba a oscuras. Durante un tiempo se mantuvo expectante, de pronto sintió como la madera del suelo de su habitación crujía con cierta intensidad, lo que hizo que contuviese la respiración, el silencio en la habitación de pronto se volvió sepulcral. Manuel fijó su mirada en la ventana por donde entraba algo de luz de la luna a través de las contras de madera, las cuales presentaban algunas rendijas debido a su viejo estado. Cuando los ojos de Manuel se acostumbraron a la poca luz que entraba a través de las contras, en un rincón de la habitación distinguió un bulto negro, al verlo sintió miedo, un helado frío envolvió la habitación haciendo que se estremeciera. No se movía, tenía la vista fija en el bulto que había al lado de la habitación, su respiración se había vuelto muy pausada, pero él podía sentir como el aire expulsado por sus pulmones salía a través de su nariz en medio de un halo blanco debido al intenso frío reinante en la habitación.

El bulto negro poco a poco se fue incorporando hasta quedar totalmente de pie transformándose en una esbelta figura negra. Cuando le vio el rostro quiso gritar pero las palabras no salían de su garganta, la figura surgida de la esquina de la habitación poco a poco se fue acercando a él, Manuel intentó incorporase de la cama, pero no lo consiguió. Una poderosa fuerza le atenazaba, la figura se paró justo al lado de la cama mirándolo fijamente con unos ojos vacíos carentes de vida, su rostro estaba compuesto por un halo blanco mortecino sin atisbo de vida. El ser alargó las manos hacia la cara de Manuel y este sintió como un intenso frío recorrió todo su cuerpo; cuando las manos de la sombra estaban a punto de tocarle, una voz de ultratumba procedente de ésta le dijo:

—¡Ayúdame, por favor!

Cuando Manuel escuchó la voz, todos sus sentidos fueron aniquilados por el pánico y un miedo irracional se apoderó de él, tanto que durante unos segundos que le parecieron eternos se quedó totalmente bloqueado con la mirada fija en el ser que tenía delante. La figura ahora totalmente pegada a la cama justo a su lado, le dijo de nuevo.

—¡Ayúdame por favor!, tú puedes hacerlo.

En ese momento Manuel pudo distinguir la cara de la sombra y al hacerlo fue tanto el terror que sintió que tuvo la sensación de que la espesa atmósfera reinante en la habitación lo envolvía por completo transportándolo a un mundo irracional. Después de esos segundos de terror, Manuel sacó fuerzas de la flaqueza y saltó de cama por el lado contrario de donde se encontraba la figura. Al hacerlo sintió un terrible dolor en la rodilla al chocar contra la madera del suelo; el impacto contra el suelo hizo tanto ruido que su madre, la cual estaba en la habitación de al lado, se despertó, encendió la luz y se dirigió a la habitación de su hijo. Cuando abrió la puerta encontró a este en el suelo temblando de miedo.

—¿Qué te ocurre hijo? —preguntó asustada María.

Manuel al ver a su madre corrió hacia ella completamente aterrorizado y la abrazó al tiempo que le decía.

—¡Había un hombre en mi habitación!, y me dijo que le ayudara.

—¡Tranquilo, hijo!, tranquilo —exclamó María algo preocupada—, seguramente has tenido una pesadilla.

—No, mamá, no era una pesadilla —afirmó Manuel—, era real, en la habitación hacía mucho frío y casi estamos en verano.

—Bueno, hijo, el frío seguramente lo sentiste porque estabas solo con la sábana y, al estar dormido has sentido mucho frío, eso es todo.

—Te juro que era un hombre, le vi la cara perfectamente y estaba angustiado cuando me pidió ayuda.

—Pero, ¿conocías a ese hombre?

—No —mintió Manuel, que sí había reconocido a la figura que apareció en la habitación. Era la de su padre, la misma figura que había visto en el féretro que le mostró la Santa Compaña, por esa razón Manuel sintió tanta angustia, y no podía decírselo a su madre, de hacerlo no le creería.

—Bueno, hijo, ya pasó, ahora relájate —aconsejó María tratando de tranquilizarlo ya que le veía muy excitado—, todo ha sido una pesadilla, puedes estar seguro, como ves, en la habitación solo estamos tú y yo, de haber ese hombre que tú dices, yo lo hubiese visto cuando entré, la única salida es por la ventana y, como puedes ver, está cerrada con las contras.

—Sí, en eso tienes razón, mamá, pero, ¿no puede ser un fantasma? —Inquirió Manuel.

—Por favor, hijo —respondió María riéndose—, los fantasmas solo existen en la imaginación de las personas, creo que los cuentos de miedo que os cuenta Encarnación os están haciendo daño, será mejor que no la escuches mas, ella con sus leyendas está haciendo que veáis cosas donde no las hay, ahora por favor vuelve a la cama y descansa, mañana tienes que ir al colegio.

—¡Yo no me quedo solo en la habitación! —gritó Manuel—, tengo miedo tener otra pesadilla.

—De acuerdo, hijo, esta noche dormirás conmigo —asintió María con ternura—, pero quiero que me digas que tan solo ha sido una pesadilla, ¿de acuerdo, hijo?

—Sí, mamá, solo fue una pesadilla —asintió Manuel—, pero ahora vamos a tu habitación, no quiero estar aquí ni un minuto más.

—De acuerdo, hijo —dijo María algo preocupada, ella sabía que Manuel era un chico valiente y su comportamiento era muy extraño—, vamos a dormir que ya son las cuatro de la madrugada y, las ocho enseguida llegan.

María y su hijo se fueron a la habitación de ésta y se acostaron. Manuel durante mucho tiempo estuvo dándole vueltas a la visión que había tenido, no había sido una pesadilla tal como decía su madre, él estaba seguro que había sido real, que había visto el rostro de su padre. Después de darle muchas vueltas, al final se quedó rendido y se durmió hasta que su madre le despertó para ir al colegio.

12. El hijo enfermo

Ese día Manuel pasó todo el día pensando en la pesadilla que había tenido en la noche anterior, incluso en los recreos del cole no salió a jugar con sus compañeros, se quedó haciendo un dibujo para distraerse, para nada le apetecía jugar. Cuando llegó del colegio por la tarde, se llenó de valor y fue a la casa de Encarnación con la intención de contarle que había visto la Santa Compaña, estaba seguro de que ella le escucharía y, además le creería, ella cuando era niña también la había visto, le contaría que el espectro de su padre se le apareció de noche en la habitación, ella sabría lo que hacer puesto que había pasado por eso. Manuel llegó a casa de Encarnación —La cuál se encontraba a tan solo cincuenta metros de la de este—, llamó a la puerta, pero nadie contestó. La casa de Encarnación era muy grande, contaba con una planta baja y un alta con buhardilla, Manuel empujó la puerta y vio que esta estaba abierta, la abrió del todo y se metió en el hall de las escaleras. Volvió a llamar por Encarnación pero nadie le contestó, por un momento Manuel se quedó indeciso sin saber qué hacer, si subir las escaleras o esperar un tiempo por si no estaba en casa, después de un tiempo decidió salir y esperar en la puerta, pero cuando se dio la vuelta escuchó un ruido en la planta superior, por lo que se paró al tiempo que exclamaba:

—¡Ah!, debe estar en la buhardilla y, seguro que no me escucha —pensó Manuel—, subiré al piso superior y la llamaré desde allí.

Manuel comenzó a subir las escaleras, las cuales a cada paso que daba, crujían de viejas; la casa de Encarnación tenía más de cien años y las maderas estaban completamente deterioradas, incluso en alguno de los peldaños le faltaban trozos, las escaleras estaban poco iluminadas, tan solo entraba algo de luz a través de una pequeña ventana al lado derecho de estas, pero no era suficiente, la luz del día comenzaba a perderse debido a que era el atardecer y esta apenas tenía fuerza para iluminar el interior de la casa. Manuel subió poco a poco, cuando llegó a la parte superior se encontró un largo pasillo el cual tenía varias puertas a ambos lados y, al fondo, una pequeña ventana por donde entraba algo de claridad, Manuel volvió a llamar:

—¡¡Encarnación, estás ahí!! —De nuevo un inquietante silencio que lo envolvía todo fue la respuesta.

Dio unos pasos adentrándose en el pasillo, y vio que una de las puertas estaba abierta, miró en su interior y vio que se trataba de la cocina, la cual estaba tenuemente iluminada por la luz del atardecer debido a que su ubicación estaba hacia el Oeste por donde se ponía el sol. Los escasos rayos del atardecer entraban por una gran ventana haciendo que la cocina brillara con un color cobrizo que le daba un aspecto fantasmagórico, de pronto sintió miedo, había entrado en una casa ajena sin permiso, eso no lo había pensado antes, por lo que se dio la vuelta para salir, pero al girarse del todo se quedó petrificado. Ante él se encontraba una gran figura vestida de negro, su cara estaba completamente poblada de barba con unos grandes ojos que le miraban fijamente carentes de cualquier emoción; era evidente que no se trataba de Encarnación. Manuel gritó con todas sus fuerzas llamando por Encarnación:

—¡¡Encarnación!!, ¡estás ahí!

Después de ese grito desesperado, la figura que había aparecido le miró de forma tranquila y le preguntó:

—¿Qué quieres Manuel? ¿Por qué te asustas?, soy tu primo Andrés —aclaró la figura.

—¡Joder!, ¡menudo susto me has dado! —exclamó Manuel respirando algo más tranquilo al ver que se trataba de su primo—, es que yo nunca te he visto, nadie en la aldea te vio, todos piensan que estás en el hospital en Santiago —aclaró Manuel.

El hombre nada dijo del comentario de Manuel acerca de que se encontraba en el hospital, tan solo se limitó a decirle de forma tranquila.

—Vamos Manuel, un chico como tú no debe decir palabrotas, eso está muy mal.

—¡Lo sé!, ¡sé que está mal decir tacos! —asintió —, pero casi se me sale el corazón de su sitio cuando te vi aparecer, no sabía que estabas en casa, todos pensamos que estabas en Santiago, tu madre siempre nos lo dice, dice que estás en el hospital, que estás enfermo.

—Es que llegué hoy por la mañana, ya me han dado el alta, me encuentro recuperado —aclaró su primo.

—¿Seguro? ¿Ya no tienes esos dolores de cabeza que dice tu madre y, que tanto te atormentaban? —preguntó Manuel entre el desconcierto y la incredulidad.

—No, no los tengo, ya me pasaron, pero dime Manuel —preguntó a continuación su primo con unas palabras llenas de reproches—, ¿qué haces en nuestra casa? Tú sabes que no se puede entrar en casa ajena sin llamar antes y que te den permiso.

—Lo sé, sé que no se puede entrar sin llamar y sin permiso, pero es que llamé desde el hall y, como nadie me contestó me disponía a marchar pero sentí un ruido y pensé que Encarnación estaba en la buhardilla y que no me escuchó, por eso subí para llamarla dese aquí, pero, ¿tú no me has oído llamar? —preguntó Manuel tratando de quitarle importancia el haber entrado en casa sin permiso.

—No, no te he oído, estaba en la buhardilla buscando unos viejos libros y, además, estoy algo sordo, debido a mi enfermedad.

Manuel se sentía incómodo ante la presencia de Andrés el cual era primo de su padre. Encarnación siempre les contaba que su hijo había estado en el frente en primera línea, cuando terminó la guerra y regresó a casa venía muy mal, decía tener pesadillas con las personas que había matado en el frente, muchas de ellas se le aparecían por las noches, con la intención de llevárselo, sufría terribles dolores de cabeza, por lo que su madre tomó la decisión de internarlo en un manicomio —Eso era lo que Encarnación le decía a la gente—. Aunque nadie le hacía caso, todos sabían la verdad y, no hacían caso de sus delirios, ya que estaba loca.

—Dime Manuel —preguntó su primo—, ¿para qué buscas a mi madre?

—Es que tengo que contarle algo que me pasó.

—Vaya, ¿y que es ese algo que te pasó? ¿Se puede saber?

—No, solo se lo contaré a ella cuando vuelva —respondió Manuel con firmeza—, ella es la única que puede ayudarme.

—De acuerdo, si quieres esperar puedes hacerlo —indicó su primo— no tardará en llegar, fue a la huerta a recoger unas hierbas para hacerme una infusión que me va muy bien para el dolor de cabeza, por esa razón ya no me duele y, dime, ¿qué tal te va en el colegio? —preguntó su primo a continuación tratando de desviar la conversación para que Manuel se tranquilizara, le notaba muy nervioso.

—Me va bien —bueno—, mejor dicho me va normal, tengo varios regulares en mis notas.

—Eso no está mal, lo malo sería no aprobar —respondió su primo tratando de esbozar lo que parecía una sonrisa.

—Tienes razón —respondió Manuel que en vez de tranquilizarse se sentía más incómodo, le parecía que el primo de su padre carecía de emociones, parecía estar ausente, seguramente sería por estar tanto tiempo en el hospital—, peor sería no aprobar.

—Así es Manuel, así es —asintió su primo.

—Bueno, creo que volveré en otro momento, cuando tu madre esté en casa —dijo Manuel que se sentía realmente incómodo por la presencia de su primo.

—Como quieras —respondió este—, puedes hacer lo que quieras.

Manuel se disponía a bajar las escaleras cuando escucharon unos pasos que subían.

—¿Eres tú mamá? —preguntó Andrés.

—¡Sí, hijo!, soy yo, y traigo las hierbas para hacerte la infusión.

—Bien, mamá, pero tenemos visita —advirtió Andrés para que su madre subiese prevenida.

—¿Visita?, pero nosotros no esperábamos ninguna visita —dijo Encarnación sorprendida.

—Lo sé, mamá, pero esta es especial —afirmó Andrés.

Cuando Encarnación llegó al final de las escaleras y vio de quien se trataba, se sorprendió, no esperaba que el chico entrara en su casa sin permiso. Manuel se encontraba en medio del pasillo totalmente incómodo, un silencio sepulcral se apoderó del lugar. Manuel no sabía que decir y fue Encarnación quien rompió el silencio para dirigirse a su hijo a la vez que le preguntaba:

—¿Cómo le has dejado entrar hijo? No queremos que nadie entre en nuestra casa.

—Yo no le dejé, mamá, entró él, cuando lo vi ya estaba arriba —aclaró Andrés.

—Bueno, eso ahora no importa —respondió Encarnación con la preocupación reflejada en su rostro—. Dime, ¿A qué has venido? —le preguntó a un asustado Manuel.

—Quiero hablar contigo de una cosa que he visto —dijo este con un hilo de voz.

—¡Vaya! ¿Y cuál es la razón por la cual me la tienes que decir a mí? —le preguntó Encarnación extrañada.

—Porque tú entiendes de eso —espetó Manuel.

—¡Sí!, ¿y que es de lo que yo entiendo? —Inquirió Encarnación arqueando las cejas.

—Solo quiero decírtelo a ti, no quiero que nadie más lo sepa —respondió Manuel mirando al primo de su padre.

—De acuerdo, ven, vamos a la cocina, voy a prepararle a mi hijo una infusión para su dolor de cabeza. Aunque le han dado el alta en el hospital, para que no le vuelvan esos dolores le preparo estas hierbas que crecen en nuestra huerta, eso le va muy bien, mientras la hiervo me cuentas eso que tanto te preocupa, te veo muy nervioso. —Hizo notar Encarnación.

—Bueno, estoy nervioso por eso y, también por haber entrado sin permiso un tu casa —dijo Manuel a modo de disculpa.

—Por eso no te preocupes —respondió Encarnación sonriendo—, nada le diré a tu madre, si ella se entera seguro que te pondrá un serio castigo.

Mientras Manuel y Encarnación se metieron en la cocina su hijo Andrés subió a la buhardilla para recoger los libros que buscaba cuando Manuel irrumpió en su casa. Una vez en la cocina Encarnación mirando seria a Manuel le dijo:

—Vamos Manuel, cuéntame eso que tienes que decirme y que tanto te preocupa.

—He visto la Santa Compaña —soltó Manuel sin más preámbulo.

Encarnación se quedó lívida, paralizada con la tartera en la mano la cual iba a llenar de agua para hacerle la infusión a su hijo. Un helado frío recorrió todo su cuerpo a la vez que la atmósfera en la cocina se cargaba de algo extraño que lo envolvía todo y ella lo percibió como una amenaza.

—¿Cómo has dicho? —volvió a preguntar Encarnación.

—He visto la Santa Compaña como tú la viste cuando eras niña, tal como nos has contado que la vieras.

—¿Dónde la has visto y cuándo fue? —Inquirió una asustada encarnación.

—Hace tres días, después de que tú nos contaras la historia de la Santa Compaña, cuando te marchaste seguimos jugando y me escondí por el camino que va a Valconde. Como sabes ese día sufrí un pequeño accidente, me golpeé contra una pequeña piedra y quedé inconsciente, cuando desperté la tenía delante de mí, me ofrecieron una vela lo mismo que te la ofrecieran a ti.

—¿Cogiste la vela? —preguntó Encarnación—con la preocupación reflejada en su rostro.

—No, no la cogí —dijo Manuel con mucho aplomo—, sabía que no debía hacerlo por lo que tú nos habías contado.

—¡Bien!, has hecho bien en no cogerla y, ahora no te preocupes —dijo Encarnación más tranquila, al escuchar que Manuel no había cogido la vela—, seguramente no la has visto, sino que fue producto de tu imaginación debido al golpe que llevaste contra la piedra y al estar influenciado por lo que yo os había contado acerca de la Santa Compaña, y como tú tienes una gran imaginación te pareció verla.

—Eso es lo que creía en un principio, pero ahora estoy seguro de que todo fue real —afirmó Manuel.

—¿Por qué estás seguro que fue real? —Inquirió Encarnación.

—Porque cuando le rechacé la vela, las ánimas que portaban un féretro me indicaron que mirara dentro.

—¡Miraste dentro del féretro! —exclamó intranquila Encarnación.

—Sí, miré dentro —asintió Manuel—, y lo que vi me preocupó mucho por eso he venido a contártelo, yo sé que tú puedes ayudarme.

—¿Qué había dentro del féretro? —preguntó Encarnación ahora con voz temblorosa.

—Dentro del féretro estaba el cuerpo de mi padre —afirmó Manuel totalmente convencido—, estaba muerto, lo vi perfectamente.

En ese momento a Encarnación se le heló la sangre; la aparente tranquilidad que sentía fue aniquilada por el pánico, hasta tal punto, que su cara parecía reflejar el mortecino color blanco de la muerte.

—¡Dios mío! —exclamó a continuación completamente desencajada—. ¡No puede ser!, de eso hace muchos años.

—¿Qué es lo que no puedes ser? —preguntó ahora asustado Manuel, al ver como Encarnación se había preocupado tanto, que incluso le cambió el semblante.

—Lo siento, Manuel, pero no puedo contártelo, un niño como tú no lo entendería, tienes que darme un tiempo para ver si lo que me has contado es cierto, ahora vete a tu casa, y si se te vuelve a aparecer la Santa Compaña, cierra los ojos, si lo haces pasará de largo y nada te hará.

—Pero, ¿qué significa el que yo haya visto el cuerpo de mi padre muerto? —Inquirió Manuel preocupado.

—Lo siento, hijo, pero por tu padre ya nada puedo hacer —Fue la melancólica respuesta de Encarnación.

—¿Por qué no puedes hacer nada por mi padre? —preguntó Manuel ahora totalmente desconcertado por la reacción de Encarnación.

—Verás, hijo, cuando el féretro que lleva en procesión la Santa Compaña es visto por un vivo, este ya no puede ser salvado —aseguró Encarnación—. Lo mismo que le ocurrió a mi amiga Lidia cuando yo vi su féretro en la fuente de Valconde, la Santa Compaña se aprovechó de tu inocencia para adueñarse del alma de tu padre.

—¡Eso no puede ser verdad! —gritó Manuel asustado—, tú puedes hacer que la Santa Compaña le deje, tú eres una bruja y tienes poderes, eso dicen en la aldea.

—Lo siento, Manuel —dijo Encarnación con tristeza—, si todo lo que me cuentas es cierto, yo nada puedo hacer, ya es demasiado tarde para salvar a tu padre, mis poderes de brujería nada pueden hacer en este caso, ya que lo de que soy una bruja, es tan solo una leyenda de los aldeanos, por la forma en que llegué aquí hace treinta y cinco años.

—Pero, ¿no eres una buja? —preguntó Manuel desilusionado, veía que todas las esperanzas que había puesto en Encarnación para que le ayudara se esfumaban en ese momento.

—No, Manuel, no lo soy, aunque se ciertas cosas, por las que bien podría serlo.

—Entonces, ¿no puedes ayudarme? —preguntó un aterrado Manuel.

—A vosotros sí, pero por tu padre ya nada puedo hacer —aseguró Encarnación—. Ahora centraré mis conocimientos en salvaros a vosotros tres.

—¿A qué nosotros tres te refieres? —preguntó un asustado Manuel.

—Me refiero a tu madre, a tu hermana y a ti.

—Pero, ¿de quién tienes que salvarnos?

—De algo maligno que yo creía desaparecido, pero por lo que me has contado veo que ese ser maligno se ha despertado.

—Pero, ¿quién es ese ser maligno? —preguntó Manuel ahora totalmente confuso.

—Eso ahora no importa —respondió melancólica Encarnación—, lo importante ahora es salvaros a vosotros, por lo que debes hacer todo lo que yo te diga.

—Pero, ¿qué tengo que hacer? —preguntó Manuel sin llegar a entender a donde quería llegar Encarnación.

—De momento nada, tan solo seguir mis instrucciones, seguramente la Santa Compaña te llamará a misa de ánimas, y si eso ocurre, no tengas miedo, yo trataré de ayudarte.

—¿Qué es la misa de ánimas? —preguntó Manuel que desconocía a que se refería Encarnación.

—La misa de ánimas, es una misa que ofrecen las personas muertas en honor de un vivo para adueñarse de su alma. En este caso la harán en tu nombre para que ellos puedan abandonar el purgatorio; cuando finalice la misa una persona te ofrecerá una vela, pero tú no la cojas, cuando esto ocurra tú date la vuelta y dirígete a la salida. Allí verás a otra persona que también te ofrecerá una vela, esa sí debes cogerla, en esa vela está vuestra salvación —por lo menos la tuya lo es seguro—. No tengas miedo en ningún momento, si el miedo se apodera de ti, eso le servirá a las almas para engañarte. Una vez tengas la vela en tus manos todos desaparecerán, te quedarás solo por lo que debes regresar a casa y guardarla. Cuando eso ocurra yo me encargaré del resto. ¿De acuerdo? —concluyó Encarnación

—La verdad es que estoy muerto de miedo —dijo Manuel—, ¿cómo sabré cuándo es la misa de ánimas?

—Seguramente te llamarán la noche de san Juan, la Santa Compaña te mostrará el camino hacia la iglesia del puente de San Francisco. Tú solo debes dejarte llevar, como te digo, cuando llegues a la iglesia verás mucha gente, pero todos ellos están muertos, son almas perdidas, pero no tengas miedo, tú haz todo lo que acabo de decirte, de esa forma venceremos a la Santa Compaña, no podrán llevaros a ninguno de vosotros tres, tu madre y tu hermana estarán a salvo y, no me preguntes más, tal como te he dicho antes, un chico de doce años no lo entendería. Ahora vete a casa y trata de estar lo más tranquilo que puedas, tú has venido a mí en busca de ayuda y te la estoy dando, no digas nada, nadie debe saber que has estado hablando conmigo acerca de todo esto.

Manuel iba a hacerle otra pregunta pero no pudo, su hijo aparecía por la puerta de la cocina al tiempo que decía:

—¿Está lista la infusión mamá?

—No, hijo, no he tenido tiempo, pero ahora mismo te la preparo. Manuel ya se va, me ha contado un pequeño problema que tiene con unos amigos y, ya le he aconsejado.

—De acuerdo, mamá y, tú, Manuel, recuerda que antes de entrar en casa ajena hay que llamar —le aconsejó Andrés.

—Sí, ya lo sé, ya te expliqué lo que había pasado, y os pido disculpas.

—De acuerdo —respondió Andrés, sin un atisbo de emoción en su rostro.

—Bueno, me voy —dijo al fin Manuel que ya se encontraba más tranquilo por los consejos y explicaciones de Encarnación—, hasta mañana.

—Hasta mañana —respondieron madre e hijo.

—Cierra la puerta al salir —le indicó Encarnación.

—Lo haré —respondió un desconcertado Manuel por la presencia de su primo Andrés—.

A continuación Manuel comenzó a bajar las escaleras para dirigirse a la salida de la casa. Una vez madre e hijo se quedaron solos, Andrés le preguntó a su madre:

—¿Crees que podrás hacer algo por ellos, mamá?

—Bueno, en estas circunstancias es posible que muy poco, pero tú sí puedes hacerlo, estás en mejores condiciones, es posible que en un momento determinado tenga que tomar una decisión que hace años debí haber tomado yo.

—Sí, mamá, es cierto —respondió Andrés sin ningún atisbo de emoción en su rostro— pero no te preocupes, todo llegará, yo haré lo posible por ayudar a mi primo, aunque en este caso yo tampoco puedo hacer mucho; él es más poderoso y, es quien manda, lo controla todo.

—Lo sé, hijo, lo sé —respondió Encarnación con tristeza— pero por lo menos hay que intentarlo, aunque las posibilidades de salvar a tu primo son pocas, pero por el resto de la familia lucharemos hasta el final.

—De acuerdo, mamá —respondió esta vez Andrés de forma melancólica—, nos encontramos ante algo muy poderoso, cuando me lo contaste la primera vez antes de ir para la guerra me costó creerlo, pero ahora que le he visto, sé que tenías razón. Ahora las cosas para mí son muy diferentes, mamá.

—Lo sé, hijo, lo sé, yo sin saberlo el día que fui a Valconde también quedé marcada, pero como tú dices, todo llega y, ese día está próximo, lo cual me alegra —respondió Encarnación esbozando lo que quería ser una sonrisa, mientras comenzaba a preparar la infusión a su hijo, para que no le volvieran los dolores de cabeza.

Manuel bajó las escaleras por las cuales ahora ya apenas entraba luz, Había anochecido y, las sombras producidas por la tenue luz de la calle, hicieron que Manuel se estremeciera de miedo. Salió corriendo hacia su casa. Cuando llegó su madre le preguntó de dónde venía y le dijo que de casa de un amigo, que habían estado jugando. Su madre convencida de ese hecho le dijo que se lavara las manos que iban a cenar.

Después de cenar, Manuel se fue a la cama, esa noche apenas pudo dormir, fue una noche de pesadillas entorno a lo que Encarnación le había contado acerca de la misa de ánimas y la Santa Compaña. Cada vez que pensaba en ello su corazón se encogía de miedo, haciendo que su preocupación fuese en aumento. Lo que ella le había contado era demasiado para que la joven mente de Manuel pudiese entender que la Santa Compaña lo había elegido a él y su familia para que así, ese alma pudiera liberarse de formar parte de la procesión de las ánimas y abandonar este mundo de forma definitiva.

13. El telegrama

A la mañana siguiente después de que Manuel se fuera al colegio, María se disponía a salir para ir a la compra al pueblo de Noia que quedaba tan solo a dos kilómetros.

Estaba saliendo por la puerta cuando vio que llegaba la cartera y, se acercaba a ella.

—¡Buenos días María! —saludó la cartera—, te traigo un telegrama.

Al escuchar eso, María se sobresaltó, en esos tiempos recibir un telegrama era sinónimo de que alguna desgracia había ocurrido.

—¡Buenos días, Carmen! —respondió María intranquila por la noticia que pudiese portar el telegrama—. ¿De dónde viene? —preguntó María a continuación

—Viene de Avilés, de la compañía Canales y Puertos —aclaró la cartera.

—¡Dios mío! —exclamó María—, esa es la compañía donde trabaja mi esposo. ¿Ha ocurrido algo malo?

—No lo sé, el telegrama viene cerrado —dijo la cartera—, pero malo no puede ser, cuando es algo malo el jefe de correos siempre nos lo comenta y, este me lo entregó sin hacer comentario alguno, por lo tanto ábrelo y sabrás lo que dice.

María comenzó a abrir el telegrama con manos temblorosas, la visión de su marido en la parte superior de la casa no podía quitársela de la cabeza. Cuando consiguió abrirlo, de inmediato comenzó a leerlo; a medida que lo hacía su semblante iba desprendiendo un halo de felicidad.

—¿Qué dice? —preguntó la cartera impaciente.

—Dice, que Jesús ha tenido un pequeño accidente en las manos y, que se viene para casa, que llegará pasado mañana, víspera de san Juan.

—Bueno, entonces esa es una buena noticia —dijo sonriendo la cartera.

—Sí, es una buena noticia —asintió María, aquí dice que se quemó las manos de forma leve.

—Bien, María, me alegro de que no sea nada.

—Gracias, Carmen, ahora ya me voy tranquila a la compra.

—Adiós María, hasta otro día —se despidió la cartera.

María salió de casa, iba contenta, tanto que se olvidó de la visión que había tenido de su marido, a buen seguro que había sido una mala pasada de su imaginación, ya que los fantasmas no existen, eso es tan solo cuentos de viejos para asustar a los niños. Nada le contaría a su hija de la visión, no quería preocupar a la chica que llegaría por la tarde, era viernes y los fines de semana los pasaba en casa, tenía dieciséis años y le hacía mucha compañía, sobre todo ahora que estaba sola sin su marido. Era una chica muy despierta y hermosa, los chicos del pueblo siempre que pasaba se daban la vuelta para contemplar su armonioso cuerpo. María les contaría a sus hijos que su padre llegaría en tres días, que se venía de vacaciones, nada les diría de que había sufrido un pequeño accidente, ya lo verían cuando llegara. María ese día estaba radiante de felicidad, nada parecía presagiar que esa felicidad fuese perturbada; eran las nueve de la noche y los tres se encontraban en la cocina cenando. Blanca hacía tan solo una hora que había llegado.

—Bueno hijos, tengo que daros una noticia —dijo María sonriendo y mirando a los chicos.

—¿Qué noticia es mamá? —preguntó Blanca.

—Vuestro padre llega en tres días.

—¡Oh, qué bien! —exclamaron los chicos al unísono.

—Espero que me traiga una gaita, tal como me prometió —dijo un feliz Manuel.

—Seguro que sí —respondió su madre también con la felicidad reflejada en su rostro.

—Y tú, Blanca. ¿Qué le pediste? —le preguntó Manuel a su hermana.

—Yo le pedí un vestido rojo para ir a la fiesta y, ya sé que me lo trae, se lo dijo a mamá en una carta.

—Claro que os lo traerá todo, vuestro padre os quiere mucho —dijo María llena de felicidad.

Estaba con sus dos hijos y, su esposo en unos días estaría en casa. Los tres continuaron charlando y, en la conversación no pudo dejar de aparecer el episodio que Manuel había tenido en el camino de Valconde.

—¿Así que te llevaste un buen golpe? —preguntó su hermana.

—Así es —respondió su madre—, la verdad es que nos dio un buen susto, pero ahora ya está bien.

—Ya lo veo —dijo Blanca sonriendo—, y dime, ¿qué tal va en el colegio?

—Bueno —respondió su madre—, según la profesora va muy bien, aunque dice que es un chico muy inquieto lleno de fantasías, siempre está imaginándose cosas, a poco que le den pie, enseguida se monta una historia. El otro día cuando lo del accidente me preguntó si existía la Santa Compaña, imagínate cómo es de fantasioso tu hermano.

—¡Pero! ¿Tú crees en la Santa Compaña? —le preguntó su hermana mirándolo—, si eso de la Santa Compaña son cuentos de viejos, esas historias siempre las cuenta Encarnación en la aldea, pero esa vieja, está loca de remate —aseguró Blanca.

—Claro que lo está —afirmó su madre—, y esos cuentos creo que hace despertar la imaginación de tu hermano.

—¿Por qué lo dices mamá? —Inquirió Blanca.

—Porque tu hermano, la noche pasada se despertó asustado, diciendo que había un hombre en su habitación.

—¡Vamos Manuel!, no seas tonto —le reprochó su hermana—, todo eso es producto de tu imaginación.

—Sí, ya lo sé —asintió Manuel—, eso mismo me dijo mamá.

Manuel para nada les habló de la conversación que había mantenido con Encarnación, de hacerlo seguramente irían a su casa para decirle que no le contara esas historias al chico.

—Sé que son solo historias de viejos.

—Bien, eso ya está mejor —respondió su hermana convencida de que Manuel entendía que todas esas historias de la Santa Compaña no eran ciertas.

Durante un tiempo, los tres mantuvieron una conversación, la cual giraba en torno a la llegada de su padre y, de los regalos que este les iba a traer. Después de ese tiempo de charla dijo su madre:

—Bueno, creo que llegó la hora de irnos a la cama.

—Sí, mamá —respondió Blanca—, yo estoy algo cansada, hoy en la casa donde trabajo me tocó limpiar las ventanas, y eso es agotador.

—De acuerdo, vayamos entonces —dijo su madre—, esta loza que queda por lavar, ya la lavo por la mañana, ahora no me apetece.

—Si quieres lo hago yo, mamá —dijo Blanca—, no me importa.

—No, hija, tú también estás muy cansada, has dicho que has estado limpiando las ventanas en casa de los señores, ya lo haré yo mañana.

—De acuerdo, mamá —asintió Blanca.

A continuación se levantaron de la mesa y se dirigieron a sus habitaciones, las cuales se encontraban en el piso superior. Se despidieron hasta el día siguiente y cada uno se dirigió a su habitación. Blanca una vez en la habitación, cerró las contras, desembozó la cama y, comenzó a desnudarse para ponerse el camisón. Cuando se quedó solo con la braga, sintió un escalofrío que recorrió todo su cuerpo, como si alguien la estuviese mirando. Se estremeció al pensar que su cuerpo desnudo pudiese ser visto por una persona.

—Pero, ¿quién me va a estar mirando? —pensó Blanca sonriendo—, nadie puede verme, he cerrado las contras y estas encajan muy bien.

A continuación miró a su alrededor para asegurarse de que no había nadie, se puso el camisón y se metió en cama. Después de hacerlo, Blanca tenía una extraña sensación, sentía frío y eso no era normal, en el mes de Junio la temperatura era considerable, la noche rondaba los veintitrés grados. Una vez en cama se tapó con la sábana, apagó la luz y se quedó dormida pensando en el chico que en ese momento ocupaba su corazón.

Después de unas dos horas de sueño, Blanca sintió como alguien le quitaba la sábana y la dejaba destapada, tenía mucho frío por lo que volvió a tirar de la sábana hacia ella pero no lo consiguió, parecía que la sábana estuviera presa en alguna cosa, estaba adormilada pero enseguida se despertó sobresaltada. Se dio cuenta de que no estaba soñando, presentía que había algo en la habitación, la temperatura en la misma era muy baja y, sentía mucho frío; se estremeció al pensar que alguien podía haber entrado en su habitación, se incorporó de la cama, encendió la pequeña lámpara de la mesilla y, una tenue luz inundó la habitación. Cuando se acostumbró a la luz, fijó su vista en los pies de la cama y, lo que vio le dejó aterrada, sin respiración, un frío helado recorrió todo su cuerpo impidiéndole pensar con claridad, su joven corazón se aceleró tanto que parecía iba a salirse de su sitio. A los pies de la cama se encontraba una figura vestida con una túnica negra, su mortecino rostro con ojos blanquecinos en sus cuencas hundidas le miraba y, en sus labios se atisbaba lo que parecía ser una sonrisa. Blanca se frotó varias veces los ojos intentado que esa visión desapareciera, pensando que tan solo era una alucinación. Cuando dejó de frotarse los ojos, la figura seguía allí, su rostro cadavérico carente de vida hizo que Blanca se estremeciera hasta lo más íntimo de su ser, el pánico se apoderó de ella hasta el punto de que sus músculos se agarrotaron, intentó gritar pero no lo consiguió. La figura que permanecía a los pies de la cama se fue acercando a ella. Entonces Blanca sacó fuerzas de la flaqueza, se bajó de la cama para dirigirse a la puerta de la habitación, pero el espectro sin que Blanca se diera cuenta, se puso a su lado a la vez que le decía con una voz cavernosa que la hizo estremecer de terror aniquilando todos sus sentidos.

—¡No te puedes ir!, me perteneces desde el día en que naciste y te haré mía, te llevaré conmigo, nadie podrá impedirlo.

Blanca gesticulaba para gritar y llamar a su madre pero sus cuerdas bocales estaban bloqueadas por el pánico, sentía el frío aliento del ser que tenía a escasos centímetros de su cara. Blanca sacó fuerzas de la flaqueza, pegó un salto hacia la puerta, agarró el pomo con tanta fuerza que sintió un terrible dolor en la muñeca, abrió la puerta y justo al salir gritó con todas sus fuerzas:

—¡¡Mamá!!, ¡mamá!, mamá ¡por favor ayúdame!, ¡hay alguien en mi habitación!

Su madre se incorporó sobresaltada al oír los gritos de su hija, lo mismo que Manuel. Blanca se metió en la habitación de su madre completamente aterrada llorando de miedo.

—¡Mamá!, ¡mamá!, el hombre o lo que fuera, dijo que yo le pertenecía, ha sido horrible, quería llevarme.

—¡Tranquila, hija!, ¡tranquila!, seguramente se trata de una pesadilla —aseguró su madre.

—¿Que ocurre mamá? —preguntó Manuel apareciendo en la puerta.

—Nada hijo, que tu hermana ha tenido una pesadilla.

—¡Te juro que no era una pesadilla!, fue real —aseguró Blanca—, un ser horrible estaba en mi habitación.

—De acuerdo, hija, vayamos a ver.

A continuación María se dirigió a la habitación seguida de sus dos hijos, María con paso firme entró en la habitación y, como ella suponía dentro no había nadie.

—¡Ves hija!, aquí no hay nadie, si hubiese alguien tendría que salir por el pasillo y lo encontraríamos, como ves, tanto las ventanas como las contras están cerradas por dentro, por lo tanto si hubiese alguien, la única salida sería por la ventana y, los pestillos están bajos —mostró María tocando los pequeños pestillos metálicos que cerraban las contras—. Has tenido una pesadilla hija, es posible que la conversación que tuvimos anoche sobre la Santa Compaña haya sido la causa de ella, como te contamos anoche, eso mismo le ocurrió a tu hermano.

—¡Te juro, mamá!, que no fue una pesadilla —aseguró Blanca—, estaba completamente despierta y, la habitación estaba helada, incluso sentí el frío aliento de ese ser horrible en mi cara. Ahora creo que mi hermano tenía razón cuando dijo que un hombre había entrado en su habitación, por lo que me contó, todo ocurrió de la misma forma.

—Vamos, hija, por favor —dijo su madre riéndose—, eso fue todo empatía con tu hermano, él aseguró que había un hombre en su habitación, tú estabas condicionada por lo que él te contó, pero en realidad todo fue producto de vuestra imaginación, no hay ningún ser horrible que quiera llevarte.

—De acuerdo, mamá, puede ser eso, pero, ¿y si es un alma en pena que por alguna razón nos quiere llevar?

—¡Por favor, Blanca! —exclamó su madre riéndose esta vez a carcajada limpia—, ayer mismo tú le dijiste a tu hermano que eso era una tontería, que las almas en pena no existen, son solo cuentos de viejos, leyendas de las iglesias para atraer feligreses por el miedo que esto les infunde y, así poder salvar sus almas, pero todo eso es mentira, los curas no deberían hablar de ánimas, lo que hacen es engañar a la gente, ya lo hemos hablado en más de una ocasión.

—Creo, mamá, que aquí está pasando algo —aseguró Blanca con el semblante serio—, aunque yo no creo en nada de eso, algo pasa, no sé lo que es, pero no es normal que mi hermano y yo tengamos las mismas pesadillas, tú qué dices Manuel. ¿Crees que está pasando algo raro?

Manuel se quedó callado un momento, estaba pensando lo que responder, no podía decirles la verdad, Encarnación le había dicho que no se lo dijera a nadie, si quería salvarlos, tenía que guardar el secreto.

—Bueno —respondió al fin Manuel—, es posible que fuera una pesadilla, aunque a mí también me pareció real, pero como dice mamá, las ánimas no existen.

—Bien, hijos, creo que llegó la hora de irnos de nuevo a la cama —dijo María.

—Yo esta noche me quedo contigo mamá —dijo Blanca realmente asustada.

—De acuerdo hija, tu hermano hizo lo mismo el día que tuvo esa pesadilla, mañana verás todo más normal, asimilarás que todo ha sido un mal sueño.

—De acuerdo, mamá —respondió Blanca a la vez que se dirigía con su madre a la habitación y Manuel lo hacía a la suya, sin saber que lo que Blanca había dicho, que algo estaba pasando en su casa era cierto, tan cierto que un alma en pena no pararía hasta llevárselos, para así poder dejar de penar eternamente y recobrar su libertad. Pero para recobrar su libertad, era necesario adueñarse de las almas de toda la familia que habitaba en esa casa, la primera de las almas ya se la había cobrado, aunque sus moradores nada sabían. Eso todavía tenía que esperar un tiempo, la tragedia para esa familia estaba por llegar.

14. Treinta y cinco años atrás

La pequeña iglesia de Carreira, en una parroquia del pueblo costero de Riveira, esa mañana de domingo estaba abarrotada. Su párroco Andrés Blanco estaba a punto de oficiar su primera misa en dicha iglesia, ya que había sido enviado por el arzobispado de Santiago recientemente, de hecho tan solo llevaba en el pueblo tres días. Andrés tenía treinta años, era de complexión fuerte medía un metro setenta y siete, las facciones de su cara eran dulces, su rostro reflejaba bondad, lo que hacía que las feligresas que en esos momentos se encontraban en misa se fijaran en él —Sobre todo las jóvenes—. Cuando apareció en el altar todas las miradas se centraron en el párroco, a la vez que se alzaban de sus asientos.

—Qué guapo es —dijo una chica a su compañera de banco.

—Sí, lo es —respondió esta con una sonrisa—, pero tú no te hagas ilusiones, estás casada.

—Ya lo sé —asintió la mujer—, pero eso no es impedimento para que pueda decir que es guapo y, además, si yo no me hago ilusiones, tú tampoco debes hacértelas, porque él está casado con Dios.

—Tienes razón —respondió la amiga sonriendo—, y ahora atendamos a misa, que ya va a comenzar.

—De acuerdo —dijo su compañera guardando silencio.

A continuación comenzó la misa y, todos los feligreses estaban atentos al nuevo párroco, querían ver como la decía. En esos tiempos era muy importante la locución de los curas, dependiendo de cómo dijeran sus homilías, se podía ganar la confianza de sus feligreses; en este caso parecía que el nuevo párroco estaba acertando, todos permanecían atentos a todo lo que decía. Cuando llegó la hora de comulgar todos los feligreses se dirigieron al altar, ninguno de ellos quería perderse el primer día —Eso era también importante—, para que el párroco se fijara quienes recibían la comunión.

Cuando le tocó el turno a la chica que había estado comentando con su compañera que el cura era muy guapo, esta miró a los ojos del cura y, lo mismo hizo él, lo que hizo que la chica se ruborizara.

—¡El cuerpo de Cristo! —dijo el cura.

La chica tomó la hostia y se dio la vuelta dirigiéndose a su asiento al lado de su amiga, la cual ya había comulgado. Al llegar a su sitio se arrodilló con la cabeza baja, pero no pensaba en la comunión ni en el cuerpo de Cristo, sus pensamientos se centraron en el instante en que el párroco la miró a los ojos, haciendo que su cuerpo se estremeciera. Al finalizar la misa, los feligreses salieron de la iglesia, pero todos se quedaron en la pequeña plaza que rodeaba a esta; querían darle la bienvenida al nuevo párroco, muy pocos eran los que le conocían debido a que era nuevo en la parroquia. Cuando Andrés salió de la iglesia se sorprendió de la cantidad de gente que le estaba esperando.

—No cabe duda de que les he caído bien —pensó el cura.

A continuación los feligreses se acercaron a él para presentarse. Después de un tiempo presentándose, les llegó el turno a las chicas que habían estado hablando acerca de él en la iglesia, una de las cuales iba cogida de un hombre.

—¡Buenos días don Andrés!, soy Helena Baulo y, quiero darle la bienvenida en nombre de todos los feligreses que en estos momentos no se encuentran aquí, este es mi marido Antonio —dijo Helena indicándole el hombre que estaba a su lado.

—Encantado y muchas gracias —respondió el cura—, son todos ustedes muy amables, la verdad es que no me esperaba este recibimiento, estoy encantado de conocerles y abrumado al mismo tiempo, me doy cuenta de que he venido a una parroquia de muy buenos cristianos.

—Así es, don Andrés —respondió Antonio, el marido de Helena—, aunque en todo esto algo tiene que ver que el señor obispo nos haya informado de que es usted de lo mejorcito que pasó por el seminario.

—Por favor, don Antonio —dijo el cura sonriendo—, como yo son todos los que pasan por el seminario, no soy nada especial.

—Bueno, si usted lo dice —respondió Antonio también con una sonrisa en los labios.

Poco a poco todos fueron felicitando al nuevo párroco, incluso algunos le felicitaron por lo bien que había dicho la homilía. Después de un tiempo de charla entre el párroco y algunos feligreses estos fueron abandonando el lugar, hasta que quedaron la farmacéutica con su esposo junto a su amiga, lo cual aprovechó Andrés para presentarle a su hermana.

—Esta es mi hermana Encarnación, vivirá conmigo durante el tiempo que me quede en la parroquia, ella me ayudará con las tareas de la casa.

—¡Encantada! —dijo Helena—, creo que seremos muy buenas amigas.

—Lo mismo te digo, yo también lo creo así —respondió Encarnación con una amable sonrisa a la vez que ambas se besaban en la mejilla.

—Desde luego que lo seréis —dijo Antonio a la vez que también besaba la mejilla de Encarnación.

Después de un tiempo de charla entre el matrimonio y los dos hermanos, estos se despidieron, quedando en verse un día para merendar juntos, de lo cual todos quedaron encantados. Entre ellos parecía que acababa de surgir una entrañable amistad. Los días fueron pasando, Helena y Encarnación se hicieron muy buenas amigas. Esta acudía a menudo a su casa a tomar el té por las tardes de los sábados y domingos, incluso algún que otro domingo comían juntos. Entre las dos familias nació una gran amistad, tanto que algunos en el pueblo murmuraban acerca de que el marido de la farmacéutica tenía amistad con la hermana del cura —pero eso no era cierto, tan solo se trataba de una buena amistad—. Después de un año de vivir en el pueblo, esa amistad se fue consolidando, todo era felicidad entre los hermanos y el matrimonio, así como con los feligreses, quienes realmente estaban encantados con el trato que recibían por parte de su querido párroco. Nada podía presagiar lo que estaba a punto de ocurrir. Ese hecho que estaba por llegar, sería tan terrible que cambiaría la vida de los tranquilos ciudadanos de la pequeña parroquia; sería un hecho que los marcaría para siempre y tardarían muchos años en poder olvidar.

15. El viaje de don Andrés

Esa mañana había amanecido gris en la pequeña parroquia de Carreira y unas negras nubes parecían presagiar que pronto comenzaría a llover. En esos momentos en la casa parroquial don Andrés se despedía de su hermana, debido a que este se desplazaba a Santiago para informar al Obispo de cómo iba el desarrollo de la parroquia.

—Bueno Encarnación —dijo Andrés a su hermana—, espero que el obispo no me retenga más de un día en Santiago y, mañana por la tarde esté de regreso.

—Seguro que sí —respondió su hermana con una sonrisa—, mañana por la tarde estarás de regreso, nunca has estado más tiempo en Santiago, solo lo justo para informar al obispo cómo va la parroquia y, la parroquia va muy bien, tú eres muy querido en este pueblo. Cuando llegues mañana por la tarde te tendré algo preparado para que meriendes, a buen seguro traerás hambre del viaje.

—Seguro que sí, no te quepa la menor duda —afirmó Andrés—, el viajar me da apetito.

—Lo sé, por eso te digo que te tendré algo preparado.

—De acuerdo, ahora debo irme —dijo Andrés besando a su hermana en la mejilla a la vez que le decía—. ¡Hasta mañana!

—Hasta mañana, Andrés, que tengas buen viaje.

—¡Adiós hermanita!, hasta mañana.

A continuación Andrés abandonó la casa para dirigirse a la parada de autobús y subirse al bus que le llevaría a Riveira donde cogería otro hasta Santiago de Compostela, para entrevistarse con el obispo e informar de cómo iba su parroquia. Andrés iba realmente contento, tenía una parroquia maravillosa y estaba seguro de que el obispo lo mantendría en ella mucho tiempo. Eso era lo que deseaba, en ese pueblo había encontrado la felicidad, aunque algunas veces se preguntaba si él era merecedor de ella, llegando a la conclusión de que esa felicidad era tan solo efímera, que en cualquier momento todo eso se podría esfumar como el simple humo de un cigarrillo. Mientras se hacía esas reflexiones, llegó al autobús y comenzó el viaje que le llevaría hasta Santiago.

Mientras, en la casa parroquial, Encarnación continuaba con las tareas domésticas. El día transcurría tranquilo, nada presagiaba que algo pudiese perturbar la paz del tranquilo pueblo, pero sin embargo algo estaba a punto de ocurrir y ese algo cambiaría totalmente la vida de una feliz Encarnación que en ese momento se encontraba radiante de felicidad, pensando en que la vida le sonreía. Ella era muy feliz en el pueblo, allí había encontrado la paz que necesitaba, después del calvario vivido en Santiago de Compostela cuando su novio la dejó. Él nunca entendió que ella veía cosas que los demás no podían ver, cosas extrañas que poco a poco la fueron llevando a la desesperación. Cuando se lo contó a su novio, este le dijo que no estaba bien de la cabeza que esas cosas que ella decía ver, solo existían en su mente. Después de discutir muchas veces sobre lo que ella decía ver, él terminó dejándola al pensar que Encarnación estaba algo loca. Ella todo ese episodio lo vivió en silencio sin decirle nada a nadie, ni siquiera se lo dijo a su hermano. Cuando este le ofreció irse a vivir con él a la nueva parroquia, vio el cielo abierto, de esa forma olvidaría todas esas visiones que había tenido y tal vez en algún momento se lo contaría a su hermano, él, como hombre de Dios, seguramente la comprendería.

El episodio vivido con su novio en Santiago de Compostela lo tenía olvidado, por esa razón se encontraba feliz, todo eso lo había superado, no le importaba vivir al lado de su hermano haciendo las tareas de casa, a pesar de que ella, siendo maestra, podría haber optado por dar clases en un colegio. Pero esa posibilidad ni siquiera la barajó, nunca encontraría un lugar mejor a sus problemas que el estar al lado de su hermano en la casa de Dios, ese Dios todo poderoso la protegería de todo mal. Sin embargo el mal siempre está al acecho en cualquier lugar y en formas diferentes, para el mal no hay descanso, y el mal no tardaría en aparecer por la puerta de la casa donde se encontraba, sin que el Dios todo poderoso en el que Encarnación creía ciegamente, pudiese hacer nada por impedir que el mal entrara por su puerta, haciendo que su vida a partir de ese momento se convirtiera en un verdadero infierno.

16. El origen del mal

En la trastienda de la farmacia, Helena se encontraba guardando las nuevas medicinas que había recibido ese día. Estaba triste por una razón que nadie debería saber. Cuando pensó en ese punto se estremeció.

—¡Dios mío!, creo que debemos dejarlo —pensó Helena—, no es justo.

Helena se encontraba sumida en sus reflexiones cuando su marido Antonio apareció por la puerta, al tiempo que le decía:

—¿Te ayudo?

—No, gracias Antonio, ya he terminado.

—Bueno, como quieras, sabes —dijo a continuación Antonio—, por la mañana cuando estábamos desayunado te he visto triste y, durante el día lo mismo. ¿No tendrá nada que ver que don Andrés se haya ido a Santiago?

—¡Por favor, Antonio!, pero que tonterías dices —exclamó Helena sobresaltada—, esa es una broma de mal gusto. Nosotros le tenemos mucho aprecio a don Andrés, pero porque se haya ido un día a Santiago no es motivo de que yo esté triste.

—¿No sientes nada por él? —preguntó Antonio con una sonrisa malévola en su rostro.

—Sí, claro —se apresuró a decir Helena—, le quiero como un hermano, es muy buena persona.

—¿Solo como un hermano? —Inquirió Antonio sonriendo de nuevo.

—¡Por favor, Antonio! —exclamó ahora Helena intranquila—, ¿qué insinúas?

—No insinúo nada, he visto como os miráis cada vez que os encontráis.

—¡Por favor, Antonio! —gritó Helena—, no sigas, me estás haciendo daño con esas palabras.

—Sé que lo amas y, que él te ama a ti —le espetó Antonio totalmente convencido de lo que decía, lo que hizo que Helena se estremeciera hasta lo más íntimo de su ser—, pero le haré tanto daño que jamás podrá olvidarlo —dijo a continuación de forma tranquila, tanto, que Helena se estremeció hasta tal punto que en ese momento todo el razonamiento fue aniquilado por el intenso frío que invadió todo su cuerpo.

Después de un momento de desconcierto consiguió decir:

—¡Antonio, por favor!, ¿te has vuelto loco?, son solo imaginaciones tuyas.

—No Helena, no lo son —respondió Antonio con una calma tal, que a Helena de nuevo se le heló la sangre—. El otro día te seguí hasta la iglesia —prosiguió Antonio sin alterarse—, me escondí en la sacristía y vi como os amabais.

Helena en ese momento se quedó muda, aterrorizada, sin saber que decir, el pánico se apoderó de ella y, el corazón parecía que iba a salirse de su pecho, cientos de imágenes imposibles recorrieron su mente, sintió como unas náuseas aparecían en su estómago dándole ganas de vomitar, de pronto se encontró muy mal, una densa y extraña atmósfera lo envolvía todo, tanto que Helena era incapaz de articular palabra alguna.

—¿No dices nada Helena? —preguntó Antonio ante el silencio de su mejer—, ¿por qué lo hiciste? Nosotros éramos felices hasta que él apareció.

—Dios mío, ¿nos has visto? —preguntó al fin Helena con un soplo de voz apenas audible.

—Sí, Helena, os he visto —asintió Antonio ahora con amargura en sus palabras—, y para mí fue una visión tan horrible, que quisiera borrar de mi mente, pero por desgracia no puedo, ahora le haré tanto daño que pasará el resto de los días odiándonos a los dos, nuestras almas se pudrirán en el infierno para siempre.

—¡Por favor Antonio! —dijo Helena totalmente aterrada—, no cometas ninguna locura, podemos arreglarlo, tan solo fue un momento de pasión, solo fue ese día, ya no volvimos a amarnos más, recapacitamos y, nos dimos cuenta que de habíamos obrado mal, que habíamos cometido un error, fue solo un momento de pasión desbordada y, nos dejamos llevar, esto tenemos que arreglarlo entre nosotros dos, somos personas adultas y, tienes que entenderlo.

—No, Helena, no lo entiendo —respondió Antonio con una calma aparente lejos de la realidad—, y mucho menos a él, ya que le ofrecimos nuestra amistad incondicional y nos traicionó. Un siervo de Dios no puede obrar de esa manera, la pasión tenía que guardársela para Cristo ya que es su servidor.

A continuación Antonio se acercó a Helena y esta retrocedió hasta tocar con las estanterías donde almacenaba las medicinas.

—¡Por favor, Antonio!, no cometas una locura —gritó Helena.

Pero Antonio no la escuchaba, su aparente tranquilidad fue aniquilada por la ira, haciendo que todo razonamiento abandonara su mente. Ahora tan solo había una idea, la venganza. Agarró a Helena por el cuello apretando con tanta fuerza que los dedos de Antonio se clavaron en la garganta de su esposa. Durante un tiempo que a él le pareció eterno estuvo apretando, cuando la soltó, Helena se dobló como una muñeca de trapo cayendo al suelo. Cuando lo tocó, sus brazos se quebraron en medio de un sordo sonido, quedando en una posición como si de un juguete roto se tratara, pero Helena no sintió nada, ya estaba muerta antes de tocar el suelo. Antonio quedó con las manos abiertas contemplándolas a la vez que miraba a su esposa. Después de unos segundos se dio cuenta de lo que había hecho y se asustó, salió de la trastienda para ver si había alguien en la farmacia, pero no había nadie, por lo que cerró la puerta y bajó las persianas. Eran las siete de la tarde, durante más de una hora estuvo en la trastienda contemplando el cuerpo sin vida de Helena, trataba de aclarar las ideas, ahora tocaba terminar la parte de su plan, su venganza había comenzado. Cuando anochecía, Antonio salió de la farmacia, miró para los lados por si alguna persona podía verlo, pero en ese momento no había nadie por la calle —en el pequeño pueblo la gente se recogía muy temprano—, por lo que rápidamente se dirigió a la casa parroquial. En menos de tres minutos estaba delante de la puerta. Llamó y, al cabo de un rato la voz de Encarnación se dejó oír.

—¿Quién es?

—¡Soy Antonio!, Helena te envía una tarta de esas que tanto le gustan a tu hermano.

—¡Ah, de acuerdo! —respondió Encarnación—, ahora te abro.

Encarnación se acercó a la puerta y la abrió, cuando Antonio vio la puerta abierta rápidamente se metió en el interior. Encarnación se dio cuenta de que Antonio estaba nervioso, y que en las manos no llevaba ninguna tarta.

—¿Te ocurre algo Antonio? —preguntó Encarnación algo preocupada por la actitud de este.

—¡La he matado! —le soltó sin más.

—¡Pero qué dices!, ¿a quién has matado? —preguntó Encarnación sobresaltada.

—A Helena, ella impedía que yo pudiese amarte.

—¡Por favor Antonio!, ¿Te has vuelto loco?, cuéntame lo que ocurre —pidió Encarnación asustada.

—Lo que ocurre es que te amo desde el día en que te vi.

Encarnación se dio cuenta de que Antonio se encontraba bajo un cuadro de locura, por lo que subió rápidamente las escaleras con la intención de cerrarse en su cuarto y pedir ayuda por la ventana. Antonio corrió tras ella, la agarró por un brazo haciendo que Encarnación perdiera el equilibrio y cayese rodando por las escaleras. Cuando llegó al piso se golpeó contra el suelo quedando inconsciente. Antonio bajó, la cogió en brazos y la llevó a su habitación depositándola encima de la cama. Cuando Antonio vio a Encarnación tendida en la cama, la contempló durante unos segundos, a continuación comenzó a sacarle el vestido y, luego el sujetador, cuando vio los preciosos pechos de Encarnación al desnudo una explosión de deseo invadió todo su cuerpo, por lo que comenzó a acariciarlos, poco a poco el deseo fue subiendo hasta tal punto que Antonio se quitó el pantalón quedando completamente desnudo, para a continuación poseer a Encarnación en varias ocasiones, estaba totalmente fuera de sí, parecía un perro salvaje, todo atisbo de humanidad había desaparecido. Cuando Antonio estaba haciéndolo otra vez, Encarnación se despertó y, vio a Antonio encima. Se dio cuenta de lo que pasaba, sentía un terrible dolor en su vagina, no dijo nada, unas lágrimas recorrieron su cara. Antonio se dio cuenta de que se había despertado, y le dijo:

—¡No tengas miedo!, no te haré daño, solo quiero amarte, ahora soy libre para hacerlo.

Encarnación se quedó callada, no sabía lo que hacer, pretender escapar no arreglaría nada y, además, apenas tenía fuerzas para levantarse, guardó silencio mientras en su mente se agolpaban cientos de imágenes de los días felices vividos durante el año que llevaba en ese pequeño pueblo que en esos momentos se rompían en mil pedazos como un frágil cristal que se golpea contra el suelo.

En la puerta de entrada, Andrés metió la llave en la cerradura, la abrió y, ya dentro de casa llamó a su hermana.

—¡Hola Encarnación! —gritó —, ¡ya estoy en casa!

Antonio al oír la voz de Andrés se quedó tenso, puso la mano en la boca de Encarnación para que esta no pudiese gritar, ella intentó quitársela pero nada podía hacer contra la fuerza de Antonio.

—¿Estás en casa?, —volvió a preguntar Andrés, esperando oír la voz de su hermana, pero obtuvo la misma respuesta, silencio absoluto.

Andrés se extrañó por el silencio, se fijó en la alfombra que discurría por las escaleras y vio que estaba levantada por un extremo, por lo que comenzó a subir con mucho sigilo, no era normal que su hermana no estuviese en casa. Cuando llegó al último escalón, se fijó en el pasillo que llevaba a las habitaciones y vio que la de su hermana tenía la puerta abierta, eso le hizo sospechar que algo iba mal, su hermana jamás dejaba la puerta de su habitación abierta, esa era una de sus muchas manías. Andrés entró en la habitación y lo que vio le heló la sangre, su hermana yacía inconsciente encima de la cama totalmente desnuda.

—¡Dios mío! —exclamó Andrés totalmente desconcertado por lo que estaba viendo.

A continuación se dirigió a su hermana para ver si estaba muerta pero no tuvo tiempo de llegar a la cama, sintió como algo impactaba en su cabeza, cayendo al suelo inconsciente.

Cuando se despertó se dio cuenta de que se encontraba atado a una silla, poco a poco fue recobrando la conciencia. Entonces se sobresaltó, vio a Antonio sentado en la cama al lado de su hermana que permanecía inmóvil, miró aterrado a su hermana, pero antes de que pudiera decir nada Antonio le dijo:

—Tranquilo, no está muerta, solo está inconsciente, he tenido que golpearla para que no te avisara.

—Pero, ¿qué has hecho? ¡Te has vuelto loco! —exclamó Andrés.

—No, no me he vuelto loco, solo quiero que sufras lo mismo que yo.

—¡Pero de qué diablos me estás hablando! —gritó Andrés fuera de sí.

—De verdad Andrés, ¿creías que era tan bobo para no ver que entre tú y Helena había algo?

—¡Estás loco! —dijo Andrés de inmediato—, entre Helena y yo no hay nada.

—No te esfuerces, lo sé todo —dijo Antonio de forma tranquila—, os he visto haciendo el amor en la sacristía, pero ahora Helena está muerta y, a tu hermana la he violado varias veces.

Cuando Andrés escuchó todo eso se le desgarró el alma, sintió como su corazón era oprimido con una fuerza desconocida, en ese momento era incapaz de pensar, su mente se había bloqueado.

—¿Qué dice el señor cura? —preguntó Antonio sarcástico—, te has quedado muy callado, ¿No dices nada acerca de tu comportamiento con las mujeres de los demás?

Andrés era incapaz de decir nada, Antonio tenía razón, había sido una inmoralidad, al final sacó fuerzas de la flaqueza y consiguió decir.

—Solo fue una vez, nos cegó la pasión, pero te juro que estoy arrepentido de mi comportamiento.

—Claro, estás arrepentido, ¿Y crees que eso es suficiente para salvar mi honor?

—No, sé que no es suficiente, pero no debiste hacerle daño a mi hermana, ella es inocente, solo Helena y yo somos los culpables.

—Lo sé, pero quería hacerte daño y, violando a tu hermana sabía que sufrirías doblemente, la he violado varias veces para asegurarme de que lleve mi descendencia, de esa forma el hijo que tenga te recordará a mí mientras vivas.

—¿Y qué vas hacer ahora? ¿Me vas a matar? —preguntó con tristeza Andrés; en ese momento era lo que deseaba.

—No, no te voy a matar, eso sería demasiado fácil para ti, quiero que sufras el resto de tu vida, y cuando mueras, Dios se encargará de mandarte al purgatorio para que tu alma se encuentre con la de Helena, y así los dos estaréis condenados para siempre al sufrimiento del purgatorio. Nadie podrá salvar vuestras almas por el pecado tan grave que habéis cometido y, cuando intentéis salir del purgatorio, yo lo impediré, os mandaré al infierno, jamás habrá paz para vosotros dos.

—Por favor, Antonio, recapacita —le suplicó Andrés—, después de esto no podrás escapar, la guardia civil te detendrá cuando encuentren el cuerpo de Helena.

—¡Por favor Andrés!, ¿es que no te has dado cuenta? La guardia civil jamás podrá detenerme, al lugar a donde yo voy no llega la guardia civil. Me voy al infierno y, me voy tranquilo, sé que tú nada vas a contar de la violación de tu hermana; mañana cuando estéis velando nuestros cuerpos te sentirás mal, pensando que tú tuviste la culpa de nuestras muertes y, pasado mañana cuando oficies nuestros entierros, te sentirás peor.

—¡Pero qué vas hacer! —exclamó Andrés desconcertado.

—¿Es que no te has dado cuenta? —dijo de forma sarcástica Antonio—. Un cura tan listo como tú, ya debería saberlo, me voy a colgar de una viga en la trastienda de la farmacia, así cuando encuentren nuestros cuerpos todos sabrán que yo maté a Helena y luego me suicidé, pero de lo que pasó, tú nada podrás decir, será una carga que llevarás el resto de tu vida, ya que a tu hermana nada le conté de que te había visto con Helena, ese cargo de conciencia será solo tuyo.

Después de las últimas palabras de Antonio, de los ojos de Andrés brotaron unas lágrimas que poco a poco se fueron deslizando por sus mejillas hasta perderse en el cuello de la sotana. A continuación Antonio abandonó la habitación dejando a Andrés sumido en la más honda de las desolaciones. Después de un tiempo que a Andrés le pareció eterno, Encarnación recobró el conocimiento y al darse cuenta de que se encontraba desnuda se tapó con la sábana, se incorporó y vio a su hermano en la silla, después de unos segundos de desconcierto le preguntó:

—¿Cuándo has llegado?

—Hace un rato —respondió Andrés melancólico.

—Pero ¿qué te pasa? ¿Por qué no te levantas?

—Estoy atado a la silla, no pude levantarme.

—¡Oh, Andrés!, ha sido horrible —dijo de pronto Encarnación al recordar lo sucedido—. Antonio ha estado aquí y me violó, me dijo que había matado a Helena, que era a mí a quien amaba.

—Lo sé todo —respondió su hermano con una gran tristeza en su semblante, todavía tenía los ojos húmedos de tanto llorar—. Antonio me lo contó mientras tú estabas inconsciente, el pobre se volvió loco, que Dios le perdone —Andrés tampoco le mencionó a Encarnación que Antonio les había visto amándose a Helena y a él, de hacerlo, su hermana le odiaría toda la vida, sería un secreto que se llevaría a la tumba.

—¿Y dónde está Antonio ahora? —preguntó Encarnación.

—Posiblemente esté muerto —dijo Andrés totalmente abatido.

—¿Por qué dices eso? —preguntó Encarnación asombrada ante la afirmación de su hermano.

—Me dijo que iba a hacerlo, que se iba al infierno, donde nadie pudiese detenerle por lo que había hecho.

—¡Oh, dios mío, es horrible! —exclamó Encarnación llorando de forma desconsolada.

A continuación se puso el vestido mientras su hermano giraba la cara para no verla, se levantó de la cama, desató a su hermano mientras este pensaba en todo lo que había ocurrido. Sabía que no podían decir nada de lo que había pasado, ese sería un secreto que los dos hermanos guardarían para siempre, deberían esperar acontecimientos. Andrés tenía la esperanza de que Antonio recapacitase y se entregase a las autoridades. Encarnación no paraba de llorar y a partir de ese momento su vida se convertiría en un infierno.

A la mañana siguiente cuando la gente acudió a la farmacia se encontraron con que esta estaba cerrada. Durante un tiempo los vecinos que se encontraban en la puerta comentaron ese hecho, de que a las diez y media de la mañana la farmacia permaneciera cerrada, por lo que uno de los vecinos se acercó a casa de la farmacéutica y, al ver que estos no contestaban avisaron a los familiares. El hermano de la farmacéutica entró en casa, pero se llevó la sorpresa de que no había nadie, lo que les llevó a entrar en la farmacia pensando que algo había ocurrido.

Cuando el hermano de Helena entró en la trastienda se quedó horrorizado, en el suelo encontró el cuerpo sin vida de su hermana y, el de su cuñado colgado de la viga. Avisó a la guardia civil, quienes a la vez avisaron al juzgado para que levantaran los cadáveres. La investigación de la guardia civil les llevó a que el caso estaba claro, Antonio había contraído numerosas deudas de juego y, al no poder hacer frente, seguramente la pareja discutió llevando a Antonio a acabar con la vida de su mujer, para luego colgarse. El caso quedó cerrado y archivado tanto en el juzgado como en la guardia civil.

Una semana más tarde Encarnación volvió a casa de su madre a la pequeña aldea en el ayuntamiento de Noia. Una vez en casa de esta, apenas salió en mucho tiempo y al cabo de nueve meses tuvo un hijo al que puso por nombre Andrés, en recuerdo de su hermano. Encarnación, después del episodio vivido en Carreira, había quedado algo trastornada por lo que en su aldea le llamaban Encarnación la loca, debido a que no se relacionaba con la gente. Cuando esta se dirigía a ella para hablarle, ella les rehuía hablando cosas incoherentes, sin sentido, por lo que la gente no le hacía caso; todos estaban convencidos de que estaba loca.

17. Presente

Al día siguiente tan pronto tuvo ocasión Manuel fue a casa de Encarnación para contarle que su hermana también había visto a un hombre en la habitación, esta vez Manuel llamó varias veces antes de entrar, ya que la última que lo había hecho se llevó un susto cuando se le apareció su primo Andrés, y no quería que le ocurriese lo mismo.

—¡Encarnación, estás en casa! —llamó.

—Sí, puedes subir, estoy en la cocina.

Manuel subió las escaleras que conocía muy bien y que le infundían un poco de miedo, a él le parecían tenebrosas. Cuando llegó a la cocina Encarnación se encontraba preparando la cena.

—Y bien Manuel, ¿Que ha ocurrido esta vez?

—Es que esta noche mi hermana Blanca también vio un hombre en la habitación.

—¿Y tú les has contado que tú habías visto a tu padre? —preguntó Encarnación.

—No, no les dije nada, más bien le dije a mi hermana de que debió de tratarse de una pesadilla, lo mismo que le dijo mi madre.

—Muy bien, Manuel, tienes que guardar el secreto —aconsejó Encarnación—, de momento nadie debe saberlo, ya que si tu hermana cree de verdad que ha visto a ese hombre puede estar perdida, tiene que pensar que se trata de una pesadilla, de esa forma se mantendrá firme, no debe saber que ese hombre fue a buscarla.

—Pero, ¿por qué ella vio a un hombre y yo vi a mi padre?

—Verás, Manuel, el alma de la persona que os quiere a todos, te mostró a tu padre para adueñarse de su alma, pero a tu hermana quiere poseerla antes de que se muera ya que ella es virgen y, un alma virgen no le sirve para poder liberarse, antes tiene que hacerla impura, esa es la razón de que el alma de ese hombre se apareciera a tu hermana.

—Pero ¿por qué nos quiere a nosotros?, no lo entiendo, en la aldea hay muchos otros niños y, solo yo he visto la Santa Compaña.

—Verás, Manuel —dijo Encarnación melancólica—, es una vieja historia que yo no puedo contarte, tan solo puedo decirte que os ayudaré a vencer a la Santa Compaña, vuestras almas no le pertenecen, al menos de momento. Yo sé que el alma de una buena persona vela por todos nosotros, yo estoy pagando en vida un pecado que no cometí, tan solo me encontraba en el lugar equivocado y yo no lo sabía, pero ahora eso ya no se puede arreglar, ahora lo importante es defenderos de la Santa Compaña y, de momento lo estamos consiguiendo. Esa alma no ha conseguido sus objetivos, esperemos que no los consiga jamás, tú ya sabes lo que tienes que hacer cuando la Santa Compaña te muestre el camino para la misa de difuntos, tú en ningún momento debes mostrar miedo, eso ya te lo he dicho antes, pero te lo vuelvo a repetir ya que es muy importante, de esa misa depende que podamos vencer a la Santa Compaña, una persona nos está ayudando.

—Pero, ¿tú como sabes que esa persona puede ayudarnos? —quiso saber Manuel.

—Te diré, Manuel, que ha habido un episodio en mi vida que no puedo contarte, tú eres muy joven para entenderlo, por eso sé que una persona vela por nosotros, tú déjalo en mis manos, si sigues todo lo que yo te digo, venceremos a esa alma que os desea para poder liberarse y, ahora vete, no quiero que tu madre sepa que has estado en mi casa, si es que te ven salir dile que has venido a pedirme la pelota que cayó en mi huerta.

—De acuerdo —respondió Manuel saliendo de la cocina y dirigiéndose a las escaleras para abandonar la casa. Iba completamente lleno de dudas, todo lo que Encarnación le había contado era demasiado para poder entenderlo un chico de doce años. Mientras bajaba las escaleras tenía la sensación de que alguien le estaba vigilando, por lo que apresuró el paso y abandonó la casa para dirigirse a la suya.

18. Cuatro años antes, La confesión

Encarnación bajaba del autobús que la llevaba al pueblo de Carreira. Cuando pisó tierra vio la farmacia que se encontraba justo enfrente a la parada, al verla, miles de recuerdos se agolparon en su mente, había jurado no volver jamás a ese pueblo, pero una llamada de que su hermano se estaba muriendo hizo que olvidara su promesa y regresara. Su hermano era la única familia cercana que le quedaba, según el aviso que había recibido hacía dos días, le quedaba poco tiempo de vida. Encarnación se dirigió a una persona que se encontraba cerca de la parada y, le preguntó por la casa de don Andrés. Una señora le indicó que no se encontraba lejos, que había pasado por delante, cuando iba en el autobús. Encarnación le dio las gracias y se dirigió a casa de su hermano, este no vivía en la casa parroquial desde hacía un año, que fue cuando enfermó. El obispado había enviado un nuevo párroco, para sustituirle y, su hermano compró la casa donde vivía ahora. Cuando Encarnación llegó a casa de su hermano, vio a varias personas en la puerta, algunas de cuyas caras le eran familiares. Aunque hacía veinticinco años que había dejado el pueblo de Carreira, todavía era capaz de recordarlas. Cuando cruzó la puerta de entrada, una señora se le acercó y le preguntó:

—¿Tú eres Encarnación la hermana de don Andrés?

—Sí —respondió ésta—, ¿nos conocemos?

—¡Claro! —exclamó la mujer—, yo soy Rebeca, la amiga de la difunta Helena en gloria esté.

—¡Oh, Dios mío! —exclamó también Encarnación a la vez que le daba dos besos—, la verdad es que no te hubiese reconocido, pareces muy joven, pero me acuerdo muy bien de ti, las tres pasamos buenas tardes juntas.

—Así es, yo también tengo muy buenos recuerdos de ese tiempo hasta que ocurrió la desgracia.

—Así es, fue un duro golpe para todos nosotros —respondió Encarnación melancólica—, pero dime Rebeca, ¿qué hace toda esta gente en casa de mi hermano?

—Verás, es que tu hermano está muy mal, es posible que no pase de esta noche y, los vecinos quieren estar con él en los últimos momentos de su vida, ya que don Andrés era muy buena persona, todo el pueblo lo ama.

—¡Vaya!, no sabía que estaba tal mal —dijo Encarnación con tristeza.

—Pues sí, lo está —afirmó Rebeca—, ahora mismo el nuevo párroco se encuentra con él dándole la extremaunción, pero puedes pasar, en la habitación están las vecinas que le cuidan, ven sígueme.

Encarnación siguió a su vieja amiga hasta la puerta de la habitación, cuando llegó una señora le preguntó:

—¿Usted quién es?

—Soy la hermana de don Andrés.

—¡Oh!, perdone señora —se disculpó la mujer—, su hermano la está esperando, lleva dos días pronunciando su nombre, parece que se resiste a morir sin antes verla, por favor entre —dijo la vecina.

Encarnación entró en la habitación, y vio a su hermano postrado en la cama, casi no le reconoció, habían pasado veinticinco años desde la última vez que le vio y, eso se notaba. En ese momento la atmósfera en la habitación se llenó de recuerdos, fueron tan intensos que Encarnación lo percibió como algo envolvente y en su memoria cientos de imágenes que ella creía olvidadas, irrumpieron con tanta fuerza que Encarnación se estremeció hasta lo más íntimo de su ser. Después de esos momentos impregnados de angustia, Encarnación se acercó a su lado. Cuando Andrés vio a su hermana la reconoció, su rostro se iluminó, levantó la mano para coger la de Encarnación que se la ofrecía.

—Oh, dios mío, qué hermosa estás —dijo con un soplo de voz su hermano—, parece que el tiempo no ha pasado por ti.

Encarnación besó a su hermano al tiempo que le decía:

—Tú también estás muy bien, no parece que estés enfermo —afirmó Encarnación.

—Pues lo está, y mucho —dijo una voz al otro lado de la cama; se trataba del párroco que estaba dando la extremaunción a su hermano.

—¡Oh!, perdone padre —dijo Encarnación al verle—, con la emoción del encuentro me olvidé de presentarme.

—No te preocupes hija, lo entiendo, tu hermano se está muriendo, lo único que le mantiene vivo es verte a ti por última vez y pedirte perdón.

—¿Perdón? —Inquirió Encarnación—, ¿por qué tiene que pedir perdón padre?, yo no tengo nada que perdonar a mi hermano, él es un santo, pronto estará en la gloria de Dios.

—No, hija, no estará en la gloria de Dios —afirmó el cura—, antes de darle la extremaunción me pidió confesión y, se la he dado, ahora te toca a ti escucharlo.

Encarnación se quedó desconcertada, ¿cómo era posible que su hermano tuviese algo que confesarle?, eso era totalmente absurdo —pensó ligeramente preocupada—, después de unos segundos de desconcierto le dijo:

—Pero, padre, no creo necesario que mi hermano me confiese algo, nada malo ha podido hacer.

—Lo siento, hija —respondió el párroco—, pero tienes que escucharlo.

A continuación el párroco se dirigió a las vecinas que estaban en la habitación y les dijo:

—Por favor, dejen a solas a don Andrés con su hermana.

Las vecinas de forma educada salieron delante del párroco quien al salir, cerró la puerta de la habitación. Una vez los dos hermanos se quedaron solos, Andrés cogió la mano de su hermana al tiempo que le decía con un hilo de voz:

—Gracias por venir, no quería morir sin antes confesarte un pecado.

—Tú no tienes pecados, Andrés, eres un hombre justo —le dijo su hermana con ternura.

—No, no lo soy —respondió Andrés con un soplo de voz—, hice algo malo que me cerrará las puertas del cielo.

—¿Pero qué dices?, el cielo es el lugar a donde vas, tú eres de los hombres justos y buenos.

—No, Encarnación, no soy un hombre bueno —respondió Andrés con tristeza—, yo soy la causa de tu desgracia, soy un pecador, fui la causa de la tragedia que vivimos en este pueblo.

—Pero, ¿de qué me estás hablando?, no te entiendo —dijo Encarnación desconcertada.

—Verás, Helena y Antonio murieron por mi culpa.

—No, Andrés, tú no eres el culpable de nada —afirmó Encarnación—, Antonio se volvió loco y la mató, después se suicidó, tú de eso no puedes ser culpable.

—No, Antonio no es el culpable yo soy el culpable, Helena y yo nos amábamos —dijo Andrés con una tristeza tal, que su débil corazón apenas pudo resistir la emoción al pronunciar esas pablaras.

Encarnación sintió como un frío helado recorría todo su cuerpo, se estremeció hasta lo más íntimo de su ser, se quedó impasible ante lo que estaba escuchando, sus sentidos en esos momentos fueron aniquilados por la incomprensión a las duras palabras de su hermano, le hicieron tanto daño que estos se negaban a aceptarlo como una verdad, era imposible que eso pudiese haber ocurrido. Después de unos segundos que le parecieron eternos consiguió balbucir:

—Pero, ¿qué estás diciendo?, eso no puede ser cierto.

—Lo es, Encarnación, lo es —aseguró Andrés con apenas un hilo de voz inaudible—, por esa razón Antonio te violó, lo hizo por venganza, quería que yo lo viese todo, yo fui la causa de tu violación por amar a Helena, fue un tremendo error, me dejé vencer por la carne, el diablo habitaba entre nosotros y yo no lo sabía, es un penar que llevo desde hace veinticinco años. Cuando supe que tu hijo murió en la guerra, sentí un alivio, pensando que de esa forma tu sufrimiento se acabaría, pero fue solo un instante, luego me di cuenta de que tú querías a tu hijo, aunque fuese producto de una violación. Yo no tenía derecho a pensar eso, aunque jamás quise conocerlo sabía por las gentes del pueblo que era un buen chico, quiero que me perdones todo el daño que os hice a todos, sé que Dios jamás me acogerá en su seno, pero no quería morirme sin decirte la verdad.

—¡Dios mío, dios mío! —exclamó Encarnación totalmente confundida incapaz de aceptar la realidad—, no puede ser, no puede ser cierto, eso no pudo ocurrir —repetía una y otra vez.

—Es cierto —respondió Andrés con un soplo de voz, apenas le quedaban fuerzas para seguir hablando—, ahora que lo sabes ya puedo morirme en paz, aunque sé que mi alma irá al purgatorio por mi pecado, espero que algún día pueda liberarme y, que Dios nuestro padre me acoja en su seno.

Encarnación estaba lívida, horrorizada por la confesión de su hermano, era incapaz de asimilar todo lo que le estaba contando, no tenía palabras para poder responder.

—Siento que me estoy liberando de la carga que llevé en vida —prosiguió Andrés—, pero ahora sé que tendré que pagarlo en el más allá, reza por mí, yo siempre velaré por ti, donde quiera que yo esté.

La mano de Andrés que tenía agarrada a Encarnación dejó de ejercer fuerza alguna. Esta lo notó, se dio cuenta de que su hermano había muerto, de sus grandes ojos brotaron unas lágrimas que corrieron por su mejilla brillando con intensidad en la penumbra de la habitación, hasta que se desvanecieron cuando entraron en contacto con la tela de su vestido. Encarnación miró a su hermano por última vez, le cerró los ojos y salió de la habitación, cuando llegó a la puerta le dijo al párroco:

—Andrés ha muerto.

—Descanse en paz y, que Dios se apiade de su alma —respondió el párroco a modo de despedida.

A continuación el párroco entró en la habitación acompañado de las vecinas para velar el cuerpo de don Andrés, un hombre Santo a los ojos de sus feligreses. Mientras Encarnación se dirigía a la salida de la casa en su mente retumbaban con fuerza las palabras de su hermano Andrés antes de morir. Helena y yo nos amábamos.

19. Presente, Misa de Ánimas

En la pequeña aldea el día era caluroso y soleado, Manuel y su amigo Pepe iban al monte a recoger leña para hacer la hoguera en la noche de San Juan. Hacía unos días que los chicos habían iniciado vacaciones; a pesar de que Manuel tenía tres años menos que Pepe, se entendían muy bien. Manuel para ser un chico de doce años era un chico muy maduro, aunque evidentemente con las fantasías de esa edad. Se encontraba feliz, su padre había regresado de Asturias, y le había traído la gaita que le había prometido, lo cual en esos momentos se lo comentaba a su amigo Pepe.

—¡Sabes!, mi padre me trajo una gaita muy bonita.

—¡Sí!, ¿Y sabes tocarla? —preguntó su amigo.

—No, que va, pero ahora que la tengo intentaré aprender.

—Si quieres, yo puedo ayudarte, en el instituto me enseñan música.

—Vale —respondió Manuel—, así aprenderé mejor.

—De acuerdo y, ahora veamos si tenemos suerte y, encontramos las mejores ramas para la hoguera.

Los chicos siempre querían que su hoguera fuera la mejor de todas las aldeas, por lo que dedicaban varios días en ir al monte para recoger la deseada leña. Después de una hora encontraron varias ramas, las juntaron y emprendieron el regreso a la aldea donde iban amontonado la leña para la deseada hoguera. Por el camino los dos chicos iban hablando de lo bien que lo pasaban siempre que había la hoguera.

—¡Oye Manuel! —dijo su amigo Pepe—, este año tenemos que comprar una botella de coñac para beber en la hoguera cuando se marchen los mayores.

—Bueno, pero el coñac es muy caro —dijo Manuel—, yo solo tengo cinco pesetas.

—No te preocupes, la botella la compro yo y, cuando tú juntes lo que te toque, ya me lo darás.

—Vale, en ese caso con el coñac lo pasaremos mejor —respondió Manuel; para él eso de beber el coñac era nuevo, nunca lo había probado y eso le hacía ilusión.

—Bien, y ahora démonos prisa, tenemos que hacer varios viajes en busca de leña.

—De acuerdo, cuanta más recojamos, más grande será la hoguera —respondió Manuel feliz que ya se había olvidado de la Santa Compaña y de lo que Encarnación le había contado al respecto. Habían pasado varios días y nada le había vuelto a pasar, la llegada de su padre lo había cambiado todo, incluso su madre estaba mucho más contenta, ya que su marido se encontraba bien y, las heridas de las manos casi las tenía curadas.

Los chicos dedicaron todo el día a recoger leña preparando una gran pira, a buen seguro que su hoguera sería la más grande en toda la redonda. Una vez los chicos terminaron de formar la pira regresaron a sus casas quedando para las diez de la noche y, prender fuego a la hoguera de la noche de San Juan.

A las diez de la noche todos los chicos de la aldea se encontraban reunidos en torno a la hoguera, esta ardía con gran intensidad iluminando la noche clara y estrellada. Después de un cierto tiempo cuando las personas mayores se marcharon, solo se quedaron algunos chicos, lo que aprovechó Pepe para ir a buscar la botella de coñac. Cuando regresó, todos los chicos bebieron de la botella, al poco rato los chicos se encontraban bajo los efectos del alcohol, por lo que empezaron con los cantos y ritos de la noche mágica de San Juan saltando por encima de la hoguera. Sobre las doce menos cuarto de la noche los chicos se fueron marchando a sus casas, quedando tan solo al lado de la hoguera Manuel y Pepe, quienes más habían abusado del coñac, por lo que se encontraban algo mareados.

—Sabes, Pepe, ahora me tomaría un trago más —dijo Manuel agitando la botella para escurrir la última gota.

—Yo también me lo tomaría —respondió su amigo quien estaba muy mareado y no coordinaba bien sus movimientos—, pero, ¿ahora de dónde sacamos otra botella? —dijo Pepe con la voz entrecortada por la ingesta de alcohol.

Manuel iba a contestar pero se quedó callado, una figura negra se presentó ante ellos, los chicos se asustaron, pero tan solo fue un instante, cuando la negra figura se acercó al fuego rápidamente la reconocieron, se trataba del señor Segundo de Cierto, quien les saludó:

—¡Hola chicos!, buenas noches.

—¡Buenas noches! —respondieron estos malamente; el alcohol les impedía hablar con claridad.

—Tenéis que iros a dormir —dijo el señor Segundo, que se dio cuenta de que los chicos se encontraban bajo los efectos del alcohol, la botella de coñac estaba vacía al lado de Pepe y les delataba.

—Ya nos vamos ahora —respondió Manuel que se encontraba algo mejor que su amigo, ya que había bebido menos coñac—, ¿y usted ya se va para casa? —le preguntó Manuel.

—Sí, ya va siendo hora, la taberna del Puente de San Francisco está a punto de cerrar y, mañana tengo que madrugar para ir a la feria con el calzado —Segundo de Cierto era zapatero, fabricaba toda clase de calzado y lo vendía por la ferias, de ahí que tuviera que madrugar—. Bueno chicos, hasta mañana —se despidió el señor Segundo—, y vosotros también deberíais marcharos a dormir, veo que la hoguera se está apagando.

—Sí, señor —respondió Manuel—, ya nos vamos ahora, en diez minutos el fuego se apagará del todo y, nos iremos a dormir, buenas noches.

—Buenas noches chicos, hasta mañana —se despidió el señor Segundo de Cierto alejándose de la hoguera.

Cuando la negra figura del señor Segundo se perdió en el camino, Manuel le dijo a Pepe:

—¡Ya sé dónde podemos comprar más coñac!

—Sí, ¿dónde? —preguntó Pepe quien estaba medio dormido.

—En el puente de San Francisco, en la taberna.

—Tienes razón —aseguró Pepe—, pero vas tú a comprarlo yo estoy algo mareado, si me levanto todo me da vueltas.

—De acuerdo, pero yo no tengo dinero.

—Yo te lo doy —dijo Pepe metiendo la mano en el bolsillo que apenas podía encontrar debido a su estado de embriaguez.

Después de un rato intentándolo consiguió sacar el dinero y se lo entregó a Manuel, este lo cogió y se dirigió al Puente de San Francisco con la intención de comprar la tan deseada botella de coñac. La distancia que les separaba de la taberna era de menos de un Kilómetro; eran las doce menos cuarto de la noche, en menos de diez minutos estaría en la taberna. Manuel se dirigió al puente de San Francisco con el paso apresurado, aunque estaba algo mareado, no lo estaba tanto como su amigo, quien ya no era capaz de levantarse. Cuando llegó al puente de San Francisco —le llamaban así, porque realmente un puente cruzaba el río Tállara que bajaba en dirección a la ría de Noia—, se dio cuenta de que todas las luces del lugar estaban apagadas y la taberna estaba cerrada; Manuel podía verla desde donde se encontraba.

—¡Vaya, parece que está cerrada! —exclamó—, me acercaré a la puerta para ver si todavía están limpiado y me pueden dar la botella de coñac.

Manuel se dirigió a la taberna, para ello tenía que pasar por delante de la pequeña iglesia de San Francisco —se trataba de una pequeña iglesia románica que pertenecía a la parroquia de Santa María de Argalo donde algunas veces se oficiaban misas en honor a dicho Santo—. Cuando pasó al lado de la capilla, vio que por una pequeña ventana salía algo de luz, por lo que decidió bordear la capilla para mirar en la puerta principal. Cuando llegó a la puerta, su sorpresa fue mayúscula, esta se encontraba abierta y su interior estaba llena de gente, un cura en el altar estaba oficiando una misa. A Manuel todo le pareció normal, ya que se encontraba bajo los efectos del alcohol y no se paró a pensar que eran casi las doce de la noche y, a esa hora, era poco probable que hubiese misa, por lo que su curiosidad le llevó a entrar en la iglesia. Cuando cruzó la puerta esta se cerró a sus espaldas, pero Manuel no se dio cuenta, siguió unos pasos y, se detuvo justo detrás del primer banco. En ese momento el cura comenzó a hablar.

—¡Queridos hermanos!, esta misa que vamos a oficiar es por el eterno descanso de todas las almas que nos encontramos aquí reunidas, para que podamos ser liberados de nuestros pecados y acudir al lado de nuestro señor Jesucristo quien nos espera en el cielo, junto a su Padre el Dios todo poderoso.

Mientras el cura siguió oficiando la misa, Manuel comenzó a analizar la situación, aunque estaba mareado, ahora se daba cuenta de que las misas no se oficiaban a las doce de la noche, por lo que comenzó a inquietarse; miró para las personas de los bancos por si reconocía a alguna de ellas, pero para su sorpresa vio que todos los asistentes vestían del mismo modo, túnicas blancas y negras con capuchas y, no se inmutaron cuando Manuel se acercó a la primera fila. Las personas seguían atentas al sacerdote quien continuaba con la misa. El sacerdote aparentaba unos sesenta y cinco años, a Manuel le pareció ver en él cierto parecido con una persona, pero no sabría decir cuál era; de pronto sintió que el miedo se apoderaba de él, un frío gélido recorrió todo su cuerpo, comenzando a temblar, no sabía bien si de miedo o de frío, de pronto los vapores del alcohol se disiparon de golpe al darse cuenta de lo que realmente estaba ocurriendo. Rápidamente se dio la vuelta para salir corriendo y al hacerlo se percató de que la puerta se encontraba cerrada. Al intentar abrirla no lo consiguió, esta parecía estar cerrada con llave. A sus espaldas un ligero murmullo respondía a las oraciones del sacerdote por lo que totalmente asustado se volvió para ver lo que estaba ocurriendo. Cuando vio la escena que tenía delante de él, se quedó aterrado, ahora todos se encontraban de pie mirando al sacerdote quien tenía las manos alzadas, en el lado izquierdo del altar un hombre vestido de negro portaba un incensario moviéndolo de un lado para otro, del cual salía el humo de incienso impregnado con su olor toda la iglesia. De pronto sintió tanto miedo que sus piernas no le obedecieron intentó darse de nuevo la vuelta para salir pero estaba como hipnotizado por la visión que tenía ante sus ojos, algo le mantenía con la mirada fija en el sacerdote, lo mismo que todas las personas que se encontraban en la pequeña iglesia. El sacerdote con las manos alzadas dijo:

—¡Ahora recemos un ave María!

A continuación los presentes en la misa comenzaron a rezar:

—¡Dios te salve María llena eres de gracia, el señor es contigo!…

Sus cavernosas voces hicieron que el temor de Manuel se incrementase, en esos momentos era incapaz de pensar con claridad y durante el tiempo que duró el rezo no pudo apartar la mirada del sacerdote quien durante un fugaz tiempo miró a los ojos de Manuel haciendo que este se estremeciera de terror.

Cuando terminó el rezo, todas las personas se dieron la vuelta para mirar a Manuel, quien esta vez sintió tanto pánico que pensó iba a desmayarse. Las personas carecían de rostro tan solo una tenue luz blanquecina salía de sus capuchas. Una de las personas salió de su asiento, se dirigió a él con una vela encendida y se la ofreció. De pronto Manuel recordó las palabras de Encarnación y se percató de que estaba en presencia de la Santa Compaña, por lo que sabía que no debería coger la vela, de hacerlo la Santa Compaña se adueñaría de su alma. Manuel, sacando fuerzas de flaqueza se dio la vuelta para intentar salir y cuando se dio la vuelta, de nuevo se quedó paralizado por el miedo. Ante él estaba una figura con una túnica negra a diferencia de las otras que eran blancas, en su mortecino rostro pudo atisbar un halo de luz pálida que asemejaba al rostro de alguien que él creyó reconocer, pero eso era imposible, seguramente el miedo le estaba jugando una mala pasada, el espectro portaba una vela que ofreció a Manuel al tiempo que le decía:

—¡Coge esta vela!, te salvará a ti y a tu familia, debes encenderla cuando a tu padre le den sepultura y, dile a Encarnación que todo va bien, ella lo entenderá.

Manuel durante unos eternos segundos no supo que decir, era presa de un pánico atroz que había volatizado de su mente todo razonamiento. Después de esos eternos segundos consiguió balbucir:

—Pero, ¿tú quién eres?

—Soy quien os protege, ahora toma la vela, como te digo, ella os salvará.

Manuel cogió la vela, y una vez en sus manos la llama aumentó su intensidad para a continuación emitir un gran destello de luz en medio de la cual desaparecieron todos los presentes. Al cabo de unos segundos la vela se apagó y la pequeña iglesia se quedó totalmente a oscuras. Esto duró solo unos segundos, después de los cuales la puerta se abrió permitiendo que la luz de la luna penetrara en el interior iluminándolo de forma tenue pero lo suficiente para que Manuel se percatara de que la puerta se encontraba abierta y sin pensarlo dos veces echó a correr como alma que lleva el diablo y sin mirar atrás; no paró hasta llegar a donde se encontraba su amigo Pepe. Al llegar a su lado se percató que este se encontraba profundamente dormido, la hoguera se había apagado por completo y tan solo los rescoldos emitían una tenue luz haciendo que el entorno brillara de forma extraña. Manuel intentó despertar a su amigo pero sin conseguirlo, Pepe había ingerido mucho coñac y dormía la borrachera.

—¡Vamos Pepe!, tenemos que irnos, son casi las dos de la mañana.

Después de que Manuel lo intentara por cuarta vez, su amigo consiguió balbucir:

—¿Qué dices?, déjame dormir.

—¡Vamos, joder! —Volvió a insistir Manuel totalmente desesperado, intentando poner en pie a su amigo, quien después de varios intentos lo consiguió y se apoyó en él, comenzando a caminar hacia sus casas.

Después de caminar unos minutos llegaron a la puerta de Pepe, este se encontraba algo despejado por la pequeña caminata por lo que no tendría problema para entrar. Manuel una vez que vio que su amigo entraba en casa, se fue a la suya. Cuando llegó, su madre estaba despierta y le preguntó:

—¡Manuel!, ¿vienes bien?

—Sí, mamá, ya se apagó la hoguera, no queda nadie, todos se fueron a dormir.

—Bien, hijo, hasta mañana —se despidió su madre.

—Hasta mañana, mamá —respondió Manuel metiéndose en su habitación.

Una vez dentro, sacó la vela que había metido en el bolsillo trasero de su pantalón y se dirigió a la mesilla de noche. A continuación sacó el cajón para fuera y, detrás de este la escondió; después volvió a colocarlo en su sitio pensado que en ese lugar nadie podría encontrarla. No podía decirle a nadie que un alma en la iglesia le había dado esa vela, de hacerlo, nadie le creería y pensarían que estaba loco, tenía que permanecer escondida hasta el día que su padre muriese. Cuando Manuel recordó eso se estremeció, ¿por qué le estaban pasando a él esas cosas? —pensó—, le daba vueltas y más vueltas a todo lo que le estaba ocurriendo pero era incapaz de llegar a ninguna conclusión. Se metió en cama siendo incapaz de conciliar el sueño, los acontecimientos ocurridos en la iglesia no le dejaban. Después de darle muchas vueltas, decidió que al día siguiente iría a hablar con Encarnación y le contaría lo ocurrido, tal como le había dicho, las almas perdidas le habían llamado a misa de ánimas, por lo que ella sabría lo que hacer. Cuando pensó que Encarnación le podía ayudar, se tranquilizó, de hecho lo estaba haciendo, recordaba las palabras del alma que le dio la vela: "¡Dile a Encarnación que todo va bien!, ella lo entenderá". Manuel pensando en las palabras que el alma le había dicho, se quedó dormido por agotamiento debido al estrés vivido durante las horas que pasó dentro de la iglesia del Puente de San Francisco, al acudir sin saberlo a la misa de ánimas en honor a las almas perdidas, las cuales le habían incluido a él y a toda su familia.

20. La vela

Al día siguiente cuando Manuel se despertó eran las doce y media de la mañana, sentía un terrible dolor de cabeza y el estómago revuelto. Se levantó y se fue directo a la pileta del lavabo, vertió agua de una jarra que su madre había preparado con las hierbas de san Juan.

—¡Qué bien huele! —exclamó al olerla.

Llenó la pileta hasta el borde y metió la cabeza dentro.

—¡Esto ya está mejor! —dijo al sentir el frescor del agua.

El agua fresca hizo que se desperezara un poco. Después de asearse, llamó a su madre.

—¡Mamá!, ¡estáis en casa! —Manuel no obtuvo respuesta.

«Deben haber salido », pensó.

A continuación se vistió, bajó a la cocina, y vio que encima de la plancha de la cocina había un cazo con leche; se sirvió un vaso y se lo tomó. No le apetecía nada más, tenía el estómago revuelto del coñac de la noche anterior y del susto que se llevó cuando entró en la iglesia del Puente de San Francisco, cuando pensó en la iglesia se estremeció.

—Tengo que ir a ver a Encarnación cuanto antes —pensó—, ella me dirá lo que tengo que hacer, y después llamaré a Pepe para irnos al rio a darnos un baño.

A continuación cogió el bañador y lo metió en el bolsillo; poco después salió para ir a casa de Encarnación. Cuando llegó vio que las ventanas y puertas estaban cerradas. Llamó varias veces pero no obtuvo respuesta, por lo que decidió volver más tarde. De inmediato se dirigió a casa de su amigo Pepe; llamó y su abuela le abrió la puerta.

—¡Hola Manuel!, buenos días —saludó la abuela.

—Buenos días, señora Emilia —respondió Manuel—. ¿Está Pepe levantado? —preguntó a continuación.

—Sí, hace un rato que se levantó, pasa —Invitó la señora Emilia—, está en la cocina.

Manuel entró y se dirigió al encuentro de su amigo; cuando llegó a su lado este se encontraba sentado en la mesa tomando un tazón de leche.

—¡Hola Pepe!, ¿qué tal estás?

—¡Fatal! —respondió su amigo—, me duele todo el cuerpo y, la cabeza parece que va a estallarme.

—No me extraña, menuda borrachera cogiste anoche —dijo Manuel sonriendo.

—¿Tan borracho estaba?

—Sí, mucho, tanto que no te enteraste de que yo te traje a casa.

—Bueno, algo sí recuerdo —dijo Pepe—, creo que tú fuiste a buscar una botella de coñac al Puente y, también recuerdo que el señor Segundo de Cierto estuvo un rato con nosotros al lado de la hoguera, pero dime, ¿al final compraste la botella?

—No, la taberna estaba cerrada, toma el dinero que me diste —dijo Manuel sacándolo del bolsillo del pantalón.

—Gracias —respondió su amigo guardando el dinero.

—¿Qué te parece si vamos al río a bañarnos? —preguntó Manuel.

—Me parece bien —asintió su amigo—, así nos despejaremos del dolor de cabeza. Espera mientras subo a la habitación a coger el bañador.

—Vale —respondió Manuel, quien se encontraba más tranquilo con la presencia de su amigo.

No sabía si contarle lo que le estaba pasando o callárselo. Encarnación le dijo que no se lo dijese a nadie, pero suponía que se refería a nadie de su familia, por lo tanto, tal vez sería bueno que su amigo Pepe lo supiera, ya que él era un chico muy listo y a lo mejor hasta podía ayudarle. Manuel estaba inmerso en sus reflexiones cuando la abuela de Pepe apareció en la cocina al tiempo que le preguntaba:

—¿Qué tal os fue ayer en la hoguera?

—Muy bien, señora Emilia, lo pasemos de maravilla, fue una hoguera muy grande —respondió Manuel orgulloso por la hoguera.

—Sí, ya me di cuenta de que lo pasasteis bien —dijo en tono sarcástico la señora Emilia—, pues Pepe llegó algo mareado, lo sentí llegar y me levanté para decirle que no hiciera tanto ruido, que si no despertaría a sus hermanas que estaban durmiendo y, me dijo que había bebido un poco de vino y que le sentó mal.

—Sí, sí, bebimos un poco —Manuel no le aclaró que había sido coñac—, pero como no estamos acostumbrados, nos sentó mal.

—Ya lo veo, pero los chicos como vosotros no debéis beber vino, el vino es para los hombres y mujeres, vosotros sois unos niños.

—Es verdad, pero solo fue un poco —mintió Manuel.

—De acuerdo, pero no volváis a hacerlo —dijo esta vez seria la señora Emilia—, y dime Manuel, ¿hace mucho que te levantaste?

—No, tan solo un cuarto de hora —aclaró Manuel.

—Entonces, ¿no has oído nada?

—¿Oír lo que? —Inquiero Manuel sorprendido.

—Que unos gamberros entraron en la iglesia del Puente de San Francisco, destrozaron los bancos y, el Santo estaba dado la vuelta, no sé a dónde vamos a parar, los jóvenes de hoy ya no respetan nada. ¿Supongo que vosotros no tenéis nada que ver? —dijo la señora Emilia con el ceño fruncido.

Manuel al oír a la señora Emilia, se revolvió inquieto en el asiento y le dijo de inmediato:

—¡No!, ¡para nada! —aseguró—, nosotros estuvimos todo el tiempo en la viña grande al lado de la hoguera, el señor Segundo de Cierto nos vio y puede asegurar que estuvimos allí.

—Bueno, seguramente fue gente mayor —indicó la señora Emilia.

—¿Y se llevaron algo? —preguntó Manuel algo asustado.

—Parece ser que se llevaron todas las velas que iluminaban el peto de ánimas y, los grandes cirios que estaban al lado del altar. La verdad es que no se entiende mucho para qué diablos pueden querer las velas, seguramente sería para quemar en alguna hoguera, pero bueno, sabiendo que vosotros no habéis sido ya me quedo más tranquila.

En ese momento Pepe apareció por la puerta al tiempo que decía:

—¡Ya estoy listo, Manuel! ¿Nos vamos?

—¿Listo para qué? —preguntó su abuela.

—Para ir al río —respondió Pepe—, Manuel y yo nos vamos a bañar.

—¡Ah, vale! —dijo su abuela—, pero a las dos y media te quiero en casa, tus hermanas llegan para comer.

—Bien, abuela, a las dos y media estaré de vuelta —aseguró Pepe.

A continuación los dos amigos salieran de casa y se dirigieron a la Garza, que así se llamaba el lugar a donde siempre se iban a bañar. Ya en el camino Pepe le preguntó a Manuel:

—¿Te contó abuela lo ocurrido en la iglesia del Puente de San Francisco?

—Sí, me dijo que entraron en la capilla y rompieran los bancos, también que se llevaron las velas y que le dieron la vuelta al santo.

—¿Quién haría algo así? —peguntó Pepe.

—Serían los gamberros de siempre —respondió Manuel—, ya sabes que los chicos mayores en la noche de San Juan siempre quitan los portales de su sitio y los llevan a otro lugar, incluso algunos llevan los carros que se encuentran en las eras para dejarlos en las huertas.

—Tienes razón —dijo Pepe—, seguro que fueron los mayores, pero dime una cosa, ¿tú cuando fuiste a la taberna no viste a nadie?

—No, cuando llegué estaba todo cerrado —mintió Manuel, que no podía decir a su amigo la verdad—, ni siquiera vi luces, regresé y te encontré durmiendo, tú habías bebido bastante coñac, estabas muy mareado.

—Sí, la verdad es que sí, casi no me acuerdo de nada, creo que vi al señor Segundo de Cierto, y nos dijo que nos fuéramos para casa, que ya era tarde.

—Sí, fue así —aseguró Manuel—, estuvo hablando un rato con nosotros y cuando se marchó, yo fui a la taberna, pero como te dije estaba cerrada.

Los chicos continuaron hablando acerca de lo acontecido en la noche anterior. Manuel al final lo pensó, y no le dijo nada a su amigo de lo que le había pasado en la iglesia, ya que no tenía muy claro si todo lo que le ocurrió fue cierto, o solo producto del coñac. A lo mejor era cierto que entraron los gamberros y él se imaginó todo eso. Después de bañarse, los chicos regresaron, Manuel ya estaba más tranquilo, cada momento que pasaba se iba olvidando del episodio vivido en la iglesia del Puente de San Francisco. Cuando Manuel llegó a su casa, su madre estaba en la cocina, terminando de hacer la comida.

—¡Hola, mamá! —saludó Manuel.

—¡Hola, hijo!, ¿estás bien?

—Sí, después de bañarme me siento mucho mejor, y papá y Blanca, ¿no están?

—Sí, están en la huerta cogiendo limones para el pescado, ya sabes que a tu hermana le encanta el pescado con limón.

—Es verdad, desde que está trabajando en Noia, se volvió muy fina —dijo Manuel riéndose.

—Claro, hijo, ten en cuenta que los señores de los pueblos saben comer muy bien y, dime, hijo, ¿has oído lo del Puente de San Francisco?

—Sí, la abuela de Pepe me lo contó.

—¿Y supongo que vosotros no tendréis nada que ver? —preguntó seria.

Cuando Manuel escuchó a su madre, se puso colorado, no esperaba que le preguntara eso.

—¡No! —negó rápidamente Manuel—, nosotros no podemos abrir la puerta, es muy grande.

—¿Estás seguro de que tú no tienes nada que ver? —Volvió a preguntar.

—¡No!, para nada —respondió Manuel ahora algo preocupado.

—Dime la verdad, hijo, la guardia civil está buscando a los culpables y, no me gustaría que tú tuvieses nada que ver en eso.

—¡Yo no sé nada mamá!, te lo juro, yo no hice nada de eso —aseguró Manuel.

Su madre le miró y guardó silencio durante un rato, y luego le dijo:

—¡Bien, hijo!, vete a lavar las manos, ya vamos a comer.

Manuel se fue a lavar las manos pero iba preocupado, notó algo extraño en las palabras de su madre. Cuando regresó, su padre y su hermana ya estaban sentados a la mesa.

—¡Hola papá!, ¡hola Blanca! —saludó Manuel.

—Hola hermanito —respondió su hermana y, a continuación lo hizo su padre.

—¡Hola hijo!, ¿cómo estás?

—Bien —respondió Manuel algo inquieto, ya que notó a su padre muy serio—. ¿Y a ti, como te van las manos? —preguntó Manuel, a modo de distraer la atención de su padre.

—Muy bien, ya se me van curando, dime una cosa hijo, ¿Por qué lo hiciste?

—¿Hacer lo que? —preguntó Manuel ahora totalmente inquieto—, no te entiendo, papá.

—Entrar en la iglesia del Puente de San Francisco.

—¡Yo, no entré! —negó Manuel rotundamente.

—Si no entraste, ¿cómo estaba esta vela escondida detrás del cajón de tu mesilla de noche? —dijo su padre sacando la vela del cajón de la mesa de la cocina.

Manuel se puso lívido, no sabía que decir.

—¡Vamos hijo!, cuéntanos la verdad —pidió su padre.

Manuel al no poder aguantar la presión comenzó a llorar al tiempo que decía:

—¡Yo no hice nada!, fue la vela quien lo hizo.

Ante la extraña reacción de Manuel sus padres y su hermana se miraron con cara de asombro.

—¡Vamos, hijo!, tranquilízate y, nos lo explicas todo —dijo su madre cogiéndole por los hombros para tranquilizarlo.

A continuación Manuel les contó lo que le había ocurrido dentro de la iglesia. Cuando finalizó, sus padres y su hermana se miraron perplejos.

—Pero hijo, ¿por qué te inventas todo eso? —le preguntó su padre.

—¡No me lo invento! —respondió Manuel ahora asustado—, todo eso es cierto, yo no quería contároslo porque sé que no me creeríais, pero eso fue lo que pasó, el alma me dijo que la vela nos salvaría a nosotros tres, por ti ya nada podía hacer, todo es cierto.

—De acuerdo hijo —dijo su padre ligeramente preocupado por la salud de Manuel—, no hables con nadie de todo esto. ¿O acaso se lo has contado a alguien?

—No, no se lo dije a nadie, ya que sabía que nadie me creería.

—Bien, hijo, por ahora nadie puede relacionarte con la capilla, nadie ha visto nada, quemaremos la vela, e iré a buscar a don Manuel y le cuentas todo lo que nos has contado a nosotros.

—Pero, yo no estoy enfermo para que me vea el médico —dijo Manuel con un tono seco.

—Ya sé que no estás enfermo, hijo —respondió su padre—, pero será mejor que todo esto se lo cuentes al médico, él sabrá lo que hacer.

—A continuación le dijo a su esposa:

»Por favor María, mete la vela en el fogón de la cocina para que se consuma.

—¡No!, ¡no lo hagas mamá! —gritó Manuel—, si lo haces moriremos todos.

—¡Vamos, hijo!, ¡tranquilízate! —dijo su madre asustada—, todo es producto de tu imaginación, como lo de la Santa Compaña del otro día.

—¡No, no lo es!, todo es verdad —aseguró Manuel llorando.

A continuación su madre levantó los orillos de la cocina —Que todavía tenían algo de rescoldo de hacer la comida—, y metió la vela dentro. El rescoldo que quedaba sería suficiente para derretirla y así borrar las huellas de que su hijo Manuel había estado en la iglesia. María volvió a tapar el fogón; cuando puso el último orillo los rescoldos que había dentro del fogón se apagaron, pero María no podía verlo, de haberlo visto seguramente la sangre se le helaría en las venas. Dentro del fogón la temperatura había bajado a cero grados por lo que la vela quedó intacta brillando de forma inusitada dentro del fogón.

—¡Bien, hijo! —dijo su madre—, mientras tu padre va a buscar a don Manuel, tú descansarás, en cama estarás mejor, tu hermana te hará compañía si lo deseas.

—¡Pero yo estoy bien mamá! —aseguró Manuel gritando.

—Lo sé, hijo, pero nosotros estaremos más tranquilos si te ve don Manuel.

A continuación Manuel junto a su madre subieron a su habitación, mientras su hermana recogía la comida de la mesa. Ya nadie tenía ganas de comer, la comida quedó entera. Después de una hora su padre llegó acompañado del médico; entraron en la habitación de Manuel y este estaba algo adormilado, su madre y hermana estaban junto a él, sentadas en unas sillas. El médico al entrar saludó:

—¡Hola María!, ¿cómo está el chico?

—Hola don Manuel —respondió al saludo María—, en principio está bien, supongo que mi marido ya le habrá dicho lo que le pasó.

—Sí, claro, me lo ha contado —El médico a continuación se acercó a Manuel y le tocó la frente al tiempo que le preguntaba—. ¿Cómo te encuentras Manuel?

—Bien, estoy bien, aunque me duele algo la cabeza.

—Dime Manuel —preguntó el doctor—, ¿ayer en la hoguera tomaste algo de alcohol?

—Sí, tomamos una botella de coñac —dijo Manuel que de nada le servía negarlo.

—¿Coñac? —Inquirió su madre—, ¡pero Manuel!, como no me dijiste nada, ¿Cómo hiciste eso?

—Yo tomé poco, mamá —aseguró.

—¿Entre cuantos os tomasteis la botella? —preguntó el doctor.

—Entre cuatro, pero el que más tomó fue Pepe.

—Pero, ¿tú te emborrachaste? —preguntó el doctor.

—Yo estaba mareado, pero podía caminar sin ir para los lados, cuando fui a la taberna a buscar la botella para seguir bebiendo, ya estaba mejor, sabía lo que hacía.

—Pero, ¿compraste otra botella de coñac? —preguntó el doctor.

—No, no la compré, porque la taberna estaba cerrada y, fue entonces cuando vi la puerta de la iglesia abierta. Lo que pasó, ya se lo conté a mis padres.

—Sí, ya se, algo me contó tu padre cuando veníamos de camino, pero ahora quiero que tú me lo cuentes de nuevo.

Manuel a continuación le relató todo lo vivido dentro de la iglesia al doctor.

—Y eso fue lo que vi doctor —concluyó Manuel—. Pero ya me encontraba despejado, con el frío que hacía en la iglesia me despejé del todo, y lo que vi fue real.

—Bien, Manuel, no te preocupes —dijo el doctor—, seguramente viste todo eso, el alcohol hizo saltar una chispa en tu cerebro, eso tiene un nombre, pero tú eres muy joven para entenderlo. Muchas personas ven esas cosas, aunque no son ciertas, para las personas que las ven, sí lo son. Yo sé que lo viste todo, pero dentro de unos días te olvidarás de todo lo que has visto; te voy a dar unas pastillas, te las tomarás durante tres días, ya le indico yo a tu madre cómo tiene que hacer. Ahora descansa, no te levantes hasta mañana. ¿De acuerdo?

—Sí, don Manuel, ahora ya estoy más tranquilo —dijo el chico algo más relajado por las palabras del doctor.

—De acuerdo, ahora descansa y, no pienses en nada de lo que te pasó.

A continuación el médico salió de la habitación acompañado por los padres de Manuel, una vez en el pasillo la madre le preguntó:

—¿Es grave doctor?

—No, para nada —respondió el doctor tranquilizando a los asustados padres—, todo lo que el chico vio fue una alucinación transitoria debido a la cantidad de alcohol que ingirió. Tenga en cuenta María, que una botella para cuatro chicos de doce años es mucho alcohol. Manuel seguramente estuvo en la iglesia, que por alguna razón estaba abierta. Como estaba bajo los efectos del alcohol sufrió un pequeño brote de esquizofrenia, derribó los bancos y, cogió las velas para quemar en la hoguera; todo lo demás son fantasías por el pequeño brote de esquizofrenia provocada por el alcohol.

—Pero, ¿ahora qué va a pasar con él? —preguntó su madre—, ¿es posible que la guardia civil venga a casa para interrogarle?

—No, para nada —dijo el doctor sonriendo—, no te preocupes María, la guardia civil no va a buscar a nadie, ya que nadie ha puesto una denuncia. El párroco lo vio como una simple gamberrada, nada más, por lo que no puso la denuncia. Nadie sabrá que Manuel ha estado allí.

—Gracias don Manuel —dijo María—, le estamos muy agradecidos, ya nos quedamos más tranquilos.

A continuación ya más relajados acompañaron al doctor hasta la puerta. Una vez que se despidieron de él, la madre de Manuel subió a su habitación y vio que estaba dormido. Su hermana al ver a su madre, le hizo señas con el dedo en los labios para que se callara, Blanca se levantó y salió de la habitación junto a su madre, cerrando despacio la puerta para no despertarlo. Una vez en el pasillo Blanca le preguntó:

—¿Que os dijo el doctor, mamá?

María a continuación le contó a su hija lo que don Manuel les había dicho.

—Y eso es todo, hija, por lo que debemos estar tranquilos.

—Claro, mamá, es que tanto alcohol para ellos cuatro era demasiado, no me extraña que tuviera alucinaciones.

—Así es hija, así es, esperemos que no lo vuelva a hacer —dijo María resignada.

—Esperemos que no, mamá, yo le vi muy asustado, seguro que no vuelve a probar el alcohol por mucho tiempo.

Madre e hija estuvieron charlando durante un tiempo hasta que esta le dijo a su madre que se iba a casa de una amiga. Mientras, los padres también tranquilos por las palabras del doctor, salieron a dar un paseo dejando que su hijo descansara.

Después de una hora de estar en cama, Manuel comenzó a tener pesadillas. En esos momentos soñaba con un alma, la tenía delante de él, la vio con tanta nitidez que la percibió como algo real. De pronto la voz del alma resonó en sus oídos con total claridad.

—¡Manuel!, tienes que guardar la vela, sin ella nada podrá salvaros, tienes que cogerla del fogón y esconderla, pero esta vez debes hacerlo en medio de las piedras de la casa donde nadie pueda encontrarla hasta que llegue la hora de encenderla.

Manuel sobresaltado abrió los ojos pensando que se encontraba inmerso en una pesadilla, al hacerlo vio que ante él se encontraba el alma mirándolo de una forma tal que hacía que Manuel estuviera tranquilo. El rostro del alma estaba difuminada, tan solo una luz blanquecina hacía que Manuel pudiese distinguir los rasgos de su cara y, estos a Manuel le parecía que desprendían ternura. De pronto la visión del alma desapareció. Encendió la luz pero no había nadie.

—Ha sido otra pesadilla —pensó.

Después de unos momentos de desconcierto recordó la vela y se sobresaltó, el alma le dijo que la cogiera del fogón.

—Pero ¿cómo voy a coger la vela si se quemó? —pensó de nuevo Manuel.

A continuación se levantó como un rayo y a toda prisa bajó las escaleras de dos en dos; fue a la cocina, levantó la tapa del fogón y se quedó aterrorizado. Un frío helado recorrió todo su cuerpo, la vela estaba allí, tan blanca como la noche anterior cuando se la dio el alma dentro de la iglesia.

—¡Dios mío! —exclamó totalmente desconcertado—, no fue producto del alcohol como dijo el doctor, todo fue real y ahora también esto lo es, la vela está intacta.

A continuación, totalmente nervioso la cogió del fogón y, cuando la tuvo en sus manos percibió como un bienestar general recorría todo su cuerpo. Cogió un trapo y la envolvió; después se fue a la parte donde tenían la leña para la cocina. Se trataba de una pequeña habitación donde las paredes estaban con la piedra al aire y, donde había varios huecos de ventilación. Manuel metió la vela en una de ellos y luego con unas piedras sobrantes que había en el suelo tapó el hueco; la vela quedó totalmente oculta bajo las piedras. Ahora se encontraba tranquilo, sabía que no estaba loco y, que Encarnación estaba en lo cierto. Tan pronto pudiese iría a hablar con ella de todo lo que le había pasado en la iglesia del puente de San Francisco, todo era totalmente cierto.

—No volveré a hablar a mis padres de la Santa Compaña —pensó Manuel—, ellos creerán siempre al médico.

Poco después, mucho más tranquilo, no regresó a la cama, sino que fue a la cocina, tenía hambre y se puso a merendar. Cuando llegaron sus padres le encontraron en la cocina, por lo que se llevaron una sorpresa.

—¡Hola hijo!, pero, ¿cómo te has levantado? —preguntó su madre—, don Manuel te dijo que estuvieras en cama hasta mañana.

—Sí, mamá, ya sé que dijo eso, pero como tenía hambre y, me encuentro bien, por eso bajé.

—Pero, ¿seguro que estás bien? —le preguntó su padre.

—Sí, papá, la verdad es que después de lo que me dio el médico, ya me encuentro mucho mejor, ya no pienso en todo eso de la Santa Compaña y, la verdad, es que me hizo mucho bien, tanto que tengo mucha hambre.

—Muy bien —dijo su madre feliz, al ver que su hijo había respondido bien a lo que el doctor le había dado—, entonces merienda y, después si te encuentras bien puedes ir a jugar con tus amigos.

—¡Sí que estoy bien mamá! —respondió de inmediato Manuel, pensando que si salía, tendría la oportunidad de hablar con Encarnación—. Después de merendar, iré a casa de Pepe a jugar, quedamos que lo haríamos cuando veníamos de bañarnos.

—De acuerdo hijo, me alegro de que estés bien —dijo su madre—, pero si sales, a las nueve y media quiero que estés en casa, a esa hora llega tu hermana para cenar.

—Muy bien, mamá —asintió—, no te preocupes, regresaré a esa hora.

Manuel terminó de merendar y, tal como le prometió a su madre fue a casa de su amigo Pepe, cuando llegó, este se encontraba en el patio dándole de comer a las palomas.—Pepe tenía un gran palomar con unas cincuenta palomas, al verlo le saludó:

—¡Hola Manuel! ¿Qué tal estás?

—Bien, he estado un poco en cama por la tarde pero ya estoy bien.

—Sí, ya sabemos que tu padre fue a buscar el médico, porque tenías alucinaciones por el coñac que bebimos ayer, eso fue lo que le contó tu madre a mi abuela, que por cierto me riñó bastante, no debiste decirle que habíamos tomado coñac.

—Ya lo sé, pero es que don Manuel me hizo muchas preguntas y, no tuve más remedio que decirle la verdad.

—Bueno, eso ahora no tiene importancia, espero que mi abuela no le diga nada a mi madre.

—No creo que le diga nada, ya que tu madre está en Francia.

—Sí, ya sé que está en Francia, pero llegan la semana que viene —le aclaró Pepe—, ella y mi hermana, vienen de vacaciones.

—Qué bien, seguro que te traen muchos regalos —aseguró Manuel.

—Espero que sí, todos los años me los traen, ¿qué te parece si vamos a leer unos cuentos?, compré unos nuevos de Roberto Alcázar y Pedrín.

—¡Sí! ¡Qué bien! —exclamó Manuel, esos eran unos de sus cuentos preferidos.

—También compré dos novelas de vaqueros, yo ya he leído una, si quieres te la dejo.

—Bueno, pero a mí las novelas no me gustan, no tienen dibujos.

—Sí que tienen dibujos —aseguró Pepe.

—Sí, ya lo sé, pero solo es un dibujo en medio de la novela y, no dice nada.

—Claro que el dibujo no dice nada, las imágenes en la novela se las tienes que poner tú —aclaró Pepe.

—Sí, ¿y cómo se las pongo? —preguntó Manuel sorprendido—, la verdad es que nunca he leído una novela, a mí me gustan más los cuentos, sobre todo, el Capitán Trueno.

—Verás, Manuel —dijo Pepe—, cuando lees un cuento las imágenes se las pone el dibujante, pero cuando tú lees una novela, las imágenes se las pones tú cuando lees. Si hablan de un rancho tú te imaginas el rancho con los caballos y vacas, todo está en la imaginación, la imaginación es lo más poderoso que tenemos.

—Bueno —asintió Manuel—, entonces déjamela y seguiré tus consejos.

—De acuerdo, vamos a mi habitación y te la dejaré.

Manuel y Pepe estuvieron leyendo los cuentos hasta las ocho de la tarde. Pepe le enseñó a Manuel a imaginarse las escenas de la novela de vaqueros, tan solo tenía que aplicar imaginación. A medida que Manuel la iba leyendo se iba entusiasmando con la lectura, estaba realmente encantado.

—¡Es fantástico! —exclamó Manuel—, tenías razón, si te imaginas lo que estás leyendo puedes verlo todo.

—Ves, ya te lo dije —respondió Pepe—, cuando estás leyendo tú le pones las imágenes y disfrutas de esa lectura como si realmente estuvieras viendo a los protagonistas de la novela.

—Tenías razón —aseguró Manuel—, a partir de hoy las novelas serán mi lectura preferida, ahora imagino a John desenfundando con rapidez y, matando a los bandoleros en una calle llena de polvo, cayendo estos al suelo levantando una polvareda, tal como lo relata el narrador.

—Eso es Manuel, ves como es muy fácil, además, imaginarse lo que está pasando en la novela es fantástico, te hace soñar, incluso puedes imaginar que tú eres el pistolero más rápido del Oeste.

—Sí, tienes razón, te puedes imaginar todo lo que tú quieras.

Después de la constructiva charla de su amigo sobre la lectura, Manuel le dijo a Pepe:

—Ahora me tengo que ir, mañana si quieres a las doce nos vamos a bañar.

—Sí, me parece buena idea, llámame y vamos.

—De acuerdo, mañana a las doce paso a buscarte. Hasta mañana.

—Hasta mañana —respondió Pepe.

A continuación, Manuel abandonó la casa con una idea fija en su cabeza, ir a casa de Encarnación y hablar con ella sobre lo que le había sucedido en la iglesia del Puente de San Francisco.

21. Visita a Encarnación

Cuando Manuel llegó a casa de Encarnación, vio que la puerta estaba abierta, por lo que supuso que ya estaría en casa. Miró en todas direcciones antes de entrar por si alguien podía verle, no quería que le vieran entrar, si lo hacían tendría que dar muchas explicaciones y era evidente que no podía darlas. Una vez se aseguró que nadie le veía, se metió dentro del portal y llamó:

—¡Encarnación! ¿Estás en casa?

—¡Sí, Manuel!, sube, te estaba esperando.

Manuel al oír a Encarnación que le estaba esperando se estremeció.

—¿Cómo sabía Encarnación que él iría? —se preguntó mientras subía las escaleras con cuidado.

Estas, como él sabía, eran muy viejas y podían romperse. Cuando llegó al pasillo la voz de Encarnación sonó con gran intensidad:

—¡Estoy en la habitación del fondo!, puedes entrar.

Manuel vio la puerta abierta que le indicó Encarnación y, se dirigió hacia allí. Cuando llegó a la puerta vio que ésta se encontraba sentada en un viejo sofá, tenía un libro entre las manos.

—¡Hola Manuel!, ¿qué tal estás? —preguntó Encarnación.

—Bien, pero, ¿por qué me lo preguntas? —inquirió Manuel extrañado.

—Verás, es que en la aldea se comenta que el médico fue a tu casa, que te encontrabas mal, porque tenías alucinaciones debido al coñac que tomaste anoche. ¿Es cierto eso?

—Sí, eso fue lo que dijo el médico, pero creo que tú sabes que eso no es cierto.

—Tienes razón, yo sé que el coñac nada tuvo que ver con tus visiones, pero ¿por qué no me lo has contado?

—Vine antes a tu casa para hacerlo pero no estabas, te llamé varias veces y al no contestar fui a casa de mi amigo Pepe a jugar y, ahora cuando salí pensé que estarías y por eso estoy aquí.

—De acuerdo, es posible que me encontrara en la huerta, y aunque mi hijo siempre está en casa, seguramente no te escuchó.

—Sí, debió ser eso —asintió Manuel.

—Bien, pues ahora cuéntame lo que ocurrió en la iglesia —pidió Encarnación con cara de preocupación—, tal como te dije las almas te llamaron a misa de ánimas, y dependiendo de lo que te ocurrió allí obraremos en consecuencia.

A continuación Manuel le contó todo lo ocurrido en la iglesia sin perder ningún detalle, todo eso había quedado grabado a fuego en su joven memoria. Al cabo de un tiempo terminó su relato y mirando a Encarnación ligeramente nervioso le dijo:

—Y eso es todo lo que ocurrió, realmente pasé mucho miedo, aunque después de que el alma me diera la vela y me dijera que nos salvaría la vida, y que te dijera que todo iba bien, que tú lo entenderías, me tranquilicé un poco y, tal como te conté salí corriendo presa del pánico hasta que llegué a donde estaba Pepe.

Después de escuchar el relato, de los grandes ojos de Encarnación brotaron unas lágrimas que trató de limpiar sin que Manuel se diera cuenta y mirando a este le dijo:

—Sí, Manuel, lo entiendo, y dime, ¿dónde tienes la vela?, sería un problema que tus padres la vieran.

—La guardé en un hueco que hay en la pared de la leñera, tapada con una piedra y, mis padres ya la vieron.

—¡Cómo! —exclamó Encarnación alarmada—, ¡entonces!, ¡si te vieron la vela!, ¿Qué les has dicho?

—Les he dicho que me la dio el alma en la capilla.

—¿Eso les has dicho?

—Sí, pero no me creyeron, por eso llamaron al médico porque creen que estoy enfermo y, que yo robé las velas de la capilla, por eso mi madre metió la vela en el fogón para que nadie me relacionara con la iglesia.

—¿Tú madre metió la vela en el fogón?

—Sí, pero la vela no se quemó.

—¿Como que no se quemó? —preguntó Encarnación totalmente preocupada.

—No, no se quemó —aseguró Manuel—, está entera, un alma se me apareció en la habitación y me dijo que la recogiera del fogón y la guardara.

—¿Eso te dijo un alma? —inquirió Encarnación totalmente desconcertada.

—Sí, eso me dijo, por esa razón la llevé a la leñera donde la escondí. ¿Tú por qué crees que esa vela no se derritió? —inquirió Manuel incapaz de comprender ese hecho.

—Verás, si esa vela es la que yo creo que es, no puede ser destruida. Por esa razón el alma te la dio en la iglesia, esa vela pertenece a un alma que abandonó este mundo y, que un familiar bendijo para que esa alma quedase liberada, por esa razón no puede ser destruida.

Manuel se revolvió inquieto en el asiento y mirando a Encarnación le preguntó:

—¿Cómo puede estar un alma entre los vivos? ¡Eso no puede ser!, las almas son de las personas que mueren y, se van al cielo o al infierno, eso es lo que nos enseñan en el colegio.

—Sí, eso es lo que os enseñan, pero también hay almas en el purgatorio, incluso hay almas perdidas de Dios, almas que Él no sabe que están penando.

—Pero eso no puede ser —dijo Manuel sin comprender ese hecho—, Dios está en todas partes y lo ve todo.

—No Manuel, por desgracia Dios no está en todas partes, solo se encuentra algunas veces en determinados lugares y, esas almas que Él no puede ver son las que conforman la Santa Compaña y salen por las noches buscando un alma para llevarse al purgatorio y, de esa forma, ellas puedan ser liberadas. Por esa razón un alma maligna busca las vuestras para quedar liberada.

—Pero ¿de quién es esa alma maligna? —preguntó un anonadado Manuel.

—De momento no puedo decírtelo, eso le haría más fuerte, lo importante ahora es que tú tienes vuestra salvación en tus manos y ya sabes lo que tienes que hacer con la vela.

—Sí, el alma me lo dijo, pero eso no es justo, no es justo que mi padre tenga que morir.

—No, Manuel, no es justo —respondió Encarnación con amargura—, pero algunas veces alguien tiene que hacer sacrificios y, esta vez le tocó a tu padre, nosotros nada podemos hacer por él. Pero tú si puedes hacer mucho por todos nosotros, ese día tienes que encender la vela, yo rezaré para que lo consigas, sé que todo esto te está afectando de manera muy dura, pero también sé que eres un chico fuerte y, estoy segura de que conseguirás vencer a esa alma y salvarnos a todos nosotros.

—Yo no lo sé, no sé si podré hacerlo, solo tengo doce años —dijo Manuel asustado—, yo lo que quiero es jugar con mis amigos y leer cuentos, como tú estás leyendo ahora.

Encarnación miró el libro que tenía entre manos y, rápidamente lo devolvió a una pequeña estantería que estaba cerca del sofá donde ella se encontraba.

—¿Tú que estás leyendo? —le preguntó Manuel al ver que Encarnación guardaba el libro en la estantería.

—Es una novela de amor —respondió Encarnación.

—¡Ah!, es que me pareció que ponía algo de guerra, cuando lo tenías en la mano —hizo notar Manuel.

—Bueno, sí, es de guerra —respondió incómoda—, pero es una historia de amor y, ahora debes irte, no vaya a ser que tus padres te estén buscando. No quiero que te vean salir de mi casa, de esto no hables con nadie, no vuelvas a decir que has visto la Santa Compaña, ya que como ves te tomarán por enfermo, como me toman a mí, yo sé que en la aldea me llaman Encarnación la loca, pero créeme Manuel, no estoy loca, simplemente veo cosas que otros no pueden ver.

—Bueno, yo eso no lo entiendo —respondió Manuel—, y ahora me voy, ya que tienes razón, es posible que mis padres me estén buscando, me dijeron que regresara a las nueve y media y ya lo son.

—De acuerdo, vete, pero recuerda que de esto que hemos hablado ni una palabra a nadie, ¿lo has entendido?

—Sí, totalmente —asintió Manuel—, cuando ocurra lo que tiene que ocurrir la encenderé.

—Bien, y estate tranquilo —recomendó una vez más Encarnación—, alguien que no conoces te estará ayudando.

Después de despedirse, Manuel salió de casa y, para ir a la suya tenía que coger la carretera. Cuando llegó, comenzó a caminar hacia su casa, pero sin darse cuenta sus padres aparecieron por la espalda y su madre le llamó:

—¡Manuel!, ¿de dónde vienes?

—De jugar — respondió, sorprendido por la presencia de sus padres.

—¡Por favor hijo!, no mientas —dijo su padre—, te hemos visto salir de casa de Encarnación. ¿Que hacías tú en esa casa?

—Mierda —pensó sin saber que responder. La pregunta le cogió por sorpresa.

—¡Vamos, hijo!, dinos ¿que hacías en esa casa? —preguntó su madre preocupada.

—Me pidió ayuda para separar un mueble en la cocina, ella sola no podía.

—¡Pues que se las arreglara sola! —gritó su madre—, no quiero que vuelvas a esa casa, esa mujer está loca y te puede hacer algo malo.

—¡Pero, mamá! —exclamó Manuel—, ella no está loca.

—Sí, hijo, sí, Encarnación está loca —aseguró su madre con nostalgia—, se puso así cuando su hijo murió en la guerra, yo lo sé porque estuve hablando con ella cuando eso sucedió.

Cuando Manuel escuchó que el hijo de Encarnación murió en la guerra, casi se le para el corazón. La sensación de tranquilidad que sentía hasta ese momento fue aniquilada por el pánico, se estremeció hasta lo más hondo de su ser. Su joven mente era incapaz de asimilar lo que había escuchado, eso no podía ser cierto, él había visto al hijo de Encarnación y, estuvo hablando con él. Después de unos momentos de confusión, cuando la mente de Manuel pudo coordinar sus pensamientos exclamó:

—¡Eso no pude ser!, es imposible —respondió Manuel que estaba seguro haberle visto el día anterior.

—¿Por qué dices que no puede ser? —le preguntó su madre.

Manuel se dio cuenta enseguida de que se había delatado, por lo que pensó unos segundos antes de contestar. Si les decía que lo había visto, agravaría más la situación y, la idea de que estaba mal, cobraría más fuerza, tal como le había dicho el médico. Al cabo de unos segundos que le parecieron eternos respondió:

—¡Porque está en el hospital!, ella me lo dijo.

—No hijo, no está en el hospital —respondió de nuevo su madre llena de nostalgia—, su hijo Andrés murió en la guerra, pero ella sigue creyendo que está en el hospital, eso es lo que cuenta siempre.

Manuel sintió cómo otro escalofrío recorría de nuevo todo su cuerpo; la misma sensación que tuvo cuando estaba en la iglesia y asistió a la misa de ánimas. ¿Cómo podía estar muerto si había estado hablando con él el día anterior? Su madre le preparó una infusión.

—¿Estaré enfermo realmente y veo cosas que no son reales? —pensó Manuel para sí.

—Vamos, hijo, vámonos a casa —dijo su madre—, no vuelvas a entrar en esa casa. Aunque ella es de nuestra familia, está loca y, puede hacerte daño.

A continuación los tres se dirigieron a casa. Cuando llegaron su hija ya había regresado y, se encontraba preparando la mesa para la cena. Mientras cenaban, la conversación giró en torno a que Manuel se encontraba mejor con las medicinas que el doctor le había recetado. Sus padres y hermana tuvieron cuidado de no hablar nada sobre Encarnación, no querían que su hijo volviera a tener fantasías relacionadas con la Santa Compaña. Manuel apenas probó bocado, no le salía de la cabeza la imagen de su primo Andrés. Él lo había visto, había estado hablando con él. Después de cenar se metió en la cama, pero era incapaz de conciliar el sueño, la respuesta de su madre de que Andrés murió en la guerra le tenía obsesionado, era incapaz de comprender eso, si el día anterior había estado hablado con él. Después de darle muchas vueltas, tomó la decisión de acudir a casa de Encarnación al día siguiente y ver si realmente su hijo se encontraba allí. Intentó dormir, pero no lo conseguía, daba vueltas y vueltas en la cama. Cuando lo logró, lo hizo en medio de pesadillas en las cuales aparecía su primo Andrés diciéndole que fuera valiente, que no tuviese miedo, que la vela le protegía y que él estaría a su lado.

22. Diario de guerra

A la mañana siguiente, cuando sus padres se marcharon al mercado, Manuel aprovechó para acudir a casa de Encarnación y averiguar
si realmente su hijo se encontraba allí o había muerto en la guerra tal
como le había dicho su madre el día anterior, por lo que durante un
tiempo se mantuvo a la espera de que ésta saliera de casa para acudir
también al mercado. Lo hacía todos los días. Después de un tiempo de
espera la vio salir, eran las diez de la mañana y esta llevaba el cesto de
la compra, por lo que Manuel pensó que estaría bastante tiempo fuera
de casa comprando en el mercado. Cuando se marchó, Manuel se acercó a la puerta e intentó abrirla, pero estaba cerrada con llave. Entonces
se percató de que había una vieja puerta de entrada a la forja y que esta
comunicaba con las escaleras de casa por el interior, por lo que entra-
ría por allí; le sería fácil abrirla debido al grado de deterioro que esta
presentaba. Manuel metió la mano por una tabla rota accediendo al picaporte, lo levantó y, abrió la vieja puerta, por los pequeños ventanales
apenas entraba luz, el aspecto que tenía la antigua forja era tenebroso,
había muchos hierros y, al fondo se podía ver el hogar en el cual pendía
el gran insuflador de aire. La forja estaba abandonada, esta pertenecía
al padre de Encarnación quien había sido herrero, pero al morir este,
quedó abandonada, al no querer hacerse cargo ninguno de sus hijos.
Manuel cruzó la forja y se dirigió a una pequeña puerta que comunicaba con el hall de entrada a la casa —Él sabía todo eso por haber estado
en la forja con su amigo Pepe para coger hierros y hacer espadas para
jugar a los guerreros—. La abrió ya que esta tan solo se encontraba
cerrada con el picaporte. Cuando llegó al hall llamó a su primo:

—¿Andrés, estás en casa? —esperó unos segundos y, volvió a llamar—. ¿Estás ahí? —pero no obtuvo respuesta.

Manuel subió las escaleras poco a poco ya que estas crujían a cada paso que daba. Cuando llegó al pasillo de la parte superior, volvió a llamar, pero solo obtuvo silencio. Entonces se dirigió a la pequeña sala donde había estado con Encarnación el día anterior, sentía curiosidad por ver el libro que estaba leyendo, ella le había mentido, él había leído claramente diario de guerra y, ella le dijo que era una historia de amor. Manuel cogió el libro de la pequeña estantería y vio que se trataba de un pequeño diario, en la portada se podía leer, diario de Guerra de Andrés Blanco Freire. Totalmente nervioso lo abrió y, al hacerlo descubrió que en medio de las páginas había una carta, la cual estaba doblada en dos mitades. Con manos temblorosas la cogió y, en el encabezamiento leyó, Ministerio de defensa. A continuación comenzó a leer lo que ponía la carta:

> Muy señora nuestra, nos es muy doloroso comunicarle el fallecimiento de su hijo Andrés en acto de servicio a la patria. Ha dado su vida por todos nosotros.

Manuel fue incapaz de seguir leyendo, los pelos se le pusieron de punta, un sudor frío recorrió todo su cuerpo a medida que el pánico comenzaba a hacer mella en él. Era cierto que había muerto en la guerra, la carta así lo certificaba. «Pero si estaba muerto —pensó—, ¿cómo era posible que él lo viera el día que entró en casa y estuviera hablando con él?». Con manos temblorosas dejó la carta y, comenzó a leer el diario, el cual estaba escrito por días. Cuando llegó al día 15 de diciembre de 1939, leyó:

> Son las 15 horas, mi primo Jesús y yo salimos para el frente, con el fin de entrar en la ciudad de Teruel, él tiene miedo ya que nos dijeron que la batalla seria dura.

Cuando Manuel leyó el nombre "mi primo Jesús" le dio un vuelco al corazón y la poca tranquilidad que sentía hasta ese momento desapareció por completo. En el diario nombraba a su padre. Manuel siguió leyendo:

Pero yo le animo, ya que mi primo tiene siete años menos, realmente es muy joven para estar en la guerra, pero la guerra no entiende de edades, la guerra es cruel y despiadada, es un monstruo que todo lo arrebata y, más en nuestro caso, que en algunos casos luchamos hermanos contra hermanos, ahora dejo de escribir, cuando regrese de la batalla continuaré, según nos contó el capitán será muy fácil romper el frente y, entrar en la ciudad de Teruel.

Esa página terminaba así, por lo que Manuel la pasó para continuar en la siguiente. Cuando comenzó a leer se quedó más aterrorizado todavía, la siguiente página comenzaba con un nombre que él conocía muy bien:

Yo Jesús Blanco quiero terminar el diario que comenzó mi primo Andrés a quien ahora nuestro señor Dios acoge en su seno.

Cuando leyó eso, su corazón se le encogió y un miedo irracional comenzó a apoderarse de él.

La atmósfera en la habitación de pronto se hizo tensa y un aire seco lo impregnó todo de misterio. Manuel miró a los lados, tenía la sensación de que alguien le estaba vigilando. Después de unos segundos de desconcierto continuó leyendo la página escrita por su padre. Al hacerlo, se acordó de su amigo Pepe y, se metió en la lectura de la forma en que su amigo le había enseñado, por lo que, en su mente, comenzó a formarse la película de lo que estaba leyendo:

¡Vamos Jesús!, no tengas miedo, yo te ayudaré si es que te encuentras en peligro.

—Ya lo sé Andrés, pero es que pienso en mi novia María y, no me gustaría morirme sin volver a verla.

—¡Vamos hombre!, no vamos a morir —dijo Andrés con firmeza—, ya has oído al capitán. Será un paseo entrar en la ciudad, seguramente en unas tres horas estaremos de vuelta en el campamento para recoger las cosas y llevarlas a la ciudad conquistada, a buen seguro que el general don Vicente Rojo nos da una medalla si conseguimos entrar en Teruel.

—Bueno, visto así no estaría mal —respondió Jesús más tranquilo—, llegar a casa con una medalla colgada en el traje del ejército.

—Así es, primo, tú piensa en eso y, no te preocupes de los demás. Si tenemos que matar lo haremos defendiendo la patria.

Después de que el capitán mandara formar el pelotón, Andrés y yo formamos juntos y, nos dirigimos hacia el objetivo. Cuando comenzó la batalla, las balas, muchas de las veces, nos pasaban rozando. Yo me colocaba siempre detrás de mi primo, porque él me lo había dicho.

—¡Vamos Jesús!, ¡corre hacia ese pequeño cerro!, yo te sigo ahora, intentaré abatir ese pequeño grupo que se ve a la izquierda, tú sigue al pelotón.

Mi primo Andrés se separó de mí, entonces de pronto sentí como las piezas de artillería comenzaban a caer sobre nuestras cabezas. En el lugar que mi primo se encontraba varias de ellas habían impactado; vi como mi primo corría hacia donde nos encontrábamos nosotros para protegerse y, de pronto, vi como la pieza de mortero lo despedazaba. La potencia de la pieza de artillería fue de tanta intensidad que mi primo quedó totalmente descuartizado, sus restos se esparcieron en varios metros a la redonda.

—¡¡Vamos, vamos!! —gritaba el capitán—, tenemos que salir de este infierno.

Yo era incapaz de avanzar, la imagen de mi primo totalmente destrozado se formaba en mi mente a cámara lenta. De pronto sentí como otra pieza de artillería caía cerca de donde nos encontrábamos haciendo que algunos de mis compañeros fueran destrozados. Yo salí volando por los aires, eso fue lo único que recuerdo. Cuando me desperté me encontraba en el hospital de campaña.

Manuel estaba impactado, su joven mente intentaba buscar un razonamiento lógico a todo lo que estaba leyendo, pero no lo encontraba. Su mente era incapaz de pensar que los hombres pudiesen matarse con tanta crueldad, sin ninguna razón aparente. Era incapaz de pensar con claridad, pasó la página, pero no tuvo tiempo de leer nada. Escuchó el ruido de la puerta al abrirse, por lo que pensó que debía tratarse de Encarnación que regresaba del mercado. Manuel cerró el diario y lo dejó donde estaba. A continuación se dirigió a la buhardilla para esconderse, iba totalmente muerto de miedo, después de lo qué había leído. Estaba claro que su primo Andrés había muerto en la guerra y, su padre lo sabía porque habían sido compañeros y había terminado el diario. Cuando llegó a la buhardilla la puerta estaba cerrada, tiró de la manilla y esta cedió sin ninguna dificultad. Encarnación subía las escaleras a la vez que entonaba una canción que a los oídos de Manuel le sonaba un tanto extraña.

—¿Cómo habrá regresado tan pronto? —pensó —, si hacía tan solo unos diez minutos que había salido. Lo normal era que estuviese en el pueblo unas dos horas. Cuando Manuel entró en la pequeña buhardilla donde apenas entraba luz, tan solo unos pequeños rayos penetraban por los trozos rotos de las contras de madera iluminando la estancia de forma fantasmagórica. Durante unos instantes estuvo analizando la situación. Pensó en salir y contarle la verdad, puesto que ella le estaba ayudando, aunque ahora ya tenía serias dudas de que todo lo que había visto fuese cierto.

—¿Estaría realmente enfermo tal como dijo el médico? —pensó —, ¿y todo lo que vio fue producto de su imaginación?

Encarnación en la planta baja seguía con sus cantos ajena a que Manuel se encontraba en la buhardilla. Cuando Manuel se acostumbró a la poca luz que entraba a través de las contras rotas, pudo ver que en el suelo había unos pequeños objetos justo en el centro de la pequeña habitación. Ante esa visión le picó la curiosidad de niño, por lo que se acercó a la ventana y, muy suavemente abrió un poco la contra, lo que permitió que el sol de la mañana inundara la estancia. Cuando se giró y vio lo que había en el suelo, se quedó aterrado. De pronto le pareció que la atmósfera en la habitación se volvía tensa y extraña, tanto que Manuel tuvo la sensación de que le envolvía y le impedía respirar. En el suelo de la habitación había varias velas en círculo, así como unos signos que le eran totalmente desconocidos. Jamás había visto nada igual, pero lo que realmente le dejó sin respiración fue cuando se fijó en el círculo y vio la foto de su primo vestido de soldado en posición de saludo. Encima de una consola había también otras fotografías en las cuales se encontraba Andrés en compañía de su padre. Manuel en ese momento era presa del pánico y temblaba de forma incontrolable.

—¿Qué significaba todo esto? —pensó con dificultad debido al shock al que estaba sometido en ese momento—, ¿cuál era la razón de que las velas estuvieran en el suelo rodeando a los extraños signos?

En esos momentos Manuel se daba cuenta de que Encarnación estaba realmente loca, trastornada por la muerte de su hijo. Sus padres tenían razón al decir que lo estaba. Seguramente lo que estaba viendo era algo así como un pequeño altar donde Encarnación hablaba con su hijo dentro de su locura. De pronto se estremeció de nuevo al recordar lo que había visto.

—¿Yo también debo estar loco? —pensó—, puesto que he visto todas esas cosas y, también vi a Andrés. Pero eso no puede ser, él está muerto desde hace muchos años, lo acabo de leer en el diario.

Manuel se encontraba sumido en esas reflexiones cuando de pronto escuchó unos pasos que subían hacia la buhardilla. El crujir de la madera vieja así lo delataba; ese hecho hizo que contuviese la respiración, pensaba que era Encarnación quien estaba subiendo, por lo que rápidamente buscó un lugar para esconderse. Lo más cercano que tenía a su alcance era un viejo armario y no dudó en meterse dentro —Se trataba de un armario donde Encarnación guardaba la ropa de su hijo—. Manuel se colocó en el fondo quedando completamente escondido detrás de la ropa. Una vez cerró la puerta, trató de respirar suave sin hacer ruido alguno. Se encontraba realmente asustado, cientos de imágenes acudían a su mente, todas relacionadas con su padre y su primo en la guerra. Era incapaz de coordinar esas imágenes; su cabeza estaba a punto de estallar por el miedo que todo eso le infundía. Sentía que la sangre fluía por sus venas a borbotones haciendo que su pequeño corazón aumentara las pulsaciones hasta el límite. Escuchó cómo se abría la puerta y, por un instante el sonido de los pasos cesó, luego continuaron y, volvieron a cesar de nuevo. A continuación escuchó como si se abriera un cajón y, se volviera a cerrar, luego escuchó como la contra que él había abierto se cerraba. No escuchó ninguna exclamación por parte de Encarnación, eso quería decir que no le había extrañado que estuviese abierta. A continuación volvió a escuchar los pasos que abandonaban la habitación. Cuando se cerró la puerta, un silencio inquietante inundó la pequeña estancia. Manuel durante un buen rato se quedó expectante dentro del armario, hasta que se dio cuenta de que Encarnación volvía a salir, el crujido de los pasos bajando las escaleras a la calle le llegaban con total nitidez. Después escuchó cerrar la puerta y luego silencio total. Manuel esperó un poco, antes de abandonar el armario. Cuando salió miró las velas por última vez y se dirigió a la salida. Seguramente Encarnación fue a la buhardilla en busca de algo que se le había olvidado, pero, ¿qué era ese algo? ¿A qué regresó Encarnación? Todas estas preguntas se las hacía Manuel mientras abandonaba la casa a través de la vieja forja. Una vez hubo salido, su ritmo cardíaco poco a poco fue recuperando la normalidad. ¿Qué haría ahora?, no podía contarle a nadie lo que había visto y, mucho menos a sus padres. Ellos creían ciegamente al médico, que él realmente estaba enfermo. ¿Había visto realmente a Andrés? ¿O todo lo que le estaba pasando era producto de su imaginación? ¿A quién se lo podía contar?, necesitaba sacar toda esa angustia que llevaba dentro. A continuación se dirigió a casa de su amigo Pepe, junto a él se sentía mucho más tranquilo. A lo mejor le contaría lo que le estaba pasando, era posible que lo entendiera, ya que tenía tres años más que él y, cursaba estudios en el instituto. Manuel salió a la carretera sumido en medio de todas esas reflexiones cuando de pronto escuchó la voz de Teresa que le llamaba:

—¡Manuel!, ¿vienes con nosotras a la Garza?, nos vamos a bañar.

Este al verla se acercó a ella a la vez que le decía:

—Vale, pero, ¿quiénes vais?

—Bea, Aurora, Chiruca y yo —afirmó la joven.

—¿Y tu hermano, no viene?

—Él y Antonio ya se marcharon, iban con Pepe.

—¡Ah, vale!, yo ahora iba a su casa, pero si ya están en la Garza vamos para allá —dijo Manuel olvidándose un poco de lo vivido en casa de Encarnación al ver a Teresa.

Su joven corazón se sentía atraído por la joven muchacha quien realmente era muy hermosa. Teresa tenía unos rasgos muy armoniosos, su cara algo redondeada hacía juego con sus sonrojadas mejillas encendidas por la presencia de Manuel. Sus grandes ojos negros también encendidos y su larga melena negra cayendo encima de los hombros acentuaban su belleza. También Teresa se sentía atraída por Manuel, él era un joven muy bien parecido, sus facciones bien perfiladas junto a sus expresivos ojos y su pelo negro ligeramente largo, le daban un aire de pillo —realmente lo era.

—Vamos, entonces —respondió Teresa cogiéndolo de la mano.

Este hecho hizo que su corazón latiera con fuerza al sentir el contacto de su joven compañero. Ese mismo sentimiento fue compartido por Manuel y en esos momentos todos los miedos vividos en casa de Encarnación desaparecieron. A continuación, se fueron a buscar a las otras chicas y se dirigieron a la Garza. Cuando llegaron, los chicos se encontraban bañándose en el río, y a continuación Manuel junto a las chicas se metieron en el agua y comenzaron a jugar tirándose la pelota los unos a los otros. Mientras disfrutaban de los juegos, Manuel se olvidó por completo del problema que tenía. Todo eso para él, como niño que era, pasó a un segundo plano entregándose por completo a disfrutar con sus compañeros durante el tiempo en que estuvieron en el río. Cuando Manuel llegó a su casa, su madre tenía la comida lista y la mesa preparada. Su padre y su hermana también se encontraban en la cocina. Después de saludarlos y hablar acerca de lo bien que lo había pasado en el río, Manuel recordó el diario leído en casa de Encarnación y le preguntó a su padre:

—Papá, ayer me dijiste que tu primo Andrés murió en la guerra. ¿Tú estuviste con él? —inquirió, aunque ya sabía la respuesta por haber leído el diario.

—Sí, hijo, yo estuve allí, pero no quiero hablar de ello, son cosas que hay que olvidar y, un chico de tu edad no debe hacer preguntas sobre la guerra.

—Ya lo sé —asintió Manuel—, pero es que no sabía que tú habías estado, por eso te lo pregunto; y dime, ¿Encarnación, está realmente loca como me dijiste ayer?

—Sí, hijo, sí; ella está loca del todo, por eso no queremos que vuelvas a entrar en su casa. Ella se aisló de toda su familia, algunas veces saluda y otras no, depende del día, tú solo habla con ella si la ves en la calle. Cuando viene a la fuente sé que os cuenta muchas historias, pero todas son producto de su loca imaginación y, ahora no hablemos más sobre ella, ya quedó todo claro cuando tu madre y yo te hablamos de eso. ¿De acuerdo, hijo?

—Sí, papá, no volveré a su casa —mintió Manuel, que en ese mismo instante estaba pensando en volver para averiguar el misterio que había en la casa de Encarnación—. Tienes razón, nada de lo que dice puede ser cierto.

A continuación su madre les dijo que se fueran a lavar las manos, que iba a servir la comida. Una vez se las lavó, los cuatro se sentaron a la mesa. Mientras comían, la charla transcurrió hablando de un chico de la parroquia de Argalo que se había ahogado en el río, por lo que aconsejaron a Manuel que tuviese cuidado cuando acudiese a bañarse. Después terminaron hablando de lo bueno que había sido el tratamiento que el doctor le había dado a Manuel, según sus palabras, se encontraba mejor y no había vuelto a tener visiones ni pesadillas acerca de la Santa Compaña.

—¡Ves hijo! —dijo su madre—, ya te lo decíamos nosotros que todo lo que tú habías visto se debía a la enfermedad que dice don Manuel que has tenido. Digo tenido, porque según él ya casi estás curado, como tú bien dices no has vuelto a tener pesadillas sobre ello.

—Así es, mamá —respondió Manuel, que poco a poco de tanto insistir sus padres, se iba haciendo a la idea de que todo lo que le pasó era tan solo producto de su imaginación, tal como decía el médico.

El resto de la comida la pasaron hablando sobre la enfermedad de Manuel, el cual al final terminó convencido que todo lo ocurrido con la Santa Compaña y la misa de ánimas, así como la visión del hijo de Encarnación, había sido fruto de su desbordante imaginación, influenciado por la locura de Encarnación, que tal como decían sus padres, la muerte de su hijo la había trastornado. Y ese hecho fue corroborado a medida que pasaban los días debido a que nada más le volvió a ocurrir y poco a poco Manuel perdió el interés de ir de nuevo a casa de Encarnación y, todo lo relacionado con la Santa Compaña lo fue olvidando. Pasaron los días y no volvió a ver a Encarnación, ni tan siquiera fue a la leñera para comprobar si la vela estaba allí. Ahora estaba convencido de que todo había sido producto de su imaginación, quería pensar que así había sido y no quería arriesgarse a volver a recaer si por una casualidad tenía la visión de la vela. Al final quedó totalmente convencido de que el médico tenía razón, lo que había visto, había sido producto de su imaginación. Manuel durante los días siguientes se dedicó a disfrutar de las vacaciones en compañía de sus amigos. Los días pasaron felices para él, todo volvió a la normalidad, hasta el punto de que se olvidó por completo del episodio vivido dentro de la iglesia del Puente de San Francisco y de todo lo relacionado con la Santa Compaña.

23. Un mes después

Ese día 24 de julio hacía un calor de justicia. A pesar de que el sol comenzaba a perderse por el horizonte la sensación de calor era asfixiante por lo que los vecinos salían a las puertas de sus casas tratando así de buscar algo de fresco, que a las ocho de la tarde comenzaba a aparecer procedente de la brisa del mar. María, junto a Jesús y unas vecinas, se encontraban sentados delante de su casa, en unos bancos de piedra ubicados a ambos lados de la puerta de entrada. La conversación que mantenían giraba en torno al tremendo calor que esos días de verano estaba haciendo.

—Esperemos que remita pronto este calor —dijo Jesús—, nosotros no estamos acostumbrados a tanta temperatura.

—La verdad es que no —respondió una de las vecinas que respondía al nombre de Alcira—, aunque este buen tiempo también nos favorece.

—¿Nos favorece? —inquirió otra de las vecinas que se llamaba Peregrina—, ¿y por qué razón nos favorece esta alta temperatura?

—Verás —respondió Alcira—, ten en cuenta que en esta época del verano en toda Galicia se celebran muchas fiestas y verbenas, por lo tanto atrae muchos turistas. Si el tiempo no es bueno, esos turistas no vienen y, además, también nosotros podemos disfrutar de las fiestas, si es que tenemos buen tiempo, de hecho estamos en las fiestas de nuestra parroquia de Santa Cristina de Barro, que por cierto, a las que pienso acudir esta noche, ya que toca la orquesta Veracruz y me gusta mucho el cantante Fernando do Campo.

—Bueno, visto así, no está mal —respondió María—, a lo mejor hasta nosotros nos animamos y también vamos a la fiesta.

—Pues claro, nos vamos todos —aseguró Adelina, otra de las vecinas—, a mí también me gusta Fernando do Campo.

La conversación trascurría distendida hablando sobre la verbena cuando apareció Manuel acompañado de sus amigos, todos ellos regresaban del río, habían estado toda la tarde bañándose.

—¡Buenas tardes! —saludaron los chicos.

—Buenas —respondieron los padres de Manuel y las vecinas.

—¿Cómo estaba el agua?—preguntó María.

—¡Estaba buenísima! —respondió Teresa—, la verdad es que como la marea subió tanto, el agua del mar llegaba más allá del aserradero calentando toda la Garza.

—¡Ah, estupendo! —dijo Alcira—, ¿supongo que ahora os iréis a preparar para la verbena?

—Sí, claro —respondieron los chicos al unísono.

—Bueno, yo voy si mis padres me dejan —dijo Manuel—, ya que como he estado enfermo…

—Claro que te dejan—respondió de inmediato Alcira—, tú ahora ya estás bien. ¿No es así María?

—Sí, la verdad es que ya se ha recuperado y, creo que el ir a la verbena le vendrá bien. ¿No crees Jesús?

—Sí, por supuesto, puedes ir —autorizó su padre—, cuanto más te diviertas más pronto desaparecerán todas esas cosas raras de tu cabeza.

Su padre hacía alusión a lo ocurrido hacía justo un mes cuando Manuel decía haber visto la Santa Compaña y, el médico le trataba desde ese día. Según él, Manuel sufría un pequeño cuadro de esquizofrenia, pero ahora ya estaba curado, puesto que ya no había vuelto a hablar de ese episodio. En el fondo, Manuel también estaba convencido de que todo había sido una alucinación, incluso el acontecimiento vivido dentro de la iglesia del Puente de San Francisco cuando asistió a la misa de ánimas había quedado totalmente olvidado.

—¡Tienes razón, papá! —respondió Manuel lleno de alegría por poder acudir a la verbena—, ya estoy curado y gracias por dejarme ir.

—De acuerdo —asintió su padre.

Después de una ligera charla con los mayores, los chicos quedaron en encontrase a las nueve y media delante de su casa, para ir todos juntos a la fiesta. Puntuales a esa hora, los chicos se encontraron delante de la puerta de Manuel y todos juntos se marcharon felices a disfrutar de la verbena ajenos a la tragedia que estaba a punto de ocurrir. Mientras tanto los padres de Manuel y las vecinas continuaban con la conversación. Ya habían decidido que a las diez y media acudirían todos a la verbena y allí se encontrarían con sus hijos. En medio de la conversación Jesús le dijo a María:

—Voy a la cocina a tomar un vaso de agua.

—Vale —respondió María sin prestar demasiada atención a lo que su marido le decía, el cual ya se había levantado y se metía dentro de la casa.

Jesús fue a la cocina se sirvió un vaso de agua, lo bebió, dejó el vaso en el fregadero y salió de la cocina para dirigirse a la puerta. Cuando entró en el pasillo que llevaba a la salida vio que un resplandor salía de la puerta de las escaleras que llevaban al piso superior. Jesús se dirigió a las escaleras llevado por la curiosidad que le despertó la luz. Al llegar a la puerta vio que ésta procedía del piso superior y se hacía más intensa a medida que él se acercaba. Totalmente intrigado comenzó a subir las escaleras. Cuando llegó al primer descanso y vio de donde procedía la intensa luz se quedó desconcertado, no sabía si lo que estaba viendo era producto de su imaginación o realmente la visión era real por lo que su corazón comenzó a palpitar de forma descontrolada. Ante él se encontraba una hermosa muchacha que le hacía señas para que se acercara. Jesús se quedó tan embelesado por la belleza de la joven que no se paró a pensar en lo que estaba ocurriendo, de haberlo hecho, se habría dado cuenta de que la joven no podía ser real, sino que tan solo era producto de su imaginación, por lo que totalmente fuera de la realidad terminó de subir las escaleras. Cuando llegó al piso superior, la joven abrió la puerta que llevaba al fallado a la vez que le indicaba a Jesús que le siguiera. Este siguió a la hermosa joven hasta que llegaron al piso, una vez arriba la joven se dirigió a la ventana que había al final del fallado, se subió al alfeizar y, con una sonrisa volvió a indicarle a Jesús que se acercara. Este totalmente hipnotizado por su deslumbrante belleza se dirigió a la joven. Todo atisbo de razonamiento en Jesús había desaparecido, tan solo en su mente había espacio para la hermosa joven. Cuando llegó a la ventana, la joven alargó sus manos cogiendo las de Jesús, este se subió a la ventana y, una vez arriba la hermosa joven le abrazó haciendo que Jesús sintiese un frío intenso en todo su cuerpo. El hermoso rostro de la joven de pronto se convirtió en un rostro cadavérico de cuencas vacías carente de toda vida, luego se desvaneció en la nada, haciendo que Jesús se estremeciera. En ese instante era consciente de que se encontraba en el aire y caía a gran velocidad, en unos segundos su cuerpo se estrelló contra el suelo empedrado de la calle, quedando completamente inmóvil sangrando por la cabeza, la boca y la nariz. María junto a las vecinas escucharon el fuerte golpe del cuerpo de Jesús al impactar contra el suelo.

—¡Qué ha sido eso! —exclamó Alcira asustada.

—Procede del callejón —respondió María también asustada lo mismo que el resto de las vecinas.

—¡Vamos a ver de qué se trata! —dijo Peregrina, a la vez que las mujeres se levantaban y se dirigían al callejón de donde procediera el ruido que habían escuchado.

La primera en llegar fue Alcira, que cuando vio a Jesús tendido en el suelo comenzó a gritar.

—¡Oh dios mío!, ¡oh Dios mío!

—¿Qué ocurre? —preguntaron las demás totalmente desconcertadas por la reacción de Alcira.

—¡Jesús se cayó por la ventana! —exclamó de nuevo Alcira totalmente alterada a la vez que se acercaba al cuerpo inerte de este.

Al oír eso, María corrió al lado de su esposo presa del pánico con el corazón a punto de estallarle. Cuando llegó se abrazó a él al tiempo que gritaba desesperadamente:

—¡Está muerto!, ¡está muerto!, ¡llamar a un médico por favor!

De inmediato, una de las vecinas corrió en busca de su marido y le contó lo ocurrido. Este al oír semejante noticia cogió la bicicleta y salió en busca del médico. Mientras Ramón iba en su busca, el resto de los vecinos llevaron el cuerpo al interior de la casa y lo depositaron en la cama. Cuando Ramón llegó con el médico, este nada pudo hacer por el desdichado Jesús, tan solo certificar su muerte. Este había muerto en el acto al impactar contra el suelo. Los vecinos se encargaron de darles la noticia a sus hijos. Uno de ellos —cuyo nombre era Simón—, fue el encargado de ir a buscar a Manuel a la verbena. Cuando llegó se acercó al palco y pidió al vocalista que anunciara que una persona estaba esperando a Manuel Blanco al lado del cruceiro que había justo a la entrada donde se celebraba la verbena. Al escuchar su nombre, Manuel se acercó al cruceiro y se encontró con Simón. Al verlo, totalmente sorprendido le preguntó:

—¿Qué ocurre Simón?

—¡Verás, Manuel! —respondió este con el semblante serio—, vengo a buscarte porque tu padre ha tenido un accidente y, está muy mal.

Cuando Manuel escuchó eso, durante unos segundos se quedó callado, y después miró a este con el semblante serio y le dijo:

—¡No Simón!, mi padre no está mal, mi padre está muerto, la Santa Compaña fue a buscarle y se lo llevó.

Simón al oír las palabras de Manuel se estremeció, la entereza con que las había pronunciado le dejó helado. Parecía como si estuviese esperando ese momento. Cuando dijo que la Santa Compaña le había ido a buscar, lo dijo con total convencimiento y, ese hecho hizo que a Simón se le helara la sangre a la vez que un escalofrío recorrió todo su cuerpo. ¿Cómo podía asegurar con tanta frialdad que su padre estaba muerto? ¿Estaba realmente Manuel enfermo? ¿O estaba en lo cierto y, sí, había visto la Santa Compaña tal como dijo en su día? Cuando Simón se hizo esas reflexiones, un frío helado recorrió de nuevo todo su cuerpo, por lo que solo acertó a decir:

—¡Vamos Manuel!, todo lo que dices no tiene sentido. Tu padre se cayó de la ventana del fallado y, está muy grave, eso es todo, no hay nada de la Santa Compaña como tú dices, y ahora por favor sube a la bicicleta que nos vamos.

Manuel se subió a la parte trasera de la bicicleta y, Simón le llevó hasta su casa. Cuando llegaron, se encontraron con numerosos vecinos que estaban en la cocina arropando a su hermana, quien al verlo se abrazó a él, al tiempo que le decía:

—¡Fue una desgracia!, papá se cayó de la ventana y se murió, mamá está arriba con él, las vecinas la están acompañando.

Manuel no sabía que decir, su joven mente en esos momentos se encontraba bloqueada. Todo razonamiento fue aniquilado por las imágenes de la Santa Compaña dentro de la iglesia del Puente de San Francisco. De pronto se estremeció al recordar de nuevo que el alma le había dicho que tenía que encender la vela cuando su padre fuese enterrado, de esa forma impediría que la Santa Compaña pudiese apoderarse de ellos, pero, ¿era realmente cierto que la había visto? ¿O se trataba de visiones debido a su enfermedad? ¿Estaría la vela en el muro? ¿Cómo podía encenderla y dónde? De pronto la voz llorosa de su hermana le sacó de sus cavilaciones.

—¡Ven Manuel!, vamos a verle —dijo a la vez que le cogía por el hombro y se dirigían al piso superior.

Cuando llegaron a la habitación y Manuel vio el cuerpo de su padre dentro del féretro se estremeció. Se encontraba de la misma forma que lo había visto cuando la Santa Compaña se lo mostró el día que lo vio en el camino. Su madre estaba al lado del féretro llorando, cuando le vio salió al encuentro al tiempo que le decía.

—¡Oh, hijo mío!, qué desgracia, no es justo que Dios nos hiciera esto, Dios no es bueno con nosotros —dijo María con un inmenso dolor.

Manuel sintió cómo las lágrimas de su madre caían sobre su cabeza, pero no dijo nada, tan solo se limitó a abrazarla y sentirse protegido por los brazos y el calor de su madre que le abrazaban con fuerza. Fueron unos momentos muy emotivos, todos los vecinos que estaban presentes comenzaron a llorar sintiendo el dolor de María. En esos momentos tan cruciales para ellos y, ante la pérdida de su ser querido, se quedarían desprotegidos. Después de un tiempo de estar al lado del cuerpo de su padre, Manuel se retiró a su habitación por indicación de su madre y hermana. Una vez en la habitación era incapaz de conciliar el sueño, todo lo que le había ocurrido con la Santa Compaña acudía a su mente sin poder dejar de pensar en ello, pero, ¿por qué razón no le creían? ¿Por qué decían que estaba enfermo cuando realmente no lo estaba? Manuel ahora se hacía esas reflexiones y estaba totalmente convencido de que todo era real, sino fuese así —se peguntó—, ¿cómo era posible que Encarnación supiese todo lo relacionado con la Santa Compaña? Y además, ¿Por qué razón él había visto a su hijo muerto en la guerra? ¿Y cómo era posible que ella hablara con su hijo si estaba muerto? Por más vueltas que le daba, no lograba encontrarle una explicación racional a lo que estaba ocurriendo. Por su cabeza pasaba toda la película una y otra vez, pero para un chico de doce años era imposible entender lo que le estaba ocurriendo. Todo el razonamiento que su joven mente quería darle a esa situación, se desvanecía en la nada llevado por la fragilidad con que intentaba buscarle una explicación a lo inexplicable. Manuel no podía saber que todo eso se debía a un alma en pena que necesitaba de la suya y la del resto de su familia para poder abandonar el lugar donde se encontraba, solo podía hacerlo si cobraba sus almas. Después de unas horas, el cansancio le venció y consiguió quedarse algo adormilado, pero sin dormirse del todo, en su cabeza había una marabunta de acontecimientos que no lograba poner en orden. Al día siguiente, su hermana le despertó, eran las doce y media de la mañana.

—¿Cómo te encuentras? —le preguntó al despertarse.

—Mal, tengo el estómago revuelto y me duele la cabeza. He tenido muchas pesadillas, apenas he conseguido dormir más de diez minutos seguidos, hasta que ahora al final me quedé rendido por el cansancio. ¿Y mamá como se encuentra? —preguntó Manuel con tristeza.

—Está destrozada —dijo su hermana también con la tristeza reflejada en su semblante—, no encuentra consuelo en nada. ¿Te apetece tomar algo?

—No, nada, ya te digo que tengo mal el estómago.

—Bueno, si puedes vístete, a partir de ahora creo que no podrás descansar en tu habitación, la gente comienza a llegar para acompañar el cuerpo de papá al cementerio y, harán mucho ruido. El entierro será a las cuatro de la tarde, ahora mismo hay mucha gente, tanto en la habitación velando el cuerpo, como abajo en la cocina dándole el pésame a los familiares. Los abuelos y nuestros tíos están en la cocina, y quieren verte. ¿Crees que podrás hablar con ellos?

—Sí, claro que sí —respondió Manuel con entereza—, los abuelos me quieren mucho y, los tíos también.

—Así es, Manuel, te quieren mucho —afirmó su hermana—, cuando estés preparado baja, ellos te esperarán en el comedor. Yo les avisaré para que vayan allí y no tengas que encontrarte con tanta gente en la cocina. ¿De acuerdo?

—Sí, tan pronto me vista, bajaré al comedor.

—Bien, quiero que seas fuerte y no llores, ¿vale?, sé que son momentos difíciles para nosotros, yo ya he llorado toda la noche, ya no me quedan lágrimas que derramar —dijo Blanca con tristeza.

—Seré fuerte, hermanita, no te preocupes —respondió Manuel con firmeza—, no les daré ninguna pena.

A continuación su hermana salió de la habitación para hablar con sus abuelos y tíos, mientras Manuel se vestía. Una vez lo hizo, bajó al comedor donde se encontraban los familiares. Se trataba de los hermanos de su padre y de su madre, y sus abuelos, los padres de María. Una vez hablaron con él y lo tranquilizaron, volvieron a la cocina para recibir el pésame de las personas que se acercaban para el entierro. Manuel se quedó solo en el comedor durante un tiempo, hasta que sus amigos llegaron para estar con él en esos difíciles momentos y acompañarle en la conducción del cadáver hasta el cementerio.

Durante el trayecto al cementerio Manuel no dejaba de pensar en la vela. Había visto a Encarnación pero no pudo hablar con ella, debido a que siempre estaba rodeada de muchas personas. Manuel iba detrás del féretro en medio de su madre y hermana, las cuales de vez en cuando lloraban desconsoladamente. A la llegada al cementerio el féretro fue llevado a la caseta del forense para hacerle la autopsia —en esos tiempos, algunas autopsias se solían hacer cuando el cadáver llegaba al cementerio, como era este caso, ya que la muerte había sido violenta y los médicos forenses de medicina legal de Santiago de Compostela se desplazaban a los lugares donde la persona había fallecido de forma violenta—. Una vez el cuerpo fue introducido en la caseta, las personas que acompañaban el cadáver se quedaron al lado de la tumba a la espera de que el enterrador regresara con el cuerpo una vez los forenses hubiesen terminado de practicar la autopsia. Manuel no se quedó junto a su madre y hermana, las cuales estaban arropadas por sus familiares, sino que fue a la entrada de la caseta quedándose al lado de la puerta. La curiosidad le llevó a colocarse al lado de la verja donde se podía ver perfectamente todo lo que ocurría en su interior sin ser visto. A continuación los médicos acompañados de sus ayudantes y el enterrador sacaron el cuerpo de Jesús del féretro y lo colocaron encima de una losa de piedra que hacía de mesa. Cuando Manuel vio el cuerpo de su padre se estremeció. Este iba vestido con la misma ropa que llevaba cuando llegó de Avilés: la camisa de cuadros rojos y blancos y un pantalón de tergal, lo recordaba perfectamente ya que nada más llegar le dio los regalos que les traía, entre ellos una hermosa gaita de color rojo. Los forenses comenzaron con la autopsia, uno de los médicos le levantó la cabeza para analizar la parte de atrás y, de la nariz de Jesús comenzó a brotar sangre, los médicos se miraron entre ellos desconcertados. Uno de ellos dijo:

—¿Cómo es posible que salga sangre veinte horas después de su muerte?

—Está claro —respondió otro de los forenses—, el médico de cabecera se equivocó en la hora de su muerte, pero eso ahora ya no importa, terminemos el trabajo y que le den sepultura, está claro que falleció debido al fuerte golpe en la cabeza cuando se cayó por la ventana.

Una vez los forenses terminaron el trabajo indicaron a los ayudantes y al enterrador que metieran el cuerpo en el féretro. Una vez lo taparon el enterrador llamó a las personas que lo habían portado durante el trayecto al cementerio para que entraran y lo llevaran a darle sepultura. Los cuatro hombres entraron en la caseta, sacaron el cadáver y lo condujeron a la sepultura, donde al llegar, el cura inició la oración de los muertos en el momento en que el cuerpo era bajado a la tumba. Al acabar los rezos, el enterrador comenzó a tapar el féretro entre el llanto de María y su hija, contagiando a los presentes. Realmente fueron momentos dramáticos llenos de tristeza.

Manuel intentaba mantenerse sereno a pesar de que unas lágrimas recorrían sus mejillas. Cuando el enterrador terminó de cubrir el féretro, los familiares y amigos se acercaron a María y su hija dándole ánimos. Después de un tiempo, la gente fue abandonado el cementerio de santa Cristina, tan solo quedaban al lado de la tumba los familiares y vecinos de María arropándola hasta el último momento. Una vez el enterrador colocó las flores al lado de la tumba, los familiares de María se la llevaron en medio de grandes sollozos, así como a su hija. Ninguna de las dos paraban de llorar. Manuel se quedó un poco rezagado y se dio la vuelta para ver la sepultura por última vez, al hacerlo vio que el enterrador hablaba con su ayudante. Cuando este vio que Manuel se había detenido, se acercó a él y al llegar a su altura, con una voz que parecía surgir del más allá, le dijo:

—Esta noche enciende la vela, ella os salvará, es todo lo que puedo hacer por vosotros.

Cuando Manuel escuchó esas palabras se quedó petrificado. Un sudor frío apareció en su frente a la vez que las arcadas acudían a su estómago, estaba asustado y desconcertado. ¿Cómo podía saber el enterrador lo de la vela? ¿Cómo era eso posible? ¿Quién era realmente el enterrador?, quiso preguntárselo, pero este ya se había alejado de él. Se encontraba al lado de su ayudante recogiendo las herramientas que habían empleado para tapar la sepultura. Manuel hizo ademán de ir a su encuentro pero la voz llorosa de su madre se lo impidió.

—¡Vamos hijo!, ya todo ha terminado, aquí no tenemos nada que hacer.

Manuel se dio la vuelta y caminó al encuentro de su madre. Al llegar a su lado, esta lo cogió por el hombro y, acompañados de su hermana se dirigieron a la salida. Una vez en la puerta, Manuel quiso mirar hacia atrás por última vez y ver si el enterrador se encontraba allí. Sus palabras le habían dejado desconcertado, pero este ya no estaba. De pronto vio cómo una intensa luz surgía del centro de la sepultura iluminando el entorno y desapareciendo a los pocos segundos. Manuel no dijo nada, tan solo se limitó a caminar en medio de su madre y hermana que en ese momento salían del cementerio en silencio sumidas en el dolor y asimilando que jamás volverían a ver a su ser querido.

24. Un alma maligna

Cuando llegaron a casa, sus familiares y algunas amigas de María les estuvieron acompañando y dándoles ánimos en esos momentos tan duros para los tres. Después de haber pasado un tiempo prudencial María les dio las gracias por haberles arropado en un momento tan duro para ellos y les comentó que deseaba quedarse a solas con sus hijos. Poco a poco las amigas y familiares fueron abandonando la casa. Una vez que María y sus hijos se quedaron solos, los tres se retiraron a sus habitaciones; estaban agotados del día intenso y doloroso que habían vivido. Una vez Manuel se encontró solo en su habitación, en su mente solo había una idea, encender la vela, pero, ¿cómo lo haría? ¿Dónde debería hacerlo? Encarnación no le había dicho nada del lugar, ni tampoco el enterrador, pues este tan solo le dijo que debería encenderla. Todas estas reflexiones hacían que Manuel estuviera nervioso, impaciente y desorientado; no era capaz de coordinar bien las ideas sobre lo que debería hacer. Se tumbó encima de la cama y de pronto, sin saber por qué, se sintió incómodo, tenía frío y, sin embargo fuera hacía mucho calor. La temperatura rondaba los 25 grados, había sido un día muy caluroso y la noche no consiguió suavizar la temperatura. Manuel se tapó con la sábana, se había puesto el pijama, cosa que durante el verano no hacía, pero por otro lado tampoco era extraño que sintiera frío, tenía el cuerpo destemplado debido a que fueron dos días de mucho dolor y acababan de enterrar a su padre, era lógico que no se sintiera bien. Después de estar dándole vueltas a la cabeza el cansancio le venció y se quedó dormido en medio de pesadillas, todas ellas relacionadas con lo vivido sobre la Santa Compaña y el entierro de su padre. Sobre las cuatro de la mañana los gritos de su hermana le despertaron, salió de la habitación y en el pasillo encontró a su madre.

—¿Qué le pasa a Blanca mamá? —preguntó Manuel algo asustado.

—No lo sé, hijo, debe tener pesadillas, está pidiendo socorro.

Los gritos de Blanca cada vez eran más intensos.

—¡Socorro! ¡Mamá ayúdame! Alguien quiere llevarme.

María y Manuel se dirigieron a la habitación de Blanca. Al llegar a la puerta María cogió la manilla para abrir pero para su asombro esta estaba cerrada. María asustada por los gritos de su hija lo intentó con todas sus fuerzas pero era incapaz de que la puerta se abriera.

—¡Manuel! —gritó María desesperada—, ¡ayúdame a empujar la puerta!, con la manilla no se abre, tu hermana debió cerrarla por dentro.

Los dos intentaron desplazar la manilla pero era imposible, esta estaba atascada y ni siquiera se movía.

—¡Vamos, Blanca!, abre la puerta —gritó de nuevo María—, está cerrada y no podemos abrirla.

—¡No puedo, mamá!, ¡algo me tiene agarrada y no puedo moverme! ¡Ayudarme por favor!

María se separó de la puerta a la vez que le decía a Manuel:

—¡Vamos hijo!, cojamos carrerilla y derribémosla.

A continuación los dos cogieron carrerilla e impactaron contra la puerta con tanta violencia que esta se rompió por el picaporte abriéndose con un gran estruendo, haciendo que María y Manuel se cayeran al suelo al perder el equilibrio. La luz de la habitación estaba apagada, tan solo la tenue luz del pasillo entraba por la puerta de la habitación, lo cual fue suficiente para que María viese a su hija encima de la cama agitando los brazos como intentado quitarse algo de encima, pero no había nadie. María se levantó, encendió la luz al tiempo que le decía:

—¿Pero qué te ocurre hija?

—¡Ayúdame, mamá!, alguien quiere llevarme.

—Pero hija, no hay nadie en la habitación.

—¡Sí mamá, hay alguien!, lo presiento aunque no puedo verlo.

Justo detrás de su madre Manuel estaba aterrado. Encima de su hermana estaba el alma que había visto en el camino, el alma que le mostró el cuerpo de su padre dentro del féretro. Este le tenía los brazos apretados contra la cama y, su hermana en esos momentos no podía moverlos. Estaba totalmente desnuda a merced del alma que no dejaba de mirar a Manuel con su rostro mortecino y tenebroso. Manuel todavía no se había levantado del suelo, estaba aterrado y totalmente presa del pánico, no sabía qué hacer. Su madre se acercaba a la cama donde estaba su hermana, el alma miró a Manuel y con una voz cavernosa le dijo:

—Ella ya es mía, os llevaré a todos.

Ahora Manuel sintió como la sangre corría desbocada por sus venas, el pánico le impedía moverse, cerró los ojos y se los frotó pensando que era presa de una alucinación. Cuando los abrió de nuevo vio como su madre se acercaba a su hermana y cuando estaba a la altura de la cama, el alma desplazó el brazo de Blanca con gran violencia impactando en la cara de María, la cual cayó al suelo golpeándose contra la mesilla de noche quedando inconsciente.

—¡Ayúdame Manuel! —gritó su hermana.

—Tú nada puedes hacer —dijo el alma mirando a un aterrorizado Manuel—, hoy os llevaré a todos conmigo.

En ese momento Manuel se dio cuenta de que no estaba delante de una alucinación, sino que el alma era real, por lo que sacando fuerzas de la flaqueza se levantó al tiempo que decía:

—¡La vela!, tengo que encenderla.

Rápidamente bajó las escaleras y se dirigió a la leñera, sacó la piedra donde había escondido la vela y, allí estaba. La cogió, fue a la cocina, encendió una cerilla y prendió la vela. Esta de inmediato emitió una intensa luminosidad. Manuel subió las escaleras. Cuando llegó a la habitación vio que el alma continuaba encima de su hermana intentando poseerla, Blanca se defendía con todas sus fuerzas pero ya apenas le quedaban, después de tanto tiempo de estar forcejeando ya nada podía hacer. Manuel irrumpió en la habitación, con la vela en la mano. Al cruzar la puerta la vela desprendió tanta intensidad de luz que iluminó por completo la habitación. Cuando el alma vio a Manuel con la vela, su blanquecino rostro se volvió cadavérico desvaneciéndose en medio de un halo de luz de color azulado que hacía contraste con la intensa luz blanca desprendida por la vela. Una vez su hermana se vio libre de la fuerza que la tenía oprimida cogió la sábana y se tapó, debido a que estaba totalmente desnuda y no quería que su hermano le viera en ese estado. Manuel se acercó a su madre que permanecía en el suelo al lado de la mesilla, le tocó la cara a la vez que le decía:

—¡Mamá, despierta!, ya se marchó.

María empezó a despertase, miró a Manuel y, este le dijo de nuevo:

—¡Ya se marchó!, ya no puede hacernos daño.

—Pero, ¿quién se marchó hijo? —preguntó su madre todavía conmocionada por el golpe.

—El alma que se quería llevar a Blanca —respondió tranquilamente Manuel—, la misma que se llevó a papá, pero la vela se lo impidió.

María miró a su hijo desconcertada durante unos segundos y, a continuación le dijo:

—¡Pero hijo!, aquí no había nadie, tu hermana tenía una pesadilla y en medio de la pesadilla agitó los brazos con tanta violencia que me dio en la cara haciéndome perder el equilibrio y tropezar contra la mesilla, por lo que me quedé inconsciente. Con tu hermana no había nadie.

—¡Sí que había!, te digo que yo vi el alma, estaba encima de Blanca intentaba poseerla y, cuando vio la vela desapareció.

—¡Dios mío! —exclamó María al ver la vela que Manuel llevaba en la mano—. Pero hijo —preguntó a continuación totalmente desconcertada—, ¿cuantas velas robaste de la iglesia?

—¡Ya te dije que no la robé! —gritó Manuel enfadado—, me la dio un alma buena en la misa de ánimas, es la misma vela.

—¡Eso no puede ser, hijo!, no me mientas —gritó María totalmente angustiada—, yo la metí en el fogón de la cocina, por lo que tuvo que derretirse.

—No, mamá, yo la cogí en el fogón y estaba intacta, tienes que creerme, yo puedo ver a las almas, no sé porque, pero las veo.

—¡Manuel tiene razón, mamá! —dijo Blanca también asustada—, yo sentía como alguien me quitaba el camisón tocaba mis senos y piernas e intentaba poseerme, era algo muy frío, durante todo el tiempo lo sentí encima, hasta que Manuel llegó con la vela. Cuando entró en la habitación esta desprendió una gran luminosidad y, al instante dejé de sentir que alguien me oprimía, era algo real, no estaba soñando, estaba totalmente despierta, debes creer a Manuel mamá, si dice que vio esa cosa es que la vio. Esto debe ser cosa de brujería, a lo mejor alguien nos echó un mal de ojo —concluyó una asustada Blanca.

—¡Por favor, hijos!, ¡me estáis volviendo loca! —gritó María fuera de sí—, no existe la brujería ni la Santa Compaña, todo eso son cuentos de viejos y de gente ignorante.

—¡Tienes que creerme, mamá! —dijo Manuel de nuevo, esta vez con tristeza al ver que su madre no creía una palabra de lo que le había dicho—, el alma estaba encima de Blanca, yo puedo verlas y además, hay algo que no te dije, yo también vi al hijo de Encarnación y, vosotros me habéis dicho que murió en la guerra.

Ahora sí, ahora María se quedó aterrorizada, sintió que la sangre se le helaba en las venas a la vez que las náuseas acudían a su ya dolorido estómago por el sufrimiento de perder a su marido. Sintió un ligero mareo y se sentó en la cama, se daba cuenta de que su hijo estaba realmente muy mal. Durante unos eternos segundos se quedó con la mente en blanco, sin saber que decir, fue su hermana quien le preguntó a Manuel totalmente asombrada.

—¿Tú has visto al hijo de Encarnación?

—Sí, lo he visto —respondió ahora Manuel de forma tranquila—, y deberíamos hablar con ella para que nos cuente por qué yo puedo ver a la Santa Compaña y a los muertos.

—¡Hijo, tú no puedes ver a los muertos! —reaccionó María gritando totalmente fuera de sí—, ¡tú estás enfermo!, ya te lo dijo don Manuel y, creo que tu hermana también empieza a estarlo, la muerte de vuestro padre os ha afectado demasiado.

—¡Pero, mamá!, no digas eso —respondió Blanca—, Manuel no está enfermo, ni yo tampoco. No ves que Manuel es un chico normal, es muy extrovertido, siempre está jugando con sus amigos, si estuviera enfermo no actuaría así Creo que deberías hablar con Encarnación y, que ella nos aclare la razón de por qué Manuel puede ver a los muertos.

—¡No hija!, no hablaré con Encarnación, esa mujer está completamente loca —dijo María fuera de sí.

—Entonces habla con la señora Peregrina —le sugirió Blanca—, ella es la más vieja de la aldea y sabe cosas sobre brujerías y mal de ojo, a lo mejor ella nos puede ayudar, te juro que yo sentí al alma que dice Manuel, sentí incluso su frío aliento en mi cara —afirmó Blanca.

María guardó un silencio valorativo, durante el cual estuvo reflexionando sobre lo que les estaba ocurriendo. Todo era tan extraño que no sabía muy bien a qué atenerse, después de esos segundos de silencio dijo al final:

—¡De acuerdo hijos! Mañana por la mañana iré a hablar con la señora Peregrina y, de lo que ella nos cuente obraremos en consecuencia. Ahora apaga esa vela —le dijo a Manuel—, y vayamos a la cama.

—Mamá, si no te importa esta noche me gustaría dormir contigo —dijo Blanca.

—No me importa, hija, así yo también estaré más tranquila.

A continuación las dos mujeres se fueron a la habitación y lo mismo hizo Manuel. Apagó la vela y la guardó en el cajón de la mesilla de noche. Cuando lo hizo algo le llamó la atención, la vela había estado encendida durante un largo tiempo pero la cera no se había derretido, estaba intacta.

—¿Cómo era eso posible? Debe ser mágica —pensó Manuel, quien a continuación se metió en cama. Sabía que ahora estaba protegido por la vela, había visto como el alma se desvanecía en el aire al ser alcanzada por el resplandor que esta emitía. Ya no sentía miedo alguno de la Santa Compaña, todos sus miedos habían desaparecido, era como si de pronto todo lo que le estaba pasando fuese algo normal, algo que estaba escrito en su destino y, por lo tanto, todo eso tenía que ocurrir.

25. Visita a la anciana

A la mañana siguiente cuando María se levantó, lo primero que hizo fue hablar con la señora Peregrina, quien le aconsejó que debería visitar a un entendido en mal de ojo, un brujo que vivía en la parroquia de Roxos cerca de Santiago. Su hija tenía razón, era posible que un mal de ojo cayese sobre su familia, la señora Peregrina le dio la dirección del brujo, el cual vivía en la aldea de Villestro.

—Pero, Peregrina —preguntó María sorprendida por el consejo de su vecina—, ¿tú crees que ese brujo puede hacer algo por nosotros?

—Supongo que sí, yo por lo que tengo oído, es muy bueno quitando el mal de ojo y, por lo que me has contado, estoy segura que ese mal de ojo, está entre vosotros, por lo tanto te aconsejo que le visites cuanto antes.

—Bueno, si tú lo dices, lo haré —aseguró María—, tú eres una mujer sabia.

—No, María, yo no soy sabia —respondió sonriendo Peregrina—, pero sé cosas que otros no saben.

Después de un buen rato charlando con la señora Peregrina, María ya más tranquila y un tanto escéptica, accedió a visitar al entendido en brujerías. La señora Peregrina la había convencido para que lo hiciera. Antes de marcharse le dijo a Peregrina que no dijese nada en la aldea de lo que habían hablado y, mucho menos de que iban a visitar al entendido en mal de ojo.

—Desde luego que no diré nada —aseguró Peregrina—, puedes irte tranquila, será un secreto entre nosotras.

—Gracias, espero que esta mala racha que estamos pasando se arregle en algún momento, aunque sea mediante estas cosas en las cuales yo no tengo mucha fe.

—Te entiendo —respondió Peregrina—, pero algunas veces es necesario tener fe y, aferrarnos a ciertas cosas que nos parecen inverosímiles pero que están ahí y nos ayudan, aunque nosotros no creamos en ellas.

—Tienes razón —asintió María ahora algo más relajada. El hablar con su vecina le había hecho bien—. Ahora si no te importa, me iré a casa —dijo María a modo de despedida.

—Claro que no me importa, es más, debes descansar y relajarte, tienes que ser fuerte para superar este triste episodio que te tocó vivir —indicó Peregrina para darle ánimos.

—Intentaré ser lo más fuerte posible, por el bien de mis hijos —respondió María con amargura en sus palabras—, ahora me voy a casa. Gracias por todo, te quedo agradecida.

—No tienes que agradecerme nada, tú eres una buena mujer y, te mereces todo mi apoyo.

Después de las palabras de apoyo de su vecina, María se fue a casa y les contó a sus hijos lo que Peregrina le había aconsejado.

—¡Ves, como tenía razón, mamá! —dijo Blanca—, la señora Peregrina sabe muchas cosas sobre brujería y si te recomendó a ese señor, es porque sabe que él nos ayudará.

—Sí, hija, esperemos que ese señor pueda ayudarnos —respondió María melancólica.

—¡Claro que lo hará! —exclamó Manuel—, tenéis que creerme, todo lo que nos está pasando es cosa de brujería. Yo puedo ver a los muertos, aunque no sé la razón, puedo hacerlo; a lo mejor ese brujo al que vamos a visitar sabe por qué los veo.

—Seguro que sí —respondió su hermana de inmediato, para tranquilizar a Manuel.

—De acuerdo —dijo su madre—, pero por hoy ya está bien de hablar de eso, ahora nos dedicaremos a descansar, mañana tenemos un día duro por delante y, debemos estar lo más despejados posible, por lo que hoy será mejor que nos quedemos en casa sin salir, no quiero que la gente nos vea y que sientan pena por nosotros, no quiero dar lástima.

—Me parece bien, mamá —respondió Blanca.

—Y a mí también —dijo Manuel de inmediato empezando a ver

el final del túnel a su problema. De momento habían conseguido que su madre acudiese a un brujo para pedirle ayuda, a pesar de que ella no creía en cosas del más allá.

Durante todo el día, tal como habían acordado, ninguno de ellos salió de casa; cerraron puertas y ventanas para que nadie les molestara y tan solo se dedicaron a descansar.

26. Encuentro con el brujo

Al día siguiente por la mañana temprano, María cogió a sus hijos y se dirigieron al pueblo para coger el autobús que les llevaría a Roxos, concretamente a la aldea de Villestro que era donde vivía el entendido en cosas de brujería y mal de ojo. Habían salido temprano para no encontrarse con ningún vecino, María no quería darles explicaciones de adonde iban, a nadie le importaba. Tan solo la señora Peregrina sabía lo que iban a hacer, pero ella guardaría el secreto tal como le había prometido. Cuando se subieron al autobús se encontraron con unos conocidos de la aldea vecina y al verles, María les dijo a sus hijos que se fueran a la parte trasera del autobús, para que los conocidos no les hicieran preguntas acerca de adonde iban. Los conocidos vieron a María y sus hijos pero nada les preguntaron, tan solo se limitaron a dar los buenos días, lo mismo que hiciera María y sus hijos. Una vez en la parte trasera se acomodaron y a los pocos minutos el autobús inició la marcha. Después de casi una hora de viaje, debido a las muchas paradas que hiciera el autobús para coger gente y que alguna otra se bajara, llegaron a la parada de Roxos, se bajaron y María le preguntó a una persona que se había bajado con ellos donde quedaba la aldea de Villestro. Esta le informó que quedaba a unos tres kilómetros, indicándole a continuación la carretera que deberían tomar para llegar a la aldea. María le dio las gracias y, a continuación, se dirigieron a la carretera indicada por la persona, caminando hasta que llegaron a la aldea de Villestro donde vivía el entendido. Al llegar, se encontraron con unos vecinos y María les preguntó si sabían dónde viva el señor José, el que quitaba el mal de ojo. Uno de los vecinos le indicó la casa, la cual no se encontraba lejos. Cogieron el sendero que les había indicado el vecino y enseguida se encontraron frente a la casa del señor José. —Se trataba de una casa grande de piedra, que constaba de planta baja y un piso con varias ventanas en su parte frontal. En el entorno había varias fincas con abundante vegetación y enormes árboles lo que daba al lugar un aspecto paradisíaco. Cerca de la casa, en una era de tierra, se veía abundante leña cortada y apilada en varios montones, posiblemente para usar en la cocina.

—¡Mira mamá! —exclamó Manuel—, ahí está la casa que nos dijo el vecino y, tiene un cruceiro en el camino que lleva hasta ella.

—Sí, hijo, ya la vemos —respondió María admirada por el entorno—, debe ser un señor rico, su casa es muy grande, tiene mucha leña para el invierno apilada en la era, y también se puede ver alguna más en ese cobertizo y, también dos pajares. A buen seguro que tiene varios animales domésticos.

A continuación María y sus hijos enfilaron el sendero que les llevaba a la puerta de la casa. Cuando faltaban unos escasos metros para llegar, un hombre que aparentaba unos setenta años apareció por la misma, a la vez que saludaba a los recién llegados.

—¡Buenos días!, ¿qué desean? —preguntó a continuación.

—Buenos días, señor —respondieron María y sus hijos—, nosotros venimos porque nos dijeron que usted podía ayudarnos —dijo María algo nerviosa por el engorro de la situación.

—¿Ayudarles a qué? —inquirió el anciano.

—Verá, señor, nos dijeron que usted era un entendido en mal de ojo —aclaró María con cierta timidez.

El hombre durante un tiempo estuvo observando a los tres con cara seria y, al final con aire melancólico respondió:

—Bueno, lo intentaré, pero creo que no será nada fácil, ustedes arrastran consigo un fuerte poder que les atenaza, puedo ver que el manto del mal les acompaña.

María al escuchar semejante declaración se quedó impactada, lo mismo que sus hijos, los cuales miraban al hombre con cara de asombro. No esperaban para nada que el anciano les recibiese con semejante declaración. Después de unos segundos de silencio, María le preguntó ligeramente nerviosa:

—Entonces, ¿ya sabe a lo que venimos?

—Claro —respondió el anciano de forma tranquila—, todas las personas que acuden a mí, vienen con un problema que los médicos no pueden resolver, pero por favor, entren en casa —invitó el hombre de forma amable—, el sol comienza a calentar y, dentro estaremos más frescos.

Los tres totalmente desconcertados siguieron al anciano, quien les condujo hasta un salón donde había una gran mesa de comedor rodeada de seis viejas sillas. A la izquierda un gran aparador con algunos platos encima que lo decoraban, así como algunos libros, en una vitrina se observaban algunas pequeñas botellas de cristal. Posiblemente se tratara del comedor de la casa. Encima de la mesa había varias estampas de santos y, como una gran figura del corazón de Jesús, el cual parecía estar observándolo todo, en las paredes había cuatro cuadros. Uno de ellos era un retrato de una pareja que a María le recordaba al anciano de joven —seguramente la mujer debía ser su esposa—, otro de los cuadros era de un paisaje donde se observaba un frondoso bosque. A la derecha en la pared más grande, se encontraba el cuadro de la última cena de Jesús y, justo frente a ellos había un cuadro de Jesús crucificado, que resaltaba sobre los demás. El realismo era fantástico, María lo miró y el Cristo parecía que les miraba a ellos. El sol que penetraba a través de la ventana lo iluminaba de tal forma que parecía darle vida creando una atmósfera de tranquilidad.

—¡Sentaros por favor! —indicó el hombre.

María y los chicos separaron las sillas de la mesa y se sentaron, el anciano bordeó la mesa sentándose frente a ellos; una vez lo hubo hecho, les observó durante unos segundos como queriendo hacerse cargo de a quién tenía delante. Después de esos segundos de silencio le preguntó a María:

—Dígame señora, ¿qué le ocurre a su familia? ¿Cuál es la razón por la cual han venido a visitarme?

—Verá, señor, mi hijo Manuel dice que ve a los muertos —respondió María con cierta timidez, pensando que el hombre les tomaría por locos o algo así—, dice haber visto la Santa Compaña.

El anciano miró a Manuel durante unos segundos, después de los cuales le preguntó:

—¿Es eso cierto Manuel?

—Sí, señor, he visto a la Santa Compaña una vez y, también a una persona que dicen que está muerta y, he vuelto a ver el alma que vi la primera vez en la Santa Compaña. Quería llevarse a mi hermana, pero nadie me cree —concluyó Manuel.

—Nadie no, hijo —respondió el anciano esbozando una sonrisa—, yo sí te creo.

Cuando Manuel escuchó eso, vio el cielo abierto, el anciano estaba diciendo que él le creía y eso le llenó de tranquilidad. Todos sus miedos a la enfermedad que le decían que padecía, fueron aniquilados por las palabras del anciano.

—¿Es eso posible señor? —preguntó María asombrada y asustada a la vez por la tranquilidad del anciano cuando dijo que él le creía.

—Sí, es posible, algunas personas tiene ese don —afirmó el anciano de forma tranquila, tanto que hizo a María estremecerse de miedo.

—Pero, señor, la verdad es que yo no creo mucho en eso —respondió María escéptica.

—Entonces, si no cree, ¿por qué está usted aquí con sus hijos? —preguntó el anciano mirándole a los ojos ahora algo serio.

—Estoy aquí por el consejo de una vecina —respondió María avergonzada—, pero estoy convencida de que Manuel está enfermo, no creo en las cosas del más allá.

—Señora, permita que le diga que hay cosas del otro mundo que nosotros desconocemos —dijo el anciano de forma tal que a María se le heló la sangre—, pero porque las desconozcamos no quiere decir que no sean ciertas. Algunas veces nos cuesta creerlo, pero realmente están ahí y, su hijo tiene ese don de ver más allá, donde el resto de los mortales no pueden ver. Por favor Manuel dame tus manos y, cierra los ojos, quiero ver dentro de ti.

El anciano cogió las manos de Manuel cerrando los ojos; se mantuvo así por unos instantes. La visión que tuvo el anciano le dejó aterrado, pudo ver claramente el espectro de la muerte que le sonreía. De pronto el anciano se convulsionó de forma brusca ante los atónitos ojos de María y Blanca. Rápidamente asustado soltó las manos de Manuel; un sudor frío recorría su frente.

—¿Qué ocurre, señor? —preguntó María asombrada ante la reacción del anciano.

—Lo siento, creo que no puedo ayudarles —indicó el hombre que parecía asustado—, esto es demasiado para mí, el mal de ojo es muy fuerte, un alma maligna muy poderosa se cierne sobre ustedes.

—Entonces, señor, ¿qué podemos hacer? —preguntó una asustada María ante la reacción del anciano.

—Creo que necesitan la ayuda de la iglesia, ¿conoce algún sacerdote?

—Sí, un primo de mi difunto marido lo es, pero no sé si él creerá en estas cosas. Yo no tengo confianza para contarle todo esto, pero, ¿usted no puede ayudarnos?

—No, yo no puedo ayudarles, no tengo nada para luchar contra esa fuerza, esa fuerza que he visto en Manuel es demasiado poderosa para mí, yo no dispongo de nada para hacerle frente.

—Yo tengo algo —dijo Manuel tímidamente.

—¿Tú tienes algo? —preguntó el anciano sorprendido por la reacción de Manuel—, ¿y qué es lo que tienes?

—Tengo una vela que me dio un alma en misa de ánimas.

—¡Dios mío! —exclamó asustado el anciano—, ¿tú has estado en la misa de ánimas? —inquirió a continuación totalmente incrédulo.

—Sí, señor, el alma me la dio y, me dijo que me protegería de las almas malignas.

—Pero, ¿por qué no me lo has dicho?

—Bueno, no le dije nada, porque usted no me lo preguntó —respondió Manuel con una tranquilidad tal que dejó asustadas a su madre y hermana.

—Tienes razón, hijo —respondió el anciano, también sorprendido por el aplomo con que Manuel le estaba hablando—, debería haberlo hecho. Siendo así, la cosa cambia, ahora quiero que me cuentes todo lo ocurrido cuando fuiste llamado a misa de ánimas. Será una información vital para luchar contra ese alma maligna que se cierne sobre vosotros.

A continuación, Manuel contó todo lo que había visto en la misa de ánimas, incluida la visión que había tenido de su padre antes de que este muriese, cuando la Santa Compaña se lo mostró el día que la vio en el sendero que llevaba a la fuente de Valconde. Cuando Manuel finalizó su relato, el anciano totalmente nervioso exclamó:

—¡Dios mío!, estamos ante un caso muy grave, ese alma quiere a toda la familia, por esa razón cuando os vi llegar vi en vuestra aureola esa fuerza que se cierne sobre vosotros.

—Pero, ¿usted no puede hacer nada? —volvió a preguntar María cada vez más nerviosa—. ¿Cómo es posible que mi hijo pueda ver todo eso? El médico dice que está enfermo, por esa razón lo ve, pero no porque exista realmente; el médico dice que todo lo que ve solo está en su cabeza, que los muertos y las almas no se pueden ver.

—Verá, señora —respondió el anciano ya más tranquilo—, ya le dije antes que hay cosas que se salen de nuestro entendimiento y, por lo tanto, nos cuesta mucho creer que esas cosas puedan ser ciertas, pero lo son, créame, su hijo tiene todas esas visiones porque realmente están ocurriendo.

—Pero, ¿por qué él las ve y nosotros no?

—Señora, si su hijo las ve, es porque fue bautizado con el óleo de los muertos —aclaró el anciano—, cuando eso ocurre el cristiano bautizado adquiere el don de verlos.

—Pero, ¿qué es eso del óleo de los muertos?, —preguntó María desconcertada—, yo jamás oí semejante cosa, es la primera vez que alguien me habla de ello.

—Verá, señora, los santos óleos son los aceites que se consagran en la misa crismal matutina del Jueves Santo por el obispo. Estos óleos se emplean luego para la unción de los enfermos en la extremaunción y en el santo bautismo, cuando a un enfermo le dan la extremaunción con los santos óleos antes de morir y, este fallece, si al día siguiente un cristiano es bautizado con esos mismos óleos, el bautizado ve a los muertos.

María y sus hijos miraron al anciano con cara de asombro. Esta sintió un ligero malestar recorriendo su cuerpo y, las náuseas acudieron a su dañado estómago debido a que hacía poco que había enterrado a su marido y se encontraba débil por los momentos de tristeza que había vivido. Después de un angustioso silencio mirando al anciano le preguntó:

—¿Por qué razón iban a bautizar a mi hijo con ese óleo?

—Por error, señora, por error —aclaró el anciano—, ¿usted recuerda el día en que bautizaron a su hijo?

—Sí, claro que lo recuerdo —asintió María—, fue un día muy señalado.

—¿Recuerda, si en su aldea ese día murió alguna persona?

—Sí, el día anterior al bautizo murió un vecino de la aldea cercana, pero, no de la nuestra.

—¿Y pertenecen a la misma parroquia? —inquirió el anciano.

—Sí, el entierro y el bautizo fue en la misma iglesia, pero el entierro fue por la tarde y el bautizo por la mañana, no coincidimos en la misma misa.

—Ya, señora, pero no se trata de la coincidencia en la misa —aclaró el anciano—, se trata de que su hijo fue ungido con el mismo óleo que ungieron al enfermo el día antes de morir. Es posible que usaran el mismo algodón impregnado con el mismo óleo y, por esa razón su hijo adquirió ese don de ver a los muertos, créame señora, su hijo ve a los muertos y, después de lo que me ha contado, la vela es la única que puede salvarles.

—La verdad, me cuesta creer todo eso —respondió María escéptica.

—A mí también —dijo Blanca—, todo eso de los óleos no tiene sentido, el cura no iba a bautizar a mi hermano con el mismo óleo que dio la extremaunción al enfermo.

—Desde luego que a sabiendas no —dijo el anciano—, pero el cura no lo sabía, tal como dije antes fue por error, pero lo cierto es que tu hermano tiene ese don y, ahora mismo lo único que puede salvaros es la vela,

—Pero, ¿por qué la vela? —preguntó María que en ese momento no entendía nada.

—Es que la vela, por lo que Manuel me contó, es una vela bendecida por un vivo en honor de un alma para que esta abandonara la tierra y subiese a los cielos. El alma que se la dio a su hijo lo sabía, conoce a Manuel y, sabe que esa alma maligna quiere llevarles a todos, por esa razón se la dio, para protegerles.

—¡Pero esa vela no puede ser!, yo la quemé en el fogón de la cocina —exclamó María ahora algo alterada.

—Pero, mamá —dijo Manuel de inmediato—, ya te dije que yo la cogí en el fogón y, estaba intacta, no sé por qué razón, pero lo estaba.

—Lo siento, hijo, pero me cuesta creerlo —respondió María resignada.

—Entiendo su escepticismo señora —dijo el anciano—, pero le aseguro que esa vela les protege. Es posible que un ángel de la guarda vele por ustedes y, fuese Él quien impidiera que la vela se quemara en el fogón. Yo tampoco lo sé, solo puedo intuirlo y, ahora con esa vela yo puedo hacer algo, puedo hacer que esa alma maligna que se cierne sobre vosotros desaparezca.

—¿Puede hacerlo? —preguntó María con un halo de esperanza.

—Sí, pero para ello necesito tener esa vela y que los tres se suban al cruceiro que hay en mi era con ella encendida, de esa forma el alma maligna se irá al infierno, que es donde debe estar.

—Pero, no tenemos la vela —dijo un asombrado Manuel por todo lo que había oído de boca del anciano—, está en casa.

—Así es —respondió María—, yo la guardé, no creía nada de lo que me contó mi hijo, creímos que las había robado en la iglesia, pero ahora tengo que empezar a creer.

—Así es señora, tiene que empezar a creer que su salvación está en esa vela —aseguró el anciano—, todo lo que contó su hijo es cierto, por lo que mañana deben volver con ella. Yo haré desaparecer ese alma maligna; en principio pensé que yo nada podía hacer, pero con la vela todo cambia, tiene mucho poder.

—Realmente me cuesta creer todo esto, señor —volvió a decir María que no había asimilado todavía todo lo que el anciano les había contado.

—Entiendo, señora, que le cueste creer todo esto, pero que usted no lo crea, no quiere decir que no sea cierto. Los muertos forman parte de la vida, después de la muerte carnal viene la vida eterna del alma y, las almas, como los vivos, las hay buenas y malas; pero las almas que están en el purgatorio son almas que han cometido pecado y, algunas veces Dios se olvida de esas almas y, cuando a Dios se le olvidan, se convierten en almas perdidas y, ahí Lucifer entra con toda su fuerza arrebatándoselas. Las almas que rondan sus vidas son almas del infierno, son las almas olvidadas de Dios, son almas perdidas y, yo puedo hacer que esas almas malignas se vayan al infierno.

Durante un tiempo María se quedó en silencio, su mente trataba de asimilar todo lo que el anciano le había contado, pero se resistía a aceptarlo como un hecho real. Al final de ese tiempo de reflexión, María le respondió:

—De acuerdo señor, aunque me cueste creer todo eso, por lo menos debo intentarlo por el bien de mis hijos.

—Así es, señora, debemos intentarlo, por el bien de todos nosotros —respondió el anciano pensativo

—¿Tengo que pagarle algo ahora? —preguntó María.

—No, nada, mañana ya hablaremos de eso, pero le adelanto que yo no cobro nada, esa es la voluntad del cristiano, si ve que yo la he ayudado con su problema me da algo y, si no lo cree conveniente, no me da nada. Ahora váyase tranquila con sus hijos, intentaré que nada malo pueda pasarles.

—Muchas gracias, señor —respondió María agradecida—, la verdad es que ya me voy algo más tranquila, se cosas que antes no sabía y ahora que las sé, es posible que yo esté equivocada y sí exista algo mas y, ese algo más es quién trata de hacer daño a mi familia.

—Así es, señora, así es, y ahora váyase tranquila, verá como mañana toda esa angustia que usted está sintiendo desaparecerá.

A continuación el anciano acompañó a los tres hasta la salida donde se despidieron hasta el día siguiente. Cuando abandonaron la casa, María iba llena de dudas, todo lo que el anciano les había dicho la había confundido más. Seguía sin ver claro cómo su hijo era capaz de ver la Santa Compaña y, a los muertos. De pronto la voz de su hija la sacó de sus cavilaciones.

—Dime mamá, ¿volveremos mañana?

—¿Por qué lo preguntas, hija? —inquirió su madre sorprendida.

—Porque si te digo la verdad, a mí ese señor me pareció un charlatán de feria, no creo que él pueda hacer nada. Si como dice, esas almas son tan poderosas, ¿qué puede hacer él?, y además, si te diste cuenta al principio pareció asustarse y, después de que Manuel le contó todo, ya no volvió a sentir ningún miedo, era como si todo formara parte del juego. Él pregunta y dependiendo de lo que la gente le contesta actúa de una forma u otra, lo que decía Manuel le iba allanando las respuestas que él diría a continuación. La verdad que no sé qué decir de todo esto mamá, me parece tan surrealista todo lo que el anciano nos dijo, que estoy totalmente desconcertada y no sé qué pensar.

—Yo tampoco sé que pensar, hija, cuando llegue a casa lo pensaré, me cuesta creer todo esto que le está pasando a tu hermano y, más todavía de que fue bautizado con el óleo de los muertos, es todo tan surrealista y, como tú dices, yo también estoy totalmente desconcertada.

—¡Pero, mamá! —gritó Manuel contrariado por las palabras de su madre y hermana—, ya has oído al señor. Él dijo que era debido a que me habían bautizado con el óleo de los muertos, que eso era cierto, por lo tanto, todo lo que veo es real, no está en mi cabeza, te lo juro, creo que deberías hablar con Encarnación, ella es la única que puede ayudarnos, sabe por qué está ocurriendo todo esto.

—No, hijo, no, Encarnación está loca —respondió su madre con nostalgia—, tú mismo lo has visto, dice que su hijo está en el hospital, cuando realmente murió en la guerra, quedó totalmente desintegrado por un mortero. El difunto de tu padre en gloria esté, me lo contó, él estaba allí, no se pudo entregar su cuerpo, tu padre por esa razón durante varios años tuvo esas terribles pesadillas donde veía a su primo desintegrarse por el mortero, se pasó muchas noches gritando y, despertándose totalmente aterrado.

—¡Pero, mamá! —exclamó Manuel contrariado—, ella no está loca, dice que su hijo está en el hospital posiblemente para que la gente crea que lo está. A nosotros cuando nos cuenta sus historias siempre dice que los mayores no la entienden y, que el corazón noble de los niños ve lo que ella es en realidad. Te juro que no está loca, tienes que escucharla.

—Verás, hijo, aunque quisiera hablar con ella, no sería posible, en la calle no se para a hablar con nadie, y no deja que nadie entre en su casa, ninguna persona ha entrado jamás en esa casa desde que su hijo murió.

—¡Lo ves, mamá!, no deja que nadie entre porque su hijo viene a visitarla desde el más allá. Seguramente está retenido por alguna razón que yo no entiendo, pero a lo mejor si tú hablas con ella seguramente te lo aclarará, ten en cuenta que a mí sí me dejó entrar.

—No, hijo, no hablaré con ella, os diré lo que vamos hacer, aunque no crea mucho a ese hombre que acabamos de visitar, mañana iremos y le entregaremos la vela, para que nos pase por el cruceiro. No tenemos nada que perder, total, dijo que tan solo teníamos que darle la voluntad y, si de esa forma tú dejas de tener esas visiones empezaré a creer en el más allá, de momento creo más a don Manuel, quien dice que tú ves a los muertos porque estás enfermo. Si después de esto sigues teniendo esas visiones acudiremos a un médico especialista, iremos al hospital de Santiago, ya que don Manuel poco puede hacer, él es médico de familia, no es un especialista, seguramente cuando te vea un especialista te curará del todo.

—¡Pero, mamá! ¿Sigues pensando que Manuel está enfermo? —reprochó Blanca.

—No lo sé, hija, no lo sé, no sé qué decir, todo esto es demasiado para mí, tu padre hace unos días que ha muerto y, tu hermano tiene esas visiones y lo que es peor, tú también dices haber sentido que querían llevarte, pero yo no vi nada, ¿cómo puedo creer si no lo veo? —dijo María totalmente abatida por la desesperación.

—¡Mamá!, eso es cuestión de fe cristiana —dijo Blanca—, tampoco vemos a Dios, pero existe, Él está en todas partes.

—Sí, hija, eso dicen, pero si te digo la verdad, eso también es algo que yo no puedo entender, debe ser que fui poco a la escuela y no tengo el conocimiento suficiente para entenderlo. Yo hasta ahora jamás había oído hablar del óleo de los muertos y, mucho menos lo que nos contó el anciano, que si un niño bautizado con esos óleos adquiría el don de ver a los muertos, todo eso tengo que consultarlo con los médicos del hospital cuando acudamos a la consulta. Ahora vayamos a coger el autobús para irnos a casa.

Durante el trayecto desde la aldea hasta la parada del autobús nadie dijo una palabra, cada uno de ellos iba sumido en sus reflexiones; a la llegada a la parada, estuvieron unos cinco minutos a la espera, hasta que apareció el autobús, se subieron y buscaron sitio libre. María se sentó junto a su hija y Manuel lo hizo en un sitio que vio libre en el pasillo al lado de su hermana, ya que su madre iba en la ventanilla. Cuando Manuel se sentó vio que una hermosa mujer que aparentaba unos treinta años, estaba sentada al lado de la ventanilla mirando para el exterior; cuando el autobús se puso en marcha, la hermosa mujer miró a Manuel al tiempo que le preguntaba:

—¿Cómo te llamas?

—Me llamo Manuel, señora —respondió amablemente.

—¡Ah!, Manuel es un nombre muy bonito —dijo la señora sonriendo.

—Pues a mí no me gusta — aseguró Manuel de forma tajante.

—¡Vaya! —exclamó la mujer—, y cuál es la razón por la que no te gusta —preguntó un tanto sorprendida y sonriente a la vez por la respuesta de Manuel.

—Es que Manuel me parece el nombre de un niño.

—Es normal que te lo parezca, tú eres un niño —se rio la mujer.

—Ya lo sé, pero cuando sea mayor me seguiré llamando Manuel y, el nombre seguirá siendo de niño.

—Bueno —dijo la mujer sonriendo de nuevo—, esa es tu idea, a mí me parece que no es nombre de niño, ¿sabes de donde proviene el nombre de Manuel?

—No, no lo sé y, tampoco sé que los nombres vienen de algún lugar, yo me llamo así porque mi padrino se llamaba Manuel.

—Claro que sí, pero tú, todavía tienes mucho que aprender, eres muy joven. Te diré que tu nombre viene de Emanuel, que significa Dios está contigo, como ves, no puede ser un nombre de niño, ya que Dios está contigo y te protege. Dime, ¿de dónde eres?

—Soy de Noia, ¿lo conoce usted?

—Sí, claro que lo conozco, en Noia tuve muy buenos amigos.

—¿Y usted de donde es? —preguntó Manuel intrigado por la personalidad de la señora, había algo en ella que le daba tranquilidad.

—Yo soy de Carreira, un pequeño pueblo del ayuntamiento de Riveira, ¿sabes dónde está?

—No, nunca he estado en Riveira, aunque sí me suena, pero Carreira no me suena de nada, nunca oí hablar de ese pueblo.

—Claro, es que Carreira es un pueblo muy pequeño y seguramente no te lo enseñaron en la escuela.

—No, no me lo enseñaron —dijo Manuel a la vez que miraba a la mujer.

Mientras tenía lugar la conversación entre Manuel y la mujer, su madre y su hermana se habían quedado profundamente dormidas, debido al agotamiento por las emociones vividas en los últimos días

—Y si vive tan lejos, ¿a que vino a Santiago? —preguntó Manuel.

—Yo no vengo de Santiago —aclaró la mujer.

—¿De dónde viene, entonces? —quiso saber Manuel

—Vengo de muy lejos.

—¡Ah!, ¿entonces no vive en Carreira?

—No, hace ya muchos años que no vivo en Carreira.

—¡Ah, muy bien! —exclamó Manuel— ¿Y cómo se llama usted? —le preguntó a continuación.

—Me llamo Helena.

—¡Caray!, Helena sí que es un nombre muy bonito —dijo Manuel totalmente convencido.

—Bueno, tengo que reconocer que suena bonito, pero el significado no es tan bonito.

—¡No!, ¿Y por qué no es tan bonito? —preguntó sorprendido Manuel por la respuesta de la mujer.

—Verás, es que Helena significa lo que arde, o lo que brilla, y eso puede ser malo, depende de cómo se mire.

—¡Caray!, usted sabe muchas cosas —exclamó maravillado Manuel.

—Bueno, sé algunas cosas, ya que otras muchas no las sé —respondió la mujer con nostalgia.

—Lo mismo que yo —dijo Manuel imitando a la mujer—, yo sé algunas, pero me queda mucho por aprender.

—Así es Manuel, así es —respondió la mujer con una sonrisa.

—¿Y usted va hasta Noia?

—No, yo me quedo en San Xusto.

—¡Ah!, ¿vive allí entonces?

—No, no vivo allí, pero es un lugar que me gusta mucho, sobre todo el monasterio de Toxosoutos.

—Entiendo, va usted a visitarlo —dijo Manuel.

—Así es —asintió la mujer—, y además estoy aquí para hacer un trabajo.

—¿Qué clase de trabajo? —preguntó Manuel lleno de curiosidad.

—Verás, Manuel, el trabajo que yo tengo que hacer, está relacionado contigo.

—¿Conmigo?, pero si yo no la conozco de nada —respondió Manuel sorprendido por lo que había dicho la mujer.

—Ya sé que no me conoces, pero tú tienes un don que muy pocos poseen y, el trabajo está relacionado con ese don.

Al escuchar eso, a Manuel se le pusieron los pelos de punta y un escalofrío recorrió todo su cuerpo a la vez que abría los ojos como platos mirando a la mujer. ¿Cómo sabía ella que lo poseía? ¿A que don se refería la señora? —pensó desconcertado—. Después de esos segundos de desconcierto le dijo a la mujer:

—Yo no tengo ningún don.

—Sí, Manuel, tú tienes un don que pocos mortales poseen, tú has sido elegido.

—¿Elegido? ¿Elegido para qué? —preguntó ahora algo asustado—. Yo no entiendo nada de lo que usted me está diciendo.

—Sí que lo entiendes, Manuel y, yo soy la única que también te entiende a ti, yo sé que es cierto.

—¿Qué es cierto?, pero ¿qué es lo que es cierto, señora? —inquirió Manuel cada vez más desconcertado—. Ahora sí ya no le entiendo nada de nada.

—Que es cierto que puedes ver a los muertos —dijo la hermosa mujer esbozando una sonrisa—, ese es tu don.

Al escuchar la declaración de la mujer Manuel quedó aterrado, su respiración comenzó a ser agitada, le costaba respirar y su joven corazón palpitaba totalmente desbocado ¿Cómo podía saber eso esa señora?, si no le conocía de nada.

—Pero, ¿usted cómo lo sabe? —balbuceó Manuel—. Usted no me conoce de nada.

—Te equivocas, sí te conozco y, por esa razón estoy aquí. Estoy aquí para ayudaros a vosotros tres, tú estás protegido por la vela, pero ellas no lo están, por eso quiero que les entregues esto cuando se despierten.

Ahora Manuel ya no entendía nada, su mente estaba perdida en un torbellino de imágenes sin sentido alguno, ¿cómo sabía la mujer que su madre y su hermana viajaban en el autobús? Él no le había dicho nada.

—Pero, ¿usted conoce a mi madre y a mi hermana? ¿Por qué las conoce? —preguntó Manuel atropellando las palabras.

—Eso ahora no importa, ya lo entenderás algún día. Ahora quiero que les des esto, con ello estarán protegidas, como te digo tú ya lo estás con la vela y con tu nombre, ya que Dios está contigo.

Manuel no sabía que decir, miraba a la mujer totalmente asombrado, su joven mente era incapaz de entender todo lo que la mujer le estaba contando.

—Otra cosa Manuel, dile a tu madre que no vuelva junto el anciano, él nada puede hacer, lo único que hará tu madre si vuelve, es aumentar el peligro que se cierne sobre vosotros.

Manuel iba a preguntarle algo, pero la voz del conductor anunciando la parada de San Xusto, hizo que se callara. A continuación el conductor paró el autobús y, la mujer se levantó del asiento ante los atónitos ojos de Manuel quien no salía de su asombro. La mujer salió al pasillo y justo detrás de una pareja de ancianos que también se bajaban abandonó el autobús. El conductor lo puso de nuevo en marcha y, continuó su viaje en dirección a Noia. Manuel se sentó de nuevo, ya que se había levantado para dejar paso a la mujer. Una vez sentado miró a su madre y hermana y vio, que estas continuaban dormidas. A continuación miró lo que la señora le había dado, se trataba de dos escapularios del corazón de Jesús, engarzados en una cadena de plata. Al darse cuenta de lo que era se asustó, ¿cómo iba a darle eso a su madre?, ella no le creería, ¿cómo se lo diría? Manuel estaba sumido en un mar de dudas cuando de pronto la voz de su madre le sacó de esas cavilaciones.

—¿Vas bien hijo? —le preguntó.

Manuel miró a su madre a la vez que le decía:

—Sí, mamá, voy bien, vosotras os habéis quedado dormidas.

—Sí, hijo, sí, la vedad es que estamos agotadas.

—Sí, ya me doy cuenta —respondió Manuel guardando silencio durante unos instantes. No sabía qué hacer respecto a los escapularios. Después de esos segundos de desconcierto sacó fuerzas de su interior y al final le dijo a su madre—: ¡Mira mamá!, lo que me dio la mujer que iba a mi lado.

—¿Qué mujer, hijo? —preguntó su madre sorprendida.

—La que había en el asiento, cuando nos sentamos.

—Hijo, cuando subimos y te sentaste, en el asiento de tu lado no había nadie, no había ninguna mujer, el asiento estaba vacío.

—¡Sí, que había!, —exclamó Manuel, sorprendido por lo que su madre le decía al respecto de que ninguna señora iba a su lado—, lo que pasa, es que tú no te fijaste en ella, ¿Verdad que había una mujer, Blanca? —le preguntó a su hermana con la esperanza de que esta le confirmase que sí había una mujer a su lado.

—No, Manuel, mamá tiene razón, tú ibas solo en el asiento, no había ninguna mujer, a lo mejor te la imaginaste, es posible que te durmieras como nos pasó a nosotras y lo hayas soñado.

—¡Os juro que no fue eso!, ella estaba a mi lado y me dio esto, dijo que os protegería —dijo Manuel a la vez que le daba los escapularios a su madre.

María los cogió y, durante unos segundos los estuvo analizando, después miró a su hijo con el semblante muy serio y preguntó:

—Dime hijo, ¿esto lo encontraste en el asiento?

—¡No, mamá! —gritó Manuel desconcertado—, te juro que me los dio la señora que iba a mi lado y, se bajó en San Xusto.

—Hijo, ya has oído a tu hermana, ella tampoco la vio, podía ser que yo no la viera pero las dos… Alguna de nosotras teníamos que haberla visto, ¿y te dijo de dónde era esa señora?

—Sí, me dijo que era de Carreira, una parroquia de Riveira.

—¿Y te dijo como se llamaba? —preguntó María intranquila por la salud de su hijo.

—Sí, me lo dijo, dijo que se llamaba Helena, incluso me dijo lo que significaba su nombre, era una señora muy guapa.

—Bien, hijo, es posible que tengas razón a lo mejor nosotras no la vimos porque nos quedamos dormidas por el cansancio —dijo María para quitarle importancia y no asustar a su hijo por la visión que había tenido. Estaba segura que a su lado nunca había habido ninguna mujer, él iba solo en el asiento.

María dio la vuelta a los escapularios y por la parte trasera vio que estos tenían algo escrito y leyó lo que ponía: Para que Jesús proteja a Helena, parroquia de Carreira. A continuación leyó el otro: Para que Jesús proteja a Encarnación, parroquia de Carreira. Cuando María leyó el nombre de Encarnación le temblaron las manos y, un sudor frío recorrió todo su cuerpo, ¿qué significaba aquello? ¿Cómo era posible que uno de los escapularios tuviera el nombre de Encarnación grabado y estuvieran en el autobús? Y además ¿por qué razón estaban en manos de su hijo? Durante unos segundos María se quedó callada, nada dijo a sus hijos de lo que ponían los escapularios. Después de un tiempo de silencio le preguntó a su hija:

—Dime Blanca, ¿tú estás segura de que no había ninguna mujer al lado de tu hermano?

—Seguro, mamá —afirmó Blanca totalmente convencida—, no había nadie, me fijé bien ya que me extrañó que Manuel eligiera el pasillo estando libre la ventanilla.

—¡Os digo que estaba esa mujer! —gritó Manuel—, sino ¿cómo iba yo a saber que se llamaba Helena?, lo sé, porque ella me lo dijo, yo no podía saberlo.

—Bueno, hijo, es posible que tengas razón —dijo su madre para tranquilizarlo.

—¿Me dejas verlos, mamá? —pidió Blanca.

—Claro hija, toma —respondió su madre a la vez que le pasaba los escapularios.

Blanca los cogió en la mano, miró el corazón de Jesús y dijo:

—Son muy bonitos.

Después de mirarlos un rato se los devolvió a su madre, sin percatarse de lo que estaba escrito en la parte trasera de los escapularios.

—¿Y tú dices que estos escapularios te los dio esa mujer? —preguntó Blanca a su hermano.

—¡Sí!, ¡ya os lo dije varias veces! —respondió Manuel de mala gana.

—Pero, ¿por qué razón te los iba a dar? —preguntó su hermana—, parecen muy valiosos.

—Me los dio para protegeros, me dijo que os protegería de las almas, que ella estaba aquí para protegernos a los tres, ¡os juro que estaba a mi lado! y, me los dio, también me dijo que no deberíamos volver a ver al brujo, me dijo que eso sería peor.

—De acuerdo, hijo —dijo María con el corazón encogido; se daba cuenta de que su hijo estaba realmente grave—, ya hablaremos de esto cuando lleguemos a casa.

Manuel se sentó de nuevo en su asiento algo malhumorado por lo acontecido, sabía que su madre y hermana nada le habían creído, pensaban que había encontrado los escapularios en el asiento. Durante los diez minutos siguientes no dijeron una palabra, el autobús llegó a la parada y, se bajaron, para dirigirse a su casa. Manuel y Blanca se bajaron primero y, esta le dijo a su madre:

—Mamá, Manuel y yo vamos al kiosco, le compraré unos caramelos.

—De acuerdo, hija, os espero aquí, no tardeis.

Cuando María se quedó sola, uno de los viajeros se le acercó, y le dijo:

—Perdone señora, si me permite le diré que su hijo debe ser visto por un médico.

—¿Por qué me dice eso señor? —preguntó María totalmente sorprendida por la actitud del viajero.

—Verá, señora, yo viajaba en el asiento detrás de su hijo y, durante el trayecto de Roxos a San Xusto no paró de hablar solo, a su lado no había ninguna hermosa mujer como él dice y, los escapularios seguramente pertenecen a algún viajero que se los olvidó en el asiento.

María se quedó sin saber que decir al viajero, el hombre tenía razón, ella también sabía que no había ninguna mujer, pero quería aferrarse a algo aunque tan solo fuese un nombre. ¿Por qué razón estaba escrito el nombre de Encarnación en el escapulario? y, el nombre de Helena, ¿cómo sabía su hijo que se llamaba así? ¿Habría leído su hijo los nombres en los escapularios y por esa razón lo sabía? Sí, eso debió ocurrir —pensó María—, Manuel leyó los escapularios. Después de unos momentos de indecisión miró al hombre y le dijo:

—Gracias señor, ya lo sabemos, sabemos que mi hijo no está bien y, ya lo están tratando los médicos.

—Lo siento, señora y, perdone por entrometerme —se disculpó el hombre educadamente.

—Nada tengo que perdonarle señor, ha hecho usted muy bien y, por ello, le doy las gracias de nuevo.

—Adiós señora y, que su hijo se ponga bien.

—Adiós y, gracias señor.

María se quedó sola en la parada en medio de sus reflexiones, lo que le llevó a preguntarse ¿por qué Señor? ¿Por qué me haces esto?, si realmente existes tienes que ayudarme, yo soy una buena cristiana y, no merezco lo que me está pasando. La voz de su hijo le sacó de sus cavilaciones:

—¡Mira mamá!, cuantos caramelos me compró Blanca, ¿quieres uno?

—No, hijo, gracias, ahora no me apetece, vayámonos a casa, todavía tengo que hacer la comida.

A continuación los tres se pusieron en marcha hacia la aldea. Mientras caminaban, María iba pensando si debería hacerle caso a su hijo y tratar de hablar con Encarnación. Aunque estuviera loca, algo tenía que saber acerca de los escapularios, era posible que se los regalara a alguna persona y esa persona los perdiera en el autobús que fue donde los encontró su hijo. María sabía que Encarnación estuvo viviendo en Carreira con su hermano cura, y por esa razón, a la fuerza, tenía que saber algo sobre los escapularios, debido a que el nombre de Carreira estaba escrito en el reverso. Se los mostraría y, que ella le explicara lo que estaba ocurriendo; aunque todos en la aldea sabían que estaba loca, ¿por qué no creer lo que decía su hijo? Que ella no estaba loca, si no que se lo hacía porque los mayores no la entendían, pero sí los corazones de los jóvenes libres de maldad. ¿Sería cierto que su hijo Andrés se le aparecía? ¿Y que su hijo Manuel podía ver a los muertos tal como le había dicho el entendido en mal de ojo? María de pronto se estremeció al recordar que ella misma vio a su marido en las escaleras de su casa un mes antes de morir. ¿Qué significaba eso? ¿Por qué razón lo había visto? ¿Tendría relación con lo que le estaba pasando a su hijo? Demasiadas preguntas sin respuesta —pensó María—, que a cada paso que daba se iba haciendo a la idea de que tenía que hablar con Encarnación y aclarar de una vez por todas si ella con sus historias sobre la Santa Compaña había podido influir para que su hijo tuviera esas visiones.

María fue sumida en sus cavilaciones hasta llegar a la aldea. Una vez en casa, se puso a hacer la comida acompañada de su hija, y Manuel le pidió permiso para ir a casa de su amigo Pepe a jugar con él. Su madre a regañadientes le dijo que podía ir pensando que eso le haría bien para su enfermedad, pero que en una hora estuviera de vuelta, que ya tendría la comida lista y que no hablara con nadie de que habían ido a visitar al entendido en brujería ni que había visto a una mujer en el autobús. Manuel le dijo que no lo haría y salió de inmediato para la casa de su amigo.

Era la una de la tarde del viernes mes de julio, un día que quedaría señalado en la memoria del joven Manuel por los acontecimientos que estaba a punto de vivir.

27. El don de Manuel

Cuando Manuel llegó a casa de su amigo, este se encontraba en el patio dándole de comer a las palomas tal como hacía habitualmente.

—¡Hola Manuel! —saludó Pepe al verle—, esta mañana fui a tu casa y no estabas.

—Es que fuimos al hospital a Santiago —mintió Manuel, no quería decirle nada a su amigo de que habían ido a ver un entendido en cosas de brujería tal como le había prometido a su madre.

—¿Al hospital? —inquirió Pepe—. Pues mi abuela me dijo que habíais ido a visitar a un entendido que quita el mal de ojo.

—¿Quién te dijo eso? —preguntó Manuel sorprendido al escuchar decir a su amigo que ya lo sabía.

—Mi abuela me lo contó, se lo dijo Alcira, tu madre fue a visitar a la suya y le pidió consejo, su madre le dijo dónde quedaba el brujo, Alcira lo escuchó todo y se lo contó a mi abuela cuando esta mañana vino a casa para hacer las labores.

—¡Pues eso es mentira! —dijo Manuel de forma tajante—, nosotros fuimos al hospital para que me viera un médico.

—Lo siento, Manuel, pero todo el mundo sabe que tú tienes un problema, a pesar de que nunca me has hablado de ello. Todos tus amigos lo sabemos, sabemos que tú dices haber visto la Santa Compaña y, eso también lo sabe toda la aldea, sabemos que el médico vino a verte en varias ocasiones. Dicen que estás enfermo, que padeces esquizofrenia.

—¡Yo no tengo nada de eso!, estoy bien, ¿qué es eso de la esquizofrenia? —le preguntó Manuel de inmediato a su amigo—, yo no sé lo que es.

—Bueno, yo tampoco lo sé muy bien, pero mi hermana Manolita, que es enfermera, dice que los esquizofrénicos ven personas y que hablan con ellos, pero que eso solo ocurre en sus mentes, que nada es cierto. Dime, ¿es verdad que tú ves esas cosas que dicen? —preguntó su amigo a continuación.

Manuel guardó silencio durante un rato, no sabía que decirle a su amigo.

—¡Dime, Manuel!, ¿es cierto que ves esas cosas? —volvió a preguntar.

—Sí, las veo —asintió Manuel ya que no tenía sentido seguir negándolo, ya que su amigo lo sabía todo—, pero no estoy enfermo y, es cierto que esta mañana estuvimos en casa del brujo.

—¡Sí!, ¿entonces es cierto?

—Sí, lo es, pero no se lo digas a nadie.

—Bueno, yo no se lo diré, pero ya te digo que lo sabe toda la aldea. Alcira es muy cotilla y se lo contó a casi todos y, dime, ¿qué os dijo el brujo? ¿Es un brujo, de esos que tienen una vara mágica y una capucha en forma de cono?

—No, no es así, es un señor normal, es un anciano con barba blanca y con gorra de paisano, de esas que usan los viejos en nuestra aldea.

—Dime, ¿qué os contó el brujo? —preguntó su amigo impaciente.

A continuación Manuel relató a su amigo todo lo que el anciano les había contado acerca de la Santa Compaña y de los Santos óleos.

—¡Joder! ¡Eso es la leche! —exclamó Pepe—, ¿así que por esa razón puedes ver a los muertos?

—Sí, eso es lo que dijo el anciano, puedo verlos y no estoy enfermo —matizó Manuel.

—Dime, ¿a quién has visto?

Manuel iba a decirle que a su padre y al hijo de Encarnación, pero lo pensó mejor y, le respondió:

—He visto algunas personas pero no las conocía.

—¡Qué pasada! —exclamó su amigo alucinado.

—Bueno, para mí no es ninguna pasada, es algo malo —aseguró Manuel—, y dime, ¿tú sabes que el hijo de Encarnación está en el hospital?

—Sí, eso es lo que dice ella porque está loca, mi abuela me contó que su hijo murió en la guerra. Manuel se quedó sorprendido por lo que decía su amigo, ya que nunca se lo había comentado.

—¡Tú sabías que el hijo de Encarnación, murió en la guerra!

—Sí, ya te digo que mi abuela me lo contó, pero me dijo que le lleváramos la corriente, ya que no está bien de la cabeza y, si ella cree que está en el hospital es porque está loca, por esa razón nunca os dije nada a ninguno de mis amigos. Cuando nos contaba sus historias y, decía que su hijo pronto regresaría a casa del hospital a mí me daba lo mismo, yo sabía que todo era producto de su locura.

—¡Tenías que habérmelo dicho! —gritó Manuel.

—Lo sé, pero como mi abuela me dijo que le llevara la corriente, tampoco le di importancia, a nosotros nos daba igual que estuviese muerto, o que estuviese en el hospital.

—¡No, no es lo mismo! —gritó Manuel—, al menos para mí.

—¿Por qué lo dices? ¿Por qué razón tiene que ser diferente para ti? —preguntó su amigo extrañado.

—¡Lo digo, porque yo vi al hijo de Encarnación! —soltó Manuel con rabia en sus palabras.

—¡Ostias! —exclamó Pepe a la vez que sentía como un escalofrío recorría todo su cuerpo—. ¡Joder Manuel!, ahora sí que creo que tienes eso que dice mi hermana.

—No, no tengo nada de eso —respondió Manuel ahora tranquilo—, sé que es difícil de creer, pero lo vi y, como te digo no tengo eso que dice tu hermana —afirmó de nuevo Manuel.

—Lo siento —dijo Pepe. Después de la impresión que le había causado lo que le dijo Manuel, de que viera al hijo de Encarnación—, pero es que me largaste eso así de repente y me dejó helado. ¿Y cuándo lo viste? —preguntó a continuación

—Hace un mes, más o menos.

—¿Y por qué no me lo contaste?, yo soy tu mejor amigo, tenías que habérmelo contado todo —reprochó Pepe.

—Para que iba a contártelo, total no ibas a creerme —respondió Manuel resignado—, y además, tampoco lo hice porque Encarnación me dijo que no lo hiciera, si lo hacía sería malo para la persona a la cual se lo contara, por esa razón tampoco te dije nada.

—Y ahora, ¿me lo vas a contar? —preguntó Pepe totalmente intrigado.

—Sí, necesito sacar todo esto que llevo dentro —respondió Manuel melancólico—, sé que mi madre y mi hermana en el fondo tampoco creen que lo que me está pasando sea cierto, pero te lo contaré y tú después me dirás si me crees o no.

—De acuerdo —asintió Pepe impaciente por conocer la historia que su amigo iba a contarle.

A continuación Manuel comenzó a relatar el día en que se encontró con la Santa Compaña y, como vio al hijo de Encarnación y estuvo hablando con él. Después de media hora de relato mirando a su amigo le dijo:

—Como te digo, todo eso es cierto —concluyó.

—¡Ostias Pedrín, esto es alucinante! —exclamó Pepe entre el miedo y la incredulidad.

—No, Pepe, no es alucinante, te juro que yo lo paso muy mal, al principio sentía mucho miedo, tenía pavor al verlas, pero ahora ya no lo siento, es como si todo lo que me está pasando fuese algo normal.

—¡Joder Manuel! —exclamó Pepe de nuevo—, no es nada normal, eso es más bien anormal, son cosas del más allá, que te pone los pelos de punta, pero en el fondo a mí también me gustaría verlas. ¡Oye! —dijo su amigo a continuación—, ¿qué te parece si vamos a casa de Encarnación y me enseñas ese círculo que dices haber visto en la buhardilla? A lo mejor por ahí es por donde sale su hijo muerto, yo leí eso en uno de los libros que tengo de mi padre.

—No sé —respondió Manuel poco convencido—, puede ser peligroso, al menos para ti, como te conté, yo estoy protegido por la vela.

—No creo que sea peligroso —insistió Pepe—, y además, si voy contigo yo también estaré protegido por tu vela, si viene nos esconderemos en la buhardilla donde te escondiste tú cuando Encarnación llegó mientras leías el diario de guerra, así yo también podré leerlo, ¡vamos di que sí!, por favor —pidió Pepe.

—Bueno, pero el diario está en una salita, no está en la buhardilla, en la buhardilla está el círculo y allí hay un armario que fue donde yo me escondí.

—Bien, en ese caso vamos a la salita y leemos el diario —dijo Pepe—, si viene Encarnación nos esconderemos en ese armario que tú dices, aunque esté en la buhardilla, lo importante es tener un sitio para escondernos si es que llega Encarnación y, no podemos salir.

—Vale, pero tendremos que ver cuando sale Encarnación de casa —aclaró Manuel.

—Claro, la vigilaremos —asintió Pepe—, y cuando salga entraremos; tú ya sabes por dónde entrar.

—Sí, lo sé, lo haremos por la vieja forja, por allí entré yo. Aprovecharemos cuando vaya al monte a por leña, siempre tarda mucho tiempo.

—De acuerdo, por la tarde voy a tu casa y te llamo, luego nos esconderemos detrás de las zarzas que hay justo detrás de la puerta de la vieja forja y, cuando se marche entraremos.

—Vale —respondió Manuel—, lo haremos así, de esa forma tendremos más tiempo.

Los chicos continuaron hablando de lo que le ocurría a Manuel relacionado con la Santa Compaña. Después de estar hablando durante un tiempo Pepe estaba un poco desconcertado, no estaba seguro de que todo lo que su amigo Manuel le había contado fuese verdad. ¿Estaría Manuel enfermo? ¿Y todo lo que decía haber visto era solo producto de su imaginación? ¿O estaba en lo cierto y, todo había sucedido realmente? Todos esos pensamientos hacían que Pepe se encontrara en un mar de dudas. Después de ese tiempo de reflexiones, Pepe le dijo a su amigo:

—¡Bien Manuel!, quedamos así, por la tarde voy a tu casa, ahora entro, que ya es la hora de comer.

—De acuerdo —respondió Manuel—, yo también me voy a comer, nos vemos a la tarde.

—Bien, Manuel, nos vemos por la tarde —afirmó Pepe.

—Hasta la tarde entonces —dijo Manuel a modo de despedida—, espero que vengas pronto, ya no salgo de casa.

—De acuerdo, iré pronto, no te quepa duda —aseguró Pepe—, todo lo que me has contado me tiene muy intrigado.

A continuación Manuel abandonó la casa y se fue a la suya mucho más tranquilo. El haberle contado todo a su amigo, le había liberado de una tremenda carga emocional y en esos momentos todos sus miedos desaparecieron haciendo que se sintiera un niño feliz. Su desbordante fantasía le llevó a pensar que él sería el héroe que vencería a las almas malignas esgrimiendo su vela cuando se subiera al cruceiro tal como les había dicho el anciano. Manuel las enviaría al infierno como hacía su héroe el Capitán Trueno en todas sus aventuras cuando se encontraba con los malvados.

Cuando llegó a su casa, su madre tenía la comida preparada y su hermana estaba poniendo la mesa, al entrar en la cocina las saludó:

—¡Hola!, mamá. Hola, Blanca.

—¡Hola! —respondieron las dos; y a continuación María le dijo:

—¡Vamos, hijo!, lávate las manos que vamos a comer.

Una vez se lavó las manos se sentó a la mesa y mientras comían, la conversación giró en torno a la visita que harían al día siguiente al brujo para que con la vela encendida les hiciera el ritual de pasar por el cruceiro y, así de esa forma liberarles de la Santa Compaña, ese mal que se cernía sobre ellos. Manuel después de comer se sentía intranquilo, estaba apesarado de haberle dicho a su amigo que entrarían en casa de Encarnación. Pensó que no debería haberle dicho nada, aunque ahora era demasiado tarde, ya se lo había contado todo y su amigo Pepe no tardaría en llegar, se acercaba la hora acordada. Justo cuando Manuel estaba pensando en todo eso, su amigo llamó a la puerta.

—¡Manuel!, ¿estás?

—¡Sí!, ahora mismo salgo —respondió este de inmediato. A continuación le dijo a su madre:

—¡Mamá!, salgo a jugar con Pepe.

—De acuerdo, hijo, hasta luego.

—Hasta luego, mamá —se despidió a la vez que salía.

A continuación él y Pepe se dirigieron a la vieja forja a la espera de que Encarnación saliera de casa, pero, eso no ocurrió, por lo que después de esperar un cierto tiempo decidieron dejar la visita para el día siguiente. A continuación se fueron en busca de sus amigos, que se encontraban jugando al balón en el pequeño campo de futbol ubicado cerca de la aldea. Cuando vieron llegar a Pepe y a Manuel, se acercaron a la vez que Ricardo le preguntaba a este último:

—¿Cómo, estás? Hemos oído que fuisteis a visitar a un brujo para que os quitara el mal de ojo.

Manuel durante unos segundos estuvo pensando si responder, pero enseguida recordó lo que le había dicho Pepe, de que toda la aldea lo sabía, por lo cual era inútil mentir, así que sin dudarlo le dijo:

—Sí, fuimos a verle.

—¿Y qué os dijo? —preguntó Geno impaciente.

—Dijo que nos ayudaría —respondió Manuel sin más explicación.

—Pero, ¿de qué forma os ayudará?

—Bueno, eso no nos dijo —mintió Manuel que no quería entrar en detalles.

—¿Es cierto que viste la Santa Compaña? —preguntó ahora su amigo Ricardo—, ¿o todo está en tu cabeza como dicen mis padres?

—¡Eso a vosotros no os importa! —respondió Pepe echándole una mano a su amigo.

—Bueno, no nos importa, pero también somos sus amigos y nos gustaría saber si es cierto o no.

—Es cierto —dijo Manuel con tanto aplomo, que hizo a sus amigos sentirse intranquilos.

—¡Joder! —exclamó Geno—, ¿lo mismo que Encarnación?

—Sí, más o menos, fue así —asintió.

—En ese caso tienes que contárnoslo, al final va a ser cierto que existe y nosotros no la creíamos.

—¡Va, no digas tonterías! —exclamó Ricardo—. Tú no puedes ver a la Santa Compaña, yo creo que te pasa lo mismo que a Encarnación, que te estás volviendo majara.

—Vale, si eso es lo que crees, será —respondió Manuel sin inmutarse. Sabía que sus amigos no podían creer que él podía ver a los muertos y por esa razón no les dijo nada.

—Claro que no lo creemos —dijo Ricardo—, así que será mejor que juguemos un partido y de esa forma te olvidarás de todo eso que te está pasando.

—Es buena idea —respondió Pepe quien veía que esa era la mejor forma que tenía Manuel de salir sin tener que seguir dando explicaciones. Él lo sabía todo y no necesitaba que su amigo siguiera explicando nada, los otros chicos al ser más pequeños no podían entender todo lo que su amigo le había contado.

—Vale, vamos a jugar —dijo Manuel tranquilo por no tener que seguir hablado de ello.

A continuación los chicos armaron un partido de fútbol y estuvieron jugando durante bastante tiempo y esto hizo que Manuel se olvidara por el momento de todo lo que le estaba pasando, después de todo, como niño que era —aunque se encontraba afectado por la muerte de su padre—, necesitaba distraerse y disfrutar de las vacaciones de verano, jugar con sus amigos y pasarlo bien. Durante toda la tarde se dedicó a jugar sin pensar en nada más. Después las chicas acudieron al campo de fútbol y cuando Manual vio a Teresa todos sus miedos desaparecieron absorbidos por su presencia. Luego se dedicaron a sus juegos hasta que llegó la noche y regresaron a sus casas.

Una vez Manuel llegó, su madre y hermana tenían la cena preparada, y mientras cenaban la conversación giró en torno a lo que les iba a ocurrir al día siguiente cuando se encontraran en presencia del brujo y este les subiera al cruceiro para expulsar de sus vidas el alma maligna que pretendía apoderarse de ellos según sus palabras. Una vez se fueron a la cama, cada uno de ellos pensaba en su problema de forma diferente. Manuel le daba vueltas a todo lo que le estaba ocurriendo pero era difícil de entender para una mente de doce años, sobre todo, lo relacionado con el más allá. A pesar que el brujo les había explicado la razón de por qué él podía ver a los muertos, seguía sin poder encontrarle una explicación racional al por qué un alma maligna quería llevarle a él junto con su familia. En medio de todas esas cavilaciones Manuel se quedó dormido y todos sus sueños giraron en torno a que las almas perdidas se adueñaban de la suya.

28. El final de la esperanza

El señor José —el brujo de Villestro como era conocido—, se encontraba sentado en la silla delante de la mesa, encima de la cual tenía el corazón de Jesús. Eran las diez de la noche y quería preparar todo para el día siguiente cuando llegase la familia para poder quitarles el mal que se cernía sobre ellos. Miró a este y como si pensara que le escuchaba le dijo:

—Esta vez Señor tienes que ayudarme, lo que esta mañana he visto en esa familia es muy poderoso, no sé si yo solo podré luchar contra él, por esa razón me encomiendo a ti. El rostro del alma que he visto tenía mucha fuerza, tal vez demasiada, pero tengo que hacerlo por el bien de esa familia. A mí no me importa si muero en el empeño, pero ellos ya han sufrido mucho y son jóvenes, tienen mucha vida por delante.

A continuación el anciano cogió una pequeña caja de madera y abrió la tapa. Dentro de la misma no había nada, estaba vacía. Se levantó y se acercó al pequeño mueble, abrió una puerta de la parte superior y cogió una pequeña botella de cristal —se trataba de agua bendita empleada en la pila del bautismo—. A continuación cogió otra más pequeña también de cristal que contenía óleo —se trataba del óleo de la unción de los muertos, el sacristán de la iglesia siempre se lo guardaba después de que el cura diera la extremaunción a uno de los enfermos. Cuando el cura le entregaba la caja este recogía el óleo para llevárselo al brujo de Villestro. Esta vez el óleo pertenecía a uno de los últimos vecinos que había sido ungido en la extremaunción tres días antes de morir—. El anciano sabía que ese óleo era muy poderoso por esa razón lo emplearía para sacar el mal de la familia cuando esta llegase al día siguiente. El óleo del vecino muerto era inmaculado ya que el anciano que había muerto era un hombre justo, jamás había pecado, si ungía con ese óleo a la familia a la vez que encendía la vela, el alma maligna que había visto esa mañana desaparecería. Aunque el brujo ya había hecho eso en muchas otras ocasiones, esta vez sabía que algo era diferente. El olor a azufre que desprendió la imagen que vio esa mañana, le hacía pensar que aparte de las almas también Lucifer se encontraba de por medio. El anciano se estremeció al pensar en Lucifer, ¿sería posible que esa alma tuviera un pacto con el diablo? Eso sería terrible —pensó—, si fuese así, posiblemente todo se le escaparía de las manos y, si esa alma se había vendido, jamás podría descansar en paz.

El anciano siguió cogiendo los botes de cristal depositando cada uno de ellos en su compartimiento. Lo dejaría todo preparado para el día siguiente, había quedado con la familia para las nueve y media, una hora prudencial antes de que el sol luciera con fuerza. Una hora sería suficiente para devolver esa alma al purgatorio y, así dejar en paz a esa familia. El anciano terminó de depositar el agua vendita así como los óleos, cerró la caja y, la depositó encima de la mesa, ya todo quedaba dispuesto para el día siguiente. A continuación abandonó el lugar y se dirigió a la cocina donde esperaba su mujer para cenar. Los dos vivían solos, el único hijo que tenían vivía en la ciudad de Santiago. Después de cenar, los ancianos se fueron a la cama. Sobre las cuatro de la madrugada José escuchó un ruido procedente de la parte baja de la casa, durante unos segundos se mantuvo a la expectativa, pero el silencio era total, tan solo en la calle se oía el cric cric de los grillos y algún ladrido de perro, pero lejano, ya que los perros de su casa dormían dentro del cobertizo donde guardaba las herramientas de la labranza. Será uno de los perros en el cobertizo —pensó José, a la vez que intentaba quedarse dormido de nuevo—. Se dio la vuelta, pero volvió a escuchar algo, esta vez con más intensidad, miró a su esposa y vio que esta se encontraba profundamente dormida. Se sentó en la cama y, durante un tiempo permaneció atento por si volvía a oír algo, de pronto se fijó que por la puerta entreabierta de la habitación entraba algo de luz del pasillo, aunque muy tenue, lo suficiente como para ver que algo extraño estaba ocurriendo. Se levantó, calzó las zapatillas y, salió al pasillo intentando hacer el menor ruido posible, no quería despertar a su mujer y que esta se asustara. Llegó al pasillo y vio que la luz procedía de la parte baja.

—Vaya —pensó José—, seguramente me dejé la luz encendida del comedor, iré a apagarla.

A continuación se dirigió a las escaleras y cuando se disponía a bajar vio una figura con túnica negra la cual se encontraba en la parte baja al lado de las escaleras mirándole fijamente. Era una mirada fría de ojos abisales carente de vida. José se estremeció hasta lo más hondo de su ser, enseguida se dio cuenta de quién se trataba y que se encontraba en grave peligro. Durante un instante se quedó preso del pánico sin poder reaccionar, después de unos instantes de desconcierto se armó de valor, sabía que el miedo era un mal aliado, sobre todo en ese momento, por lo que trató de mantener la calma, se quedó a la espera de que la figura hiciera algo, que a buen seguro lo haría. Como si la figura adivinara lo que José había pensado comenzó a subir las escaleras —aunque más que subir, esta parecía flotar sobre ellas—. Cuando la figura llegó al lado de José, este se dio cuenta de quién tenía frente a él, era el alma que había visto por la mañana cuando le cogió la mano al chico para ver el mal que pesaba sobre la familia. Ahora sí, ahora José presa del pánico se estremeció, un sudor frío comenzó a resbalarle por la frente atravesando las mejillas hasta llegar al cuello, donde las gotas de sudor se esparcían por todo el cuerpo. José sabía que lo que tenía enfrente era algo muy poderoso, demasiado para un anciano de setenta y dos años, José sacó fuerzas de la flaqueza y consiguió balbucir:

—¿Quién eres?

—Tú ya sabes quién soy, por lo menos lo intuyes —dijo el espectro con voz pausada y cavernosa, que hizo que José se estremeciera hasta tal punto que por un momento imposible, pareció que su corazón se había parado.

—¿Qué quieres de mí? —preguntó recuperando la respiración aunque de forma agitada.

—De ti no quiero nada, bueno sí, lo que quiero es que no hagas nada.

—¿Qué es lo que quieres que no haga? —preguntó el anciano tratando de parecer tranquilo ante la figura.

—Vamos, ya sabes lo que quiero que no hagas, tú estás acostumbrado a liberar a los vivos de las almas que quieren llevárselos y, esto que está pasando nada te es ajeno. Pero esta vez tus conocimientos sobre las almas no te servirán de nada, mi poder es inmensamente más fuerte que todas tus liturgias.

—Entonces ¿qué es lo quieres? —preguntó José que ya había recobrado todo su aplomo, pues se daba cuenta de que el alma por alguna razón que él no entendía le tenía respeto.

—Quiero que esta mañana no hagas la liturgia para liberar a esa familia, esa familia es mía, me pertenece, tú nada puedes hacer, tu liturgia para liberarlos de las almas no es suficiente, al menos de las almas de la Santa Compaña, somos almas diferentes a las que tú estás acostumbrado, somos almas perdidas de Dios.

—Entonces, ¿si no es suficiente, que temes de mí? —preguntó el anciano.

—De ti, no temo nada, más bien digamos que temo de lo que contiene esta caja, pero su contenido jamás llegará a tocar la piel de esa familia, eso es lo que quiero impedir. Si estos óleos se conjugan con la vela y el agua bendita bajo el cruceiro, yo nada podría hacer para apoderarme de sus almas, pero eso no va a ocurrir, por esa razón estoy aquí, para impedir que eso ocurra. ¿Lo entiendes?

—Entiendo, pero yo también entiendo que puedo acabar contigo, puedo relegarte a los infiernos, tú eres un alma que se vendió al diablo y, yo sé cómo devolverte de nuevo junto a Belcebú.

—¿Sí? ¿De verdad lo sabes? —preguntó de forma tranquila el alma, haciendo que el anciano de nuevo volviese a sentir miedo.

—Sí, con mis santos óleos puedo conseguir que tú seas enviado al infierno y, no vuelvas a salir jamás.

—Por favor, no me hagas reír —dijo irónicamente el alma—, te diré una cosa, para que esos santos óleos tengan poder sobre mí, deben ser derramados por una persona y, esa persona ahora mismo no está en condiciones de hacerlo, para eso debe estar en el reino de los muertos y no lo está, por lo tanto te diré que mañana esas almas estarán en mi poder y, yo seré liberado, tú nada puedes hacer para impedirlo, puesto que no estarás aquí cuando ellos lleguen.

—¡Yo impediré que te hagas con esas almas!, ¡hijo de Satanás! —gritó el anciano a la vez que se abalanzaba sobre el espectro blandiendo un escapulario.

Cuando el anciano alcanzó al espectro este se separó con un ágil movimiento haciendo que José perdiera el equilibrio y, se cayera rodando por las escaleras. Cuando llegó al final, su cabeza se golpeó contra el suelo, el impacto fue tan brutal que su cráneo se fracturó por varios sitios, donde de inmediato la sangre comenzó a salir a borbotones. El anciano quedó inmóvil con la vista fija en el espectro; no había perdido el conocimiento, pero no era consciente de su gravedad, se le nublaba la vista por momentos y, tan solo conseguía ver un bulto borroso que se acercaba a él bajando las escaleras. El anciano trató de incorporarse pero no tenía fuerza, sus manos resbalaban en el frío suelo de granito. El espectro del alma se le acercó y con una maligna sonrisa reflejada en su cadavérica cara le dijo:

—Ya ves que tú nada puedes hacer, esto es demasiado para un anciano como tú, ya te he dicho que tan solo hay una persona que puede hacer que yo vuelva al infierno.

—¿Quién es esa persona? —preguntó el anciano con un hilo de voz, apenas le quedaban fuerzas, la vida se le escapaba a cada momento que pasaba.

—Qué más te da —respondió el alma—, tú no conoces a esa persona, ni la conocerás jamás, ¿no te das cuenta que tu vida se está apagando?

—Lo sé, siento que se me nubla la vista y, empiezo a caminar hacia el túnel blanco, pero, me gustaría antes de marchar, saber quién es esa persona.

—Bien, anciano, satisfaré tu deseo —asintió el alma—, esa mujer se llama Encarnación, pero ella ahora nada puede hacer, para ello necesitaría estar en misa de ánimas y estar muerta y, de momento no lo está. Ella también me pertenece, pero ella será la última, antes tiene que sufrir y, al final cuando todo el poder de Belcebú sea mío, iré a por ella y la llevaré conmigo al infierno para siempre arrebatándosela a Dios. Ahora adiós, buen viaje a donde quiera que vayas —dijo el espectro a la vez que tiraba la caja que contenía los frascos.

Cuando esta impactó contra el suelo, los frascos de cristal que contenían el agua bendita y los santos óleos se rompieran en mil pedazos derramando su líquido por el suelo salpicando el cuerpo del moribundo anciano, que ya no se daba cuenta de lo que estaba pasando, había perdido la conciencia. Tan solo su mano derecha parecía tener un atisbo de vida, ya que trataba de escribir algo con su propia sangre, de pronto su mano quedó inerte, sin vida, totalmente manchada de sangre, el anciano había abandonado su cuerpo se encontraba en el túnel blanco y una intensa luz lo envolvió. Había entregado el alma a Dios todo poderoso. El alma maligna tal como había aparecido en el silencio de la noche, abandonó la casa sin siquiera mirar al cuerpo inerte del anciano; estaba tan seguro de su triunfo que no se fijó que el anciano había escrito algo en el suelo con su propia sangre.

Sobre las siete de la mañana su mujer se despertó y se dio cuenta de que su marido no se encontraba en cama, lo cual le extrañó. Se incorporó y le llamó:

—¡José, donde estás!

Nada, no obtuvo respuesta, silencio total, tan solo el sonido de los gallos que a esa hora de la mañana rompían el silencio de la noche ya que el nuevo día comenzaba a despertar. La mujer volvió a llamar:

—¡José, estás abajo!

La respuesta de nuevo fue silencio total. Esta se levantó preocupada, no era normal que su marido saliera de casa sin avisarla, algunas veces lo hacía temprano, para ir a preparar la comida para los animales, pero siempre lo hacían juntos, algo estaba pasando —pensó la mujer, a la vez que se vestía con la bata de casa—. A continuación salió al pasillo y vio que la luz del comedor estaba encendida, por lo que volvió a llamar a su marido:

—¡José, estás en el comedor!

No obtuvo respuesta, por lo que comenzó a caminar hacia las escaleras, Cuando comenzaba a bajarlas vio abajo en el piso el cuerpo de su marido totalmente inmóvil, por lo que comenzó a gritar:

—¡José!, ¡José!, ¿Qué te pasa?

La mujer llegó a su lado y vio que se encontraba en medio de un charco de sangre, le tocó la cara, y se dio cuenta de que estaba muy frío, por lo que pensó que estaba muerto. Salió de la casa gritando:

—¡José está muerto!, ¡José está muerto!

Los vecinos al oír sus gritos salieron a la calle, tratando de tranquilizarla. Luego la acompañaron a casa y se encontraron con que la mujer tenía razón, José estaba muerto en medio de un charco de sangre. Seguramente se había caído por las escaleras —pensaron los vecinos—, quienes avisaron a su hijo que vivía en Santiago para que acudiera a la guardia civil y que esta pusiera en conocimiento del juzgado lo que había ocurrido y se desplazaran a la casa para investigar la muerte de su anciano padre.

29. La duda de María

Esa misma mañana temprano, María despertó a sus hijos, eran las siete y, a las ocho deberían coger el autobús que les llevaría de nuevo a visitar al brujo, tal como les había prometido les quitaría el mal que se cernía sobre ellos. Mientras desayunaban María hablaba con sus hijos a cerca de la conveniencia de acudir de nuevo a ver al anciano, ya que a ella todo eso le parecía una pérdida de tiempo. María estaba más por la labor de visitar a los médicos en el hospital y, que le dieran la solución para el problema de su hijo. Ellos sabrían lo que hacer para las visiones de Manuel.

—Realmente Blanca, creo que esto de volver a ver a ese señor no me acaba de convencer, como tú dijiste ayer, parecía un charlatán y, además, si debemos creer a tu hermano que vio a esa mujer, le dijo que no fuéramos a verle, que sería peor.

—¡Pero, mamá! —exclamó Blanca—, ya sé que dije eso, pero quedamos de acuerdo en que lo haríamos así, ya hablamos largo y tendido sobre ese asunto y, quedamos de acuerdo de que esa señora no existe.

—Sí, hija, ya lo sé, pero cada día que pasa, veo más claro que el problema de tu hermano pasa por los médicos.

—¡Ayer dijiste que no perdíamos nada! —le recordó Manuel contrariado—. El señor solo pidió la voluntad y, además, la señora tampoco me explicó la razón por la cual no deberíamos volver.

—Manuel tiene razón, mamá —dijo Blanca—, nada perdemos en ir con la vela y, que ese señor la encienda debajo del cruceiro y, si con eso consigue que las almas nos dejen en paz, nos quedaríamos tranquilas. Tú sabes que en el fondo las cosas que nos están ocurriendo no tienen fácil explicación, lo que pasa es que tu naturaleza racional, impide que aceptes este hecho como algo que realmente puede estar ocurriendo. Si esto no funciona, iremos al hospital con Manuel.

—De acuerdo, hijos, cojamos las cosas que nos pidió el brujo, aunque no entiendo muy bien para qué querrá esas ropas, él dijo que le lleváramos parte de la ropa que teníamos el día del entierro de vuestro padre, por lo tanto llevaremos nuestras chaquetas y el jersey de tu hermano. Mientras yo cojo las chaquetas, tú Manuel vete a buscar tu jersey y la vela.

—Bien, mamá —dijo Manuel todo contento al ver que su madre accedía a visitar al brujo—, voy a buscar las dos cosas.

Una vez recogieron la ropa y la vela para llevarle al brujo, María preparó la pequeña bolsa de viaje guardando cada una de las prendas. Cuando iba a meter la vela le pareció que esta se había iluminado de forma tenue por lo que totalmente desconcertada mirando para ella, dijo:

—No puede ser, me estoy dejando influenciar por lo que me ha contado mi hijo, esta vela no puede lucir sin estar encendida.

A continuación la metió en la bolsa a la vez que murmuraba:

—No me creo que esté haciendo esto, que vayamos a visitar a un brujo y le llevemos prendas que vestíamos el día del entierro, realmente es algo absurdo y totalmente surrealista.

Después cerró la bolsa y acompañada de sus hijos, se dirigieron a la parada del autobús para emprender el viaje donde al final de este encontrarían la solución a su problema, pero por desgracia para ellos, eso era tan solo un deseo que jamás se convertiría en una realidad.

30. Viaje sin retorno

Cuando se subieron al autobús, María esta vez se sentó al lado de su hijo, no quería que fuese solo, debido a que el día anterior la había tenido preocupada al decir que la señora le había dado los escapularios —que por supuesto no se los habían puesto, no podía dar credibilidad a la historia de Manuel, una cosa es que tuviera visiones y, otra muy distinta que esa visiones le dieran cosas—, los había guardado en un cajón del mueble del comedor cerrándolo con llave. Cuando el autobús iba subiendo San Xusto, Manuel que iba al lado de la ventanilla le dijo a su madre:

—¡Mira, mamá!, ahí está la iglesia a donde dijo que iba la señora que me dio los escapularios.

María miró a través de la ventanilla y divisó el majestuoso monasterio de Toxosoutos, miró a su hijo al tiempo que le decía:

—Sí, es muy bonito, pero no es una iglesia, hijo, es un monasterio.

—¿Y cuál es la diferencia? —preguntó Manuel sorprendido.

—Verás, hijo, en el monasterio viven los monjes, unos hombres que ofrecen sus vidas a Dios y, una iglesia es la casa de todos los cristianos que quieren estar a bien con Dios.

—¡Ah! —exclamó Manuel que no entendió mucho, ya que tampoco le había prestado mucha atención a su madre. En su mente en esos momentos había otras cosas, le vino la visión de la señora del día anterior dándole los escapularios—, ahora ya sé la diferencia.

—Pero, ¿en la escuela no os enseñan esas cosas? —preguntó su madre.

—Sí, lo que pasa es que no me acordaba.

—Pues hay que aplicarse más —dijo su hermana que les estaba escuchando.

—Bueno, lo tendré en cuenta para el próximo curso —respondió Manuel esbozando una pícara sonrisa.

El autobús disminuyó la marcha, ya que justo al pasar el cementerio de San Xusto se encontraba la parada, el conductor detuvo el autobús en el arcén. En la parada se encontraban cuatro personas. Manuel creyó reconocer en una de ellas a la señora del día anterior, pero en este caso iba totalmente vestida de negro y con un rosario enroscado en su mano derecha, cosa que le llamó la atención a Manuel. El Cristo cuando la señora movía el rosario parecía desprender unos destellos de color blanco. El conductor abrió la puerta y las personas comenzaron a subir. Desde la ventanilla de Manuel, ahora ya no podía ver a las personas, tan solo las veía cuando estas entraban en el autobús. El primero en entrar fue un señor mayor ayudado por una joven, la cual le dijo:

—¡Cuidado papá!, sube despacio. —El hombre ayudado por su hija llegó al pasillo y, justo detrás de ellos una señora también mayor, pero está muy delgada y con unos ágiles movimientos se subió. Era evidente que se trataba de un matrimonio y su hija. La joven ayudó a su padre a sentarse a la vez que le decía a la señora:

»¡Mamá!, tú siéntate ahí en ese asiento, yo voy al lado de papá, no se encuentra bien y tengo que ayudarle.

—De acuerdo hija —respondió la mujer al tiempo que ocupaba su asiento.

Manuel tenía su mirada clavada en la entrada del autobús, estaba expectante a la entrada de la mujer, cuando la señora mayor se sentó, pudo ver a la mujer que caminaba hacia donde ellos estaban sentados. Manuel la miró con cara de asombro a la vez que se revolvía inquieto en el asiento. Cuando la señora llegó a su altura la reconoció de inmediato a pesar de que llevaba puesto un velo en la cabeza e iba totalmente de negro. Manuel iba decirle algo a su madre pero la señora se paró justo delante de él a la vez que le decía:

—¡No vayáis!, él ya no puede hacer nada.

A Manuel se le erizaron los pelos, una corriente de aire frío inundó el espacio donde se encontraba haciendo que la atmósfera dentro del autobús se volviera densa y extraña, lo que hizo a Manuel estremecerse de miedo. Después de esas palabras, la señora pasó de largo hacia los asientos traseros dejando a Manuel totalmente desconcertado.

—¿Te acurre algo hijo? —preguntó su madre al verlo tan intranquilo.

—¡Mira, mamá! —gritó Manuel con la esperanza de que su madre pudiera ver a la mujer—, es la señora que ayer me dio los escapularios.

—¿Qué mujer? —preguntó su madre intranquila ante la actitud de su hijo.

—La que subió de último —aclaró.

—Pero, hijo, la señora que subió de último es la señora que se sentó delante de ti, no hay otra mujer.

—¡Sí que la hay! ¡Mira hacia atrás! —le indicó.

María giró la cabeza hacia donde le indicaba su hijo pero en la parte trasera todos los asientos estaban vacíos, no había nadie. Manuel también miraba y vio como la señora salía por la puerta trasera a la vez que el autobús comenzaba su marcha.

—¡Hijo, no hay nadie!, la parte trasera está vacía —dijo María preocupada—. No empecemos con tus visiones, por favor.

—¡Te juro que la mujer subió! y, acaba de bajarse ahora mismo por la parte trasera —aseguró totalmente convencido de ese hecho.

Su madre quedó pensativa durante unos segundos, iba a decir algo pero no tuvo tiempo, la chica que subió acompañada de sus padres le dijo a Manuel:

—Tu madre tiene razón, no subió ninguna señora, en la parada esperando al bus solo estábamos nosotros tres.

—Ves, hijo, fueron imaginaciones tuyas, a lo mejor te quedaste algo dormido y lo soñaste, como hemos madrugado tanto —dijo su madre para disimular un poco la vergüenza de que a su hijo le tomaran por loco o algo así.

—Sí, mamá, tienes razón —respondió Manuel ahora con tanto aplomo, que hizo que su madre se asustara más de lo que ya lo estaba—, seguro que estaba dormido y lo soñé.

Manuel en ese momento lo comprendió todo, acababa de darse cuenta de que la mujer que había visto estaba muerta y, tan solo él podía verla tal como le dijera el brujo, él tenía ese don.

—Muy bien, hijo, ahora relájate y descansa hasta llegar a Roxos.

—Sí, mamá, lo haré —respondió Manuel que a partir de ese momento no dijo nada más. Se había dado cuenta de que las personas que viajaban en el autobús le había tomado por un chico enfermo, por lo que ni siquiera le dijo a su madre que la señora le había dicho que no fueran a ver al anciano, que él ya no podía hacer nada.

Durante todo el trayecto hasta llegar a Roxos los tres fueron en silencio. Cuando se bajaron las personas que habían oído a Manuel miraron a María con cara de circunstancias como queriendo decir: es una pena. Después de bajarse, en silencio tomaron la carretera que les llevaba hasta Villestro. María no quería sacar el tema de la señora, le hacía sentirse molesta, ya hablaría de ello con el brujo, seguramente él podría darles una explicación. Cuando llegaron a casa vieron que varias personas se encontraban delante de la puerta hablando entre ellas y, algunas salían y otras entraban. Al llegar junto al grupo, María les preguntó:

—¿Qué ocurre?

—Ha habido un accidente, el señor José se ha caído por las escaleras y se murió.

—¡Dios mío! —exclamó María sorprendida—. ¿Cómo ha sido? —preguntó a continuación.

—No se sabe —dijo uno de los vecinos—, su mujer lo encontró tendido al final de las escaleras en medio de un charco de sangre. Su hijo ha sido avisado y va en busca del juez y de la guardia civil, por si alguien lo ha matado.

—¿Se puede ver? —preguntó María sin saber muy bien por qué razón quería ver al muerto.

—Si quiere sí, pero no se lo aconsejo —dijo uno de los vecinos—, hay mucha sangre y, está tapado con una manta.

—No me importa, tan solo quiero verlo por última vez, me parecía un buen hombre.

—Lo era señora, lo era —aseguró el vecino.

María entró en la casa y, vio que había cuatro personas, las cuales miraban asombradas al cadáver del anciano. María observó el cuerpo que tal como había dicho el vecino se encontraba tapado con una manta; al verlo en esa situación se estremeció al pensar que el día anterior había estado hablando con él y este le había prometido quitarles el mal que se cernía sobre ellos. Ahora estaba allí frente a ella tendido en el suelo sin vida en medio de un charco de sangre, la cual se encontraba cuajada. Al observar ese detalle le llamó la atención que al lado del cuerpo había unos cristales rotos y un pequeño charco de agua, así como un líquido verde claro que flotaba encima de dicha agua. Es posible que se trate de los cristales de un vaso que el anciano llevaba en la mano cuando se cayó por la escalera y el agua se derramó —pensó María—. A pesar de encontrase tapado con una manta, su mano derecha quedaba al descubierto posiblemente por descuido de quien le había tapado. María se fijó detenidamente en la mano y cuando la vio bien, un gélido frío recorrió todo su cuerpo. La poca tranquilidad que sentía en ese momento, fue aniquilada por un pánico atroz, desmesurado, haciendo que la adrenalina acudiese de golpe a su cerebro sintiendo un agudo dolor que le impedía pensar con claridad. La respiración se hizo agitada y durante unos eternos segundos su mente se quedó en blanco. Después de esos dramáticos segundos consiguió balbucir:

—No es posible, él no pudo escribir eso, no podía conocerla.

A continuación María salió de la casa totalmente desconcertada por lo que había visto, iba tan pálida que cuando salió, su hija Blanca le preguntó:

—¿Te encuentras bien, mamá? Te veo muy pálida.

—No, hija no, no me encuentro bien, ha sido una tontería entrar a ver al anciano, su cuerpo me causó una gran impresión al verlo tapado con una manta.

—Bueno, ahora tranquilízate, nosotros no podemos hacer nada.

—Lo sé, hija, lo sé —respondió María totalmente desesperanzada. El clavo ardiente al cual se había aferrado para que su hijo se curara, acaba de esfumarse de forma trágica.

María nada le dijo a sus hijos de lo que había visto escrito al lado de la mano del anciano, eso no podía ser cierto, tenía que ser una mala pasada de su imaginación. ¿Cómo podía saber el anciano que ella les podía ayudar?, si no fuera así, ¿por qué razón había escrito el nombre con su propia sangre? Ahora sí, ahora tenía que hablar con Encarnación sin más demora, ella tenía que saber cosas que pudieran ayudarles tal como decía su hijo. ¿Cómo era posible que el anciano supiese su nombre? Se repetía una y otra vez, ¿Si se encontraban a veinticinco kilómetros de distancia? A lo mejor estoy viendo cosas donde no las hay, no es posible que pudiese ver eso —pensó de nuevo María—. Después de todas esas reflexiones les dijo a sus hijos:

—Bien, hijos, vayámonos a casa, aquí no tenemos nada que hacer.

A continuación y en silencio abandonaron la aldea, sin saber María a qué atenerse, ya que el anciano había muerto y, Manuel seguía estando enfermo. No era posible que la salud de su hijo dependiera de lo que pudiera hacer un entendido en quitar el mal de ojo y almas perdidas, tal como decía él. Había sido un error por su parte haber acudido a ver al anciano —pensaba una y otra vez—. En esos momentos no tenía claro que Encarnación pudiese hacer algo por su hijo. Por lo que había decidido hablar con ella para que le dijera que todo eso de las almas era solo fantasía y, luego acudiría a los médicos quienes eran los únicos que podían curarle. Cuando llegaron a la parada, esperaron apenas unos cinco minutos a que llegara el autobús, se subieron y María también se sentó al lado de su hijo, no quería que volviera a pasarle lo mismo de hablar con una mujer inexistente. Esta vez durante el trayecto los tres fueron en silencio, cada uno de ellos pensaba en la muerte del anciano de forma diferente y al final las dos mujeres se quedaron dormidas por el cansancio. Los acontecimientos vividos esa mañana les habían agotado. Cuando el autobús llegó a San Xusto se detuvo en la parada, donde se bajó un matrimonio de ancianos. Una vez estos bajaron, entró una mujer a la vez que el conductor ponía el coche en marcha. Manuel al verla se quedó aterrado, la mujer que había subido al bus era la misma que había visto por la mañana cuando iban a visitar al brujo y le dijo que él no podía hacer nada, pero, ¿cómo podía saberlo? ¿Sabía que le encontrarían muerto? ¿Y por qué razón el día anterior le había dado los escapularios? Manuel iba a decir algo pero la mujer puso el dedo en los labios indicándole que se callara. Manuel miró a su madre y vio que esta estaba adormilada con los ojos cerrados. La mujer al llegar a su altura, sacó dos escapularios del bolsillo de su vestido y le colocó uno a su madre en el cuello y otro a su hermana que permanecía dormida. Las mujeres no se dieron cuenta de ese hecho. A continuación miró a Manuel y le dijo:

—No te preocupes, él no os llevará, el arcángel Gabriel os protege.

A continuación la mujer desapareció dejándole totalmente aterrado. Quería decirle a su madre que la señora estaba a su lado y, que le había puesto los escapularios a ella y a su hermana, pero de su garganta no salió sonido alguno. El miedo que sentía en ese momento le dejó atenazado, incapaz de pronunciar palabra alguna, miró a su madre y, vio que continuaba dormida, entonces hizo ademán de despertarla tocándole en el hombro, pero cuando estaba a punto de hacerlo, retiró la mano. Pensó que si le decía algo, su madre no iba a creerle, lo mismo que hiciera antes. Esta vez no le diría nada, se daba cuenta que si lo hacía empeoraría las cosas, no podía decirle que había visto a la mujer de por la mañana colocándoles los escapularios, porque la mujer estaba muerta y tan solo él podía verla. Volvió a mirar por la ventanilla, pero el autobús ya había pasado el sendero que llevaba al monasterio de Toxosoutos por lo que ya no pudo ver a la mujer. Manuel continuó mirando por la ventanilla para distraer su atención. La visión de la mujer le había hecho sobresaltarse de nuevo, esta vez se sentía incómodo y temeroso de algo que no acertaba a entender. El autobús por esa zona iba muy despacio debido a que era una zona de muchas curvas cerradas y el pavimento se encontraba en mal estado, tenía muchos baches, lo que hacía que el conductor extremara las precauciones.

Manuel continuaba mirando por la ventanilla, ahora el paisaje era la de un frondoso bosque verde que transcurría al lado de la carretera, daba la sensación de que en caso de caerse por el gran barranco todos esos árboles harían de colchón. Qué bonito —pensó Manuel olvidándose por un momento de la mujer—, algún día pintaré un cuadro de ese paisaje. De pronto sin saber la razón de porque lo hacía desvió la vista hacia el arcén de la carretera y, lo que vio, hizo que se estremeciera a la vez que un intenso frío le calaba los huesos. Justo en el arcén la visión del alma que le había mostrado el féretro de su padre le estaba saludando con la mano alzada a la vez que de sus mortecinos labios salía una maligna sonrisa. Luego la macabra figura extendió la mano y con el dedo índice le indicó el barranco donde al fondo descansaba el frondoso bosque.

Manuel quiso llamar la atención de su madre para que esta mirara para la figura pero no tuvo tiempo. Un brusco bandazo hizo que se aferrara con fuerza al asa del asiento, el conductor tuvo que hacer un brusco giro para esquivar un enorme perro que se había cruzado en la carretera. Los intentos del conductor para controlar el autobús fueron en vano, había perdido por completo el control y, el autobús se despeñaba irremediablemente hacia el barranco de unos doscientos metros de profundidad. El autobús en su recorrido iba arrastrando todo lo que encontraba a su paso, los pequeños árboles desaparecían aplastados por su peso, los árboles de mayor tamaño hacían añicos las ventanillas por donde parte de los pasajeros eran despedidos y muchos de ellos eran también aplastados por el autobús causando terribles mutilaciones. Manuel y su madre, que se había despertado con el primer bandazo, se aferraban al asa con todas sus fuerzas, así como su hermana, intentando no salir despedidos del autobús. Sabían que si salían despedidos estarían perdidos.

Después de un interminable recorrido de unos doscientos metros el autobús impactó contra unos grandes eucaliptos, el impacto fue tan brutal que hizo que el autobús se partiera en dos, haciendo que los pocos pasajeros que quedaban abordo salieran despedidos con una brutal violencia, saltando varios metros por los aires. Manuel, su madre y hermana también salieron volando. Después de un recorrido por el aire de unos veinte metros cayeron sobre unos grades arbustos llamados xestas, los cuales al ser tan compactos amortiguaron por completo el contacto de sus cuerpos contra el suelo. El espectáculo era dantesco, muchos de los cuerpos que habían sido aplastados por el autobús estaban mutilados y otros totalmente aplastados; gritos de socorro se oían por todas partes. Muchas de esas personas que pedían socorro estaban totalmente ensangrentadas, otras se arrastraban por la maleza totalmente desorientadas, sin darse cuenta de que la vida se les estaba escapando. Arriba en la carretera los coches se habían parado, habían visto como el autobús se despeñaba, por lo que algunos bajaban para socorrer a los heridos, mientras que un coche se desplazó hasta Noia para avisar a la guardia civil de que un autobús se había despeñado por San Xusto.

La Guardia Civil activó el protocolo de accidentes avisando al hospital de Santiago para que enviaran las ambulancias y equipo sanitario, según los testigos el accidente era muy grave. Una vez activado el protocolo, la Guardia Civil se desplazó al lugar del accidente para ayudar a los heridos, mientras esperaban a que las ambulancias llegaran al lugar con los equipos sanitarios. En el lugar del accidente el panorama era desolador, las personas que trataban de ayudar estaban desbordadas, debido a lo escarpado del terreno y, la gran cantidad de maleza. Había lugares a los cuales no podían llegar, por lo que deberían esperar a los equipos de rescate. Cuando María se despertó se encontraba totalmente desorientada, no se daba cuenta de dónde estaba ni lo que había pasado. Los rayos de sol que atravesaban el frondoso bosque donde se encontraba la cegaron por un momento, haciendo que cerrara los ojos de nuevo. Durante unos minutos su desconcierto era total, volvió a abrirlos y poco a poco fue recobrando la conciencia perdida durante el tremendo golpe que se había dado al caer. De pronto se asustó, un pánico irracional inundó todo su cuerpo, se dio cuenta de que había tenido un accidente por lo que de inmediato comenzó a gritar:

—¡Dios mío! ¡Nos hemos despeñado por el barranco! ¡Y mis hijos, donde están mis hijos! —María presa del pánico comenzó a gritar llamándolos de forma desesperada—. ¡Manuel! ¡Blanca! ¡Donde estáis! ¡Estáis ahí!

Manuel y Blanca se habían levantado y aparentemente se encontraban bien, los dos habían caído el uno cerca del otro, y al oír los gritos de su madre le respondieron:

—¡Sí, mamá, estamos bien! —gritó Blanca a la vez que caminaban hacia donde habían oído la voz de su madre. Al llegar a su lado María les abrazó a la vez que decía—:

—¡Oh gracias a Dios que estamos bien!, ha sido un accidente terrible.

—Sí, mamá, hay gente que está gritando, pero ya hemos oído las ambulancias y, también la Guardia Civil está ayudando a los heridos.

—Bien, hijos, intentemos subir a la carretea para que alguien nos lleve a casa, nosotros estamos bien.

—Sí, mamá, hemos tenido suerte —respondió Blanca—, estamos bien.

—Pero ¿cómo salimos de aquí? —inquirió Manuel con buen criterio—, hay mucha maleza y no sabemos qué dirección tomar.

—Es cierto —respondió Blanca—, ¡pero mirad!, ahí baja una enfermera, le pediremos ayuda.

—Sí, tienes razón —dijo su madre quien a continuación la llamó—. ¡Por favor puede ayudarnos!

La enfermera al oír los gritos se acercó a la vez que les preguntaba:

—¿Se encuentran bien?

—Sí —respondió María—, y queremos subir a la carretera, ¿sabe cómo hacerlo?

—Claro, acompáñenme por favor, les ayudaré a subir para que sean atendidos por los médicos.

A continuación, María y sus hijos siguieron a la mujer, que milagrosamente les conducía por un pequeño sendero que para ellos les habría sido imposible descubrir. Manuel miró a la enfermera y le recordó a alguien, pero como llevaba el gorro no sabía muy bien a quien. La enfermera les ayudó a subir a la carretera donde se había instalado una tienda de campaña para atender a los heridos. Mientras ellos subían, en la carretera se oía el sonido de las ambulancias trasladando a los heridos y la Guardia Civil bajaba con camillas para recoger a los muertos que habían quedado sembrados a lo largo de la mortal trayectoria que había seguido el autobús. Una vez arriba, la enfermera desapareció y, los tres fueron llevados por un sanitario que les acercó a la tienda que había instalada al lado de la carretera, donde los médicos atendían a los heridos que de momento no habían sido trasladados al hospital. Cuando entraron en la tienda, María reconoció a uno de los médicos, se trataba de don Teo, un médico que prestaba sus servicios en las minas de San Fins, donde su difunto marido había estado trabajando durante un tiempo. Cuando el médico la vio, se acercó a ella al tiempo que le decía:

—¡Vaya, María!, ¿Así que tú viajabas en el autobús?

—Así es, don Teo, venía de Santiago acompañada de mis hijos.

—Sí, ya los veo, les conozco, pero, ¿os encontráis bien?

—Sí, don Teo, muy bien, milagrosamente los arbustos donde caímos amortiguaron nuestra caída y, no hemos sufrido ni un solo rasguño.

—Ya lo veo, la verdad es que es algo sorprendente, a buen seguro que vuestro ángel de la guarda tuvo algo que ver en todo esto.

—Eso debe ser, don Teo, eso debe ser —respondió María melancólica ya que en ese momento le vino a la mente el recuerdo de su hijo cuando le dijo que la señora le diera los escapularios para protegerlas.

—Bien María, de todas formas tengo que echaros un vistazo por si tenéis algún golpe interno y no se ve.

—Muy bien, doctor, lo que usted diga —respondió María resignada.

A continuación el doctor estuvo auscultando a los tres y no vio nada que pudiera indicar que tuvieran alguna lesión interna, por lo que dijo:

—Bueno, María, realmente ha sido un milagro, no tenéis nada, por lo que creo que podéis marcharos a casa. Aquí dentro de poco se vivirán momentos dramáticos y muchas escenas de dolor, los familiares de los fallecidos no tardarán en llegar y, no es bueno que tus hijos lo presencien.

—Pero, don Teo —dijo María—, nosotros no tenemos en donde ir y, hasta Noia hay un buen trayecto.

—No te preocupes, María, yo os llevaré en mi coche, mi presencia aquí yo no es necesaria, por desgracia ya no hay más supervivientes, yo paré para ayudar, venía de Santiago y vi el accidente. Ahora ya es cosa de las autoridades, aquí no tengo nada que hacer.

A continuación don Teo les llevó hasta su coche, María subió delante y los chicos lo hicieron atrás. Cuando Manuel subió al coche se quedó aterrado, un aire frío penetrante parecía inundar el espacio donde se encontraba. Su respiración pareció pararse en unos imposibles segundos. La bella mujer estaba allí, al lado de la carretera sonriéndole. Manuel cerró los ojos para asegurarse de que no era una visión. Cuando los abrió de nuevo, la bella mujer había desaparecido.

El coche poco a poco se fue alejando del lugar del accidente mientras los equipos de rescate continuaban con la tarea de buscar en el bosque por si había algún cuerpo perdido en medio de la frondosa maleza. De pronto, uno de los Guardias Civiles que se encontraba rastreando la zona, gritó a sus compañeros:

—¡Eh, aquí hay tres cuerpos! ¡Están inconscientes! ¡Que vengan los sanitarios!

Cuando llegaron los sanitarios analizaron los cuerpos y se dieron cuenta de que estos estaban vivos aunque inconscientes y se les apreciaban varias heridas debido a los fuertes golpes que habían recibido. Los sanitarios colocaron los cuerpos en las camillas para llevarlos a la ambulancia y que fueran trasladados al hospital de Santiago de Compostela, dejando atrás el lugar del accidente, donde los familiares de los fallecidos vivían momentos de mucho dolor. Ajenos a este dolor María y sus hijos se dirigían a su casa acompañados de don Teo quien milagrosamente había aparecido para ayudarles. Les dejó en su casa y durante todo ese día no salieron de ella, no tenían ganas de hablar con nadie, tan solo querían descansar, ya tendrían tiempo de hablar con los vecinos al día siguiente y explicarles todo lo sucedido sobre el accidente que habían tenido y, además, en la mente de María había una idea fija, hablar con Encarnación, que ella le aclarara la razón de por qué un anciano que había muerto sabía su nombre y por qué lo escribió con su propia sangre.

31. María habla con Encarnación

Al día siguiente por la mañana, María acudió a la casa de Encarnación, quería hablar con ella antes de que esta se marchara al pueblo a hacer la compra, siempre lo hacía temprano. María jamás había estado en esa casa, lo que sabía de ella, lo sabía por su difunto marido, debido a que la casa perteneciera a su tío Andrés, quien al morir se la había dejado a su hija Encarnación en herencia. Encarnación jamás dejó que nadie entrara en su casa, era como si dentro de ella se guardara un secreto, por esa razón se extrañó mucho de que dejara entrar a su hijo. Todo lo que rodeaba a la casa resultaba muy extraño y, ahora mucho más, después de lo que su hijo le había contado acerca de Encarnación, aunque María suponía que todo se debía a la gran imaginación de su hijo, por eso iba convencida que de todo se aclararía en cuanto hubiese hablado con ella. María llegó a la puerta de la casa y, esta, se encontraba cerrada, por lo que llamó.

—¡Encarnación, estás en casa!

Después de unos instantes, la voz de Encarnación se dejó oír, aunque débil por la distancia, María la escuchó perfectamente.

—Sí, ¿quién eres?

—Soy María, la esposa de tu difunto sobrino.

—Bien, María, ahora mismo bajo.

Al cabo de un corto tiempo María escuchó un sonido procedente de las escaleras de bajada, oía como las tablas crujían debido a su viejo estado, incluso muchas de ellas carecían de clavos, por lo que dedujo que Encarnación venía bajando. Cuando esta llegó al hall y antes de abrir la puerta le preguntó:

—¿Qué quieres María?, no es normal que tú vengas a mi casa.

—No, ya sé que no lo es —respondió María—, pero lo que quiero preguntarte es de vital importancia para la salud de mi hijo Manuel, tú con tus historias de la Santa Compaña le has inducido a creer que esta existe.

—Así que se trata de eso —respondió Encarnación de forma tranquila y pausada.

—Sí, se trata de eso, y lo que es peor, que dice que la ve.

Encarnación no contestó, se limitó a quitar el cerrojo de la puerta para poder abrirla. Una vez la abrió, miró a María a la vez que le decía:

—¿Y tú crees que eso no es cierto María? —le preguntó de forma tranquila aunque en su semblante se notaba un atisbo de preocupación—. ¿Crees que no la ve?

—Yo no creo ni dejo de creer, he visto cosas en estos últimos días que me hacen pensar que por lo menos sí hay cosas extrañas, pero de ahí a que crea que la Santa Compaña exista, hay mucha diferencia.

—Entonces, si no crees, ¿a qué vienes?

—Si vengo, es porque siguiendo los consejos de una persona, he ido a un brujo que hay en Roxos en la aldea de Villestro, que dicen que quitaba el mal de ojo, pensando que podía ayudar a mi hijo Manuel.

—Y eso que tiene que ver conmigo, si has ido a ver a ese brujo, él ya te habrá dicho todo lo que querías saber sobre la Santa Compaña, ese anciano es bueno haciendo su trabajo.

—¿Tú lo conoces? —preguntó María sorprendida por la respuesta de Encarnación.

—No, yo no lo conozco, pero sí he oído hablar de él, ese anciano es muy famoso en toda Galicia, todos saben que ayuda a las familias que por desgracia han caído en manos de la Santa Compaña, por lo menos eso es lo que dicen y, dime María, ¿te ayudó el anciano?

—No, no pudo hacerlo y, por eso estoy ahora aquí.

—Vaya, ¿y cuál fue la razón por la cual no pudo ayudaros?

—No pudo hacerlo, porque se murió.

—¿Se murió? —preguntó Encarnación sorprendida por la noticia de que el anciano había muerto.

—Sí, se murió ayer por la mañana, cuando llegamos a la aldea estaba muerto.

—Vaya, lo siento por el anciano, no sabía que estuviera enfermo.

—No, Encarnación, no estaba enfermo, se murió de accidente.

—¿De accidente? ¿Y cómo fue eso? —inquirió expectante.

—Se cayó por las escaleras de su casa y se abrió la cabeza contra el suelo.

—¡Dios mío, qué mala suerte! —exclamó Encarnación—. ¿Y cuál es la razón por la cual me lo cuentas? —preguntó esta a continuación.

—Verás, Encarnación —dijo María muy seria—, yo no creo en esas cosas de la Santa Compaña, no creo que las almas puedan existir, pero ayer vi algo que podía hacerme creer lo contrario.

—¿Y qué es eso que pueda hacerte cambiar de opinión acerca de la Santa Compaña?

—Verás, Encarnación, cuando llegamos a la casa del anciano y vi a los vecinos en la puerta les pregunté lo que ocurría, me dijeron que había muerto, entonces les pedí si podía verle y me dijeron que sí. Cuando entré en casa vi el cuerpo del anciano tapado con una manta, pero su mano derecha estaba al descubierto y manchada de sangre, entonces me fijé bien en el suelo y vi que el anciano había escrito el nombre de Encarnación. ¡El anciano había escrito tu nombre con su propia sangre!, ponía: Encarnación. Lo vi claramente, por esa razón estoy aquí, no sé lo que significa, pero eso era lo que el anciano había escrito.

Encarnación se quedó lívida, aterrada, un intenso escalofrío recorrió todo su cuerpo, en su estómago aparecieron unas náuseas que le dieron ganas de vomitar al escuchar lo que María le había dicho. Se apoyó en la pared a la vez que exclamaba.

—¡Dios mío! ¡Fue él! ¡Él lo mató, no fue un accidente! —gritó Encarnación presa del pánico.

—¿Quién es él, Encarnación? —preguntó María totalmente asustada ante la reacción de esta y ver como se ponía pálida.

—Él es el alma de Antonio y también viene a por mí, ya no se conforma con vosotros.

—Pero, ¿quién es ese Antonio? ¿Y por qué razón te quiere llevar también a ti? —inquirió ahora totalmente desconcertada María.

—Antonio es alguien que formó parte de mi pasado y ahora es un alma maligna que ya nadie podrá detener, ni siquiera mi hijo podrá hacer nada para liberarnos de él.

—¡Pero qué dices! —exclamó María asustada cuando escuchó que su hijo no podía hacer nada—, ¿qué tiene que ver tu hijo en todo esto? —preguntó a continuación sin entender nada.

—Mi hijo es quien está ayudando a Manuel para que la Santa Compaña no se lo lleve.

—¡Pero, qué demonios estás diciendo Encarnación! —gritó totalmente fuera de sí María—. ¡Tu hijo está muerto! ¡Muerto! ¡Lo entiendes!, hace años que murió en la guerra. Mi difunto esposo estaba con él cuando eso ocurrió y, tú lo sabes, ¡está muerto! ¡Muerto! ¡Lo entiendes! Tu hijo no podrá hacer nada —gritaba María una y otra vez totalmente desencajada.

—Ya sé que está muerto —respondió Encarnación con tristeza y con una calma tal, que hizo que María se estremeciera de miedo, sintiendo que su cuerpo se desvanecía en medio de la densa atmósfera que se había formado en el pequeño hall donde se encontraban.

María estuvo a punto de perder la conciencia, sentía como su cabeza le daba punzadas elevando las pulsaciones de su corazón.

—Cuando recibí la noticia —prosiguió Encarnación—, creí volverme loca, me negaba a creer que eso fuese cierto, tanto que al final inventé que se encontraba en el hospital, durante un tiempo conseguí engañar a mi mente. Sabes María, si durante mucho tiempo repites una mentira, tu mente al final termina aceptándola como una verdad, eso lo estudié cuando hice la carrera en Santiago. Me negaba a perderlo, pero cuando fui asimilando que de verdad mi hijo estaba muerto, seguí con el juego de que se encontraba en el hospital para que la gente siguiera creyendo que estaba loca, pero no lo estoy, tan solo soy una persona atormentada por lo duro que la vida ha sido conmigo. En esta aldea solo sufrí los desprecios de la gente, más que desprecios, indiferencia, los adultos son crueles, solo los niños saben llegar al corazón con su inocencia, por esa razón le conté la verdad a tu hijo Manuel. A él le permití entrar en mi casa para que descubriera la verdad, él posee el mismo don que yo poseo.

María escuchaba a Encarnación totalmente anonadada, las pulsaciones de su corazón seguían aceleradas, se daba cuenta de que esa mujer estaba más loca de lo que ella había pensado.

—¿A que don te refieres Encarnación? —preguntó María tratando de seguirle la corriente.

—Me refiero al don de ver a los muertos y, a las almas que salen en peregrinación por las noches, lo que se llama la Santa Compaña. Yo puedo ver a los muertos María, los veo siempre, lo mismo que tu hijo, pero tú no le crees, lo mismo que mis padres no me creyeron a mi cuando vi la Santa Compaña la primera vez en la fuente de Valconde. Yo veo a los muertos, María —volvió a recalcar—, veo a mi hijo muerto y puedo hablar con él. Cuando lo vi la primera vez me asusté tanto que creí que realmente estaba loca, pero después de hablarme durante un rato, lo entendí todo. Me dijo que él era el fruto del pecado, de una violación y, que estaba aquí para ayudarme, había salido del purgatorio, él es una alma perdida de Dios y, solo puede abandonar el purgatorio cuando su alma quede en paz, pero para eso tiene que enviar el alma de Antonio a los infiernos. Sí, María, yo tengo el don de ver a los muertos, lo mismo que tu hijo Manuel, los dos fuimos bautizados por error con el óleo de los muertos, por esa razón podemos verlos. El alma de Antonio es muy poderosa, se alió con el diablo en beneficio suyo, él fue quien se adueñó del alma de tu marido y, quiere hacer lo mismo con vosotros tres, es una venganza por lo ocurrido hace muchos años, que ahora no voy a contarte, ya que no me creerías. Si te lo cuento seguramente pensarás que estoy loca —totalmente loca pensó María, la cual no salía de su asombro ante las locuras que Encarnación estaba diciendo—. La única fuerza que puede detener a el alma de Antonio son los santos óleos empleados en la unción de la extremaunción de los muertos. Pero esos óleos no se tienen, ya que una vez el sacerdote ha terminado de ungir a los enfermos se deshacen de ellos, por lo tanto, si queremos mandarle al infierno es necesario encontrar esos óleos y, es posible que yo sepa dónde encontrarlos.

—¿Sí? ¿Tú sabes dónde encontrarlos? —le preguntó María siguiéndole la corriente. Se daba cuenta de que Encarnación estaba desvariando y, que se encontraba bajo un cuadro de locura totalmente fuera de sí.

—Sí, María, lo sé, pero tú tendrás que hablar con esa persona, ya que yo no tengo muy buena relación con él y, posiblemente no me creería.

—¿Y piensas que esa persona a mí me creería?, es más, ¿crees que me daría esos santos óleos a los que te refieres?

—Sí, estoy segura, sé que os tiene un gran aprecio.

—¡De verdad! ¿Y de qué persona estamos hablando? —preguntó ahora María intrigada.

—Se trata del primo de tu difunto marido, un sobrino mío que está de sacerdote en la parroquia de Lousame, él puede guardar esos óleos si tú se los pides.

—Por favor, Encarnación, yo no puedo presentarme ante don Andrés y decirle que me guarde los santos óleos, pensará que estoy mal de la cabeza.

—No, María, él no pensará eso, él sabe que la Santa Compaña existe, él forma parte de la iglesia, por lo tanto tiene el deber de ayudaros, si no lo hace, todos moriréis, lo único que de momento impide que Antonio se apodere de vuestras almas es la vela que el alma de mi hijo le dio a Manuel el día que asistió a la misa de ánimas. Pero eso solo durará un tiempo, esa vela continua ardiendo siempre que se celebre otra misa de ánimas.

María ahora sí se quedó totalmente alucinada, cuando escuchó decir a Encarnación que el alma de su hijo le había dado la vela a Manuel. Esa mujer está totalmente ida —pensó María que no sabía que decirle.

—Dime María —le preguntó Encarnación—, ¿cuándo viste al anciano muerto, no te llamó nada la atención, aparte de mi nombre escrito?

—¿A qué te refieres? —preguntó sorprendía por la pregunta que Encarnación le hacía. Aunque estaba segura de que estaba loca, la conversación que Encarnación mantenía, era totalmente coherente, era todo razonado. Ese razonamiento no parecía salir de una mente enferma.

—Algo parecido al aceite —aclaró Encarnación.

—¿Aceite? ¿Y por qué razón tenía que ver aceite?

—Bueno, estoy segura de que el alma sabía que el anciano poseía los óleos de los muertos. Ya que tenía la intención de ayudaros, seguramente querría ungiros con ellos, pensando que así conseguiría libraros de la Santa Compaña, pero el alma de Antonio le descubrió y por esa razón acabó con él.

—¡No, Encarnación, el alma no acabó con el anciano, el anciano se cayó por las escaleras, fue un accidente, seguramente bajó a la cocina a por agua y como estaba algo dormido perdió el equilibrio. Yo vi los trozos de cristal junto a su cuerpo, todavía había agua en el suelo, la vi perfectamente.

—¡Dios, mío! —exclamó Encarnación—. ¿Viste agua junto al cuerpo?

—Sí, ya te dije que había cristales rotos de un vaso, no hay nada extraño en ello.

—Verás, María —dijo Encarnación con el semblante serio—, donde tú ves un vaso de agua, yo veo los cristales rotos de un frasco de agua bendita. Supongo que el anciano la llevaba por alguna razón.

María quedó pensativa por lo que Encarnación había dicho. A lo mejor tenía razón, los cristales que había visto eran pocos, como si se tratara de un vaso pequeño y, además, recordó que le había llamado la atención algo verde que flotada sobre el agua. Al recordar eso, una duda invadió a María.

—¡Dios mío!, ¿Sería el santo óleo al que se refiere Encarnación? —pensó algo confundida—. No puede ser, no puedo estar pensando que eso sea cierto, no puedo seguirle el juego a Encarnación, ella está loca.

—Piensa María —volvió a recordarle Encarnación—. ¿No viste más que agua junto el cuerpo?

Después de unos instantes de silencio sin saber muy bien qué responder, María le dijo:

—Es posible que sí, que hubiese más que agua, pero no me parecía nada extraño, era algo verde, yo supongo que se trataría de algo relacionado con su cuerpo.

—¿Algo verde has dicho? —preguntó Encarnación frunciendo el ceño.

—Sí, parecía estar flotando sobre el agua.

—¡Dios mío!, se trata de los santos óleos —aseguró Encarnación—. El alma lo sabía, sabía que eran los santos óleos para protegeros y lo mató. Ahora estoy segura de que el anciano vio el alma de Antonio a través de Manuel y este mató al anciano para que no pudiese hacer el rito que debería protegeros. Su alma es más poderosa de lo que yo pensaba, creo que no será fácil acabar con él. Cuando llegues a casa debes encender la vela todas las noches y, cuanto antes debes ir a ver a mi sobrino, para que te de los santos óleos. Una vez los tengas me los traes, yo buscaré la forma de enviar su alma al infierno.

María miró a Encarnación y guardó silencio; tenía el corazón encogido, se daba cuenta de que Encarnación estaba totalmente loca. Le daba mucha pena esa mujer, pero no podía seguir haciéndole el juego. Al final de ese silencio valorativo le dijo:

—Lo siento Encarnación, no voy hablar con tu sobrino, no creo nada de lo que me has contado, todo eso es producto de tu imaginación, como has reconocido antes, tu hijo murió en la guerra hace muchos años, no puedes verlo y, lo peor de todo, es que todas esas locuras se las has transmitido a mi hijo Manuel. Creo que tú deberías ir a que te vea un médico. Me arrepiento de haber ido a visitar a ese brujo, eso no ha hecho más que empeorar la salud de mi hijo. Ahora entiendo lo que le pasa, está totalmente influenciado por todo lo que le has contado, pero esto se acabó, no dejaré que mi hijo vuelva a hablar contigo.

—Por favor, María, entiendo tu escepticismo —respondió Encarnación con tristeza reflejada en su rostro—, todo esto es difícil de creer, pero si no consigues esos óleos, tú y tu familia moriréis, y yo también moriré, aunque a mí ya no me importa, seguramente mi vida será mucho mejor cuando llegue al lado del Señor, sé que él me acogerá en su seno, por lo que te pido una vez más que acudas a mi sobrino en busca de los santos óleos.

—No, Encarnación, no voy a buscar ningún óleo, y te prohíbo que vuelvas a hablar con mi hijo sobre muertos y la Santa Compaña.

—¡Por favor, María!, debes hacerlo —imploró Encarnación.

Pero María ya no le escuchaba, había abandonado el hall de la casa donde había tenido lugar la conversación. Encarnación no le había permitido pasar de ahí. Ahora María iba totalmente convencida de la locura de esa mujer. Cuando llevara a su hijo de nuevo al médico le contaría todo lo que le había dicho. Seguramente el médico convencería a su hijo de que todo eso de ver a los muertos era cosa de su imaginación influenciada por lo que esa mujer le había contado.

—He sido una estúpida —pensó María—, al creer todas esas tonterías sobre la Santa Compaña y, que el brujo podía ser una solución. La única solución para mi hijo pasa por los médicos.

María se dirigió a su casa con el firme propósito de llevar a su hijo Manuel al hospital lo más pronto que le fuera posible.

32. El encargo de Encarnación

Una vez María abandonó la casa de Encarnación, esta se dio cuenta de que María no había creído nada de lo que le había contado, por lo que tomó la decisión de ser ella quien hablara con su sobrino. Por lo que a continuación se preparó para ir al mercado como todos los días para hacer la compra. Cuando salió de casa iba con la intención de enviarle un aviso a su sobrino para que este acudiera a verla. Sabía que varias vecinas de la parroquia de Lousame donde su sobrino ejercía de cura bajaban todos los días al mercado, por lo que tenía la esperanza de encontrase con alguna de ellas. Una vez llegó a la plaza de abastos estuvo buscando alguna de esas vecinas y, vio que una llamada, Dina, que vivía al lado de la casa parroquial se encontraba cerca, se acercó a ella, y la saludó.

—Hola Dina, ¿cómo estás?

—Bien —respondió la asombrada mujer. No era normal que Encarnación le dirigiera la palabra y, menos preguntarle cómo se encontraba—. ¿Y tú como te encuentras?—le preguntó la mujer a continuación.

—Yo también estoy bien, gracias. ¿Supongo que te habrá sorprendido que te hable?, puesto que nunca lo hago.

—Pues sí, la verdad es que me sorprende —se sinceró la mujer.

—Lo entiendo, pero te diré, que si te saludé es porque me gustaría que le dieras un encargo a mi sobrino, si no es molestia.

—No, no es molestia, dime ¿de qué se trata? —preguntó ahora la mujer intrigada.

—Verás, necesito verle, pero como yo no tengo medios para ir a Lousame y él si los tiene para venir a verme, me gustaría que le dijeras, que si es posible, que acuda está tarde a mi casa, necesito hablar con él, dile que es de vital importancia.

—De acuerdo, no te preocupes, se lo diré. Yo vivo cerca de la casa parroquial y lo veo a menudo y, si no lo veo, acudiré a su casa.

—Gracias —dijo Encarnación—, te estoy muy agradecida, espero que no sea mucha molestia.

—No, para nada lo es, ya te digo que vivo a su lado, por lo tanto no me causa molestia alguna.

—De acuerdo, Dina, gracias de nuevo, ahora voy a seguir con la compra.

—Y yo lo mismo —respondió la mujer alejándose de Encarnación en medio de un mar de dudas. Le había sorprendido mucho que quisiera ver a su sobrino. Nunca había tenido relación con él, todos sabían que entre ella y su hermana hacía años que la relación se había enfriado. De todas formas, a mí no debe importarme —pensó la mujer—, yo tan solo tengo que darle el encargo.

Cuando la mujer llegó a su casa, dejó la compra y acudió a la casa parroquial, llamó a la puerta, después de unos instantes una voz femenina se escuchó en su interior.

—¡Sí! ¿Quién es?

—Hola, Elsa, soy Dina, traigo un recado para don Andrés.

Después de unos segundos, se abrió la puerta apareciendo por la misma una señora de unos cincuenta años a la vez que decía:

—¡Hola Dina!, pasa, don Andrés está en el salón.

Dina entró y, siguió a la mujer que la condujo hasta el salón donde se encontraba el párroco. Al llegar, la sirvienta llamó a la puerta, al tiempo que decía:

—¡Don Andrés!, Dina trae un recado para usted de parte de su tía Encarnación.

—Bien, hágala pasar, por favor —respondió el párroco.

Don Andrés era el párroco de la parroquia del ayuntamiento de Lousame, tenía treinta y un años, era un hombre alto, bien parecido, por lo que muchas feligresas de la parroquia se sentían atraídas por él. Pero él era un hombre de fe, jamás se dejaría tentar por el diablo, nunca caería en la tentación de la carne, era firme en sus convicciones. Don Andrés era hijo de una hermana de Encarnación llamada Eduviges, la cual no tenía relación con su hermana desde el día en que esta se marchó de casa de sus padres debido a la tensa relación que había entre ellas por lo ocurrido a Encarnación al quedarse encinta de un novio que la había dejado —eso era lo que siempre sus padres habían creído—. Encarnación jamás dijo la verdad, llevó sola su sufrimiento.

Una vez en el salón, la sirvienta salió dejándolos a solas.

—Y bien, Dina —le preguntó don Andrés—, ¿qué encargo me trae de mi tía Encarnación?

—Verá, don Andrés, esta mañana me la encontré en el mercado y, me encargó que le dijera que si usted podía ir a visitarla a su casa, debido a que ella no tiene medio de transporte para venir hasta aquí.

—¿Y qué más le dijo? —preguntó intrigado el párroco.

—Nada más, don Andrés, tan solo me dijo eso.

—Gracias, Dina, y perdone las molestias.

—Para nada ha sido molestia, usted ya sabe que estoy a su entera disposición.

—Lo sé, y por eso se lo agradezco.

A continuación el cura llamó a la sirvienta:

—¡Elsa, venga por favor!

La sirvienta acudió al salón y el cura le dijo:

—Por favor acompañe a Dina a la puerta.

—Sí, señor —respondió la sirvienta a la vez que acompañaba a Dina a la salida.

—Adiós, don Andrés —dijo la mujer al salir.

—Adiós, Dina, hasta otro momento y, gracias de nuevo.

Una vez el cura se quedó solo, se puso a cavilar sobre lo que su tía podía querer de él. Jamás había tenido ninguna relación con ella. Incluso en el entierro de su primo Jesús, sus padres y él trataron de acercarse a ella para hablarle, pero se alejó rápidamente de ellos y, ahora le mandaba recado de que quería verle. ¿Debería ir?—pensó don Andrés—, ¿sería alguna locura de su tía? Todos sabían que no estaba bien de salud. Después de darle vueltas a la cabeza, decidió que debería ir a visitarla, a lo mejor necesitaba su ayuda como sacerdote. Él no podía negarle la visita bajo ningún concepto, por lo que decididamente iría a visitarla, de esa forma podría saber lo que su tía quería de él.

33. Extraña situación

Cuando María llegó a casa, iba desconcertada; el hablar con Encarnación había empeorado las cosas, sobre todo después de oír todas las tonterías que le había contado. Cuando entró, llamó a su hija.

—¡Blanca! ¿Estás en casa?

—Sí, mamá, estoy arriba en mi habitación, preparando la ropa, ya sabes que para la semana tengo que empezar a trabajar en casa de los señores, se me acaban las vacaciones.

—De acuerdo, hija, cuando puedas baja, tengo que hablar contigo.

—Bien, mamá, ahora mismo bajo.

Blanca en unos minutos estaba en la cocina donde se encontraba su madre.

—Hola mamá, ¿has hablado con Encarnación?

—Sí, hija, de eso quiero hablarte.

—Y bien, ¿qué te contó esa mujer?

—Realmente hija, esa mujer está loca. Todo lo que me contó es producto de su locura, es lo mismo que tu hermano nos contó a nosotras, por lo que es normal que esté influenciado por esa mujer. Me dijo, tan convencida, que hablaba con su hijo muerto como si realmente lo estuviese haciendo y, además, también me dijo que fue su hijo quien le dio a tu hermano la vela en misa de ánimas. Cuando oí eso, ya te puedes imaginar cómo me sentí, me estremecí de miedo, creo que esa mujer puede hacer algo grave y, lo que es peor, hacérselo a tu hermano. Me dijo que encendiéramos la vela todas las noches para protegernos de esa alma maligna, lo mismo que dijo tu hermano. Pero ahora sé que estaba influenciado por ella, por lo que ahora mismo quemaré esa vela, la cual crea más fantasía sobre tu hermano.

—Entonces, ¿crees que de verdad Encarnación está loca? —preguntó Blanca frunciendo el ceño, ya que ella no lo tenía tan claro, por todo lo que les había pasado.

—¡De remate hija! ¡Está loca de remate! Creo que debería verla un médico, ¿sabes qué más me contó?

—¿Qué te contó mamá? —preguntó Blanca sorprendida por la actitud un tanto enfadada de su madre, que casi nunca perdía la calma.

—Me contó que su hijo muerto en la guerra está aquí para ayudarla a acabar con el alma de una persona llamada Antonio, que viene para llevar nuestras almas y, la suya propia; que se trataba de una venganza, de una historia que no quiso contarme, pero que la única forma de acabar con esa alma, era rociándola con el óleo de los muertos y, que yo debería ir a visitar a su sobrino, que es cura en la parroquia de Lousame para que me diera los santos óleos. Como puedes ver hija, esa mujer está totalmente ida de la cabeza.

—Sí, mamá, por lo que me estás contando tienes razón, pero, ¿qué vamos hacer ahora?

—En primer lugar quemar esa vela, como te digo, es la causa de que tu hermano siga obsesionado con la Santa Compaña y, mañana por la mañana le llevaremos al médico. Le contaré todo lo que esa mujer me dijo, de esa forma verá que Manuel está totalmente influenciado por las fantasías que le contó esa mujer.

—¡Pero, mamá! —exclamó Blanca—, no puedes quemarla, te recuerdo que cuando Manuel llegó con la vela encendida a mi habitación la presencia que sentía encima de mí, desapareció. Yo estoy segura de que la vela tuvo algo que ver.

—Claro, hija, claro que tuvo algo que ver. Eso es por la empatía que sientes con tu hermano, estás influenciada por lo que nos contó sobre los muertos y la Santa Compaña y, más todavía, cuando dijo que él había recogido la vela del fogón. Por esa razón llegaste a sentir esa presencia que te estaba atenazando, pero eso solo ocurría en tu mente.

—Bueno, no sé qué decirte mamá, para mí fue algo muy real —aseguró Blanca.

—De acuerdo, hija, ahora mismo saldremos de dudas, si es cierto eso de la misa de ánimas, la vela no se derretirá en el fogón; voy a buscarla.

—¡Pero, mamá!, la vela no está en casa, te recuerdo que la llevamos en la bolsa de viaje, para que el brujo la encendiera en el cruceiro y, en el accidente perdimos la bolsa, yo no la cogí, se quedó allí.

—¿Tú no la cogiste? —preguntó totalmente sorprendida María.

—No, mamá, ni siquiera me acordé de la bolsa.

—Entonces, ¿quién la puso en el salón? La bolsa está en el salón, la vi antes de salir para hablar con Encarnación.

—¡Es imposible que esté en el salón, nosotras no la trajimos!

—No, nosotras no, pero seguramente tu hermano la cogió y, no nos dimos cuenta.

—¡Pero, mamá!, ¿Cómo no íbamos a darnos cuenta de que Manuel llevaba la bolsa?, si venimos juntos en el coche de don Teo. Yo en ningún momento se la vi, y además, seguramente la bolsa quedó destrozada en el accidente, ya viste como el autobús estaba partido por la mitad y, cuando subíamos por la ladera hacia la carretera vimos bolsos y maletas, así como ropa esparcida encima de los matorrales. Es imposible que Manuel pudiese coger la bolsa.

—Es posible que tengas razón, hija —respondió María preocupada.

—La verdad, mamá, no sé que decirte, todo esto es muy extraño. Si la bolsa está en el salón deberíamos preocuparnos —dijo Blanca realmente asustada.

—Sí, hija, es muy extraño y, preocupadas ya lo estamos. La situación en la que nos encontramos con tu hermano es para estarlo, pero sea como sea, lo cierto es que la bolsa está en el salón y, no le diremos nada a tu hermano. Ahora mismo vamos a quemar la vela.

María a continuación fue al salón y abrió la bolsa de viaje donde había colocado la vela junto a la ropa para llevarla a ver al brujo. Cuando abrió la bolsa no estaba dentro.

—¡Blanca! —llamó María—. La vela no está en la bolsa.

—¡Bueno, mamá!, es posible que se perdiera en el accidente, ten en cuenta que el autobús dio muchas vueltas, y la bolsa también, por lo que debió salirse.

—Es posible, pero también puede ser que tu hermano la guardara en el cajón de su mesilla sin decirnos nada.

—Sí, mamá, eso también puede ser —dijo Blanca totalmente preocupada ya que no veía nada claro cómo es que la bolsa estaba en el salón.

—De acuerdo, subiré a ver.

María subió a la habitación de su hijo, abrió el cajón y la vela estaba dentro, la cogió y bajó a la cocina y le dijo a su hija:

—Estaba en el cajón, tu hermano la metió allí.

—Sí, ya veo, pero es muy raro que no nos dijera nada. Yo diría que esa vela no parece tener la blancura que tenía antes.

—No digas tonterías —respondió María empeñada en quemar la vela a toda costa—, como no va tener la misma blancura. A lo mejor es que tú antes no te habías fijado bien en ella.

—Puede ser, mamá, pero yo sigo viendo algo extraño en todo esto y, lo más sorprendente es que Manuel no nos dijera nada de que él cogiera la bolsa.

—Bueno, eso ahora no tiene importancia, así que la quemaremos de inmediato y saldremos de dudas.

María se dirigió a la cocina, levantó uno de los orillos del fogón y, dejó caer la vela dentro a la vez que mirando a Blanca le decía:

—Ahora veremos si esta maldita vela tiene poderes.

Nada más entrar en contacto con el fuego, el calor producido por la alta temperatura desprendida por la leña de pino que ardía en su interior, hizo que la vela comenzara a derretirse de forma inexorable. En menos de dos minutos se había consumido por completo dejando un intenso olor a cera quemada dentro de la cocina.

—¡Ves hija! ¡Era una simple vela! —exclamó María con un atisbo de tristeza. En el fondo deseaba que tuviera poderes y no se derritiera en el fogón, pero por desgracia la realidad era la que era—, no hay ninguna misa de ánimas ni Santa Compaña, todo eso son solo leyendas, producto del miedo a lo desconocido. Cuando en una noche oscura la gente ve luces por los montes y caminos se lo atribuyen a la Santa Compaña, pero en realidad son simples caminantes que se iluminan con sus linternas y el miedo de las gentes ignorantes hace que crean todas esas historias que se transmiten de padres a hijos a través de los tiempos.

—Tienes razón, mamá, son solo leyendas —asintió Blanca—, nosotras no debemos creer en todo eso.

—Así es, hija —dijo María con tristeza—, y en cuanto a las velas, seguramente tu hermano cogió varias velas en la iglesia y, cuando yo quemé la primera en el fogón, él cogió otra que seguramente había escondido en otro lugar, inventándose eso que la vela había quedado intacta, cuando en realidad se derritió en el fogón.

—Es posible que tengas razón —asintió Blanca intranquila—, creo que me he dejado llevar por la sugestión. Manuel es un niño muy inquieto y tiene mucha inventiva, seguramente nos engañó con las velas, como tú dices, debe tener varias, sabemos que de la iglesia se llevaron todas según contaron los vecinos.

—Así es, hija, así es —respondió María totalmente abatida.

—¿Y qué vas a decirle ahora a Manuel, mamá? —preguntó Blanca también con tristeza.

—Nada, hija, no le diremos nada, Mañana por la mañana iremos al médico con él y, le contaremos todo lo sucedido, incluso que hemos ido a visitar a un brujo, que estábamos influenciadas por una engañosa realidad.

—Sí, mamá, eso es lo mejor —asintió Blanca.

—Lo es, hija, lo es —respondió María soltando un suspiro—, y ahora, ayúdame a sacar toda la ceniza del fogón y llevarla a la huerta, tenemos que hacer que desaparezca el olor a cera quemada. Si cuando llegue Manuel huele la cera nos hará muchas preguntas y eso es lo que tenemos que evitar.

—De acuerdo, mamá, abriré las ventanas para que salga todo el olor.

A continuación las dos mujeres limpiaron el fogón llevando toda la ceniza a la huerta donde la enterraron para que no siguiera desprendiendo ese olor tan fuerte a cera quemada. Luego prepararon de nuevo el fogón para hacer la comida. Las dos mujeres ahora se encontraban tranquilas, estaban convencidas de que el mal que tenía Manuel tan solo se curaría de la mano de los médicos, lo de la Santa Compaña era producto de su imaginación influenciada por las historias que Encarnación le había contado.

34. Pepe desconcertado

Esa mañana cuando Manuel llegó a casa de su amigo Pepe, llamó varias veces a la puerta pero nadie le contestó. ¿Qué raro que no haya nadie en casa? —pensó Manuel—. Lo volvió a intentar dos veces más, pero la respuesta fue la misma, silencio total. Al ver que nadie contestaba a su llamada tomó la decisión de ir a casa de su amigo Ricardo, cuya casa quedaba cerca; a lo mejor su amigo Pepe se encontraba allí. Se dio la vuelta y comenzó a caminar en dirección a casa de Ricardo pero cuando apenas llevaba andados unos pasos, escuchó un ruido y se dio la vuelta. Para su sorpresa su amigo Pepe venía por el camino de la fuente vieja con una jarra de agua en la mano y enfilaba hacia la puerta de su casa. Manuel al verlo le llamó:

—¡Pepe!, ¿vienes de la fuente?

Su amigo pareció no escucharle, por lo que volvió a llamar:

—¡Pepe, no me oyes!

Su amigo de nuevo pareció ignorarle disponiéndose a abrir la puerta por lo que Manuel corrió a su encuentro y, al llegar a su lado le cogió por el brazo a la vez que le decía:

—¡Pero Pepe! ¡Estás sordo o qué!

Cuando su amigo sintió la mano de Manuel en su brazo una sensación de calor recorrió todo su cuerpo, se volvió sobresaltado y al verlo exclamó.

—¡Ostias Manuel!, menudo susto me has dado, pero, ¿de dónde coño sales?

—Estaba ahí justo detrás, te llamé varias veces pero parecías no escucharme, ni siquiera miraste para mí.

—¡Joder, Manuel!, pero si no te oí, y mucho menos verte. Es como si aparecieras de repente y, además tú deberías estar en el hospital ya que tuviste un accidente ayer, el autobús donde veníais se despeñó por San Xusto. Mi abuela me dijo que a ti, junto a tu madre y hermana os habían llevado al hospital.

—Sí, es cierto, tuvimos un accidente, pero a nosotros no nos pasó nada, no nos llevaron al hospital, nos venimos para casa y, como estábamos cansados no salimos hasta hoy.

—¡Ostias Pedrín!, pues en la aldea creen que estáis en el hospital, al parecer hubo muchos muertos.

—Sí, es cierto, yo vi varias personas muertas, pero por suerte, como puedes ver, a nosotros no nos pasó nada.

—¡Sí, sí!, ya te veo, aunque te encuentro algo raro.

—¿Cómo que raro? ¿A qué te refieres? —preguntó Manuel sorprendido.

—Parece que estás muy pálido y, blanquecino, no sé, no te veo normal —aclaró Pepe.

—Bueno, eso será por el susto que nos llevamos cuando el autobús se despeñó por San Xusto, fue algo terrible, todavía se me ponen los pelos de punta al pensar en eso, la verdad es que pasamos mucho miedo.

—¡Joder, seguro que sí! —exclamó su amigo—, debieron de ser unos momentos dramáticos.

—Sí, lo fueron, pero por suerte a nosotros nada nos pasó.

—Ya lo veo, ya, bueno, ya que estás bien, podemos terminar la barca y, mañana la probaremos en el río.

—Me parece buena idea, pero, ¿tu abuela no protestará por el ruido?

—Por eso no te preocupes, estoy solo, mi abuela y mi hermana Manolita van en Santiago al hospital con mi hermana Bea y no regresarán hasta la tarde.

—Pero, ¿está mal Bea? —se asustó Manuel.

—No, no está mal, lo que pasa es que tenía mucho dolor de barriga y el médico de Noia le dijo que era mejor que fuera al hospital para mayor tranquilidad, pero que no era nada grave. Mi abuela ya me dejó la comida preparada.

—¡Ah!, vale —respondió Manuel—, de esa forma podremos trabajar más tranquilos.

—Así es y, ahora vamos dentro, dejaré el agua en la cocina y nos vamos a trabajar.

Después de dejar la jarra en la cocina, se dirigieron al cuarto viejo, denominado así, porque era allí donde la abuela de Pepe depositaba las cosas que iban quedando en desuso. A continuación los chicos comenzaron a trabajar en la barca. Después de un tiempo de trabajo, Manuel exclamó:

—¡Esto va muy bien!, nos está quedando como si fuera una barca de verdad.

—Sí, la verdad es que ya casi está terminada y, sí que queda muy bonita —respondió su amigo Pepe con cara de felicidad.

Los chicos habían hecho un buen trabajo, estaban con los últimos retoques y, a punto de alcanzar su sueño, el de construir una barca y navegar por el río.

—Ha sido una buena idea la de quedarnos a terminarla, así mañana la probaremos —dijo Pepe.

—Así es —respondió Manuel—, tan solo nos faltan esas dos tablas de la parte trasera.

—Dime Manuel, ¿qué os dijo el brujo?, no me has dicho nada.

—Bueno, en realidad no pudo hacer nada.

—¡Vaya! ¿Tan malo es ese brujo que no sabe lo que hacer?

—No es eso, es que se cayó por las escaleras y se murió.

—¡Joder, que pasada! —exclamó Pepe sorprendido—. ¿Tú lo viste?

—No, no nos dejaron entrar, pero lo vio mi madre, bueno en realidad no lo vio.

—Pero ¿cómo es eso? ¿Lo vio o no lo vio?

—Sí, bueno, lo vio, pero estaba tapado con una manta, dijo que solo se le veía una mano que sobresalía.

—Que miedo, ¿no? ¿Y tú lo tuviste cuando te enteraste de que el brujo estaba muerto?

—No, para nada, ya te dije que yo puedo ver a los muertos, aunque sé que no me crees, ya te conté que vi al hijo de Encarnación muerto en la guerra y, que estuve hablando con él.

—Sí, ya sé todo eso, me lo contaste, pero la verdad es que me cuesta creerlo, para eso tengo que verlo. Si quieres esta tarde podemos entrar aunque ella esté en casa.

—¡Estás loco! —exclamó Manuel sorprendido por la petición de su amigo—, quedamos que lo haríamos cuando no estuviera.

—Lo sé, pero así tiene más emoción. Si su hijo muerto aparece yo también lo veré.

—Tú no puedes verlo, el brujo dijo que tan solo los bautizados con el óleo de los difuntos tienen ese don.

—Bueno, pero si yo no lo veo tú podrás verlo y, me lo dices. Supongo que algo especial tiene que ocurrir.

—Sí, claro, cuando él aparece, las velas lucen con una gran intensidad iluminando toda la habitación, eso sí podrás verlo.

—Ves, de esa forma veré que tienes razón, ya que aunque no vea al muerto, si veré las velas que se iluminan, dime, ¿a qué hora tienes que estar en casa?

—Me dejan hasta las diez, como es verano y estamos en vacaciones, no tengo prisa para ir a la cama.

—De acuerdo —respondió Pepe—, te diré lo que vamos hacer. Por la tarde cuando salga Encarnación entraremos en casa, ya que tú tienes miedo de entrar con ella dentro, e iremos a la buhardilla donde dices que viste el círculo en el suelo rodeado de velas.

—Pero, ¿y si nos descubre? —preguntó Manuel que no veía muy claro eso de acudir a casa de Encarnación.

—No te preocupes, no lo hará, nos esconderemos bien —aseguró Pepe.

Después de discutir durante un rato sobre la conveniencia de ir a casa de Encarnación o no, Pepe convenció a Manuel para acudir y, ver si su hijo muerto deambulaba por ella. Después de que los dos amigos estuvieran charlando durante un buen rato, Manuel regresó a su casa para comer, con la intención de regresar tan pronto terminara y seguir con la barca, antes de ir a casa de Encarnación.

Cuando Manuel llegó a casa, al entrar en la cocina notó un ligero olor a cera quemada. Después de saludar a su hermana y a su madre, le preguntó:

—Oye mamá, ¿no os está oliendo a cera quemada?

Las dos mujeres se miraron la una a la otra, totalmente desconcertadas. No esperaban que Manuel notara el olor; habían hecho todo lo posible para hacerlo desaparecer. María reaccionó de inmediato, para decirle a Manuel:

—¡Bueno, hijo!, no es cera exactamente, lo que huele es un trozo de plástico que estaba mezclado con la leña, pero era muy pequeño, la verdad es que no sé cómo has podido olerlo, a nosotras ya no nos huele a nada.

—Claro, es que vosotras ya lleváis tiempo en casa, pero yo vengo de la calle y lo noto —dijo Manuel dibujando una sonrisa que a su madre le pareció que encerraba algo de sarcasmo.

—Tienes razón, hijo, pero dime, ¿qué has hecho en casa de Pepe? —preguntó su madre para desviar la atención y que no siguiera hablando del olor a cera.

—Estuvimos terminado la barca, mañana la probaremos, nos quedó muy bonita.

—¿No será peligroso navegar en una barca construida por vosotros? —preguntó su madre preocupada.

—No, mamá, es una barca pequeñita para navegar por el río y, si se hunde no pasa nada, tú sabes que nosotros somos muy buenos nadadores.

—Sí, hijo, tienes razón, andáis por el río como si fuera por casa y, ahora comamos antes de que se enfríe la comida.

María la sirvió y, durante la misma, la conversación giró en torno a la barca que Manuel y Pepe habían construido. Su madre y su hermana le seguían la conversación de buen agrado, ya que de esa forma Manuel no volvería a preguntar por el olor a cera quemada. También les contó que su abuela y hermanas habían ido al hospital con Bea pero que no era nada grave. Cuando terminaron de comer, Manuel les dijo que se iba a casa de su amigo para dar los últimos retoques a la barca y que no regresaría hasta la noche, que su amigo lo había invitado a merendar en su casa, para así dejar el bote listo y, llevarlo al río al día siguiente. Su madre al ver lo feliz que en esos momentos se encontraba su hijo no puso ningún reparo, por lo que le dijo:

—Vale, hijo, pero no vengas más tarde de las diez.

—De acuerdo, mamá, no lo haré, hasta luego —se despidió un feliz Manuel que en esos momentos se había olvidado por completo de lo vivido en el accidente.

A continuación salió de casa y se dirigió a la de su amigo para llevar a cabo su plan de entrar en casa de Encarnación y, mostrarle que tenía razón sobre todo lo que le había contado acerca de su hijo y del diario de guerra.

35. El engaño

Don Andrés había terminado de comer y le dijo a su sirvienta que iba a salir.

—Bien, Elsa, como le dije antes, voy a salir, pero estaré en casa en unas dos horas. Si viene alguien a verme por asuntos de iglesia dígale que a las seis estaré de regreso.

—De acuerdo, don Andrés, así lo haré —asintió la sirvienta.

A continuación el párroco se dirigió al garaje donde guardaba su recién estrenada moto Vespa que empleaba para sus desplazamientos. La puso en marcha y en menos de media hora se encontraba delante de la casa de su tía. Aparcó la Vespa justo delante de la casa en una pequeña explanada que había a la derecha, se bajó, miró a la casa con cierta melancolía a la vez que decía:

—Es curioso, es la casa de mis abuelos y, es la primera vez que voy a entrar en ella.

Don Andrés se acercó a la puerta y con los nudillos llamó tres veces. Al cabo de unos instantes se dejó oír la voz de Encarnación.

—¡Quien es!

—Soy yo, Encarnación, tu sobrino Andrés.

—¡Ah, muy bien! ¡Enseguida bajo! —respondió esta.

Al cabo de unos minutos abrió la puerta y al ver a su sobrino le dijo:

—¡Gracias por venir!

—De nada, tía, es mi deber acudir a las llamadas, pero no deja de sorprenderme que quieras verme; nosotros nunca hemos tenido relación.

—Lo sé, hijo, sé que no tenemos relación, pero si te he pedido que vinieras no es por mí, sino por la familia de tu difunto primo Jesús.

—¿Acaso necesitan dinero? —preguntó de inmediato don Andrés.

—No, no, no se trata de eso, se trata de algo mucho más grave.

—¿De algo más grave? ¿Están enfermos o algo así?

—Tampoco es eso hijo, antes de decirte de que se trata, quisiera que me contestaras con el corazón en la mano a una pregunta que voy a hacerte.

—Tú dirás, tía, yo siempre contesto con el corazón, soy un siervo del señor.

—Bien, hijo, entonces te haré la pregunta, ¿crees que estoy loca?

Don Andrés se vio sorprendido por la pregunta que su tía le hacía. Durante un instante mostró cara de asombro y después de un silencio valorativo le respondió:

—La verdad, que eso es lo que dicen todos los vecinos y la gente que te conoce.

—Ya lo sé, pero eso no responde a mi pregunta, ¿tú también crees que estoy loca?

—Realmente debo decir, que por el poco tiempo que llevamos hablando, estoy sorprendido. Me pareces una mujer muy cuerda y, además inteligente, sabes hablar muy bien, se notan tus estudios de maestra; sinceramente no creo que estés loca. Es posible que los vecinos te tomen por loca debido a que tú no les das mucha conversación, según tengo entendido siempre les rehúsas. Yo por mi parte no veo nada que me haga pensar que lo estás, creo que mis padres deberían hablar contigo para desechar esa idea de que eres una persona enferma. Tus palabras son muy coherentes con tus pensamientos, tienes un razonamiento lógico, sin ningún atisbo de locura.

—Gracias, hijo, por tus halagos, pero te diré que si te hago esa pregunta, es porque te voy a contar algo que te hará pensar que sí lo estoy y, sin embargo todo lo que oirás de mi boca será cierto, será como la palabra de Dios, la cual tú impartes, y pienso que tú crees en lo que dices acerca del Dios creador de todas las criaturas de la tierra.

—Claro que sí, tía, claro que sí, la palabra de Dios es la única verdadera.

—Bien, hijo, entonces te diré que no estoy loca, en contra de lo que los vecinos creen, soy una mujer muy cuerda. Simplemente oculto mis penas en una locura inventada, si yo contara la verdad a los vecinos seguramente haría que abandonaran este lugar; mi locura es tan solo aparente, es un escudo protector de la maldad de la gente.

—¡Pero, tía!, no toda la gente es mala —replicó de inmediato el cura, que se daba cuenta de que su tía no estaba loca, pero si angustiada por alguna razón que él desconocía.

—Lo sé, hijo, sé que no toda la gente es mala, sin ir más lejos, María, la mujer de tu difunto primo es una buena mujer y, por esa razón quiero ayudarla.

—Me parece bien que quieras ayudarla, pero entonces, ¿qué es lo que le ocurre a esa familia? Si no es dinero, ni están enfermos, ¿qué es?

—Verás, antes de decirte lo que ellos necesitan tengo que contarte una historia, que por increíble que te parezca es tan cierta como que tú y yo estamos, ahora mismo, teniendo esta conversación.

—¡Vaya!, realmente me tienes intrigado —respondió el cura con una sonrisa—, ¿tan increíble es esa historia, que tienes miedo de que yo no te crea?

—No es que tenga miedo de que no me creas, tengo miedo de que luego de contarte la historia pienses que estoy loca y, eso es lo que trato de decirte, que no estoy loca, que soy una persona emocionalmente estable, por lo tanto, te agradecería que cuando termine de contarte la historia, no pienses en mí como una persona loca, sino como en una persona atormentada.

—De acuerdo, tía, ya te dije antes que no creo que tú estés loca, pero por favor dime, ¿qué clase de ayuda necesita María y su familia?

—Bien, hijo, dime, ¿tú crees en la Santa Compaña? ¿Crees que las almas buscan a los vivos para llevárselos?

El cura ahora sí se quedó muy sorprendido por la pregunta de su tía. Qué diablos tenía que ver la Santa Compaña con ayudar a la familia de su primo.

—Bueno, tía, verás —titubeó el cura—, la Iglesia dice que eso forma parte del castigo, que son almas del purgatorio que han cometido pecado y, para redimirse necesitan nuevas almas que les sustituyan y, así de esa forma ellas quedar liberadas para ir al encuentro del Señor. Eso es lo que dice la Iglesia.

—Yo no te pregunto en nombre de la Iglesia, te pregunto como persona. ¿Crees que la Santa Compaña existe?

—Verás, tía, yo como hombre no creo ni dejo de creer, nunca me he visto envuelto en ningún caso de la Santa Compaña. Sé que hay personas que dicen haberla visto, pero yo soy un poco escéptico al respecto, como sacerdote sé que los hombres, mujeres y niños cuando se mueren en pecado van al purgatorio y solo pueden salir de él mediante misas ofrecidas en su honor, por lo tanto creo que mi punto de vista no debe tener mucho valor para ti.

—Sí, hijo, tu opinión tiene mucho valor, de ello depende que me creas o no, incluso que quieras ayudar a María.

—No entiendo a donde quieres ir a parar —respondió intrigado el cura—, ¿qué quieres realmente de mí? ¿Qué tiene que ver María con la Santa Compaña?

—Verás, la Santa Compaña tiene mucho que ver con María y su familia y, lo que yo necesito de ti no es realmente tu ayuda. Lo único que necesito es que cojas un algodón impregnado con el óleo de la última extremaunción que hayas hecho a un enfermo y este haya muerto y, que ese algodón lo mezcles con los santos óleos del bautismo y me lo hagas llegar; esa es la única forma de que el alma de Antonio se vaya al infirmo.

Ahora sí, el cura por un momento se sintió inquieto, totalmente desconcertado ante la petición de su tía y el haber mencionado un nombre de un alma, por un momento se cuestionó si no se había precipitado al juzgar que su tía no estaba loca.

—¡Pero, tía!, ¡a que viene semejante petición! ¿Para qué quieres esos óleos? ¿Y quién es ese Antonio?

—Bien, hijo —dijo Encarnación melancólica—, llegó la hora de que te cuente la historia que me atormenta desde hace muchos años y luego tú mismo juzgarás si lo que yo te pido tiene sentido, pero por favor subamos a la buhardilla, aquí en la entrada alguien puede oírnos y no deseo que nadie más sepa lo que me ha ocurrido.

A continuación Encarnación cerró la puerta y comenzó a subir las escaleras, el cura la siguió totalmente desconcertado. De momento su tía nada le había aclarado y, su sentido común le decía que lo que estaba ocurriendo no era normal, algo extraño había en las palabras de su tía, se había formado una atmósfera densa, don Andrés ya no tenía las ideas tan claras como al principio cuando comenzó a charlar con su tía. Cada paso que daba las maderas crujían bajo su peso, él era un hombre muy corpulento, a diferencia de su tía que era una mujer diminuta —posiblemente consumida por sus muchos años de sufrimiento—. Se daba cuenta de que su tía vivía en la más absoluta de las miserias. Cuando llegaron a la buhardilla y, don Andrés entró en la habitación, se asustó, su corazón le dio un vuelco, no por él, sino por su tía, ¿qué significaba el círculo en el suelo? y, como podía vivir en la miseria. ¿Es que nadie había entrado antes en esa casa? Todo lo que la rodeaba era viejo, las ventanas no encajaban bien y, los muebles que tenía a la vista a duras penas podrían mantenerse en pie durante mucho tiempo. Después de lo que llevaba visto, comenzaba a tener serias dudas de que su tía estuviera lúcida. Como si Encarnación adivinara sus pensamientos, le dijo:

—Antes de preguntarme nada, escucha lo que voy a contarte y, luego saca tus propias conclusiones.

A continuación Encarnación comenzó su relato desde la primera vez que siendo niña vio la Santa Compaña en la fuente de Valconde, luego siguió con todo lo ocurrido en casa de su hermano cuando este era cura de la parroquia de Carreira. El cura escuchaba atónito el relato de su tía, su entusiasmo crecía a medida que ella iba ahondando en la triste historia que la mantenía atenazada durante tantos años. A medida que iba contando la historia a su sobrino, tenía la sensación de que el hondo penar que sentía desde hacía tantos años se iba diluyendo, cuanto más avanzaba en su relato una paz interior inundaba todo su ser, haciéndola sentir una sensación de libertad.

—Y ahora —dijo Encarnación para finalizar— el alma de Antonio ha venido para vengarse. No se la razón por la que ha esperado tantos años, pero lo cierto es que está aquí y, ya se ha cobrado la vida de tu primo. Si no consigo enviarle al infierno se llevará nuestras almas, por esa razón necesito el óleo del bautizo mezclado con el óleo de la unción de un muerto.

El cura miró a Encarnación en silencio, el ambiente en la sala se volvió denso impregnándolo todo de una extraña sensación de tristeza que envolvió por completo al cura, haciendo que este se estremeciera. Trataba de coordinar sus ideas lo más deprisa que su mente le permitía buscándole una explicación lógica a todo lo que su tía le había contado, pero no la encontraba, no se atrevía a hablar, tenía miedo de decir algo que no fuera coherente con lo que en esos momentos estaba pensando. La historia era demasiado surrealista para ser cierta, todo eso parecía surgir de una mente enferma.

—¡Y bien, hijo! —preguntó al fin Encarnación—, ahora que sabes la verdad, ¿me conseguirás los santos óleos?

—Realmente, tía, me has dejado sin palabras —dijo al fin el cura que mantenía una agitada respiración por la tensión acumulada durante el tiempo que estuvo escuchando a su tía—. La historia que me has contado es demasiado cruel para ser cierta, ¿cómo es posible que no le hayas contado nada a tus padres o hermanas? Ellas te hubiesen ayudado.

—Lo hice, se lo conté todo, pero mis hermanas me aconsejaron que no le dijese nada de eso a nuestros padres, que lo que tenía que decir es que me había quedado encinta de un novio de Santiago, que si contaba la verdad mancharía la reputación de nuestro hermano, él era un hijo de la iglesia y, su nombre no podía mancharse. Luego de pensarlo durante mucho tiempo, decidí que eso sería lo mejor, total, al fin y al cabo que más daba, lo que me había ocurrido ya no se podía volver atrás, así que tomé la decisión por mi hijo, él era un ser inocente que no tenía culpa alguna de la maldad de los hombres. Tomé la decisión de llevar sola la carga hasta el día de mi muerte que quedase liberada.

—¡Dios mío! —exclamó el cura con el alma rota por el cruel comportamiento de sus hermanas—. Ellas no debieron obrar de esa forma, tú necesitabas su ayuda y te la negaron, se comportaron de forma inhumana contigo condenándote al sufrimiento de por vida.

—Así es, hijo, como ves, no soy una persona loca, sino una persona atormentada por los avatares de la vida.

—Tienes razón, tía, has tenido que sufrir mucho llevando en soledad toda esa carga, pero, lo que no acabo de entender, es que puedas ver a tu hijo muerto en la guerra. Él no puede estar en el purgatorio, no ha pecado, es un ser inocente y tiene que estar en el cielo, no puede ser un alma perdida.

—Sí, hijo, él ha pecado —dijo Encarnación con tristeza—, ha matado a muchos hermanos en la guerra y, por esa razón está penando.

Tan solo podrá ser liberado cuando los santos óleos sean derramados por una mano inocente encima del alma de Antonio y, del resto de las almas que le acompañan durante la procesión en la Santa Compaña. Ese día podrá descansar en paz y, dejar atrás todo el sufrimiento, el alma de Antonio se irá para siempre al infierno por su horrendo pecado y, la familia de tu primo se verá libre de su maligna presencia, por eso es tan importante que me consigas los santos óleos de la unción de los enfermos.

—Realmente, tía, entiendo que has tenido que sufrir mucho —dijo el cura con tristeza en sus palabras—, y el llevar sola toda esa carga ha afectado a tu conducta, y es posible que parte de lo que te ha ocurrido sea producto de tu imaginación.

—Entonces, ¿no crees nada de lo que te he contado? —inquirió su tía resignada.

—Sí, tía, creo que has sido violada por un hombre que se llamaba Antonio y, hasta puedo entender que mi tío el párroco de Carreira haya sucumbido a la tentación de la carne, yaciendo con esa mujer a la que tú llamas Helena, pero lo que no puedo creer es lo de la Santa Compaña, que tu hijo forme parte de ella y se te aparezca. A lo mejor, todo eso es producto de tu imaginación por los años que llevas soportando tú sola la carga de la violación y, sentirte responsable de esas muertes; es posible que tu mente se haya inventado el resto, me refiero a que tu hijo se te aparezca y, que el alma de Antonio viene para vengarse.

—Veo que no has creído ni una sola palabra —dijo Encarnación con tristeza—, realmente confiaba que una persona como tú que ha estudiado los santos sacramentos no tendría duda alguna de que lo que yo te conté es cierto, pero veo que estás lleno de dudas. No te pido que me creas, tan solo te pido que me consigas los santos óleos del bautismo mezclados con la unción de los enfermos, eso será suficiente, de lo demás, ya me encargo yo, tal como he hecho hasta ahora. Creo que deberías hablar con tu madre, ella sabe mucho más de lo que te ha contado, si es que alguna vez te contó algo sobre mí. Yo tampoco te pido mucho, qué más da que esté loca o no, ¿qué daño puedo hacer con mi locura? ¿Solo por pedir unos santos óleos? Creo que con eso no hago daño a nadie dentro de vuestra cordura, pero dentro de mi locura, puedo hacer mucho bien, puedo salvar a una familia y, que un alma maligna se vaya al infirmo.

Ante las últimas palabras de Encarnación el cura guardó silencio, no sabía que decir, por un lado pensaba que su tía estaba loca, pero por otro, su razonamiento era totalmente cuerdo, todas sus palabras eran coherentes. ¿Qué podía perder si le daba los santos óleos? Si total los tenía en la cartera, ¿qué más daba que fueran de la unción o no? Lo de su tía era psicológico, como ella bien le había dicho, no hacía daño a nadie dentro de la cordura, pero en su locura si haría mucho bien. Esas eran unas palabras llenas de razonamiento, que para nada podían salir de una mente enferma. Al fin su sobrino le dijo:

— ¡De acuerdo tía!, no te preocupes, en mi maletín tengo los santos óleos que tú necesitas, esta mañana le di la extremaunción a un vecino de la parroquia y, todavía no los he sacado.

El cura abrió su maletín donde llevaba sus utensilios de la iglesia para los sacramentos, sacó una botella de óleo y se lo entregó. Toma tía, espero que esto sirva para librarte de esa almas —dijo don Andrés, que se daba cuenta que su tía había formado una falsa realidad debido a todo lo que sufriera durante tantos años.

—Gracias, hijo —respondió Encarnación a la vez que guardaba la botella con los santos óleos en la vidriera—, pero si realmente tienes dudas de lo que te he contado, creo que deberías hacerle preguntas a tu madre en secreto de confesión y, así verás que lo que te he contado es cierto.

—De acuerdo, tía, lo haré algún día. Si es cierto, creo que mi madre tiene que pedirte perdón por todo el daño que te ha causado y, ahora debo irme, es posible que alguien me necesite en la parroquia.

—Lo entiendo, hijo y, te doy las gracias por haberme dedicado un poco de tu tiempo.

—No tienes que dármelas, es mi deber acudir a las personas que necesitan mi ayuda. Mañana vendré a hacerte una visita, creo que tú podrás enseñarme muchas cosas, me he dado cuenta de que eres una persona con mucha sabiduría y con un gran corazón.

—Gracias de nuevo —respondió Encarnación con lo que parecía ser una sonrisa.

Su sobrino se despidió de ella con la promesa de volver al día siguiente. Una vez este abandonó la casa, ella cogió un cesto y se dirigió a la huerta para recoger unas manzanas, necesitaba tomar el aire fresco y que este acariciara su cara para sentir que todavía estaba viva. La confesión a su sobrino hizo que de nuevo se abrieran sus heridas y las imágenes de un pasado imposible de olvidar golpeaban en su memoria sin compasión arrastrándola al sufrimiento vivido cuando Antonio, en su locura, la violó despojándola de toda dignidad humana y haciendo que ella se sintiera culpable durante el resto de su vida.

36. En la casa

Manuel y Pepe, llevaban escondidos detrás de la maleza al lado de la vieja forja algo más de media hora cuando vieron salir de la casa a un hombre.

—Eh, mira Manuel —dijo Pepe en voz baja—, un cura sale de la casa de Encarnación.

—Sí, ya lo veo, es don Andrés el cura, un primo de mi padre, seguramente vino a visitar a su tía, no es tan raro.

—Sí, tienes razón, no es nada raro, esperemos que ahora ella salga de casa.

—Esperemos que sí —dijo Manuel deseando que así fuera.

Después de un corto tiempo, vieron salir a Encarnación portando un pequeño cesto y que se dirigía a la huerta. Cuando esta se perdió en medio de los árboles, Manuel le dijo su amigo:

—¡Vamos! es la hora, seguramente va a por manzanas y, tardará bastante, el tiempo suficiente para que nosotros podamos escondernos.

—De acuerdo —respondió su amigo, a la vez que caminaba hacia la vieja puerta.

Una vez llegaron, Manuel metió la mano por una de las tablas rotas y levantó el pestillo abriendo esta. Entraron en la forja y, cuando la cruzaban, Pepe le dijo a su amigo:

—¡Mira Manuel!, los hierros, después podemos llevarnos unos cuantos, para hacernos unas espadas.

—Vale, podemos mirar ahora, Encarnación tardará en la huerta y, si vemos algo que nos sirva lo cogemos a la salida.

—Bien, vamos a ver.

Los chicos se acercaron al montón de hierros y Manuel se dio cuenta de que algo dorado sobresalía del medio de estos.

—¡Eh!, ¡mira, es una espada! —Manuel cogió la empuñadura tiró hacia fuera y una hermosa espada apareció ante ellos.

—¡Guau, es muy bonita! —exclamó Pepe.

—Sí, lo es, es realmente la espada más bonita que he visto.

—Pero, ¿es que tú has visto muchas espadas? —preguntó su amigo.

—¡No, que va!, es la primera vez que veo una de verdad, las otras las vi en fotos.

—¡Ah!, ya me parecía, ¿Nos la llevamos? —preguntó Pepe.

—No, la dejaremos aquí, con ella no podemos escondernos dentro del armario, cuando salgamos la llevamos.

—De acuerdo, me parece buena idea —dijo Pepe.

Manuel se acercó a la puerta y, dejó la hermosa espada al lado de la misma, apoyada contra el umbral. A continuación los dos jóvenes entraron en el pasillo que les llevaba al hall de la casa.

—¡Joder Manuel! —exclamó Pepe—, es una casa muy vieja, hay telarañas por todos los lados.

—Sí, ten en cuenta que Encarnación es una anciana y no la cuida, vive en la miseria más absoluta, ten cuidado —advirtió a su amigo—, alguna de las maderas de las escaleras está rota.

—Ya lo veo —respondió su amigo—, esto realmente está muy viejo, cualquier día se cae o arde por completo, todo esto es un montón de madera vieja.

—Sí, tienes razón, esperemos que no sea hoy cuando ocurra algo raro.

—Esperemos que no —respondió Pepe—, realmente esta casa da miedo, la verdad es que ya me estoy arrepintiendo de haber entrado.

—Tienes razón, a mi me pasó lo mismo la primera vez que entré.

—¿Dónde está la habitación en la que has visto el círculo? —preguntó Pepe.

—En la parte superior, en la buhardilla, pero si quieres ver el diario, está en un salita como te dije. Antes de subir a la buhardilla lo leeremos, tú sígueme que yo sé dónde está.

Pepe siguió con mucho sigilo a su amigo, cuando este llegó a la puerta de la salita cogió el pomo de la puerta lo giró y la puerta se abrió. Dentro de la salita había poca luz, tan solo la que entraba por las contras que estaban entreabiertas pero suficiente para que los chicos pudieran ver.

—¡Vamos, entra! —dijo Manuel.

Su amigo entró en la salita con algo de miedo, una vez dentro Manuel se acercó a la librería donde estaba el diario de guerra y lo cogió a la vez que le decía a su amigo:

—Toma, léelo y, verás que tengo razón.

Pepe leyó la parte escrita por el padre de Manuel así como la carta enviada por el Ministerio de Defensa donde informaban a Encarnación de la muerte de su hijo. Cuando terminó de leer, Pepe se puso pálido a la vez que exclamaba:

—¡Joder! ¡Manuel! ¡Tenías razón!, esto es la leche, pero ahora vámonos de aquí. Creo todo lo que me has contado, si viene Encarnación nos meteremos en un lío.

—Tanto querías venir. ¿Y ahora te rajas? —inquirió Manuel esbozando una pícara sonrisa.

—Sí, la verdad es que después de leer el diario estoy acojonado, mejor nos vamos.

—No, no nos vamos, ahora subiremos a la buhardilla y, verás el círculo —indicó—, quiero que veas que todo lo que te dije es cierto.

—¡Joder, Manuel!, ya te digo que te creo, no hace falta subir.

—Sí, hace falta, tan solo será un momento y nos vamos.

—De acuerdo, pero solo un momento, lo vemos y nos largamos —indicó su amigo totalmente asustado. Lo que acaba de leer le había dejado aterrorizado.

—Bien, será solo un momento —dijo Manuel saliendo de la salita para dirigirse a las escaleras que llevaban a la buhardilla—. Sube con cuidado —dijo Manuel—, las escaleras que van a la parte superior están peor que las que suben al primer piso.

Pepe siguió a su amigo con sumo cuidado, a cada paso que daba la madera de las escaleras crujía de forma alarmante. Cuando llegaron a la parte superior, Manuel cogió el pomo de la puerta y, con sumo cuidado la empujó suavemente tratando de que esta no hiciera ningún ruido, pero eso era bastante difícil, las viejas bisagras sin ninguna clase de engrase chirriaban de forma penetrante, haciendo que Pepe se estremeciera.

—¡Joder Manuel!, esto da mucho miedo, será mejor que nos larguemos de una puñetera vez.

Manuel no le hizo caso y siguió abriendo la puerta; cuando esta quedó totalmente abierta y Pepe miró en su interior, dio un respingo a la vez que exclamaba.

—¡Ostias Pedrín!, ¿qué coño es eso?

—Ya te lo dije —respondió Manuel con una tranquilidad pasmosa—, debe ser el círculo por donde entra el hijo de Encarnación.

—Casi mejor nos vamos —volvió a insistir Pepe con voz temblorosa—, ya he leído el diario y ahora que he visto esto, te creo, creo todo lo que me has contado. Ahora que veo el círculo estoy acojonado, ¡vamos salgamos de aquí! —insistió de nuevo Pepe.

Este se había asustado tanto porque ante ellos se encontraba un círculo rodeado de ocho velas, las cuales estaban encendidas dando a la habitación un aspecto fantasmagórico debido a que las contras de la ventana estaban cerradas.

—¡Joder Manuel!, vámonos de una vez —insistió Pepe ahora totalmente aterrado.

—Pero, ¿no quieres ver si aparece el hijo de Encarnación?

—¡No!, ya no, ya te dije que te creía, no hace falta esperar más y, además, veo que los armarios son pequeños yo no cabría ahí, tú sí, porque eres más pequeño y delgado.

—Tanto querías venir y, ahora te rajas —dijo Manuel de forma tranquila, lo que inquietó más a su amigo.

La tranquilidad de Manuel le hacía pensar que todo lo que le había contado era cierto, por lo que cada momento que pasaba el pánico se iba adueñando de él.

—¡Ven, Pepe! —dijo Manuel—, mira las velas como están colocadas, ¿o acaso tienes miedo?

—¡Sí, tengo miedo! —respondió con voz quebrada su amigo—, yo pensé que todo lo que decías de los muertos no era cierto, que todo estaba en tu cabeza como dice mi hermana Manolita, pero ahora que he visto eso, empiezo a creer que tenías razón.

—De acuerdo, pero me gustaría que esperaras para ver si aparece el hijo de Encarnación, así te darías cuenta de que puedo ver a los muertos.

—¡Te creo Manuel!, creo que puedes ver a los muertos, pero ahora vámonos, antes de que vuelva Encarnación.

Pepe se dio la vuelta para salir y, vio que las velas comenzaban a aumentar su intensidad por lo que muerto de miedo, exclamó.

—¡Joder! parece que las velas aumentan de intensidad.

—Así es —asintió Manuel totalmente tranquilo—, cada vez lucen con más fuerza.

Los dos se quedaron parados bajando el ritmo de su respiración por si podían escuchar algún ruido ante el aumento de la intensidad de las velas, las cuales a continuación aumentaron tanto su intensidad que la habitación quedó totalmente iluminada. Los dos amigos se miraron sin decir palabra, expectantes ante lo que estaban viendo. De pronto el crujido de las escaleras hizo que sus corazones se aceleraran.

—Debe ser Encarnación que está subiendo —dijo Manuel susurrando a su amigo—, escondámonos en los armarios.

De inmediato se metieron dentro del armario y, en contra de lo que había pensado Pepe, el sitio era muy espacioso. El crujido de las escaleras cada vez sonaba más cerca, Pepe y Manuel podían ver la habitación por el ojo de la cerradura. De pronto el crujido de las escaleras cesó y, por la puerta vieron aparecer a Encarnación, la cual se dirigió a un viejo sofá, donde se sentó. Cogió un rosario que había encima de una pequeña mesa camilla y, comenzó a entonar una oración que los chicos no entendían debido a que era en latín. De pronto la intensidad de las velas alcanzó tal luminosidad que la habitación quedó totalmente iluminada, tanto que incluso el haz de luz que penetraba por las cerraduras de los pequeños armarios donde se encontraban Manuel y Pepe era suficiente para iluminar su interior y, ver la expresión de sus asustadas caras, que en ese momento eran de total terror, el ritmo de su respiración iba en aumento y se encontraban expectantes ante lo que podía aparecer dentro de la pequeña habitación.

37. Remordimiento

Don Andrés conducía su moto Vespa por la carretera, apenas faltaban unos dos kilómetros para llegar a la casa parroquial e iba pensando en todo lo que su tía le había contado. ¿Y si fuera cierto lo de la Santa Compaña? ¿Qué buscaban las almas de la familia de su difunto primo? ¿Era eso posible? Él sabía que las almas existen, pero no podía dar crédito a todo lo que su tía le había contado, sobre todo que su hijo se le aparecía, así como el alma de Antonio que les buscaba por venganza. ¿Y si fuera cierto? Él como siervo de Dios no debió haber engañado a su tía. Dios mío —pensó don Andrés—, creo que he obrado mal, cómo pude engañar a esa pobre mujer al decirle que los santos óleos que le había dado eran de la unción de un enfermo. Eso era mentira, los santos óleos no habían sido ungidos en ningún enfermo; cómo era posible que hubiese obrado de esa manera. Mañana tendré que decirle la verdad —pensó de nuevo el párroco—. Aunque no fuese cierto lo de las almas, él no debería haberla engañado, debería decirle que cuando consiguiese esos óleos se los llevaría.

En medio de todas esas cavilaciones llegó a la casa parroquial totalmente abatido. La acción que acababa de cometer no era digna de un servidor de Cristo, el haber engañado a una cristiana le convertía en un pecador y debería redimirse de tan deleznable acto. Después de guardar la moto en el garaje, se dirigió a la vivienda donde nada más entrar la sirvienta le dijo:

—¡Don Andrés!, la señora Manuela de Cruxeiras vino para que acudiese a su casa, su padre se está muriendo y, necesita la extremaunción.

—¿Hace mucho de eso? —preguntó el cura pensativo, que en ese momento vio la posibilidad de ayudar a su tía con los santos óleos.

—No, señor, apenas unos quince minutos, pero insistió que tan pronto llegase, acudiese a su casa, que el médico está con su padre y, puede fallecer en cualquier momento.

—De acuerdo, Elsa, cogeré los santos óleos en la iglesia y me acercaré a su casa. No prepares la cena hasta que yo llegue, es posible que me demore más de la cuanta.

—Como usted diga, don Andrés —respondió la sirvienta.

A continuación el cura se dirigió a la sacristía para coger unos nuevos óleos debido a que los que siempre llevaba en el maletín se los había dejado a su tía, de lo cual estaba apesarado. Esperaba poder deshacer esa mala acción. Llegó a la sacristía y cogió una botella de óleo así como abundante algodón pensando en lo que su tía le había dicho ya que necesitaba los santos óleos mezclados con la última unción de un enfermo cuando este recibiera el sacramento de la extremaunción. Lo guardó todo con sumo cuidado pensando que de ello dependía la vida de sus familiares. Al pensar en ese punto, de nuevo le invadió la duda de si realmente estaba haciendo lo correcto, o por el contrario se estaba dejando influenciar por una persona loca. Ante ese pensamiento de duda, depositó la pequeña caja de madera en el maletín y se dirigió al garaje, sujetó este en el soporte de la moto Vespa, la puso en marcha y, emprendió el camino hacia la casa de Manuela de Cruxeiras.

Cuando el cura llegó a la puerta, vio que Manuela le esperaba justo delante; se la veía impaciente y nerviosa. Don Andrés se bajó de la vespa, y nada más hacerlo Manuela le dijo:

—¡Dese prisa, don Andrés!, mi padre se está muriendo.

—De acuerdo, Manuela, voy enseguida —el cura se bajó de la moto Vespa, cogió el maletín y, se metió en casa siguiendo a la mujer, quien le condujo a la habitación donde se encontraba su moribundo padre acompañado del médico y su anciana madre. La mujer al ver entrar al cura exclamó:

—¡Menos mal que llega usted don Andrés! Mi marido se está muriendo, ya ha perdido la conciencia.

—Así es —afirmó el médico—, no creo que dure mucho.

—Lo siento —se disculpó el cura—, he venido lo más pronto posible. Cuando llegué a casa Elsa me dio el aviso y ahora, por favor, deben dejarme a solas con el señor Ramón, debo impartirle el santo sacramento de la extremaunción.

—Claro que sí, don Andrés —respondieron el médico y la mujer, a la vez que abandonaban la habitación dejando a solas el cura con el enfermo, que permanecía con los ojos cerrados y con una gran fatiga al respirar intentando coger ese aire que se le escapaba junto con la vida.

A continuación el cura cogió la estola, se la colocó al cuello y, después vertió abundante óleo sobre el algodón. Lo acercó a la frente del enfermo para ungirlo y mientras lo hacía entonaba la liturgia de la extremaunción:

—Por esta santa unción y por su bondadosa misericordia, te ayude el Señor con la gracia del Espíritu Santo, para que te libre de tus pecados, te conceda la salvación y, te conforte en tu enfermedad.

Después de ungirle la frente y las manos, cogió los algodones y los introdujo en la botella que contenía los santos óleos. Después la metió en el bolsillo de la sotana para no mezclarla con las demás. Luego se sacó la estola, la metió en el maletín y, se dirigió a la puerta donde al llegar dijo a la familia:

—¡Ya pueden entrar!, el señor Ramón ha recibido los sacramentos de la extremaunción.

—Gracias, don Andrés, ahora ya puede morirse tranquilo —dijo su hija con un hondo penar.

De inmediato su esposa y el médico entraron en la habitación, este cogió la mano al señor Ramón y vio que se estaba debilitando por momentos. Su hija acompañó al cura a la puerta y, cuando este se marchó se dirigió a la habitación de su padre para acompañarle en sus últimos momentos. Cuando llegó, vio a su madre llorando consolada por el médico; su padre había fallecido.

38. El accidente

Don Andrés conducía la moto Vespa de vuelta a casa, iba pensando en todo lo ocurrido en casa de su tía, tenía un presentimiento de que algo iba mal, no sabía el que, pero algo le inquietaba. De pronto un zorro se cruzó en la carretera haciendo que perdiera el control de la moto Vespa y se saliera de la vía cayendo al lado de la cuneta.

—¡Dios mío! —exclamó el cura; pero ya no dijo nada más. Su cabeza se golpeó contra un pequeño muro perdiendo el conocimiento, quedando tendido a lo largo de la cuneta.

Al cabo de un tiempo se despertó totalmente aturdido por el golpe, tardó unos segundos en darse cuenta de que se había caído con la moto debido a que un zorro se le había cruzado en la carretera. Poco a poco se incorporó y vio que la moto Vespa había quedado apoyada contra un montículo de tierra, se acercó y se percató de que esta no tenía ningún destrozo, por lo que de inmediato la sacó a la carretera y la puso en marcha sin ninguna dificultad continuando su viaje hacia la parroquia.

Cuando llegó, no se dirigió a la vivienda, sino que fue derecho la iglesia la cual quedaba separada de la casa parroquial unos cincuenta metros; quería llenar del todo la botella de los santos óleos por si no era suficiente el que había mezclado. Los santos óleos se encontraban en la sacristía por lo que debería pasar por delante del altar. Al llegar a su altura se santiguó, durante un fugaz momento miró a la imagen de la virgen María que se encontraba a menos de un metro y, le pareció que unas imposibles lágrimas emanaban de sus grandes y tristes ojos, como si estos tuvieran vida.

—¡Eso es imposible! —exclamó el cura sorprendido a la vez que se acercaba más a la imagen.

Al estar tan cerca se percató de que sí, que era cierto, los ojos de la virgen emanaban unas lágrimas que resbalaban por sus mejillas brillando de forma inusitada.

—¡Dios mío! —exclamó asustado—, ¿qué está ocurriendo?

De pronto tuvo la sensación de que alguien le estaba mirando, percibía una extraña presencia dentro de la iglesia por lo que giró la cabeza tratando de descubrir si realmente había alguien. Justo al terminar de girarse se quedó aterrado, delante de él se erigía una figura cubierta con una túnica negra completamente inmóvil. Después de quedarse callado durante unos segundos totalmente asustado mirando a la figura consiguió balbucir:

—¿Quién es usted y, qué hace en la iglesia?

La figura no contestó, poco a poco se fue sacando la capucha dejando al descubierto su mortecino rostro iluminado tenuemente por las pequeñas bombillas de la lámpara que colgaba del techo y, las velas que en ese momento ardían en el altar.

—¿Qué desea? —volvió a preguntar el cura, que al ver la mortecina cara sintió un gran terror. Esta vez su voz sonó de forma trémula, la visión le había impresionado.

—Te deseo a tí —respondió la figura con una voz de ultratumba que hizo que al cura se le agarrotaran todos los músculos del cuerpo.

—¿A mí? —preguntó con un hilo de voz—, pero, ¿qué quieres de mí?

—Deberías saberlo —respondió de nuevo con su tranquila y cavernosa voz—, yo estaba allí cuando hablaste con Encarnación.

Cuando el cura escuchó eso, la poca tranquilidad que le quedaba en esos momentos fue aniquilada por el pánico, haciendo que se sintiese flotar en medio de un extraño aire impregnado de misterio que le hizo estremecerse hasta lo más hondo de su ser. Después de un eterno silencio le preguntó:

—¿Cómo te llamas?

—Ya deberías saberlo, o al menos intuirlo —dijo la figura de forma tranquila inquietando aun más al cura.

—No, no lo sé —respondió este asustado—, ni tampoco sé por qué debería saberlo.

—Digo que deberías saberlo, porque Encarnación te dijo mi nombre.

—¡Dios mío! ¡Dios mío! —exclamó el cura totalmente desconcertado al darse cuenta de quien se trataba—. Ella tenía razón, todo lo que me contó era cierto, tú eres el alma de Antonio.

—Así es, ella tiene razón, todo es cierto y me llevaré todas esas almas, nadie puede impedirlo.

—Pero, tú no puedes ser el alma de Antonio —replicó el cura—, yo te estoy viendo y, yo no poseo el don de ver a los muertos.

—Claro que no posees ese don, tú no podías ver a los muertos, pero eso era antes.

—Pero, ¿qué estás diciendo?, no te entiendo, ¿qué es eso de antes?

—Antes, cuando estabas vivo. Ahora estás muerto, por esa razón me estás viendo y hablando conmigo.

—¡Pero!, ¿qué clase de broma es ésta? ¿Quién eres realmente? —preguntó el cura pensando que le estaban gastando una broma de mal gusto.

—Ya te lo dije, soy el alma de Antonio.

—No puede ser, yo no puedo ver a los muertos, ya te lo he dicho antes, por lo tanto no puedo estar muerto, acabo de llegar de ungir a un enfermo.

—No, tú no acabas de llegar, quien acaba de llegar es tu alma, tú estás muerto.

—¡Pero qué dices! —exclamó el cura—, no puedo estar muerto si estoy hablando contigo.

—Estás hablando conmigo porque yo soy un alma, lo mismo que tú ahora, ya te lo dije antes, aunque te cueste creerlo, es así.

—¡Eso no es posible!, yo no puedo estar muerto.

—Lo estás —afirmó de nuevo el alma— ¿Recuerdas cuando venías para casa?

—Claro que lo recuerdo —respondió el cura recobrando el aplomo. Empezaba a creer que realmente se trataba de una broma.

—¿Y no te ocurrió nada extraño? —inquirió.

—No, nada extraño, tan solo que se cruzó un zorro en la carretera y me caí de la moto, me golpeé y perdí el conocimiento, pero enseguida me recuperé y vine para la iglesia.

—No, no te recuperaste —dijo de forma tranquila el alma de Antonio—, sigues allí al lado de la carretera y estás muerto.

—Pero, ¿cómo puede ser eso? —preguntó ahora el cura totalmente aterrado, al pensar que eso podía ser cierto.

—Tu cabeza se golpeo contra una piedra del muro y te desangraste. Estás muerto, no podía permitir que esos santos óleos llegaran a manos de Encarnación, si lo hicieran, jamás podría llevar a cabo mi venganza. Te doy las gracias por haberla engañado y darle los santos óleos del bautismo sin mezclar con los de la unción del enfermo. Cuando ese niño derrame el óleo en la misa de ánimas, yo saldré reforzado y mi poder será tan grande como el del mismo Belcebú.

—¿Cómo puedes saber todo eso? —preguntó ahora angustiado al darse cuenta de que realmente se encontraba delante de un alma y que él también lo era.

—Yo estaba allí cuando hablaste con ella, pero no la creíste y, le diste unos santos óleos inmaculados. Eso fue un error que ahora ya no podrás subsanar y yo me llevaré sus almas.

—¡No lo permitiré! ¡No podrás hacerlo! —dijo el cura ahora presa del pánico —. Yo impediré que te lleves esas inocentes almas.

—¿Y cómo piensas impedirlo? —preguntó ahora el alma con una maligna sonrisa reflejada en su mortecina cara.

—¡Con los santos óleos!, tal como dijo mi tía, ¡ellos te destruirán y te enviarán al infierno! —gritó el cura echando mano al bolsillo de la sotana. Al palpar dentro se percató de que estos no estaban, la botella con el óleo de los muertos había desaparecido.

—Con los óleos no podrás hacerlo —dijo riéndose el alma—, estos están en la sotana al lado de la carretera y allí se quedarán. Esa sotana que llevas puesta lo mismo que tú, sois metafísica. El contacto con la muerte lo convierte en eso, por lo tanto, en la carreta está la parte física de la sotana lo mismo que tu cuerpo y allí se quedarán hasta que alguien los encuentre. Nadie sabrá jamás que esos óleos podrían salvar varias almas. Tú ahora irás al purgatorio, no eres un alma pura ni un alma perdida.

—¿Cómo puedes saber que no soy pura ni un alma perdida? —inquirió angustiado.

—Lo sé, porque la virgen está llorando, te ve y sabe que nada puede hacer por ti.

—Pero si es así, también te está viendo a ti y me protegerá —aclaró el cura.

—No, a nosotros no nos ve, nosotros somos almas perdidas de Dios que formamos la Santa Compaña. Tan solo seremos vistas cuando consigamos varias almas para librarnos del purgatorio y comenzar el camino al lugar que nos corresponde a cada uno de nosotros. A ti ahora te están viendo y vendrán para llevarte al purgatorio.

—Yo no puedo ir al purgatorio, estoy libre de pecado —indicó el cura con la esperanza de que así fuese.

—No, no lo estás, cometiste el mismo pecado que cometió tu tío hace treinta y cinco años. Yaciste con la mujer de uno de tus feligreses y por eso debes pagar, lo mismo que pagué yo por la muerte de Helena.

El cura no dijo nada. Sabía que lo que decía el alma era cierto y, ahora tan solo le quedaba pagar por ello y encomendar su alma a Dios. De los ojos de la virgen seguían emanando unas imposibles lágrimas, que poco a poco fueron alcanzando los pies del cura y, al hacerlo, este comenzó a desvanecerse, a la vez que entraba en un túnel donde una luz cegadora le llevaba hacia algo desconocido. Cuando eso ocurrió el alma de Antonio abandonó la iglesia y las velas que hasta ese momento habían permanecido encendidas se apagaron dejando en penumbra el interior donde las figuras de los santos fueron mudos testigos del castigo a un alma que en vida engañó a la persona que le hubiese salvado a él y a la familia de Manuel, quienes ahora se encontraban a merced del alma maligna, la cual les arrastraría al mundo de las almas perdidas de Dios para ocupar su lugar y que estas quedasen liberadas de formar parte de la Santa Compaña de la que ellos pasarían a formar parte desde el momento en que sus almas les fueran arrebatadas.

Mientras en la carretera, un coche se había detenido al ver la moto tirada en la cuneta. De inmediato el conductor se bajó y se acercó a esta y al llegar a su lado se percató de que había un cuerpo tendido en el suelo el cual se encontraba boca abajo. Le dio la vuelta y al ver de quien se trataba se quedó totalmente sorprendido a la vez que exclamaba:

—¡Dios mío!, es don Andrés y está muerto, voy a buscar ayuda —dijo el hombre a la vez que subía al coche para dirigirse a la parroquia y avisar a los vecinos que don Andrés estaba muerto en la carretera y que era necesario avisar a la Guardia Civil para que esta se hiciera cargo del cuerpo y que avisara al juez para que autorizara el levantamiento del cadáver.

Cuando el hombre subió al coche no pudo ver como una figura con túnica blanca se acercaba al cuerpo del cura y metía la mano en el bolsillo de la sotana sacando el pequeño frasco de cristal que contenía los santos óleos de la unción del enfermo. Después abandonó el lugar de la misma forma en que había llegado, en silencio y sin hacer ni el más mínimo ruido, dejando el cuerpo sin vida del párroco a la espera de que las autoridades llegasen para hacerse cargo de él.

39. Desenlace inesperado

Encarnación continuaba con la liturgia totalmente inhibida de todo. Al cabo de unos dos minutos una figura apareció en medio del círculo, Manuel lo vio y se dio cuenta de que era el hijo de Encarnación. Aunque ya lo había visto, en esta ocasión no dejó de sentir como un frío helado recorría todo su cuerpo, sus manos apoyadas en la pared del armario acusaban ese miedo mediante un leve temblor que hacía que se sintiese inquieto y desorientado. Lo que estaba viendo era demasiado para sus sentidos. La figura del hijo de Encarnación salió del círculo, una vez fuera las velas disminuyeron su intensidad quedando la sala en la penumbra, aunque lo suficientemente iluminada para que los dos pudiesen verse. Al llegar a la altura de su madre, Andrés le dijo:

—Se nos acaba el tiempo madre.

—Lo sé, hijo —respondió esta con hondo penar—, pero esta noche intentaré averiguar cuando es la misa de ánimas, iré a su encuentro y me lo dirá, aunque sea lo único que haga en esta vida, salvaré a la familia de María.

—Pero, madre, ¿crees que te lo dirá? Ni nosotros que le acompañamos en la procesión lo sabremos nunca. Él es quien decide siempre a donde y cuando debemos ir, él como alma perdida de Dios, hizo un pacto con Belcebú.

—Sí, hijo, lo sé, y por eso me lo dirá, ya que se cree muy poderoso al tener el pacto con Belcebú, por esa misma razón me dirá cuando se celebra la misa de ánimas en honor de la familia de tu primo.

—Esperemos que así sea madre y que esto termine pronto, si él supiese quien soy, estaríamos perdidos, sería terrible para los dos, nos llevaría con él al infierno.

—Es cierto, hijo y, estoy segura que se apoderará de nuestras almas, pero ahora tengo los santos óleos y, Manuel, el hijo de María, los verterá sobre todas las almas en la misa de ánimas. Por esa razón es importante que esta noche averigüe cuando celebran esa misa.

—¿Quién te dio esos óleos? —preguntó Andrés.

—Me los dio tu primo el cura, el hijo de mi hermana Eduviges. Sabes, hijo, le conté la historia y, por esa razón nos ayudó, pronto terminará nuestro penar.

—Espero que así sea madre, tengo ganas de descansar en paz en el lugar que sea, pero descansar.

—Lo entiendo, hijo, tú no eres culpable de lo que está pasando y no deberías estar pagando por ello.

—Tú tampoco lo eres madre, la culpa la tiene la ambición de los humanos que no se resignan a su destino y, siempre quieren cambiarlo de la forma que sea. Cuando se convierten en almas que penan por sus pecados tan solo piensan en ellos, en salir de donde se encuentren aunque para ello tengan que adueñarse de almas inocentes.

—Tienes razón, hijo, pero esta vez yo impediré que eso ocurra, que esa alma maligna se apodere de las almas inocentes de la familia de mi sobrino Andrés.

Pepe dentro del armario estaba totalmente desconcertado, escuchaba a Encarnación hablar de cosas sin sentido, estaba hablando con un hijo imaginario, ya que en la habitación no había nadie, tan solo Encarnación estaba sentada en el viejo sofá. Está loca de remate —pensó Pepe, que no salía de su asombro, al darse cuenta de cómo Encarnación había estado hablando todo el tiempo con algo imaginario—. Todo eso era lo que estaba viendo Pepe. Pero Manuel, dentro de su armario, tenía una visión totalmente diferente. Él veía a Encarnación hablar con su hijo, este se encontraba de pie frente a ella, Manuel seguía el hilo de la conversación.

—¿Tú crees, madre, que conseguiremos que Manuel acuda a misa de ánimas para que vierta el óleo sobre todas las almas que se encuentren en la misa, incluida la mía?

—Sí, hijo, lo conseguiré, aunque no sé cómo puedo dárselo. Su madre me dijo que no me acercara a él, ya que piensa que yo estoy loca y que su hijo está influenciado por mí, siendo esa la causa de su enfermedad. La verdad, es que no sé cómo puedo hablarle para que acuda a mi casa y entregarle los santos óleos. Tendré que ir en su busca y, en el momento que se encuentre solo dárselos y contarle lo que debe hacer en misa de ánimas.

—No te preocupes, madre, no tendrás que buscarlo, él está aquí en esta sala, presiento que me está mirando, siento su aureola en esta habitación.

—¿Dónde lo presientes, hijo? —preguntó Encarnación sorprendida.

—Ahí en el armario de la izquierda.

Pepe vio cómo Encarnación se dirigía al armario, pero era obvio que no podía entender la razón de por qué lo hacía, ya que tan solo podía oír a esta. Había escuchado a Encarnación preguntar:

—¿Dónde lo presientes hijo?

Pero, ¿presentir a quién? ¿A qué se refería? A Pepe se le pusieron los pelos de punta. Al ver como Encarnación se acercaba hacia el armario comenzó a sudar frío preparándose para salir corriendo si es que le descubría. Una vez Encarnación se paró delante del armario dijo:

— Sal de ahí Manuel, mi hijo te presiente y sabe que estás ahí.

La puerta del armario se abrió y el pequeño cuerpo de Manuel comenzó a salir entre el miedo y el asombro, al ver que el hijo de Encarnación podía presentirlo.

—Dime, ¿qué hacías aquí? —le preguntó Encarnación.

—Vine a ver como aparecía Andrés, ya que mi madre me dijo que estaba muerto, que no podía aparecerse en casa y, es cierto que está muerto, lo leí en el diario. ¿Por qué no me lo dijiste?

—Si te lo dijese, ¿me creerías? —preguntó Encarnación melancólica.

—No, no te creería, pensaría que estabas loca. Ni ahora que lo estoy viendo puedo creerlo, creo que todo esto es producto de mi imaginación, que estoy enfermo como dicen los médicos.

—No, no es producto de tu imaginación, ni estás enfermo. Es cierto y, si yo no te dije la verdad, es porque quería que la averiguaras por ti mismo, tal como lo estás haciendo ahora, de lo contrario, como tú bien has dicho me tomarías por loca. ¿Supongo que habrás oído todo?

—Sí, hablabais de la misa de ánimas, que yo debería verter los santos óleos sobre las almas para así liberarlas y que puedan descansar en paz y, que el alma de Antonio nos deje tranquilos.

—Así es Manuel, a esa misa acudirán tu madre y tu hermana, el alma de Antonio la celebrará para adueñarse de sus almas. Tu hermana ya no es inmaculada ha yacido con su novio y Antonio lo sabe, mi hijo está aquí para decírmelo, su alma forma parte de la Santa Compaña y quiere ser liberado y, la única forma es que tú viertas los santos óleos sobre todas las almas.

Cuando Manuel escuchó decir a Encarnación que su hijo formaba parte de la Santa Compaña se quedó estupefacto, aterrorizado, notaba cómo su respiración se agitaba por momentos, a la vez que por su mente comenzaba un desfile de imágenes imposibles de la Santa Compaña, donde el hijo de Encarnación formaba parte de la procesión en busca de nuevas almas. Todas esas imágenes duraron apenas unos segundos, hasta que por fin su agitada respiración pareció volver a su ritmo normal y, con un soplo de voz consiguió decir:

—¿Cómo que tu hijo forma parte de la Santa Compaña?

—Así es, Manuel —respondió el hijo de Encarnación interviniendo—, yo fui quien te ayudó en misa de ánimas, yo te entregué la vela que te protege, la vela que te entregué es una vela bendita, no como las demás que porta la Santa Compaña, que son hechas con los huesos de los muertos. Esa vela la recogí en una de las iglesias donde se celebró la misa de ánimas; sabía que esa alma maligna quería adueñarse de vuestras almas, por esa razón te la di cuando acudiste a la misa en el Puente de San Francisco.

—¡Ostias! —exclamó Manuel que ya se había recuperado de la impresión de saber que el hijo de Encarnación formaba parte de la Santa Compaña—, ahora entiendo por qué razón me eras una cara familiar cuando te vi la primera vez en el pasillo.

—Claro que te era familiar, lo que pasa es que en la iglesia tenía la capucha de la túnica puesta, y no podías verme bien el rostro. Ahora Manuel, debes volver a la misa de ánimas para hacer que esa alma maligna desaparezca y todos los que formamos parte de la Santa Compaña vayamos al lugar que nos corresponde.

—Pero, ¿yo no sé cuándo será esa misa? —respondió Manuel totalmente desconcertado por lo que estaba escuchando de boca del primo de su padre. Para él era algo surrealista, que no acertaba a comprender. ¿Cómo era posible que estuviera hablando con un muerto?

Y lo más sorprendente es que lo estuviera haciendo con total normalidad, era como si ya formara parte de su vida. Manuel se dio cuenta
que de nada le servían esas reflexiones, ya que los acontecimientos
fluían de tal forma que no dejaban tiempo para entender la razón de
por qué estaban sucediendo.

—Claro que no lo sabes —respondió el alma de Andrés—, pero
debes estar atento. Tu madre y tu hermana serán llevadas a misa de
ánimas, alguien les avisará de que una persona se está muriendo, es
así como casi siempre hacen que un vivo acuda a la misa de ánimas.
Seguramente será a partir de las diez de la noche, por lo que debes
estar atento. Cuando veas salir a tu madre y a tu hermana debes se-
guirlas, cuando llegues a la iglesia y veas que todas las almas están
atentas a la misa, verterás sobre ellas el óleo que mi madre te dará.

—Pero, ¿por qué a mí no me llaman a misa de ánimas, si también
quieren mi alma?

—La tuya ya la tienen —aclaró el alma de Andrés—, tú ya has
estado en misa de ánimas, pero a diferencia de tu madre y hermana, a
ti te protege la vela que te di el día que acudiste a esa misa. Como te
dije esa vela pertenecía a un alma perdida de Dios, está bendita por un
familiar que ofreció misas en su honor, con esas misas consiguió que
esa alma saliera del purgatorio, yo recogí esa vela cuando esa alma
se fue, por lo que debes llevarla contigo, te protegerá de las almas
malignas.

—Yo no sé si podré hacer eso que me dices —dijo Manuel tranquilo razonando la situación.

—¿Qué es lo que no podrás hacer? —inquirió Andrés.

—Lo de esparcir los santos óleos sobre las almas, eso es demasiado para mí, solo soy un niño de doce años y tengo miedo.

—No debes tener miedo y tienes que ser fuerte, yo te protegeré
—indicó Andrés—. Iré a esa misa de ánimas, yo también necesito
que viertas las santos óleos sobre mí, de esa forma podré descansar en
paz. Lo que más siento es no haber podido salvar a tu padre, cuando
quise darme cuenta ya era demasiado tarde. Ahora mi madre te dará
los santos óleos que debes verter sobre las almas en misa de ánimas,
cada una de nuestras almas irá al sitio que le corresponde y, vosotros
quedareis libres del alma maligna de Antonio.

A continuación Encarnación se dirigió a la vitrina donde cogió la botella con los santos óleos que su sobrino le había entregado y se la dio a Manuel al tiempo que le decía:

—Toma Manuel, esta botella que te entrego contiene los santos óleos que serán vuestra salvación. Debes tener cuidado de que no se rompa, si pierdes estos óleos todos nosotros estaremos perdidos, no tendremos salvación.

Manuel iba a coger los óleos pero Encarnación le dijo:

—¡Espera!, mejor te los envuelvo en un paño.

De inmediato cogió uno en el cajón de la consola y envolvió la botella, a continuación se la dio a Manuel.

—¡Toma! ¡Así está mejor! —exclamó Encarnación—. De esa forma aunque se te caiga no se romperá.

Manuel cogió la botella mientras su mente buscaba una solución para ver la forma de sacar a su amigo de allí sin que se dieran cuenta, pero la solución le llegó sin que él tuviese que intervenir, esta vino por boca de Encarnación.

—Bien Manuel —dijo ésta—, ahora debes irte a casa, yo tengo que salir, debo hacer algo que hace tiempo debería haber hecho y no lo hice pensando que no llegaríamos a esta situación.

—Ten cuidado madre —dijo su hijo melancólico—, tú sabes que en esos momentos estarás sola, yo nada puedo hacer cuando estés frente a nosotros.

—Lo sé, hijo, lo sé, pero confío en poder sacarle la información sin salir perjudicada.

—Bien, madre, yo ahora también debo irme, y tú Manuel, debes ser valiente —dijo Andrés dirigiéndose a este—, en tus manos está vuestra salvación y, también nuestra liberación para poder abandonar este mundo e ir al lugar que nos corresponde.

Manuel iba a replicar pero no tuvo tiempo, la luminosidad de las velas aumentó su intensidad llenado de luz la sala, Andrés se metió en el círculo y poco a poco se fue desvaneciendo hasta que desapareció. Las velas bajaron su intensidad quedando la sala en la penumbra. Encarnación miró a Manuel —que se había quedado impasible por lo que había visto. Se estaba acostumbrando a que todo lo que le estaba ocurriendo fuese normal—, al tiempo que le decía:

—Sé que son momentos difíciles para ti, pero debes ser fuerte, tan solo tu alma inmaculada puede salvaros.

Manuel la miró y le preguntó en voz alta:

—¿Vas a estar fuera de casa mucho tiempo?

—Es posible que esté unas dos horas, pero, ¿por qué me haces esa pregunta?

—Por nada, bueno, sí, es por si necesito tu ayuda.

—Mi ayuda ya la tienes, a partir de ahora eres tú quien debe hacer las cosas, solo tú puedes verter los santos óleos y, ahora vete, yo también tengo que salir. Ya te avisaré cuando tienes que estar atento a la misa de ánimas.

A continuación los dos abandonaron la sala dejando a Pepe completamente aterrado dentro del armario. Presentía como si alguien estuviera junto a él, un intenso frío recorría todo su cuerpo, no daba crédito a lo que había escuchado. Era una conversación que por momentos rondaba lo grotesco, totalmente surrealista, ya que él tan solo podía oír a Manuel y Encarnación, por lo tanto la conversación para él, estaba llena de incongruencias, cosas sin sentido. Estaba deseando salir de la casa, dentro del armario se estaba agobiando tanto que casi no podía respirar. De nuevo volvió a tener la sensación de que alguien más estaba junto a él dentro del armario; el frío era tan intenso que a Pepe por momentos sus dientes parecían castañearle. Escuchó los pasos por las escaleras lo cual quería decir que Encantación y Manuel estaban bajando. Esperaría unos minutos dándole tiempo a Encarnación para que saliese de casa. Estaba deseando salir de ese lugar, cada vez se encontraba más aterrado.

Manuel salió a la calle eran las nueve y media, por lo que tenía media hora para esperar a que su amigo saliera de la casa. Se apostó tras los matorrales al lado de la forja. Al poco rato vio salir a Encarnación portando una pequeña caja de cartón y dirigirse al camino de Valconde.

Mientras tanto, Pepe presa del pánico salió del armario pero apenas había luz, por lo que cogió una de las velas del círculo y la encendió. A continuación se dirigió a la salida, cogió las escaleras tan apresuradamente que resbaló y se cayó rodando hasta llegar al hall donde quedó tumbado durante unos segundos. La vela que había cogido en la sala para alumbrase se le cayó de las manos por lo que se quedó totalmente a oscuras. Se puso de rodillas palpando para ver si la encontraba. Después de palpar un rato en la oscuridad la encontró y con las manos temblorosas encendió una cerilla prendiendo la vela. Cuando esta comenzó a expandir la llama, el hall quedó iluminado con una luz mortecina que hizo que Pepe sintiera un miedo irracional. A continuación se levantó y giró la mano con la vela buscando la salida, pero al hacerlo las escaleras quedaron iluminadas durante unos segundos que a Pepe le parecieron eternos. Frente a él se erigía una figura vestida con túnica negra de rostro mortecino mirándole con sus cuencas vacías carentes de toda vida. Esta visión dejó a Pepe totalmente presa del pánico, tanto que quería salir corriendo pero sus piernas no le obedecían. La mortecina figura alargó las manos indicándole que se dirigiera hacia las escaleras donde se encontraba. La respiración de Pepe era agitada, parecía que su joven corazón iba a reventar en cualquier momento. De pronto la figura comenzó a bajar los peldaños y se dirigía hacia él. Este al ver que se acercaba, venció el pánico que le mantenía agarrotado y echó a correr hacia la vieja forja. Cuando cruzó por la misma parecía que unas sombras alargaban sus manos para retenerlo. Como una exhalación se dirigió a la puerta que estaba abierta y dejaba entrar algo de luz. Cuando salió a la calle se encontró a Manuel que le estaba esperando y al verle salir, le dijo:

—¡Qué te pasa! ¿Por qué corres tanto?

—¡Ostias Manuel!, casi me mato, me caí por las escaleras y se me apagó la vela que cogí del círculo y, cuando la encendí en las escaleras había una figura horrible que me miraba y me hizo señas para que fuera hacia él. He pasado un miedo de muerte.

—¡Vamos, Pepe!, en casa no hay nadie —dijo Manuel que vio como su primo se había ido.

—¡Te juro que había alguien!, lo vi, era algo así como un espectro difuminado con un rostro mortecino, las cuencas de los ojos parecían vacías, tan solo lo vi un momento, pero me pareció una eternidad. Al principio no era capaz de moverme, me quedé presa del pánico, pero cuando vi que venía hacia mi eché a correr. ¡Ostias Manuel!, cuánto miedo he pasado y, ahora más, cuando salía y tuve que atravesar la forja apenas había luz, tan solo la que entraba por las ventanas rotas y, la de esta vela que traigo, pero ilumina poco. Me pareció que unas sombras querían cogerme alargando sus manos.

—¡Vamos, Pepe! —exclamó ahora Manuel esbozando una pícara sonrisa—, seguramente viste una sombra proyectada por la luz de la vela, y el miedo hizo todo lo demás.

—¡Te juro que vi la sombra! Era real.

—No hay ninguna sombra, eso es producto de tu imaginación por el miedo que tenías al encontrarte solo. En casa no había nadie, el hijo de Encarnación se marchó a través del círculo y, a ella la vi salir y dirigirse al camino que va a Valconde. Seguro que todo fue producto del miedo.

—Bueno, es posible que fuese así —dijo Pepe ya un poco más tranquilo—. Seguramente me asusté más al caer rodando por las escaleras.

—Claro que sí —afirmó Manuel—, y ahora dime, ¿crees lo que te conté acerca del hijo de Encarnación?

—¡Joder, Manuel! —exclamó Pepe—, no sé qué decirte. Vi el diario, eso sí es cierto, pero en la habitación no había nadie más que vosotros dos y, algunas veces, estabais hablando cosas sin sentido, como si estuvierais locos o algo así. Me parece que Encarnación está como una cabra. Todo eso que te contó de los santos óleos, no puede ser cierto, parecía que estabais hablando con alguien pero no había nadie. Cuando salí del armario casi me mato, las velas del círculo se habían apagado, menos mal que tengo cerrillas en el bolsillo y, encendí una de las velas del círculo, que es la que me sirvió para salir y, aun así, casi me mato en las escaleras. Creo que esa mujer realmente está loca y, te ha contagiado con sus locuras. Nada de lo que dijo puede ser cierto —concluyó Pepe.

—No, Pepe, Encarnación no está loca, nosotros estuvimos hablando con su hijo, lo que ocurre es que tú no puedes verlo ni oírlo, tan solo nosotros podemos verlo, nosotros tenemos ese don.

—¡Y una mierda! —exclamó Pepe fuera de sí—, si realmente estuviera en la sala, tenía que verlo, había mucha luz, las velas iluminaban la sala por completo con una gran luminosidad. Aunque no lo viera del todo algo tenía que ver, aunque solo fuese un bulto o algo así, y lo único que vi y oí, fue a vosotros dos con una conversación que en algunos momentos era totalmente incoherente, sin ningún sentido. Creo que mi hermana Manolita tiene razón, que en vuestras cabezas veis cosas que no existen. En la aldea dicen que Encarnación está loca, que le viene de familia y, tú eres de esa familia, por lo tanto todas esas cosas solo existen en tu imaginación.

—No, Pepe, no existe en nuestra imaginación, ojalá fuese así. Si estuviese enfermo, supongo que los médicos podrían curarme, pero ellos nada pueden hacer, todo esto es muy real, pero yo nada puedo hacer para que lo creas. Te he llevado a casa de Encarnación y, has visto el diario de guerra.

—¡Claro que lo vi!, pero te recuerdo que Encarnación dice que su hijo está en el hospital, por lo tanto no puede estar bien de la cabeza al decirlo, ya que su hijo está muerto.

—Bueno, yo no pudo convencerte, eso tendrás que verlo con tus propios ojos. Si lo has oído todo, habrás oído que Encarnación me dio los óleos de la extremaunción de los muertos.

—Sí, lo he oído y, que con esos óleos acabarías con las almas de la Santa Compaña, que desaparecerían. Pero resulta que la Santa Compaña no existe, eso solo existe en vuestras cabezas.

—De acuerdo, es posible que mañana sea la misa de ánimas, tal como dijo Encarnación y, si te atreves, puedes acompañarme. Verás que tengo razón, a esa misa siempre acude un vivo acompañando a las ánimas, así al vivo podrás verlo. También mi madre y hermana serán llamadas a esa misa, no sé como lo hará la Santa Compaña para mostrarles el camino, pero lo hará, lo mismo que hizo conmigo cuando acudí el día de la hoguera. Si quieres mañana hablamos y, quedamos para cuando avisen a mi madre y mi hermana, te llamo y así me acompañas.

—De acuerdo, mañana hablamos, ahora es la hora de irnos a casa —dijo Pepe algo contrariado ya que la tensión acumulada en la casa le había dejado muy alterado.

A continuación los chicos se despidieron y cada uno se fue a su casa.

Cuando Pepe llegó, su abuela y hermanas habían regresado. Se encontró a su abuela en la cocina, al verla, Pepe la saludó:

—¡Hola abuela! ¿Cómo le fue a Bea en el hospital?

—Hola, hijo, le fue muy bien —respondió contenta su abuela—, al parecer no le encontraron nada malo, lo que tiene es normal en las chicas cuando llegan a esa edad —Beatriz tenía doce años y, se había convertido en mujer—, por lo tanto esos dolores que tiene tu hermana, son normales y pronto se le pasarán.

—¡Ah, muy bien!, entonces, ¿no tiene nada malo?

—No, hijo, nada malo —respondió su abuela quien a continuación, con la intención de desviar la conversación para que no siguiera preguntando por lo de su hermana, le preguntó:

—¿Y tú que has hecho? ¿No te aburriste todo el día solo en casa?

—No, para nada, Manuel estuvo todo el día conmigo y, terminamos de construir la barca para probarla mañana en el río, no me aburrí nada.

—¿Dices con Manuel tu amigo? —preguntó sorprendida su abuela.

—Sí, abuela, con quien sino. ¿Por qué te sorprende que estuviera con él?

—Me sorprende, por que ayer, él junto a su madre y hermana tuvieron un accidente de autobús y, están graves en el hospital.

—Ya sé que tuvieron un accidente, abuela, pero a ellos no les pasó nada. Manuel me lo dijo, ya que estuvo conmigo, tal como te dije, a ellos no les pasó nada.

—¿Estás seguro de que Manuel estuvo contigo todo el día? —inquirió su abuela ligeramente preocupada.

—Seguro, abuela, de hecho ahora venimos de la Garza —mintió Pepe, no podía decirle a su abuela que habían estado en casa de Encarnación.

—Bueno, hijo, si tú lo dices debe ser cierto, pero las noticias que nosotras tenemos son de que están graves en el hospital, de hecho, cuando salimos de la consulta con tu hermana, nos interesamos por ellos. Nos encontramos a unos vecinos de los padres de María y nos dijeron que sus padres estaban en el hospital esperando noticias.

—¡Pero, abuela! —exclamó Pepe—, esa vecina debe estar equivocada. Manuel estuvo todo el día conmigo y, me dijo que su madre y su hermana estaban en casa y que no salían porque no tenían ganas de hablar con nadie, que estaban muy afectadas por lo del accidente.

—De acuerdo, hijo, la vecina de los padres de María debe estar confundida. Ahora ve arriba y avisa a tus hermanas que están leyendo en el salón; que bajen para cenar.

—Muy bien, abuela, ahora subo y las aviso.

Pepe avisó a sus hermanas y los tres bajaron a la cocina donde su abuela tenía preparada la mesa para cenar. Mientras duró esta, la conversación giró en torno al accidente de autobús y, la suerte que había tenido Manuel junto a su madre y hermana. El accidente había sido terrible, con muchos muertos, en todos los lugares se hablaba de ello, había sido un accidente tan horrible que seguramente las gentes de los pueblos afectados jamás lograrían olvidar.

40. La procesión

En casa de José el enterrador, este había terminado de cenar en compañía de su anciana madre que le miraba con gran tristeza. Desde la muerte de su mujer y sus dos hijos se había vuelto muy taciturno, apenas salía de casa, tan solo lo hacía cuando tenía que acudir al cementerio para enterrar algún vecino de la parroquia. Su anciana madre estaba viendo en él que cada día que pasaba estaba peor, su salud se deterioraba a pasos agigantados, pensando su anciana madre que pronto sería a él a quien deberían enterrar. José se limpió los labios con la servilleta y, con voz pausada, a la vez que se levantaba de la mesa, le dijo a su madre:

—Madre, tengo que salir.

—Pero hijo, ¿a dónde vas a estas horas? Son casi las once de la noche —preguntó su anciana madre sorprendida.

—Lo sé, madre, pero hay un jabalí que nos está destrozando la cosecha de maíz y, si sigue así, no tendremos para el invierno. Iré y le pondré una trampa, si lo cazo mataremos dos pájaros de un tiro, nos libraremos de él y, tendremos comida para varios días, ya que lo salaremos.

—Pero, hijo, ¿tantos jabalís hay? Hace tiempo que me dices lo mismo, que siempre invaden nuestras cosechas, pero nunca he visto que cazaras ninguno.

—Lo sé, madre, pero es que son muy escurridizos, pero por lo menos los espanto.

—Bueno, hijo, pero creo que tú no estás muy bien para hacer ese trabajo, te veo bastante cansado.

—Sí, madre, estoy cansado, pero eso creo que podré hacerlo. Tú vete a la cama, cuando regrese trataré de no hacer ruido para no despertarte y, mañana ya te contaré.

—De acuerdo, hijo, pero ten cuidado.

—Lo tendré, madre, no te preocupes, de todas formas, ¿qué más puede pasarme? En mi corazón ya no hay lugar para más dolor, he perdido a mi mujer y mis dos hijos; lo mejor que puede pasarme es que Dios pronto me llame a su lado. Realmente estoy muy cansado, sin ganas de vivir.

—No pienses así, hijo, tú hora no te ha llegado. A ellos se los llevó esa enfermedad contra la que los médicos nada pudieron hacer.

—Sí, madre, tienes razón y, ahora vete a la cama.

A continuación la anciana mujer se dirigió a la habitación mientras José se dirigió a la suya. Se acercó a la mesilla de noche, sacó una pequeña llave del bolsillo de su pantalón y la abrió. A continuación sacó una pequeña campanilla, le introdujo un pequeño trozo de algodón para que no sonara, la guardó en el bolsillo, cerró el cajón y, a continuación abandonó la casa.

Una vez fuera se dirigió al camino de Valconde, un camino que él conocía muy bien, ya que hacía algún tiempo que lo transitaba aunque fuese en contra de su voluntad. A medida que avanzaba por el camino le costaba caminar ya que su salud a cada paso se iba deteriorando. Después de una hora llegó a la fuente, se detuvo justo delante del manantial, esperó unos minutos y, las rocas por donde salía el agua se separaron, apareciendo por la misma una espesa niebla que lo envolvió todo. José el enterrador permaneció de pie en medio de la espesa niebla y al cabo de un tiempo por la abertura de las piedras comenzaron a salir unas sombras que poco a poco se fueron formando en filas de dos. Sus siluetas, vestidas con túnicas blancas y negras, bajo las cuales se adivinaban seis mujeres y seis hombres con aspecto fantasmagórico portando tres féretros y una última figura que se colocó al frente, justo detrás de José el enterrador quien comenzó a tañer su campanilla de forma rítmica cada tres segundos. La procesión de la Santa Compaña se había formado y, comenzó su lenta procesión hacia la aldea de Manuel.

41. El reencuentro

Encarnación se había detenido al lado del camino que partía de Valconde, se separó unos metros y depositó en el suelo la pequeña caja de cartón que llevaba. La abrió y, de su interior cogió unas velas, las cuales fue enterrando en la tierra blanda unos dos centímetros más o menos para que se fijaran. Cuando finalizó, las diez velas formaban un círculo perfecto, Encarnación se metió dentro, encendió las velas, sacó un rosario de su vestido y comenzó una liturgia en latín. De pronto unos ladridos de perros totalmente desgarradores y de forma desmesurada, se dejaron oír en medio de la noche, ladridos que Encarnación no parecía oír. Ella seguía con sus rezos. Después de unos minutos los ladridos de los perros cesaron, y una corriente de aire frío atravesó el cuerpo de Encarnación haciendo que las velas se mecieran de tal forma que estas parecía que por un momento iban a apagarse, pero eso no ocurrió, las velas seguían emanando una luz blanca meciéndose al ritmo de la pequeña corriente de aire que se había formado, haciendo que el lugar donde se encontraba se tornara tenebroso. De pronto todo ruido cesó, un silencio sepulcral invadió la noche, las velas ya no se mecían, su llama era tan intensa que parecía una luz totalmente fija. Encarnación fijó su vista en el camino y vio que una luz se acercaba poco a poco. A medida que lo hacían la sola luz se fue tornando en varias bien definidas, se trataba de la Santa Compaña con José el enterrador a la cabeza. Ahora el silencio era total, tan solo roto por la campanilla que el enterrador tañía rítmicamente cada tres segundos; la fúnebre cometida se detuvo justo delante de Encarnación. El alma que iba justo detrás de José, poco a poco se fue sacando la capucha de su túnica dejando al descubierto su mortecino rostro y con voz cavernosa le dijo:

—Los años no han sido generosos contigo y, sin embargo yo me conservo como cuando nos conocimos.

—Tú estás muerto —respondió Encarnación sin inmutarse—, y estás perdido de la mano de Dios por tus pecados, pero cuando te encuentre, irás al infierno que es donde te corresponde estar.

—Lo sé, pero es allí a donde quiero ir, pero para eso tengo que entregar cinco almas y, no serán a Dios, si no, que se las entregaré a Belcebú. La primera ya me la cobré y, las otras cuatro, me las cobraré mañana en misa de ánimas, están a punto de cruzar el umbral.

—No, no lo harás, yo lo impediré, ya todo está preparado.

—Tú no pues impedir nada, nada puedes hacer contra mí y, sin embargo, yo puedo llevarte conmigo al infierno, lo mismo que me acompañarán dos almas más, las cuales tú conoces muy bien. He estado esperando este momento durante muchos años, ahora Belcebú me protege, hice un pacto con él. Cuando le entregue vuestras almas, mi poder será infinito y, haré que viváis eternamente en el infierno y ellos dos, pagarán por el pecado que cometieron.

—Te equivocas, ellos solo cometieron el pecado de amarse, pero tú cometiste el pecado de matar y violar, tú serás el único que ira al infierno. Ellos a los ojos de Cristo solo se amaron y, ya han pagado por su pecado. Muy pronto sus almas serán liberadas y tú irás al infierno, tu alianza con el diablo nada podrá hacer contra la fuerza de Cristo redentor, Él nos protege.

—¿De verdad crees que esas velas te protegen? —preguntó el alma de Antonio con una malicia taciturna que hizo a Encarnación estremecerse de miedo.

—Sí, tú nunca podrás cruzar las velas de Cristo, lo que quería saber, ya me lo has dicho.

—¿Sí? ¿Y qué te he dicho?

—Me has dicho que mañana será la misa de ánimas y alguien te mandará al infierno.

—Vaya, ¿y quién es ese alguien? ¿Cuál será la forma en que me mande al infierno?

—Eso ya lo sabrás cuando llegue el momento.

—Bien, si no me lo dices tú, lo diré yo. Si acaso crees que el óleo que te dio tu sobrino puede acabar conmigo, estás equivocada, ese óleo reforzará mi poder, es un óleo puro del bautismo, tu sobrino te engañó, era un mal cristiano.

Encarnación de pronto se sobresaltó. ¿Cómo sabía lo de los santos óleos?

—Pero, ¿tú cómo sabes eso? No puedes saberlo —dijo Encarnación sorprendida.

—Lo sé, porque yo estaba allí cuando te los dio, pero te dio los óleos del bautismo porque no te creyó. Él pensaba que estabas loca, por lo que te dio esos óleos pensando que daba lo mismo, como te digo, te engañó.

—¡No, no me engañó! —gritó Encarnación—, dices eso porque sabes que tengo razón. El óleo que me dio pertenecía a una extremaunción de los muertos y, eso acabará contigo.

—No, esos óleos me reforzarán, son óleos del bautismo, los óleos de los muertos, tu sobrino pensaba dártelos mañana, recapacitó y, quería rehacer su mala acción, pero ahora ya es tarde, ya no podrá entregártelos.

—¿Por qué dices que no podrá? —preguntó Encarnación sobresaltada.

—No podrá, porque está muerto, tuvo un accidente.

—¡Dios mío! ¡Eso no puede ser cierto! —exclamó Encarnación angustiada.

—Sí, lo es, yo mismo vi como se iba al purgatorio. Nada podrá hacer por vosotros, de hecho, nadie puede hacer nada. Cuando ese niño mañana en misa de ánimas vierta el óleo sobre nuestras almas, yo saldré reforzado, seré el más fiel servidor de Belcebú y, vuestras almas me acompañarán al infierno. Tú nada puedes hacer para impedirlo.

—¡Sí que puedo! —gritó Encarnación—, avisaré a Manuel de que no acudan a misa de ánimas.

—No, tú ya no podrás avisarle, me adueñaré de tu alma.

—¡No podrás!, las velas me protegen.

—¿Tú crees que ese círculo te protege?

—Sí, son velas benditas por los familiares en honor de sus almas queridas, para que estas abandonen el purgatorio, no podrás cruzarlas —dijo totalmente convencida Encarnación.

—¿De verdad? ¿Crees que no podré cruzar el círculo de velas?

—No, no podrás, la fuerza de Cristo está conmigo.

—¡Por favor! —exclamó el alma de Antonio—. Tu Cristo en este caso no podrá hacer nada, dime una cosa, ¿tú sabes la razón por la cual me encuentro ahora aquí?

—Sí, lo sé, estás aquí por tu maldad —respondió Encarnación que poco a poco se iba poniendo nerviosa.

—No, no estoy aquí por eso. Si estoy aquí es porque tú me invocaste aquella noche, tus palabras llegaron a través de Belcebú, tú abriste de nuevo la puerta de Valconde donde estábamos confinados. Todos nosotros somos almas perdidas de Dios —dijo indicándole con el dedo al resto de las almas que formaban la comitiva—. Tu invocación nos liberó, nosotros somos servidores de Belcebú, su poder es más grande que el poder de Cristo. Para que veas que es así, mira lo que hago con tus velas.

A continuación el alma levantó la mano derecha y la pasó sobre las velas, las cuales empezaron a mecerse como si una corriente de aire las moviese apagándose de golpe.

—Como ves, tus velas no tiene ningún poder y, ahora si miras dentro de los féretros, verás que tengo sus almas.

Las almas que portaban los féretros bajaron estos a la altura en que Encarnación pudiera verles, cuando vio lo que había en su interior, su corazón le dio un vuelco, se le heló la sangre y, un sudor frío recorrió todo su cuerpo. Dentro de los féretros iban los cuerpos de María, Blanca y Pepe, el amigo de Manuel.

—¡Dios mío! —exclamó Encarnación—, no puedes llevarte esas almas yo lo impediré y, además, ¿por qué has elegido el alma de ese chico?, él no es de la familia.

—Ya sé que no lo es, pero él estaba allí cuando hablaste con Manuel, sabe demasiado.

—¡No, no es cierto! —respondió incrédula Encarnación—, él no estaba allí.

—Sí, para su desgracia estaba en el armario y, después me vio en las escaleras, portaba una de las velas que empleas para hacer aparecer el alma de tu hijo Los efluvios de esa vela bendita hacen que mi espectro se proyecte y, pueda ser visto por un vivo, por esa razón debo llevarme su alma, así como la de tu hijo.

—¡Dios mío, lo sabías! ¿Sabías que mi hijo forma parte de las almas perdidas de Dios?

—Sí, lo supe cuando en misa de ánimas una de las almas le dio a Manuel una de las velas benditas para protegerle. A partir de ahí seguí a esa alma cuando hacía salidas en solitario y, me llevó hasta tu casa. Lo sé todo, por esa razón tú nada podrás hacer; tan pronto los santos óleos del bautismo sean derramados sobre nosotros mi poder será infinito, todo el poder de Belcebú pasará a mí, y todas vuestras almas me acompañarán al infierno. Seréis eternamente las almas perdidas de Dios, Él os abandonó.

—¡No, Él no puede abandonarnos! —gritó Encarnación—, somos sus siervos y nos protege, Dios no abandona a sus siervos.

—Sí, en este caso os abandonó y yo os llevaré a todos al infierno.

—¡No, no lo harás!, yo lo impediré.

—Tú nada podrás impedir, has mirado a las almas de la Santa Compaña y, no estás protegida, las velas están apagadas y cuando yo quiera te llevaré. Esas almas que ves en los féretros ya son mías, como te dije antes, están a punto de cruzar el umbral. Mañana no se trata de una misa de ánimas, si no, que se trata de un funeral, el funeral por tu familia. Mi venganza por fin será llevada a cabo y nada podrás hacer para impedirlo.

A continuación las almas alzaron los féretros y, la Santa Compaña siguió su macabra procesión en medio de un silencio sepulcral tan solo roto por el tañido de la campanada de José el enterrador. Poco a poco la macabra procesión se fue perdiendo por el camino de vuelta hacia la fuente de Valconde.

Durante un tiempo, que a Encarnación le pareció eterno, se quedó quieta al lado del camino. Su entendimiento estaba al límite de la conciencia, era incapaz de pensar con claridad, de nuevo un intenso frío recorrió todo su cuerpo. Después de unos instantes de confusión volvió a pensar. ¿Cómo era posible que el mal triunfara sobre el bien? En este caso lo estaba haciendo, Dios les había abandonado, su sobrino muerto y, las almas de su familia y Pepe estaban a punto de ser llevadas por la maldad del alma de Antonio. ¿Qué podía hacer ella? —pensó—, tendría que ir a casa de Manuel y ponerle sobre aviso de que no acudiese a misa de ánimas para verter los santos óleos sobre las almas, ya que las reforzaría. Aunque su madre le dijo que no lo viera, pero eso ahora ya no importaba, ya le daba lo mismo que la creyeran loca o cuerda, lo importante era salvarles a ellos.

Encarnación se dirigió a su casa con la idea de por la mañana ir a casa de Manuel y, avisarle de que no acudiese a misa de ánimas para que no vertiera los santos óleos sobre las almas. Ella trataría de buscar los óleos de los muertos, era posible que su sobrino no hubiese muerto y, fuese solo una treta del alma de Antonio. Cuando llegó a su casa eran las dos de la madrugada, ella pensó que si su sobrino hubiese muerto alguien le avisaría, pero por otro lado era posible que lo hicieran al día siguiente, ¿o tal vez, fueron a su casa y al ver que no estaba no pudieron darle el aviso? Encarnación subió las escaleras en medio de todas esas reflexiones y, cuando llegó al pasillo que llevaba a las habitaciones notó un ligero olor a azufre acompañado de un intenso frío, algo anormal para ser verano. Se dirigió a la cocina, pero cuando puso el pie en el primer escalón este cedió haciendo que la pierna de Encarnación se introdujera en la tabla rota perdiendo el equilibrio, por lo que se cayó rodando por las escaleras hasta llegar a la cocina, donde su cabeza impactó contra la pata de la mesa, quedando totalmente inerte. La sombra que le había estado observando cuando entró en casa se acercó a su cuerpo y esperó. Al cabo de unos minutos Encarnación recobró el conocimiento y lo primero que vio fue la figura de Antonio que le observaba con una maligna sonrisa en sus mortecinos e imaginarios labios.

—¡Dios mío! —exclamó Encarnación—. ¿Qué haces aquí? No es posible que tú estés en mi casa, la Santa Compaña tan solo puede ir en procesión, cuando reclama el alma de un vivo.

—Sí, en eso tienes razón, pero ya te dije que soy un alma perdida de Dios y que hice un pacto con Belcebú; él me da ese poder y, he venido a asegurarme que no puedas decirle nada a Manuel.

—Se lo diré, no podrás impedirlo, mañana a primera hora le diré que no vierta los santos óleos sobre vosotros.

—Es demasiado tarde para eso, mi venganza toca a su fin. Mañana en misa de ánimas, todo habrá acabado para ellos, cobraré sus almas, tú nada podrás hacer.

—Te equivocas, ahora mismo salgo y voy a su casa para advertirlo, ya no me importa que su madre piense que estoy loca, a él nada puedes hacerle, está protegido por la vela que le dio mi hijo en misa de ánimas.

—Sí, en eso tienes razón, a Manuel de momento nada puedo hacerle, ya que su vela le protege, pero eso será hasta que vierta los santos óleos sobre nosotros. Después de que lo haga esa vela no tendrá ningún poder, y tú nada podrás hacer para impedirlo, ya no puedes salir de esta casa.

—Sí que puedo, ahora verás cómo lo hago —respondió Encarnación a la vez que se dirigía a la puerta de la cocina. De pronto se dio cuenta de que no avanzaba—. ¿Qué pasa, por qué no puedo salir?

—No puedes salir por la sencilla razón de que estás muerta.

—¡Muerta! —exclamó Encarnación angustiada.

—Así es, te caíste por las escaleras y te has roto la cabeza contra la pata de la mesa, mira al suelo y verás.

Encarnación miró al suelo y vio su cuerpo tendido en medio de un charco de sangre.

—¡Dios mío! No es posible.

—Sí, lo es. Como ves nada puedes hacer, aunque quisieras, tu alma no podrá salir de esta casa, está rodeada por la fuerza de Belcebú. Mañana a las doce verás que todo ha terminado, tu alma arderá dentro de la casa y me acompañarás al infierno. Cuando el alma pura de Manuel vierta sobre mí los santos óleos del bautismo todo habrá terminado, mi venganza será completada. Hasta pronto Encarnación —dijo el alma a modo de despedida—, nos veremos en el infierno.

A continuación el alma de Antonio abandonó la casa dejando el cuerpo de Encarnación tendido en el suelo y, su alma prisionera por las fuerzas del mal, rogando para que alguien fuese capaz de parar a esa maligna alma.

42. Visita al médico

A la mañana siguiente, María se levantó temprano, llamó a su hija sin hacer mucho ruido; no quería que Manuel se despertara hasta que tuviera preparado el desayuno. Las dos mujeres bajaron a la cocina y, mientras preparaban el desayuno hablaban acerca de Manuel.

—Mamá. ¿Crees que Manuel se curará? —preguntó Blanca.

—Seguro que sí, hija, recuerda que don Manuel la primera vez que lo vio, nos dijo que era un pequeño brote de esquizofrenia debido a que estaba influenciado por las historias de Encarnación, pero cuando deje de pensar en la Santa Compaña, todo volverá a la normalidad.

—Esperemos que sea así. Dime, ¿le has dicho algo sobre la cita que teníamos con don Manuel?

—No, no le he dicho nada. Se lo diré ahora cuando baje. Por cierto, ve arriba y llámalo, ya termino yo de preparar el desayuno.

—Bien, mamá, voy allá —dijo Blanca a la vez que se dirigía a las escaleras. Una vez arriba llamó a su hermano—. ¡Vamos Manuel!, levántate ya está preparado el desayuno, no tardes.

Manuel se desperezó un poco a la vez que le decía:

— Vale, ya voy.

Cuando Manuel terminó de asearse bajó a la cocina, encontrando a su madre y hermana sentadas en la mesa.

—¡Hola!, buenos días —saludó Manuel.

—Buenos días hijo, ¿qué tal has dormido? —le preguntó su madre.

—No muy bien, he tenido pesadillas.

—¿Sí?, ¿Y qué pesadillas has tenido? —inquirió su hermana.

—Soñé que me caía en un pozo y, cuando llegué al fondo, me encontré con muchos cuerpos que estaban muertos. Me caí encima de ellos y cuando quise levantarme no pude, me agarraron y me llevaron con ellos por un túnel oscuro. Cuando llegamos al final había una gran sala donde muchos cuerpos ardían agitando las manos queriendo escapar del fuego pero no lo conseguían. El fuego vino hacia mí y los cuerpos me soltaron antes de que el fuego me alcanzara y me desperté totalmente empapado en sudor.

—¡Vaya, qué sueño más extraño! —exclamó su hermana.

—Sí que lo es, ¿qué significará eso, mamá? —preguntó Manuel.

—Yo no lo sé hijo, pero se lo contarás a don Manuel, él seguramente te dará una explicación.

—¿A don Manuel? —inquirió Manuel sorprendido.

—Sí, hijo, tenemos cita con él desde hace varios días, lo que ocurre es que se me olvidó decírtelo. Ahora cuando terminemos de desayunar nos prepararemos e iremos a su consulta, ¿te parece bien?

—Claro mamá, si tenemos esa cita iremos, pero tú sabes que yo estoy bien, no necesito que don Manuel me vea.

—Ya lo sé, hijo, pero como estaba pendiente esa consulta no perdemos nada.

—Bueno, como tú quieras, mamá —respondió Manuel pensativo.

—De acuerdo, hijo, tu hermana nos acompañará; tan pronto terminemos de desayunar nos preparamos y nos vamos.

Una vez terminaron el desayuno, los tres se prepararon y salieron de la casa para ir al médico. Ya en la calle les llamó la atención que a las diez de la mañana no hubiese actividad en la calle, normalmente a esa hora la gente de la aldea acudía a sus quehaceres diarios.

—¿Qué raro, no?— dijo Blanca—, parece que la aldea está desierta.

—Tienes razón hija, de esta hora por la carretera debería haber vecinos que fueran a la compra al pueblo, hoy es jueves y día de mercado.

—Así es, mamá —respondió Blanca—, hay un ambiente extraño en la aldea.

—Tienes razón, hija, yo también tengo esa sensación.

—Mira mamá, por allí va la señora Peregrina —dijo Manuel—, va camino de la Garza.

—Sí, hijo, la llamaré y le preguntaré si sabe donde se ha metido toda la gente —María a continuación llamó a su vecina—. ¡Eh, Peregrina! ¿Sabes donde se metió la gente?

Peregrina ni se inmutó, siguió su marcha normal sin siquiera volver la vista atrás.

—¡¡Señora Peregrina!! —gritó Manuel pensando que su aguda voz si la escucharía, pero fue en vano. La señora Peregrina siguió por el camino perdiéndose al doblar la esquina y ser tapada por un muro.

—¿Qué extraño? —dijo Blanca—, ¿cómo es posible que no nos escuchara? No estamos tan lejos.

—Pues sí, hija, pues sí, a lo mejor iba pensando en sus cosas y no nos escuchó.

—Sí, eso debe ser, bueno no importa, vayámonos para el pueblo, si no, llegaremos tarde a la consulta.

Los tres continuaron viaje hasta el pueblo. Por el camino se encontraron algunas personas pero no les eran conocidas y, además tenían la sensación de que les ignoraban. Era como si no les vieran.

—¡Me estoy asustando mamá! —exclamó Blanca—, aquí está pasando algo raro.

—¿Raro? ¿Cómo de raro hija? ¿A qué te refieres? —inquirió su madre.

—Me refiero a que la mayoría de la gente que nos encontramos no la conocemos y, eso es muy raro, por esta carretera que va al pueblo viene toda la gente que conocemos, y además, la gente pasa por delante de nosotras y no nos saluda, parece como si no nos vieran.

—Bueno, eso no es raro, si no nos conocen es normal que no lo hagan.

—No mamá, no es normal —dijo Blanca totalmente desconcertada—, por lo menos deberían darnos los buenos días, y no lo hacen.

—Será gente maleducada —respondió María para quitarle importancia y diciendo a continuación—. ¡Mirar! Estamos llegando a la casa de don Manuel —La casa del médico estaba ubicada en el primer piso de un edificio que contaba con dos plantas, se encontraba en la calle Carreiríña una de la calles principales del pueblo, justo en frente se encontraba el cementerio, una joya medieval de siglo catorce única por sus lápidas gremiales.

Cuando llegaron a la puerta del edificio esta se encontraba abierta. Subieron a la primera planta, encontrándose con que la puerta de la consulta también lo estaba, por lo que se dirigieron a la sala de espera que conocían muy bien. Al llegar se sorprendieron de que no hubiese nadie, ya que eran las once de la mañana.

—¡Mamá!, ¿te das cuenta de que no hay nadie en la consulta? —hizo notar Blanca.

—Ya lo veo hija, pero eso no es raro, a lo mejor es que no tiene ningún paciente para esta hora. Es posible que nosotros seamos los primeros de la mañana. Vamos sentaros —dijo María a la vez que ella lo hacía—, seguramente el doctor nos sintió entrar y no tardará en atendernos.

—Bueno, es posible que sea así —indicó Blanca nada convencida.

Después de un rato de espera, vieron salir al doctor de la consulta, pero para sorpresa de María y sus hijos, no se trataba de don Manuel, si no que era don Teo.

—Buenos días —saludó este al verles.

—Buenos días doctor —respondieron los tres extrañados por la presencia de este.

—Supongo que os preguntareis como estoy en el lugar de don Manuel, ¿no es así?

—Sí, doctor, así es —respondió María totalmente sorprendida por ver a don Teo en la consulta de don Manuel—, sinceramente es raro verle en la consulta de don Manuel.

—Realmente, María no es nada raro —matizó el doctor—, sencillamente que don Manuel se fue de vacaciones a su pueblo y, me rogó si yo podía hacerme cargo de sus pacientes, por esa razón estoy aquí, no hay nada extraño en ello.

—Sí, claro doctor, ya sé que no es nada raro, pero a nosotros nos extrañó verle, eso es todo —aclaró María.

—Muy bien, María, antes de nada, debo preguntaros que tal os encontráis después del accidente, ¿estáis bien?

—Sí, don Teo, los tres nos encontramos bien y le doy las gracias de nuevo por habernos llevado a casa ayer.

—No tiene importancia, era mi deber, la verdad es que habéis tenido mucha suerte. Casi todos los pasajeros del autobús murieron y, algunos de ellos se encuentran en el hospital en estado grave, fue un milagro que os hayáis salvado.

—Sí, la verdad es que sí —respondió María—, pero gracias a Dios nos encontramos bien.

—Entonces, ¿a qué se debe vuestra visita?

—En realidad, la consulta no es para nosotros tres, solo es para mi hijo Manuel, ya que el doctor don Manuel le estaba tratando.

—Bien, pues tú dirás de que estaba tratando don Manuel a tu hijo.

—Verá, don Teo, mi hijo dice ver a la Santa Compaña, y eso era por lo que don Manuel le estaba tratando.

—¡Vaya!, veamos el informe que hizo don Manuel —dijo don Teo a la vez que se levantaba y, se acercaba a un archivo. Lo abrió y extrajo una pequeña carpeta de color azul, se sentó de nuevo, la abrió y, miró el informe. Después de unos instantes de lectura, exclamó—: ¡Caray! Aquí dice que tu hijo sufre esquizofrenia.

—Así es doctor, yo no sé qué es eso, pero parece ser que está relacionado con las visiones que tiene mi hijo.

—Bueno, pero que tu hijo tenga esas visiones no quiere decir que esté esquizofrénico. Desde mi punto de vista, tu hijo me parece un chico muy normal, más bien un chico lleno de inquietudes y, muy inteligente. Yo en principio no le diagnosticaría esquizofrenia.

—Pero, don Teo, yo no sé si es eso lo que tiene o deja de tener, pero sé que han ocurrido cosas muy extrañas, desde la última vez que don Manuel vio a mi hijo.

—¿Sí? ¿Y qué cosas son esas? —preguntó el médico.

—Hemos ido a visitar a un brujo para pedirle ayuda, de hecho cuando ayer tuvimos el accidente veníamos de Villestro de visitarle.

—¡Caray, María! —exclamó el médico—, me dejas sorprendido, ¿Y tú crees que un brujo podía ayudarte a curar a tu hijo?

—En principio sí, ya que vi cosas muy extrañas. Mi hijo dice que ve a la Santa Compaña y a los muertos, lo comenté con una vecina y, me recomendó que le visitara, que él podía curarle.

—¡Vaya! —exclamó de nuevo el doctor—. No sabía que tenías ese problema, de saberlo yo podía haberos ayudado.

—La verdad doctor, es que muy poca gente lo sabe, de hecho tan solo lo sabe don Manuel y, la vecina la cual me aconsejó que visitara al brujo. Espero que ahora usted nos pueda ayudar.

—Por supuesto, María, pero dime, ¿qué más cosas ve Manuel aparte de ver a la Santa Compaña?

—Verá doctor, ahora dice que ve a los muertos, que vio a un primo de mi marido muerto en la guerra, y cuando veníamos de Villestro vio a una mujer en el autobús y, dijo que estuvo hablando con ella. Realmente doctor estoy preocupada.

—Bueno, María, no es para tanto. Según he oído hay personas que pueden ver a los muertos, cosa que yo no creo ni dejo de creer, eso depende de las creencias de cada cual.

María se sorprendió por la respuesta del doctor, ya que no esperaba que él dijera como médico que había personas que podían ver a los muertos. Ella esperaba que dijese que eran simples visiones de su hijo, pero no era así, estaba desconcertada.

—Entonces doctor, ¿usted cree que mi hijo puede tener esas visiones? ¿Qué realmente, puede ver a los muertos? —preguntó sorprendida María.

—Verás, desde el punto de vista de la medicina, es más fácil decir que tu hijo padece un pequeño brote de esquizofrenia, porque los médicos rechazamos de plano que ningún ser humano pueda ver cosas del más allá. Pero desde mi punto de vista, creo que hay cosas que desconocemos y, que deberíamos escuchar detenidamente a las personas que dicen ver esa cosas.

—¡Pero, doctor!, don Manuel dice que mi hijo está enfermo —hizo notar María.

—Ya sé lo que dice don Manuel, tengo su informe delante. Dime María, ¿tú no crees nada de lo que tu hijo te dice?

—Así es doctor, aunque debo confesar que hubo un momento que si lo creí. Como le he dicho acudí a ver un brujo, pero después de que estuve hablando con Encarnación, una tía de mi marido, llegué a la conclusión de que mi hijo estaba totalmente influenciado por esa mujer. Me contó una historia sobre la Santa Compaña que me hizo pensar que esa mujer estaba totalmente loca. Todas esas historias se las contaba a mi hijo, por lo que está totalmente influenciado por ella.

—¡Pero, mamá! —dijo Manuel en un tono de voz que mostraba desesperación—, ¡Encarnación no está loca! Es una persona muy lista y, creo todo lo que dice. Yo vi a su hijo, estuve hablando con él, el brujo te dijo que yo tenía ese don, ya ves que don Teo dice que eso es posible, que hay gente que sí los ve y, yo los veo, no estoy enfermo como dice don Manuel.

—Por favor, hijo, compórtate —le recriminó su madre—, estamos delante de don Teo, no debes gritar.

—Lo siento, pero es que ya estoy harto de que no me creas, todo lo que digo es verdad.

—Tranquillo, Manuel —dijo el doctor—, yo te creo. Ya has oído antes que no creo que tengas esquizofrenia. Dime, ¿dónde viste al hijo de Encarnación?

—Lo vi en su casa, en una habitación que tienen en la buhardilla, lo vi dos veces, la última fue ayer por la noche.

—¡Pero, hijo! —exclamó maría sorprendida por la declaración de su hijo—, de que lo viste ayer no me dijiste nada, te prohibí que volvieras a casa de esa mujer.

—Lo sé, mamá, sé que me lo prohibiste y, por esa razón no te dije nada. Aunque te lo dijera, no ibas a creerme, como siempre piensas que todo está en mi cabeza y no es así.

—Yo sé que no está en tu cabeza —dijo el doctor—, yo te creo Manuel, creo todo lo que estás contando y dime, ¿qué te dijo el hijo de Encarnación?

—Me dijo, que él me ayudaría.

—¿Que te ayudaría a qué? —preguntó el médico.

—A salvar a mi madre y a mí hermana de la Santa Compaña, de un alma que nos quiere a toda la familia.

—Muy bien, Manuel, te diré que tienes que hacerle caso a todo lo que te ha contado Encarnación y su hijo. Esa será la mejor forma de curarte, tú eres un chico sano, no estás enfermo y, no te preocupes, yo ahora hablaré con tu madre y, la convenceré de que tú tienes ese don de ver a los muertos. Tú ahora no pienses mucho en ello y juega con tus amigos, distráete y cuando llegue la hora ya lo sabrás. ¿De acuerdo?

—Sí, doctor, usted sí que es un hombre listo —dijo Manuel como si le sacaran un peso de encima.

Su madre y su hermana no salían de su asombro, estaban totalmente alucinadas, ¿Cómo era posible que un doctor le dijese eso a un chico de doce años? Realmente don Teo no era el mejor médico para su hijo.

—¡Pero, don Teo!, no entiendo su forma de proceder —le reprochó María.

—Tranquilízate, María, verás como todo se arregla. Ahora quiero hablar a solas contigo, que los chicos salgan y esperen fuera, ¿de acuerdo?

—Sí, doctor —respondió una asombrada María, que para nada esperaba la reacción tan surrealista del doctor. Si no le conociera, pensaría que quien realmente estaba loco era él.

Blanca y Manuel salieron de la consulta, sentándose en la sala de espera dejando sola a su madre y al doctor. Entonces María le dijo en tono severo:

—¡Pero don Teo!, usted no puede alimentar la fantasía de mi hijo, no tiene derecho a decirle a un chico de doce años que todo lo que le está ocurriendo es normal.

—Tranquila, María, te veo muy nerviosa, ten en cuenta que yo soy el doctor y cada uno tiene su forma de actuar. Tú estás acostumbrada a don Manuel, pero él ahora no está y soy yo quien atendió a tu hijo. Verás, tu hijo está totalmente sano, tanto física como síquicamente, lo que ocurre es que es un chico lleno de inquietudes, lleva sus fantasías al límite, pero eso no es malo, al contrario, es bueno, ya que refuerza su personalidad dotándola de una gran formación. Te puedo asegurar que dentro de unos días Manuel olvidará todo lo relacionado con la Santa Compaña y los muertos. Debes confiar en mí, ¿de acuerdo?, aunque te parezca que lo que digo es surrealista, no lo es. Es mi forma de tratar a un chico de doce años como tu hijo, después de lo que yo le dije, estoy seguro que él dejará de pensar en todo eso, poco a poco se irá olvidando. Luego cuando piense en eso de la Santa Compaña se reirá al darse cuenta de que tan solo se trataba de fantasías debido a su corta edad. Él mismo se dará cuenta de que la Santa Compaña no existe, todo eso se borrará de su mente.

—Perdone, don Teo, no era mi intención gritarle —se disculpó María—, pero es que me encuentro desesperada y, su forma de actuar no me parecía la correcta, pero ahora que me lo ha explicado, creo que debo confiar en usted.

—Así es María, debes confiar en mí y no te preocupes, para nada me has molestado.

—Gracias de nuevo, don Teo, dígame cuanto le debo.

—Nada, no me debes nada, tu difunto marido ya me lo pagó.

Después de darle de nuevo las gracias María salió de la consulta y al llegar a la altura de sus hijos les dijo:

—Vámonos, hijos, don Teo me dijo que no deberíamos preocuparnos, que las cosas se arreglarán.

Los tres salieron de la consulta y una vez en la calle Blanca le preguntó a su madre:

—¿Qué te dijo el doctor mamá?

—Me dijo que aceptar que Manuel tenía razón, sería la mejor forma de ayudarle.

—¡Pero, mamá! —exclamó Blanca—, a mí no me pareció la mejor forma de tratar a Manuel.

—Ya lo sé, hija, pero me dijo que esa era la forma que él tenía de trabajar. De esa forma pronto tu hermano dejará de pensar en todo eso, y ahora por favor vayámonos a casa, no tengo ganas de hablar con nadie.

A continuación se dirigieron a su casa. Cuando llegaron a la aldea la sensación de que algo raro ocurría seguía presente en la mente de María y Blanca. Parecían encontrarse en medio de una densa y extraña atmósfera que lo impregnaba todo. Cuando pasaron delante de la casa de Encarnación sintieron como un escalofrío al mirar para las ventanas cerradas, parecía que algo malo había dentro de ella. Por la tarde Manuel acudió a casa de su amigo Pepe, pero no había nadie, entonces fue en busca de sus otros amigos pero tampoco les encontró, seguramente se habían ido todas a la Garza a bañarse —pensó Manuel—, por lo que tomó la decisión de irse a casa a leer los cuentos que recientemente su hermana le había comprado y, no había tenido tiempo de leer. Durante un tiempo estuvo leyendo sus cuentos preferidos, el capitán Trueno y el jabato. Se imaginaba mil aventuras siendo el protagonista, el que más le gustaba era uno en que el capitán Trueno salvaba el santo grial, una copa que tenía poderes; el que bebiera de esa copa se curaría. Manuel pensaba que cuando él fuese mayor, buscaría el santo grial para poder curar a todos los necesitados de la tierra. Durante un largo tiempo dio rienda suelta a sus fantasías, hasta que sobre las siete de la tarde llamaron a la puerta.

—¡Mamá, están llamando! —gritó Manuel.

—Sí, hijo ya lo hemos oído, tu hermana y yo estamos en el salón, voy a ver quién es.

María abrió la puerta y se encontró con Pepe, el amigo de Manuel.

—Hola María —saludó este—. ¿Está Manuel?

—Sí, hijo, está en su habitación, espera que le aviso que estás aquí. ¡Manuel, Pepe esta aquí!

—¡Bien, mamá!, dile que suba.

—¡De acuerdo! Ya lo has oído, puedes subir si quieres.

—Gracias, María —dijo Pepe, a la vez que entraba y, se dirigía a las escaleras que también conocía, ya que había estado muchas veces en casa de Manuel.

Al llegar a su habitación, Manuel se encontraba sentado en una silla. Al ver a su amigo se levantó al tiempo que le decía:

—Fui a tu casa y no estabas, no había nadie, ni tampoco encontré a Ricardo ni a Teresa.

—Claro, es que fuimos a la Garza a bañarnos, supongo que ellos todavía están allí, yo me vine porque casi me ahogo, me llevó la corriente hasta la curva de los pajaritos y me di contra un tronco que iba flotando, creo que durante un tiempo perdí el conocimiento, pero después me desperté, y me vine para casa y, al no encontrar a nadie pensé que tú si estarías, por eso vine.

—¡Caray! —exclamó Manuel— ¿Y no te asustaste cuando te despertaste y te viste en el agua?

—No, cuando me desperté estaba en seco al lado de los juncos, seguramente la corriente me llevó hasta allí y como bajaba la marea me quedé en seco.

—Vaya, has tenido suerte —dijo Manuel con una sonrisa.

—Sí, la verdad es que sí. ¿Y tú cómo estás? Después de lo que pasó ayer, no volvimos a hablar de ello.

—Bueno, yo estoy bien. Ahora sé que todo lo que me pasa es cierto —respondió Manuel totalmente convencido. Ahora se encontraba respaldado por el médico, cosa que nada dijo a su amigo de esa visita.

—Dime Manuel, ¿todavía estás dispuesto a ir a la iglesia, si la Santa Compaña, como tú dices, llama a tu madre y hermana a misa de ánimas?

—Claro que sí, ya has oído a Encarnación. La vida de mi familia depende de ello.

—Sí, ya lo sé, la verdad es que he estado pensando en todo lo que te pasa y, a lo mejor tienes razón.

—Desde luego que tengo razón, todo lo que me está pasando es cierto, no es producto de mi imaginación, yo vi a mi padre en el féretro y al poco tiempo se murió.

—¡Ostias! —exclamó su amigo asombrado—, ¡pero qué dices! ¿Tú has visto a tu padre en el féretro?

—Sí, la Santa Compaña me lo mostró.

—¡Joder, macho!, que miedo, eso no me lo habías dicho.

—Para qué, total no me ibas a creer, nadie me cree.

—Bueno, la verdad es que yo ahora sí empiezo a creerte —dijo Pepe totalmente convencido—, he visto y oído cosas que indican que debo creerte.

—Bien, entonces, si esta noche llaman a mi madre y a mi hermana a misa de ánimas te llamaré en tu casa. Estate atento, no me gustaría despertar a tu abuela y hermanas.

—No te preocupes, estaré atento, no hará falta que tú me llames, tan pronto te vea en la puerta, saldré a tu encuentro.

—De acuerdo, lo haremos así —indicó Manuel.

Después los chicos se dedicaron a leer los últimos cuentos que Blanca había comprado a su hermano y de vez en cuando salía a la conversación todo lo relacionado con la Santa Compaña sin que los dos jóvenes llegaran a ninguna conclusión. Para sus jóvenes mentes entender el mundo de la metafísica donde se movían las almas era demasiado complicado, por lo que se dejaban llevar por la desbordante fantasía con la que los chicos abordaban el tema. Durante largo tiempo estuvieron leyendo y charlando hasta que la madre de Manuel llamó a este:

—¡Manuel, es la hora de cenar! ¡Baja en cuanto puedas!

—¡De acuerdo, mamá!, ahora bajamos.

Al poco rato Manuel y Pepe bajaron despidiéndose este de la madre y hermana de Manuel.

—Hasta mañana —se despidió.

—Hasta mañana, Pepe —respondieron las dos mujeres al unísono.

Manuel se fue a la cocina donde su madre y su hermana tenían la mesa preparada. Durante la cena su madre le preguntó:

—¿Cómo te encuentras hijo?

—Estoy bien, mamá, creo que ya he dejado de pensar en todo eso de la Santa Compaña.

—Me alegro, hijo, todas esas cosas de la Santa Compaña son solo leyendas paganas que los pueblos primitivos se inventaron como una forma de pagar sus pecados, pero en realidad son solo ideas creadas por la mente del ser humano y como tú has estado tanto tiempo escuchando a Encarnación, las has aceptado como verdaderas.

—Tienes razón, mamá, ahora sé que todo eso es producto de mi imaginación influenciada por lo que ella nos contaba —respondió Manuel para tranquilizar a su madre aunque ahora él sabía que todo era verdad. Lo estaba viviendo muy intensamente y, en esos momentos mucho más. No sabía cómo la Santa Compaña le enviaría la señal para que ellas acudieran a misa de ánimas —pensaba Manuel inmerso en esas cavilaciones—, pero pronto sus dudas se disiparían ya que en esos momentos llamaban a la puerta haciendo que se sobresaltaran.

—¿Quién será a estas horas? —dijo María a la vez que se levantaba—. Voy a ver de quién se trata, no es normal que nadie llame a las once y media de la noche —María se acercó a la puerta con recelo y preguntó—: ¿Quién es?

—Soy yo, María, José el enterrador.

—¿Qué ocurre José?, no es normal llamar de estas horas en casa ajena —hizo notar María.

—Lo sé, María y lo siento, pero mi madre se está muriendo y, me rogó que te avisara. Quiere verte antes de morir, es posible que no pase de esta noche, ya sabes que te tiene un gran aprecio.

—Lo sé, José, lo sé y, si ese es su deseo acudiré a su lado, no te preocupes, espera un poco mientras mi hija y yo nos preparamos, no me gustaría ir sola.

—Claro, María, es mejor que la niña te acompañe. Gracias, te estaré muy agradecido, ya que es la última voluntad de mi madre.

—De acuerdo, José, espera que enseguida salimos.

María fue a la cocina y les contó a sus hijos lo que el enterrador le había dicho, que su madre se estaba muriendo y deseaba verla.

—Pobre José —dijo Blanca con tristeza—, lo de ese hombre es una tragedia. No hace mucho que se murió su mujer y sus dos hijos, y ahora su madre. Seguramente él no tardará en hacerlo, ya que cada día está peor, parece un cadáver andante.

—Así es, hija, así es. La vida ha sido muy dura con él. Vamos, cojamos unas chaquetas y salgamos, tú Manuel tienes que quedarte solo, el lecho de muerte de una anciana no es el mejor lugar para ti.

—Lo sé, mamá, pero no te preocupes, ahora ya no tengo miedo a nada, ya soy un hombre, podéis iros tranquilas. Me iré a mi habitación y leeré un cuento del Capitán Trueno mientras os espero.

—De acuerdo, hijo —respondió su madre, quien a continuación, en compañía de su hija, cogieron las chaquetas y salieron de la casa. Al llegar a la calle, María le preguntó al enterrador—: Dime José, ¿el médico está con tu madre?

—Sí, María, y también está el cura dándole la extremaunción. Siento que os tenga que molestar, pero tratándose de mi madre, sé que no te importaría acompañarme.

—Para nada, tal como te dije antes, sabes que le tengo un gran aprecio. Ella siempre me traía leña para encender el fuego de la cocina, de hecho, todavía tengo una cuerda con lo que ella ataba los haces de leña y, no se la he devuelto.

—Eso ahora ya no importa, ella ya no podrá hacer haces de leña nunca más.

—Sí, José, tienes razón. ¿Y tú como te encuentras? —preguntó María mirando a este con tristeza—, veo que te cuesta caminar.

—Yo, realmente estoy muy mal, María —respondió José arrastrando las palabras—, estoy deseando dejar este mundo, ya nada me queda en él, estoy penando demasiado. Creo que Dios no es justo, más bien para mí es un Dios injusto que me ha abandonado y ya no puedo más —José dijo estas palabras con total tristeza y, de sus hundidos ojos brotaron unas lágrimas que recorrieron sus mejillas, las cuales fueron absorbidas por sus malolientes y viejas ropas que vestía en esos momentos.

María no dijo nada, respetó ese momento de dolor del enterrador a la vez que los tres caminaban hacia el Puente de San Francisco, donde este vivía junto a su moribunda madre.

43. En la iglesia

Cuando Manuel vio que su madre se alejaba por la carretera junto a su hermana y José el enterrador, se fue a la leñera para coger la vela que había escondido. La había cogido de la bolsa de viaje, ya que sabía que su madre no le creía y, trataría de quemarla como hiciera con la otra, por lo que puso una vela normal en la mesilla, que fue la que su madre quemó. Manuel lo sabía, porque cuando llegó a casa el olor a cera era intenso para él. Se dio cuenta de que su madre la había quemado, no se trataba del olor a plástico tal como ella le había dicho. Cogió también los santos óleos que Encarnación le había dado, salió por la parte trasera de la casa y se dirigió al encuentro de Pepe por un callejón que llevaba a la parte trasera de la casa de su amigo. Habían quedado en verse en el fuerte —ellos llamaban así a un viejo hórreo que les servía de refugio, dentro del guardaban numerosas cosas, tales como espadas pistolas, incluso cuentos y libros, muchas veces cuando llovía se refugiaban en el hórreo y pasaban allí la mayoría de las tardes—. Manuel llegó al hórreo y vio a su amigo que estaba apoyado en una columna del mismo. Al llegar a su lado le saludó.

—¡Hola Pepe!

—Hola Manuel —respondió su amigo al saludo.

—¿Hace mucho que esperas?

—No, he salido hace un rato, en mi casa no hay nadie, no sé dónde habrán ido mis hermanas y mi abuela, desde que me fui de tu casa estuve solo.

—¡Caray! —exclamó Manuel—. ¿Y a donde habrán ido a estas horas? Son casi las doce.

—No lo sé, cuando llegué ya no había nadie; a lo mejor fueron al velatorio de la madre del enterrador, que murió esta mañana. Mi abuela me lo dijo a la hora de comer, antes de que me marchara para la Garza a bañarme con los amigos.

—¡Mierda! —exclamó Manuel totalmente sorprendido—, eso no pude ser.

—¿Qué es lo que no puede ser? —preguntó Pepe asombrado ante la reacción de su amigo.

—No puede ser que la madre del enterrador haya muerto esta mañana.

—¿Cómo que no puede ser? Si lo dijo mi abuela, es cierto —aseguró Pepe—, no se iba a inventar semejante cosa. Lo comentó en la mesa a la hora de comer, mis hermanas estaban delante y ya lo habían oído por la calle, por lo tanto tiene que ser cierto.

—¡Y yo te digo que no puede ser! —exclamó Manuel contrariado.

—Pero ¿por qué estás tan seguro de que no puede ser?

—Porque resulta que José el enterrador acaba de llamar a nuestra casa diciéndole a mi madre que la suya se estaba muriendo y que deseaba verla antes de morir. Ahora los tres van para el Puente de San Francisco. Si estuviera muerta, no le diría a mi madre que la suya quería verla.

—¡Mierda! —exclamó Pepe desconcertado—, pues mi abuela dijo que se murió.

—¡Joder! ¡Joder! —gritó Manuel—. Es posible que tu abuela tenga razón y esté muerta. Seguramente José el enterrador es la señal de la Santa Compaña para que mi madre y hermana acudan a misa de ánimas.

—¿Tú crees que será eso? —inquirió su amigo ligeramente asustado.

—¡Sí, seguro que sí! —exclamó Manuel al pensar en esa posibilidad—, las engañó con que su madre se estaba muriendo, pero en realidad ya está muerta. José el enterrador debe ser el vivo que forma parte de la Santa Compaña —cuando recordó ese hecho, exclamó con sorpresa—. ¡Ostias Pedrín!, ahora recuerdo que cuando yo vi la Santa Compaña por primera vez, me pareció que era él quien iba delante tocando la campanilla. ¡Démonos prisa!, tenemos que llegar antes que ellas a la iglesia.

—¿Estás seguro de que era José quien formaba parte de la Santa Compaña? —preguntó un asombrado Pepe al oír que el enterrador acompañaba en la procesión a las almas de la Santa Compaña.

—Claro que lo estoy, cuando lo vi por primera vez no caí en la cuenta, pero ahora todo coincide. ¡Vamos rápido! ¡Sigamos a mi hermana y a mi madre!

—Pero, ¿por dónde iremos? Si vamos por la carretera ellas nos verán —hizo notar Pepe.

—Ya lo sé, pero no vamos a ir por la carretera, iremos por el camino del Caladiño. Como sabes es un atajo, llegaremos antes que ellas y nos esconderemos en la parte de arriba de la iglesia. Desde allí podemos ver todos los bancos y, así, podré verter los santos óleos sobre todas las almas cuando comience la misa de ánimas.

—Pero, nos verán entrar —dijo Pepe un tanto asustado.

—No, no nos verán si llegamos antes de que la misa empiece y, la misa empieza a las doce. Ahora son menos veinte, si nos damos prisa, en siete minutos estaremos allí.

—Pero yo no podré ver a las almas, no tengo ese don —dijo Pepe con resignación.

—No te preocupes, tú podrás ver el vivo que les acompaña y, además, notarás como una extraña presencia. Tú por eso no te preocupes —dijo Manuel con firmeza para tranquilizar a su amigo quien a pesar de sus pocos años había aprendido a ser fuerte en los momentos difíciles.

—De acuerdo, vamos, entonces —respondió Pepe que no acababa de entender muy bien todo lo que estaba ocurriendo.

A continuación los chicos emprendieron una carrera por el camino del Caladiño y, tal como había calculado Manuel, a las doce menos diez se encontraban delante de la pequeña iglesia. Se acercaron a la puerta y vieron que esta estaba abierta, pero de momento no había nadie en el interior.

—¡Vamos Pepe! —gritó Manuel—, subamos a la parte de arriba, es posible que las almas estén a punto de llegar y debemos escondernos.

Los chicos subieron las escaleras hacia el piso superior. La iglesia se encontraba iluminada de forma tenue por las velas que ardían justo delante de la figura de San Francisco, las cuales se mecían dibujando figuras extrañas debido a la pequeña corriente de aire que se había formado entre la puerta y la pequeña ventana que se encontraba abierta en el lado izquierdo. El movimiento de la llama y el olor a cera quemada hacían que en el interior se percibiera una atmósfera extraña y tenebrosa que lo envolvía todo. Una vez arriba, los chicos se ocultaron en el lado derecho donde había un pequeño altillo, que algunas veces hacía de mesa para colocar las velas, pero en ese momento se encontraba vacío. Manuel sacó la vela y los santos óleos del paño en el cual los había envuelto, encendió esta y sacó el tapón de la botella. Quería tenerlo todo preparado para cuando llegara el momento de verter los santos óleos sobre las almas para que estas se fueran al infierno.

44. La misa de los muertos

Mientras tanto, María y su hija junto a José el enterrador se estaban acercando a la iglesia —Para ir a casa de José deberían pasar por delante de la misma.

—Dime, José —le preguntó María—, ¿hace mucho que se puso mal tu madre?

—No mucho, esta mañana no se encontraba bien y llamé al médico. Cuando llegó la vio muy mal, me dijo que si no mejoraba que le llamara por la tarde y, así lo hice. Por la tarde se puso peor y volví a llamar al médico, cuando vino me dijo que no pasaría de esta noche, que avisara al cura para que le diera la extremaunción y, eso fue lo que hice. Luego me pidió que te avisara.

María iba replicar a José, pero no tuvo tiempo, la voz de su hija llamó su atención.

—¡Eh, mira mamá!, hay luz dentro de la iglesia.

—Pero a estas horas no es posible, son las doce de la noche —indicó María.

—Sí, ya lo sé, pero yo juraría que hay luz, mira tú y veras que tengo razón.

María miró hacia la pequeña ventana y, se dio cuenta de que su hija tenía razón, el interior de la iglesia se encontraba iluminado. Poco a poco se acercaron y cuando llegaron a la ventana escucharon un murmullo de gente que procedía del interior.

—¡Escucha mamá! —exclamó Blanca sorprendida por ese hecho—, hay gente dentro, se escuchan sus voces.

—Sí, hija, es cierto, ¿qué crees que puede ser José? —le preguntó María al enterrador.

—No lo sé —respondió este ligeramente intranquilo—, pero podemos mirar en la puerta y así veremos de qué se trata.

—Tienes razón, iremos a la puerta y así veremos quien se encuentra ahí —respondió María llena de curiosidad.

Los tres se acercaron a la puerta y para su sorpresa vieron que el interior de la iglesia estaba lleno de gente, se trataba de una misa.

—¡Pero!, ¿cómo es posible que haya una misa a las doce de la noche? —preguntó Blanca con total extrañeza.

—No lo sé, hija, todo esto es muy extraño.

—Sí, que lo es, mamá, muy extraño —dijo Blanca un tanto desconcertada por lo que estaban viendo.

—Dime José, ¿tú sabes algo de esto? —preguntó María—, tú vives aquí.

—Yo no sé nada —respondió el enterrador con la tristeza reflejada en su rostro—, pero mirar, el cura está alzando las manos como si empezara la misa, podemos entrar y ver de qué se trata.

María y su hija se dejaron llevar por la curiosidad por lo que entraron en la iglesia. Cuando traspasaron la puerta, esta se cerró a sus espaldas sin que ninguna de las dos se percatara de ese hecho. Las dos mujeres se acercaron a los primeros bancos y Blanca fijó su mirada en las personas que permanecían en pie, al hacerlo vio que todas iban vestidas de la mima forma con túnicas blancas y negras con la capucha puesta tapándoles por completo el rostro. De pronto Blanca sintió que un escalofrío recorría todo su cuerpo, en ese instante se dio cuenta de que estaba viendo lo mismo que su hermano les había descrito tantas veces y que no le creyeron.

—¡Mamá! —gritó Blanca con voz temblorosa—, ¿te das cuenta de lo que estamos viendo?

—Sí, hija me doy cuenta —respondió María totalmente presa del pánico—, es tal como tu hermano nos la describió, estamos en misa de ánimas, lo mismo que tu hermano y, no le creímos.

—Sí, mamá, la estamos viendo, y eso es lo más aterrador —dijo Blanca con un hilo de voz—, ya que nosotras no tenemos el don de ver a la Santa Compaña. ¿Cómo es posible que la estemos viendo?

—¡Dios mío, hija!, ¡tienes razón! —exclamó María al darse cuenta de ese hecho—, nosotras no deberíamos verla y, sin embargo la estamos viendo.

—¡Así es, mamá! La estamos viendo! —exclamó Blanca totalmente aterrada—. ¿Qué es lo que está pasando?

—¡No lo sé, hija!, no lo puedo entender —respondió María totalmente desconcertada por ese hecho, tratando de mantener la entereza, aunque lejos de la realidad, su corazón estaba tan acelerado que tenía la sensación de que este iba a estallarle en cualquier momento.

—¿Dónde está José el enterrador? —preguntó Blanca llena de miedo—. Que él nos explique lo que está pasando.

—¡José está detrás de nosotras! —respondió María a la vez que giraba la cabeza hacia la puerta para verlo, pero para su sorpresa esta estaba cerrada y el enterrador había desaparecido, lo que aumentó el pánico en las mujeres—. ¡Dios mío!, nos han encerrado y, José ha desaparecido, se habrá asustado y salió antes de que la puerta se cerrara.

—¡No, mamá!, él entró con nosotras —aseguró Blanca—, no tuvo tiempo de salir, tiene que estar dentro.

—¡Marchémonos de aquí, hija! —gritó María—, esto no me gusta nada, tengo la sensación de que José nos ha engañado.

—Sí, mamá, seguro que lo de su madre fue una treta para traernos hasta la iglesia, vámonos de una vez.

Las dos mujeres se dirigieron a la puerta e intentaron abrirla con todas sus fuerzas, pero no eran capaces, parecía estar cerrada con llave. Mientras, en el altar, el cura había comenzado la misa sin prestar ni la más mínima atención a las dos mujeres, nadie les prestaba atención, lo que hacía que se sintieran más aterradas.

—¡Vamos mamá!, ¡dale fuerte! —gritó Blanca desesperada—, tenemos que salir de aquí.

—¡Ya le doy hija!, pero es demasiado fuerte para que nosotras podamos abrirla.

De pronto, sin saber por qué lo hacían, las dos se volvieron hacia el altar donde el cura en ese momento alzaba las manos a la vez que decía:

—¡Queridos hermanos y hermanas!, esta santa misa es en honor de las almas de nuestras queridas hermanas María y Blanca, así como a la de nuestros queridos hermanos Pepe y Manuel.

Ahora sí, al escuchar los nombres de boca del cura, las dos mujeres sintieron algo aterrador a la vez que el pánico se apoderaba de ellas, dándole la sensación de que sus corazones se detenían unos imposibles segundos. Un frío helado recorrió todo su cuerpo, les costaba respirar y buscaban aire desesperadamente como si la vida se les estuviera escapando. La atmósfera dentro de la iglesia de pronto se transformó en un aire seco y extraño que las envolvía por completo. En medio del pasillo podían ver cuatro féretros y, dentro de los mismos se encontraban cuatro cuerpos, pero desde donde ellas se encontraban no podían reconocerlos, en ese momento eran presa de un aterrador pánico que les impedía toda clase de movimiento y pensar con claridad.

En el piso superior Pepe también se quedó aterrado al escuchar su nombre, ¿cómo era posible que el cura dijese su nombre?, debía tratarse de un error, seguramente se refería al alma de otro Pepe, un señor mayor que vivía al lado de la escuela donde él había estudiado y, ahora lo hacía Manuel, «sí, eso debe ser», pensó Pepe para tranquilizarse.

—¿Has oído como el cura dijo tu nombre después de decir el de mi madre y hermana? —dijo también un sorprendido Manuel.

—Sí, lo he oído, pero debe ser otro Pepe, supongo que será el señor Pepe de Guerra que vive cerca de la escuela, es viejo y el cura debe conocerlo.

—¡El cura! —exclamó Manuel desconcertado por ese hecho—, ¿tú puedes ver el cura?

—Sí, y también veo a las personas que están sentadas en los bancos, por lo tanto no se trata de una misa de ánimas como tú dices, son personas normales.

—No Pepe, no lo son, te juro que son ánimas del purgatorio, quieren llevarse a mi madre y hermana, y si tú las estás viendo, aquí pasa algo raro.

—¡Tienes razón! —exclamó Pepe—, ¿si son ánimas? ¿Cómo es que yo las estoy viendo?

—A lo mejor tienes ese don y, no lo sabías —respondió Manuel sin mucho convencimiento.

—¡Eso no puede ser!, yo estuve en casa de Encarnación y no vi a su hijo. ¿Qué es lo que está ocurriendo aquí Manuel? —preguntó Pepe sintiendo un miedo irracional.

—¡Y yo que sé! —respondió Manuel un tanto contrariado al ver que las cosas no eran tal como él las había previsto—. Ahora mismo cogeré el óleo y lo verteré sobre todas las almas y, sí Encarnación está en lo cierto, todas desaparecerán y después ya veremos la razón por la cual tú las estás viendo.

María y Blanca continuaban bloqueadas por el pánico, después de escuchar los nombres pronunciados por el cura y ver los féretros, eran incapaces de cualquier reacción. Durante unos interminables segundos se mantuvieron en el mismo lugar hasta que de pronto María reaccionó y le dijo a su hija:

—¡Vamos hija!, tenemos que salir de aquí, aunque sea echando la puerta abajo.

Las dos mujeres de nuevo se dirigieron a la puerta y al hacerlo, ante ellas apareció una figura alta vestida con una túnica negra que las dejó de nuevo paralizadas, miraron a la figura y un rostro mortecino de cuencas hundidas y ojos relucientes se dejaba entrever bajo la negra capucha. Las dos mujeres paralizadas presas del pánico se miraban sin poder gesticular palabra alguna. Blanca agarraba el brazo de su madre con todas sus fuerzas temblando de pavor. De pronto la figura comenzó a hablar de forma tranquila y pausada, haciendo que las dos mujeres se estremecieran hasta lo más hondo de su ser.

—¡No podéis marcharos! ¡Vosotras ya pertenecéis a esta congregación! Después de unos interminables segundos de desconcierto por las palabras del espectro, María sacó fuerzas de flaqueza y, con un tembloroso hilo de voz consiguió balbucir:

—Pero, ¿quién es usted? ¿Y qué quiere de nosotras?

—Quien soy, ahora no importa, ya lo sabréis a su debido tiempo y, lo que quiero de vosotras ya lo tengo.

—¿Qué es lo que tiene? —preguntó María angustiada.

—Daos la vuelta y lo veréis —respondió la figura indicándoles el pasillo.

—¡No queremos darnos la vuelta! ¡Queremos marcharnos! —exclamó María, que empezaba a vencer el pánico que la mantenía atenazada.

—Lo siento, es demasiado tarde, ya no podéis marcharos —dijo el espectro esbozando lo que pretendía ser una sonrisa en su difuminado rostro.

—¿Por qué no podemos marcharnos? —preguntó María desesperada.

—No podéis marcharos porque ya no estáis aquí.

—¿Cómo qué no estamos aquí? ¿A qué se refiere con eso de que no estamos aquí?, yo veo que sí estamos.

—No, no lo estáis —respondió tranquilamente la tenebrosa figura—, mirar dentro de los féretros y, veréis la razón por la cual no estáis aquí.

María y Blanca se acercaron temerosas a los féretros. Cuando llegaron al primero y vieron su interior, un gélido aire frío recorrió sus caras, haciendo que sus corazones se encogieran hasta tal punto que dejaron de percibir sus latidos.

—¡Dios mío! —exclamó María—, no puede ser, eso es imposible, tenemos que estar soñando, él no puede estar ahí.

—No, no estáis soñando —respondió la figura con su voz de ultratumba—, y él sí puede estar aquí, seguid mirando y veréis que no se trata de un sueño y, también la razón por la que no podéis salir. Como os dije antes no estáis aquí, por lo tanto no podéis salir.

María y Blanca miraron el interior del resto de los féretros. Esta vez la angustia que sintieron se acentuó al máximo, la macabra visón que tenían delante de ellas hizo que de nuevo les faltase el aire impidiéndoles respirar. Buscaban este de forma desesperada por lo que estaban a punto de desmayarse, sus mentes no eran capaces de coordinar sus emociones, notaban que la vista se les nublaba. Después de unos eternos segundos, su ritmo cardíaco se fue ralentizando hasta perder las pulsaciones haciendo que las dos mujeres perdieran el conocimiento cayendo al suelo al no poder resistir el terror que la visión de los féretros les había producido. Dentro de los mismos se encontraba su hijo, su amigo Pepe, y ellas dos; los cuatro féretros portaban sus cuerpos muertos. A continuación el espectro del alma pasó delante de ellas y se dirigió al altar. Al llegar al lado del cura le dijo a este:

—¡Comienza con el funeral y terminemos de una vez con todo esto!

El cura sin mediar palabra alzó las manos y dirigiéndose a las almas que permanecían sentadas en los bancos les dijo:

—¡Oremos por nuestros hermanos y hermanas! ¡Para que sus almas sirvan para nuestra salvación!

En ese momento las almas se levantaron a la vez que entonaban una oración con sus tenebrosas voces que parecían proceder del más allá.

—¡Dios te salve María llena eres de gracia! El Señor es contigo bendita tú eres entre todas las mujeres…

Mientras las almas entonaban la Salve, los cuerpos de las dos mujeres permanecían inertes en el pasillo al lado de sus propios féretros, su vida en la tierra se había extinguido.

45. Paro cardíaco

En el hospital de Santiago de Compostela, la enfermera de guardia se alarmó al ver que las constantes vitales de las dos pacientes ingresados en la UCI disminuían de forma alarmante, por lo que salió al pasillo y se dirigió a la sala de médicos. Al verla llegar, estos se dieron cuenta de que algo grave ocurría.

—¡Doctores! —gritó la enfermera—, las pacientes de la UCI se nos van, sus constantes vitales han disminuido, casi son planas.

—¡Vamos allá! —gritó el doctor Martínez al resto de los médicos de guardia.

De inmediato llegaron a la sala, una de las enfermeras ya tenía preparados los desfibriladores y, los doctores se los aplicaron a las dos mujeres.

—¡Vamos!, ¡vamos María!, ¡no te vayas! —repetía el doctor Martínez.

Lo mismo hacia el otro doctor con la otra mujer. Cada vez que los cuerpos de las mujeres recibían las descargas de alta tensión, sus cuerpos rebotaban en la cama como si de dos maniquís se tratara.

—¡¡Vamos, vamos!! —volvieron a gritar los doctores, a la vez que miraban para las pantallas del osciloscopio viendo que en algunos momentos las constantes vitales volvían a la normalidad, pero solo durante unos breves segundos.

Los doctores continuaban de forma intensa tratando de reanimar a las dos mujeres, para que estas volvieran a la vida, aunque en esos momentos parecía poco probable que eso pudiese ocurrir; sus débiles corazones apenas respondían al tratamiento de shock y su muerte parecía inevitable.

46. Los santos óleos

Manuel y Pepe seguían desconcertados, en ese momento no sabían qué hacer, vieron como su madre y hermana caían al suelo y luego el alma que vestía con la túnica negra se acercó al altar, y después todos comenzaron a rezar.

—¡Joder Manuel! —exclamó un asustado Pepe—, ¿qué coño está pasando? Tu madre y tu hermana se han desmayado.

—No sé lo que les pasó, fue cuando se acercaron a los féretros y vieron lo que había en su interior, nosotros desde aquí no podemos verles, pero dentro hay personas, creo que es el momento de verter el aceite encima de todos ellos.

A continuación Manuel se acercó a la barandilla desde donde podía ver a todas las almas, cuando vio que podía derramar el óleo sobre ellos cogió la botella y comenzó a esparcir los santos óleos sobre estas sin dejar que ninguna de ellas se librara de ser alcanzada. Cuando el óleo alcanzó a las almas, sus túnicas comenzaron a desaparecer dejando al descubierto su tenebroso espectro mortecino irradiando una mortecina luz blanca carente de brillo. A la vez que esto ocurría, los bancos de la iglesia comenzaron a arder, en contra de lo que Encarnación le había dicho, en vez de desaparecer, parecía que los espectros cobraban más fuerza. La mortecina luz que desprendían al principio, de pronto, se tornó en un intenso resplandor haciendo que la luz en el interior de la iglesia cobrara mayor intensidad. Su madre y hermana permanecían en el suelo y, en algunos momentos Manuel veía como se convulsionaban, como si alguien las estuviera levantando del suelo.

—¿Qué pasa Manuel? —preguntó Pepe totalmente aterrado—, ¿no dijiste que ese óleo les haría desaparecer?

—¡Sí, eso fue lo que dijo Encarnación!, tú estabas allí y lo oíste.

—¡Sí, estaba allí pero no entendí nada! ¿Qué vamos a hacer ahora?

—No lo sé, creo que lo mejor será marcharnos, vamos a buscar a mi madre y mi hermana, las sacaremos, el fuego está a punto de alcanzarlas y, esto empieza a ser irrespirable.

Los dos chicos, se dieron la vuelta para bajar hasta donde se encontraban las dos mujeres, pero al darse la vuelta se quedaron aterrados. Delante de ellos tenían un espectro fantasmagórico, que les estaba mirando, sus mortecinos ojos dentro de sus cuencas vacías y cara blanquecina, era el reflejo de la muerte, era una visión del infierno. Ante la visión de la figura, los chicos se quedaron quietos, sin saber que hacer la macabra visión les había paralizado.

—¡Hola Manuel!, tengo que darte las gracias —dijo el espectro de forma tal, que los chicos se estremecieron hasta tal punto que sus músculos se agarrotaron.

—¿Las gracias de qué? —consiguió balbucir un aterrado Manuel—, ¿por qué me das las gracias?

—Por verter los santos óleos sobre nosotros, con ello has reforzado nuestro poder, ahora somos más poderosos.

—Pero, eso no puede ser. Encarnación me dijo que si lo hacía desapareceríais.

—Claro, eso fue lo que ella te dijo, porque pensaba que esos santos óleos eran los de la unción de los difuntos, pero su sobrino la engañó y, le dio los óleos del bautismo, no eran óleos de la unción de los moribundos.

—Pero, ¿por qué razón iba a engañarla? —preguntó un angustiado Manuel.

—Porque no la creyó cuando le dijo que yo quería adueñarme de vuestras almas, pensó que eran fantasías de su tía, por eso le dio esos óleos y, cuando se dio cuenta de su error era demasiado tarde, ya que cuando consiguió los óleos de la unción de los moribundos, yo me encargué de que no pudiera entregárselos y, ahora ya puedo adueñarme de todas vuestras almas.

—Pero, ¿tú quién eres? —preguntó Manuel, que en parte había recuperado la entereza.

El espectro sacó la capucha de la túnica dejando al descubierto su mortecino rostro, entonces Manuel exclamó:

—¡Tú eres el alma de la Santa Compaña! La que vi en el camino de Valconde y también en mi habitación.

—Así es, y ahora el fin llega para vosotros, nos liberareis de formar parte de la procesión de la Santa Compaña y ocupareis nuestro lugar.

—Pero tú no puedes ser esa alma —dijo Manuel con firmeza.

—¿No? ¿Qué te hace pensar eso? —preguntó el espectro.

—No puedes ser esa alma, ni ninguna otra, porque mi amigo Pepe te está viendo.

—Claro que me ve, me ve porque tu amigo está muerto, lo mismo que lo estás tú, así como tu madre y tu hermana.

Manuel cuando escuchó eso, se sintió flotar en el aire, como si su cuerpo no pesara nada. Hasta ese momento jamás había tenido esa sensación y ahora la tenía, se daba cuenta de que algo extraño le ocurría a su cuerpo, se encontraba raro, le vino a la memoria lo que le había dicho su amigo cuando acudió a su casa, lo encontró al venir de la fuente y a pesar de que venía de frente no le había visto, y eso que le gritó y, cuando le vio, le dijo que le encontraba pálido y blanco, pero entonces ¿cómo su amigo Pepe le había visto si estaba muerto?—pensó Manuel—. Sacando fuerzas de la flaqueza le gritó al alma:

—¡Eso es mentira! ¡No podemos estar muertos!

—Sí, lo estáis. ¿Recuerdas cuando me viste en la carretera y el autobús se despeñó por el barranco?

—Sí, lo recuerdo, pero a nosotros no nos pasó nada, salimos ilesos, los arbustos amortiguaron la caída, nosotros tres nos salvamos.

—No, vosotros tres estáis en el hospital, debatiéndoos entre la vida y la muerte después del accidente.

—¡Eso no es cierto! —gritó Pepe, que también se había recuperado algo del susto inicial—. Manuel no puede estar en el hospital, porque yo lo vi al día siguiente del accidente, estuvo en mi casa, si estuviera en el hospital no podría verle.

—En eso tienes razón, le viste —respondió el alma de forma tranquila—, pero resulta que quien acudió a tu casa fue el cuerpo astral de Manuel cuando se desdobló, así como el de su madre y hermana saliendo del lugar del accidente, debido a que alguien les ayudó y, averiguaré de quien se trataba, aunque ahora ya no tiene importancia.

A partir de ahora nadie puede ayudarles.

—Entonces, ¿cómo pude verle? —preguntó Pepe totalmente asombrado.

—Bueno, en principio tú no podías verle, de hecho Manuel te llamó varias veces y no le oíste.

—Pero, ¿luego como pude oírlo y verle? —preguntó Pepe con un hilo de voz.

—Eso fue cuando Manuel te agarró por el brazo, entonces su energía hizo que se te materializara, por esa razón le viste.

—¡Joder! —exclamó Pepe—, esto es increíble, ahora entiendo porque apareciste de la nada y, por esa razón te vi tan raro.

—¡Dios mío! —gritó Manuel—, entonces, ¿es cierto que estamos muertos?

—No del todo, pero casi lo estáis, sois los únicos del autobús que faltáis por cruzar el umbral. Por alguna razón que no acabo de entender no lo habéis hecho todavía, pero ahora llegó la hora, se os acabó el tiempo, ya nadie puede salvaros. Ahora mismo estáis a punto de cruzar el umbral hacia la muerte definitiva, sin vuelta atrás, lo mismo que tu amigo Pepe, él se ahogó en el río, su cuerpo está tendido en medio de los juncos. Cuando lo encuentren ya nada podrán hacer por él, dentro de poco arderéis dentro de la iglesia y nuestras almas quedarán liberadas para siempre y, las vuestras pasarán a formar parte de la procesión de la Santa Compaña. Ese es el deseo de Belcebú, pasareis a ser las almas perdidas de Dios.

—¡Yo no puedo morir! —gritó Manuel—, la vela me protege.

—No, ya no, desde el momento que vertiste los santos óleos sobre nuestras almas, tu vela perdió todo poder sobre nosotros, así como los escapularios que llevan tu madre y tu hermana. El óleo del bautismo nos ha reforzado y, esta iglesia quedará reducida a cenizas, nadie encontrará nada, tan solo un montón de escombros de un incendio que será achacado a las velas de San francisco.

Hasta ese momento las llamas eran poco intensas pero cuando el alma levantó los brazos y dijo: «¡Que el poder de Belcebú destruya esta iglesia!». Las llamas comenzaron a elevar su intensidad. Pepe estaba totalmente aterrado al escuchar todo lo que dijo el alma, se quedó presa del pánico incapaz de coordinar sus pensamientos y sus piernas le flaquearon, por un momento creyó que iba a desmayarse, pero la voz de Manuel pareció darle ánimos.

—¡Vamos, Pepe!, bajemos y salgamos de aquí.

A continuación intentaron correr hacia las escaleras para bajar, pero todo era inútil, una misteriosa fuerza les impedía caminar.

—¡No podéis escapar! —dijo el alma—, ahora mi fuerza es infinita, la fuerza de Belcebú me ha sido dada, nadie podrá impedirlo.

—¡Te equivocas, Antonio! Yo podré impedir que te adueñes de estas almas inocentes.

Cuando el espectro se volvió y vio a la mujer exclamó.

—¡Por Belcebú, no puedes estar aquí!, tú tienes que estar en el infierno, lo mismo que él, esa es la razón por la cual yo quiero ir al infierno y, vengarme de los dos.

—Tienes razón, Antonio, yo debería estar en el infierno, lo mismo que Andrés, pero el arcángel Gabriel me liberó, no podía permitir que tú siguieras adueñándote de almas inocentes.

—¡El arcángel Gabriel nada puede contra la fuerza de Belcebú! —gritó el alma—. Todos los que estamos en esta iglesia iremos al infierno y, ellos serán las nuevas almas perdidas de Dios.

—Te equivocas de nuevo, yo tengo en mis manos algo que hará que los únicos que vayáis al infierno sean vuestras malignas almas —dijo la mujer mostrándole la botella que contenía los santos óleos.

—¡Tú no puedes tener esos óleos! —gritó el alma de Antonio—, yo hice que el cura muriese en la carretera, su alma se fue al purgatorio.

—Sí, sé que lo hiciste, pero en tu afán de seguir su alma te olvidaste de su cuerpo y, yo recogí los santos óleos de la unción de los muertos de su bolsillo y, ahora la mano pura de Manuel los derramará sobre todos vosotros y os iréis al lugar que os corresponde.

—Los santos óleos llegan demasiado tarde, el poder de Belcebú está con nosotros.

—Eso lo veremos —dijo la mujer, a la vez que le decía a un asombrado Manuel—. ¡Toma viértelo sobre las almas!

Manuel cogió los santos óleos totalmente anonadado y comenzó a verterlos sobre ellas, pero estas ni se inmutaron, continuaban con sus rezos siguiendo al cura que se encontraba en el altar.

—Como, ves, tus santos óleos nada pueden hacernos —dijo el

alma de Antonio con una sonrisa diabólica—. Ahora te llevaré conmigo al infierno.

El alma agarró a la mujer y saltando por la barandilla se dirigió al altar, pasando por encima de las dos mujeres que seguían inertes en el suelo. Una vez Pepe y Manuel se quedaron solos bajaron las escaleras a toda prisa y se dirigieron al pasillo donde estaban su madre y hermana. Manuel cogió a su hermana por los brazos arrastrándola hacia la puerta, lo mismo hacía Pepe con su madre. Llegaron a la puerta e intentaron desesperadamente abrirla. Los féretros comenzaban a arder, pero los cuerpos ya habían desaparecido, estaban vacíos. Los bancos también ardían pero esto no parecía importarle a las almas que seguían con sus rezos, esperando a que toda la iglesia se encontrara en llamas, esa sería la forma de liberarse. Pepe y Manuel luchaban desesperadamente por abrir la puerta, pero eso era una tarea imposible, las fuerzas ya les fallaban y las llamas no tardarían en alcanzarlos. Para ellos todo había terminado.

47. La casa en llamas

En la pequeña aldea de Manuel, casi todos los vecinos se habían desplazado a la Garza en busca de Pepe, ya que este había desaparecido cuando se estaba bañando. Los amigos habían dado la voz de alarma, eran las dos de la madrugada y, de momento la intensa búsqueda no había dado resultado. Las vecinas que quedaron en la aldea, estaban en vela esperando las noticias de la búsqueda. Una de esas personas era la señora Peregrina que por tratarse de una persona mayor no participaba en la búsqueda. Peregrina se acercó a la ventana por ver si alguien regresaba, al mirar por la misma vio una intensa luz, salió a la calle y se dio cuenta de que la casa de Encarnación se encontraba en llamas. Fue corriendo a casa de una vecina y llamó a su puerta.

—¡Adelina, Adelina!, sal, la casa de Encarnación está en llamas.

La vecina salió y, ambas se dirigieron a la casa de Encarnación. Cuando llegaron se encontraron con cuatro vecinos, los cuales al verlas llegar les dijeron:

—¡Nosotros nada podemos hacer para apagar el fuego! Toda la gente se fue en busca de Pepe, si Encarnación está dentro nadie podrá salvarla, es imposible entrar, las llamas son demasiado grandes y, nosotros somos viejos.

En el interior de la casa, el cuerpo sin vida de Encarnación permanencia en el mismo sitio donde había caído. El fuego devoraba sin cesar las viejas maderas de la casa, el piso estaba a punto de derrumbarse, tan solo las grandes vigas lo mantenían en pie. El cuerpo de Encarnación también ardía, sus ropas ya lo habían hecho por completo fundiéndose con la carne de su cuerpo, en poco tiempo tan solo quedaría un montón de cenizas. De pronto una sombra surgió de la nada a la vez que se acercaba a su cuerpo en llamas. Cuando llegó a su lado, dijo:

—¡Vamos madre!, ya estás liberada, el fuego te ha liberado de la fuerzas del mal.

De pronto, el alma de Encarnación surgió de entre las llamas a la vez que decía:

—¡Vamos hijo!, tenemos que terminar el trabajo, llegó la hora.

—Sí, madre llegó la hora —respondió Andrés—, por fin seremos liberados.

A continuación las dos almas bajaron las escaleras, de las cuales apenas quedaba nada, salieron a la calle y cruzaron por medio de los ancianos que veían como la casa de Encarnación ardía por completo. En menos de una hora tan solo quedarían las paredes de piedra, toda la madera se habría consumido.

Las dos almas se dirigieron a la carretera que llevaba al Puente de San Francisco, En esos momentos una luz blanca bajó sobre ellos al tiempo que le decía:

—¡Tomad lo que os prometí!, daros prisa queda poco tiempo.

Las almas de Encarnación y su hijo de pronto parecieron volar en dirección a la iglesia de San Francisco, tenían que llegar antes de que fuese demasiado tarde. Mientras los vecinos veían como poco a poco la casa se iba derribando uno de ellos dijo:

—¡Esto es horrible!, es como si se tratara de una maldición, primero la muerte de Jesús, después el accidente del autobús donde iba María y sus hijos que ahora se debaten entre la vida y la muerte en el hospital, ayer lo del sobrino de Encarnación en accidente de moto y, la desaparición de Pepe, ahora la casa de Encarnación está en llamas. Creo que todo eso se debe a una maldición que pesaba sobre Encarnación, ella tenía un pasado que nunca quiso que supiésemos.

—¡Así es Adelina!, así es —respondió Peregrina—. Creo que deberíamos ofrecer unas misas por todas las almas, para que nos aparten de todo mal, esto es cosa del diablo —afirmó Peregrina.

Después de una hora, todo lo que quedaba en pie de la casa de Encarnación eran tan solo las cuatro paredes de piedra. Los rescoldos de la madera quemada daban un aspecto fantasmagórico en medio de la noche.

—Bien —dijo Adelina—, aquí nada podemos hacer. Vayámonos a casa, mañana por la mañana veremos si queda algo del cuerpo de

Encarnación y, si es así, le daremos cristiana sepultura. Ahora solo nos queda esperar a que encuentren a Pepe sano y salvo.

Después de esas palabras los ancianos se retiraron a sus casas quedando en que tan pronto amaneciera y el fuego se apagase intentarían encontrar el cuerpo de Encarnación para poder darle cristiana sepultura tal como había dicho su vecina Adelina.

48. La vela del bautizo

Mientras, en la iglesia, Manuel y Pepe intentaban desesperadamente abrir la puerta. Su madre y su hermana continuaban inconscientes en el suelo convulsionándose de tal forma que Manuel y Pepe pensaban que en cualquier momento se iban a morir.

—¡Vamos, Pepe! ¡Dale fuerte! —gritaba Manuel desesperado. Los dos chicos habían cogido un trozo de banco e intentaban romper la cerradura—. Mi madre y mi hermana se van a morir.

Los chicos empleaban las pocas fuerzas que les quedaban intentando romper la cerradura. Mientras, en el altar el alma de Antonio tenía agarrada el alma de la mujer que había intentado ayudar a los chicos, la cual intentaba escapar pero sin conseguirlo.

—¡Suéltame! —gritaba esta—, nada podrás hacer contra el poder del arcángel Gabriel.

—Sí que puedo, Helena y, ahora te lo demostraré —dijo el alma de Antonio gritando a continuación—. ¡Belcebú, yo te invoco en nombre de la Santa Compaña!, todas estas almas te pertenecen y pasarán a formar parte de tus huestes.

Justo al acabar de pronunciar esas palabras, por la parte de atrás del altar apareció una gigantesca figura con cuerpo humano y cara de macho cabrío. Sus enormes cuernos destilaban un fuerte color rojo como si estos estuvieran ardiendo. Cuando Manuel y Pepe la vieron se quedaron paralizados por el terror que la visión les había infundido. La figura se acercó al alma de Antonio a la vez que decía:

—¡Por todo esto serás recompensado! Estas cuatro almas que me entregas serán el pago de tu poder, ella también será tuya —dijo refiriéndose a Helena, quien permaneció de pie mirando a Manuel y Pepe cómo queriendo que se tranquilizaran, aunque eso era imposible en las circunstancias en que los chicos se encontraban. A continuación la terrorífica figura volvió a hablar—. ¡Que todo esto se consuma con el fuego del infierno! y, que cada alma sea llevada al lugar que le corresponde. El mal vencerá al bien.

A continuación la figura de Belcebú levantó las manos y el fuego en el interior de la iglesia comenzó a avivarse de tal forma que todo el recinto se convirtió en una bola de fuego. De pronto los cuerpos de María y Blanca comenzaron a levitar ante los atónitos ojos de los chicos, las almas las habían agarrado y las levantaban del suelo. El fuego ya había alcanzado a los chicos y, las almas les tenían agarrados intentado llevarles al interior de las llamas.

—¡No, por favor! —gritó Pepe desesperado al ver que su cuerpo flotaba en el aire y, era arrastrado al interior de las llamas.

Manuel también intentaba liberarse pero era imposible, la extraña fuerza de las almas les tenía inmovilizados. El alma de Antonio observaba como su deseo de venganza se consumaba y, mirando a Helena le dijo:

—¡Ves, Helena!, como al final el mal puede vencer al bien. Ahora vuestras almas ya pertenecen a Belcebú.

Helena guardó silencio, parecía que Antonio tenía razón y que para ellos todo había terminado. Cuando todo parecía estar perdido, la puerta se abrió de par en par a la vez que un gélido aire frío penetraba en la iglesia haciendo que el fuego se extinguiera, lo que hizo que las almas soltasen los cuerpos de los chicos así como a las dos mujeres, las cuales quedaron de nuevo tendidas en el suelo. Ante ese inesperado hecho, los chicos se quedaron anonadados, durante unos intensos segundos no sabían a qué atribuir ese extraño viento gélido que había penetrado en la iglesia extinguiendo el fuego y haciendo que las almas les dejaran libres.

—¿Qué está ocurriendo?—preguntó un asustado Pepe totalmente desconcertado al ver que el fuego se había apagado.

—¡No lo sé! —exclamó Manuel también desconcertado—, pero el aire frío apagó todo.

Pepe iba a decir algo cuando de nuevo su corazón a punto de estallar volvió a aumentar el ritmo cardíaco al ver que por la puerta de la iglesia aparecía Encarnación y su hijo a la vez que esta decía:

—¡Te equivocas Antonio!, tan solo tú serás quien arda en el infierno.

—Pero, ¿cómo estás aquí? ¿Cómo te has liberado? —preguntó totalmente desconcertado el alma de Antonio—, las fuerzas de Belcebú te tenían prisionera.

—¡Sí!, lo estaba —respondió Encarnación—, pero el arcángel Gabriel me liberó y, además, me dio esto que pronto te enviará al infierno. ¡Toma, Manuel! —le dijo Encarnación dirigiéndose a este—, enciende esta vela y, todas estas almas serán llevadas al lugar que le corresponden.

—¡Pero la vela ya no puede hacer nada! —dijo Manuel totalmente aterrado—, él me dijo que al ser ungidos con los santos óleos del bautizo, la vela ya nada podía hacerles.

—Esa que tú tienes, no —respondió Encarnación—, pero la de tu bautismo sí.

—¡No!, ¡tú no puedes tener esa vela! —gritó el alma de Antonio con el terror reflejado en su mortecino rostro.

—¡Sí que puedo! —respondió Encarnación—, el arcángel Gabriel me la dio. Él la cogió en la iglesia cuando Manuel por error fue bautizado con el óleo de la extremaunción de los muertos, la cogió para protegerle. Él es su ángel de la guarda. ¡Toma, Manuel, enciéndela! y, esa alma maligna se irá al infierno.

Manuel quien no salía de su asombro por todo lo que Encarnación estaba contando, cogió la vela para encenderla cuando de pronto la voz del alma de Antonio se dejó oír en toda la iglesia.

—¡¡¡Jamás la encenderás, yo lo impediré!! —dijo a la vez que saltaba del altar hacia Manuel. Cuando estaba a punto de alcanzarlo, algo fantástico ocurrió a los ojos de los chicos, tan grande fue la visión que se quedaron embelesados viendo la figura que acababa de aparecer ante sus ojos, les pareció una visión celestial y maravillosa. Ante ellos apareció el arcángel Gabriel, su celestial figura era enorme, de unos dos metros, su larga melena blanca descansaba sobre su espalda y su armonioso rostro en esos momentos emitía un apacible resplandor llenando de gracia todo el recinto haciendo que el resto de las almas se retorcieran ante semejante visión. Sus grandes alas blancas desplegadas de su cuerpo unos veinte centímetros, eran lo suficiente para mantenerse en el aire y, con una voz que a los oídos de los jóvenes les sonó a música celestial, le dijo a Manuel:

—¡Vamos!, enciende tu vela, el alma maligna nada puede hacerte, yo te protejo, soy tu ángel de la guarda por expreso deseo de Helena, a la cual le perdoné el pecado del amor prohibido, porque algunas veces el corazón no sabe distinguir. Eso es de humanos, ella junto con Encarnación y su hijo, irán al cielo, tu vela les dará la salvación eterna. Y tú, alma maligna —dijo el arcángel Gabriel dirigiéndose al alma de Antonio—, irás al infierno con tu amo, de donde jamás podrás salir.

Manuel estaba totalmente alucinado con la vela en la mano, la miraba y, miraba para el ángel y el alma. Fueron tan solo unos segundos que le parecieron eternos, su joven mente era incapaz de asimilar todo lo que estaba sucediendo. Luego se dirigió a uno de los bancos en el cual comenzaba a reavivar el fuego de sus cenizas, encendió la vela y, ante ese hecho algo fantástico ocurrió a los ojos de los dos chicos. La vela desprendió una intensa luz blanca inmaculada inundándolo todo con su gran luminosidad, cuando la luz alcanzó a las almas, estas se desvanecieron en medio de la nada emitiendo unos desgarradores gritos. La figura de Belcebú que se había mantenido paralizada por la presencia del arcángel Gabriel, así como la de Antonio también se desvanecieron, al igual que la de Encarnación y su hijo. Tan solo el arcángel Gabriel y Helena se mantuvieron en la iglesia durante un tiempo, abandonando esta cuando María y su hija comenzaron a despertarse. Manuel al ver que su madre y hermana se incorporaban corrió hacia ellas al tiempo que les gritaba:

—¡Mamá!, ¡Blanca!, ¡estáis bien!

María al escuchar los gritos de su hijo le miró algo aturdida y le dijo:

—Sí hijo, estamos bien, ¿pero qué es lo que está pasando? —preguntó desorientada, ya que no era capaz de coordinar sus pensamientos debido al tiempo que llevaba inconsciente.

Manuel iba a decirle algo a su madre pero los gritos de Pepe se lo impidieron.

—¡Vamos, fuera! ¡Rápido! —gritaba Pepe—, el fuego se está avivando.

A continuación los cuatro abandonaron la iglesia que comenzó a arder por completo, las llamas en este caso ya alcanzaron el techo de madera y, el tejado comenzaba a venirse abajo. Una vez fuera se dirigieron a la carretera y, desde allí asistían impasibles a la destrucción de la iglesia que casi estuvo a punto de convertirse en su propia tumba, pero por suerte habían conseguido salir a tiempo. María y su hija nada entendían de lo que había pasado, de momento eran incapaces de asociar sus recuerdos por lo que se encontraban totalmente desorientadas, aunque eso ahora no les importaba. Lo importante es que se encontraban a salvo, ya tendrían tiempo de preguntarle a Manuel lo que había ocurrido. De pronto una luz blanca muy intensa irrumpió en la oscura noche inundándolo todo de una luminosidad tal, que el fuego que emanaba de las llamas de la iglesia parecían perder toda su fuerza. Después de que esa intensa luz cesara, la iglesia se derrumbó sobre si misma quedando reducida a escombros. Nada quedaba en ella que pudiese hacer pensar que en esa iglesia había tenido lugar una misa de ánimas celebrada por la Santa Compaña para adueñarse de almas buenas elegidas por el mal. En esta ocasión, el mal había sido derrotado por el bien, para esas almas buenas la pesadilla había terminado.

49. Resurrección

En el hospital, los médicos habían conseguido estabilizar a las dos mujeres y en esos momentos sus constantes vitales se estaban normalizando.

—¡Vamos! ¡Vamos! ¡Ya las tenemos! ¡Ya son nuestras! —gritaron los médicos.

En la pantalla del osciloscopio las pulsaciones aparecían rítmicamente con total normalidad y una vez los médicos consiguieron estabilizarlas, fueron llevadas a la sala de rehabilitación dejándolas a cargo de las enfermeras. Cuando María abrió los ojos, se encontraba aturdida y desorientada. Lo primero que vio fue el techo de la habitación y eso aumentó su desconcierto, todo lo que le rodeaba le era extraño. De pronto sintió que alguien le tenía su mano derecha agarrada por lo que de inmediato desvió la mirada hacia esta y vio que se trataba de una joven con bata blanca, por lo que su sorpresa fue en aumento, pero al cabo de unos segundos reaccionó y le preguntó a la joven:

—¿Dónde estoy? ¿Qué me ocurre y quién eres tú?

—Está usted en el hospital, señora, yo soy una enfermera —respondió la joven.

—¿En el hospital? ¿Pero qué hago yo en un hospital? Hace poco estábamos en el Puente de San Francisco viendo como ardía la iglesia.

—¿Ardiendo la iglesia? —inquirió sorprendida la enfermera por las palabras de la mujer—. No sé a qué se refiere con eso, pero no llegaron de ese lugar que usted dice señora, les trajo la ambulancia del lugar del accidente —aclaró la enfermera.

—Pero, ¿de qué me habla? —respondió María también sorprendida—. El accidente ocurrió hace dos días.

—Así es señora —afirmó la enfermera—, hace dos días que ocurrió, y ustedes llegaron inconscientes y ahora está recobrando la conciencia.

—¡Pero eso no puede ser! —exclamó María—. Hace tan solo dos horas que estaba en mi casa cuando José el enterrador llamó a la puerta diciendo que su madre estaba muy mal y, que quería verme antes de morir. Mi hija y yo le acompañamos al puente de San Francisco que es donde vive, pero al llegar nos encontramos que había gente en la iglesia. Entramos y, resultó ser una misa de ánimas, una alma maligna quería llevarnos, en la iglesia estaban nuestros féretros con nuestros cuerpos dentro, todos estábamos allí, incluso un amigo de mi hijo. Cuando vimos eso mi hija y yo nos desmayamos y, cuando nos despertamos mi hijo Manuel y su amigo nos sacaron fuera de la iglesia y vimos como esta ardida por los cuatro costados, no quedó nada en pie, y ahora me despierto aquí —concluyó María su pequeño relato dejando desconcertada a la joven enfermera.

—Verá, señora —dijo esta compadeciéndose—, todo eso que me está contando es producto de su imaginación. Lleva dos días inconsciente por el fuerte golpe recibido en el accidente, usted y sus hijos salieron despedidos del autobús por la ventanilla cayendo por el monte y, se golpearon contra unas rocas. Tuvieron suerte de que la maleza amortiguara su caída, fueron los únicos supervivientes, el resto de los pasajeros murieron.

—¡Dios mío! —gritó María alarmada al acordarse de sus hijos—. ¿Dónde están ellos? —preguntó a continuación totalmente angustiada.

—Tranquila, señora, sus hijos están bien —respondió la enfermera—, ellos también se han despertado. Su hijo se encuentra en planta y su hija está en esta sala, si gira la cabeza podrá verla.

María de inmediato la giró hacia la derecha y allí estaba su hija acostada en la cama ligeramente adormilada. Al verla le preguntó:

—¿Estás bien hija?

Blanca no respondió, por lo que mirando a la enfermera, inquirió:

—¿Qué le pasa?

—Nada, señora, se encuentra algo aturdida por los efectos de la anestesia, pero está despierta —dijo la enfermera acercándose a la cama de Blanca a la vez que le decía—. Despierta, tu madre quiere hablarte.

Al escuchar la voz, Blanca abrió los ojos y al ver a la enfermera le preguntó:

—¿Qué ocurre?

—Tu madre se despertó y quiere hablarte.

Blanca de inmediato giró la cabeza y al ver a su madre le preguntó:

—¿Estás bien, mamá?

—Sí, hija, estoy bien, aunque me duele la cabeza y durante el tiempo que he estado inconsciente he tenido horribles pesadillas. ¿Y tú como éstas? —inquirió María a continuación.

—Estoy bien, mamá, y también he tenido pesadillas, pero ¿dónde está Manuel? —inquirió Blanca al recordar a su hermano.

—Manuel se encuentra en planta —respondió la enfermera—, él está recuperado del todo. Cuando ustedes se encuentren algo mejor también serán trasladadas a planta y allí se encontrarán con él.

A continuación la enfermera les contó el relato de cómo habían ingresado en el hospital procedentes del accidente del autobús.

—Al principio se temió por sus vidas pero los médicos consiguieron reanimarles y en esos momentos los tres se encontraban fuera de peligro —Después del corto relato, esta concluyó dejando escapar un suspiro—. Y eso es todo, como ven, el accidente fue terrible.

—¡Dios mío! —exclamó Blanca totalmente asombrada—, hemos tenido mucha suerte.

—Así es —asintió la enfermera—, pero yo diría que más que suerte ha sido un milagro.

—Tienes razón —respondió María pensativa—, si todo ocurrió tal como nos has contado, realmente ha sido un milagro.

—Así es señora, así es. Ahora dejaré que descansen, yo debo informar a los doctores de su recuperación, si necesitan algo pueden tocar el timbre. ¿De acuerdo?

—Sí, gracias —respondió Blanca en medio de un mar de dudas.

Lo que le había contado la enfermera sobre el accidente le había dejado desconcertada —lo mismo que a su madre—. Ellas jurarían que no les había ocurrido nada cuando el autobús se cayó por el barranco, que salieron ilesas del accidente y que realmente vieron como José el enterrador las había llevado engañadas al Puente de San Francisco y vieron como ardía la iglesia. Y sin embargo, según les contó la enfermera, todo había sido un sueño.

—En ese caso, les veré más tarde —dijo la enfermera—, ahora descansen, lo necesitan.

A continuación abandonó la sala de rehabilitación dejando a María y Blanca sumidas en un mar de dudas. Ellas de inmediato comenzaron a hablar sobre el accidente y, ambas coincidían en lo mismo, las dos habían tenido las mismas pesadillas y eso no era posible. Recordaban perfectamente el momento en que los tres juntos abandonaron el lugar del accidente y fueron llevados a casa por don Teo. Cuantas más vueltas le daban a lo ocurrido más se desconcertaban sin llegar a ninguna conclusión. ¿Cómo era posible que tuvieran las mismas pesadillas y vivieran el episodio de ver como se quemaba la iglesia junto a Pepe y Manuel? —pensaban—. Después de darle vueltas acordaron en preguntarle a Manuel, él tenía que saber algo. Seguramente les aclararía todas sus dudas de si realmente lo habían soñado o si todo había sido real, de esa forma todo quedaría aclarado. Pero nada más lejos de la realidad. Cuando llegaron a planta y se encontraron con Manuel y este les contó todo lo de misa de animas —que habían sido ayudados por Encarnación y su hijo, así como por Helena y el arcángel Gabriel, que le dieron la vela del bautismo y cuando la encendió las almas se fueron al infierno junto a Belcebú—, se dieron cuenta de que este estaba peor de lo que habían pensado, por lo que María habló con los médicos acerca de sus visiones. Ellas llegaron a la conclusión de que todo lo vivido después del accidente había sido simplemente una pesadilla, cosa que más tarde les aclararían los médicos, que todo se había tratado de un sueño colectivo, por lo que Manuel quedó bajo la observación de los especialistas para que estos le curaran de sus visiones acerca de la Santa Compaña.

50. Fin de una pesadilla

Los vecinos de Pepe seguían buscando a este por la Garza. Los amigos dijeron que la última vez que le vieron se estaba bañando, por lo que la búsqueda se centraba en la parte que se llamaba la Xunqueira, donde había cantidad de pequeños riachuelos formados por las corrientes del río. Uno de los chicos dijo que era posible que se ahogara, ya que él creyó ver su cuerpo en la curva de los pajaritos. Los hombres estaban peinando esa zona cuando de pronto uno de los vecinos llamado Simón, sintió que tropezaba con algo, lo iluminó con la linterna y, vio que se trataba del cuerpo de Pepe.

—¡¡Eh!, ¡venid!! —gritó Simón—, ¡Pepe está aquí!

Simón se agachó y tocó el cuello de Pepe, se dio cuenta de que este todavía tenía pulsaciones, aunque débiles, se las notaba. Estaba totalmente frío, llevaba muchas horas tendido en medio de los juncos, los cuales le habían servido de parapeto del frío de la noche. Aunque era verano, había mucha humedad en la zona. Cuando el resto de los vecinos llegaron al lado del cuerpo, Ramón dijo:

—¡Vamos! hay que taparlo con nuestras chaquetas y llevarlo al médico.

A continuación envolvieron el cuerpo de Pepe y lo llevaron al médico. Una vez este lo examinó, dijo que tenía un cuadro de hipotermia, que era un milagro que estuviera vivo. Durante unas dos horas estuvo reanimándolo hasta que entró en calor. Cuando Pepe se despertó, se encontró con sus dos hermanas y su abuela que le estaban mirando.

—¿Dónde estoy? —preguntó sorprendido Pepe.

—Estás en la clínica de don Daniel, parece ser que te golpeaste en el río y quedaste inconsciente, fue una suerte que la corriente te llevara hacia los juncos, ya que estos pararon tu carrera a través del río y, cuando la marea bajó te quedaste en seco. Simón te encontró.

—¿En el río? —inquirió sorprendió Pepe—, pero, ¿si yo no estaba en el río? Yo estaba en el Puente de San Francisco, las almas querían llevarnos.

Al escuchar las palabras de Pepe el médico miró a su abuela y hermanas y con un gesto de preocupación le preguntó a este:

—Dime José, ¿cuándo estuviste en el Puente de San Francisco?

—Estuve de noche, Manuel y yo fuimos allí para ver como se celebraba la misa de ánimas en honor de su madre y su hermana. Entonces el alma maligna quería llevarnos, prendió fuego a la iglesia, estábamos a punto de quemarnos, pero apareció Encarnación y su hijo con una vela que dijo que era la vela del bautismo de Manuel, que el arcángel Gabriel se la había dado para salvarnos. Cuando Manuel se disponía a encenderla el alma maligna trato de impedírselo pero de pronto apareció el arcángel Gabriel y se puso en medio del alma maligna. Manuel encendió la vela y, todos desaparecieron, luego salimos de la iglesia y esta ardió por completo y, ahora me encuentro aquí.

—Bien, José —respondió el doctor sonriendo—, todo eso que nos cuentas son pesadillas que tuviste al quedar inconsciente. Al estar tanto tiempo expuesto al frío tu subconsciente soñó todo eso, sobre todo con fuego, porque necesitabas sentirte caliente. Pero todo eso fue producto de tu mente, nada de eso ha ocurrido. Tú sabes que tu amigo Manuel está en el hospital junto a su madre y hermana, por haber tenido un accidente de autobús, que se despeñó por san Xusto.

—No, ellos no estaban en el hospital, ellos estaban en casa, no les pasó nada, yo estuve con Manuel, fui a su casa y, estaban su madre y hermana. Las vi y, por la noche fuimos a la misa de ánimas, seguimos a su madre y hermana junto con José el enterrador que vino a buscarlas. No fue una pesadilla, todo fue real, muy real —afirmó Pepe asustado.

—Claro, José, en estos casos, al estar inconsciente las pesadillas parecen reales, pero no dejan de ser eso, pesadillas. Te puedo asegurar que Manuel junto a su madre y hermana por desgracia están en el hospital debatiéndose entre la vida y la muerte. Esas son las últimas noticias que tenemos, todo lo que tú has visto son pesadillas, tal como te acabo de explicar y, ahora descansa, te quedarás aquí todo el día. Mi enfermera te atenderá; por la tarde veremos si es que ya te puedes ir a tu casa, ¿de acuerdo?

—Sí, don Daniel, tiene razón, todo eso no puede ser cierto. Yo lo vi tan real, que juraría que lo he estado viviendo.

—Claro que te pareció vivirlo José —afirmó el médico—, te entiendo perfectamente, ahora tranquilízate y descansa.

—Así es, hijo, descansa —dijo su abuela que ya se había tranquilizado al escuchar las palabras del médico—. Tal como dice el doctor, todo eso han sido pesadillas. Tu hermana se quedará contigo aquí para que te quedes más tranquilo.

—De acuerdo, abuela, pero ahora ya me siento mejor, no hace falta que se quede nadie.

—Ya sé que estás mejor, pero prefiero quedarme —dijo su hermana Manolita cogiéndole la mano—, me quedaré sentada en el sillón, así estaremos todos más tranquilos.

—Bueno, como quieras —respondió Pepe que se sentía muy cansado por lo que no dijo nada más.

—Bien, hijo —dijo su abuela—, por la tarde pasaremos por aquí y, veremos lo que dice don Daniel. Si puede ser, te vendrás para casa.

—Así es, señora Emilia —respondió el médico—, casi seguro que por la tarde José podrá irse a su casa.

La abuela y su hermana pequeña salieron de la clínica dejando a Pepe totalmente pensativo, sobre lo que le había ocurrido. Cerró los ojos y se puso a pensar en lo sucedido en la iglesia del puente de San Francisco. Recordaba todo con suma claridad, cómo apareció el ángel impidiendo que el alma maligna se acercara a Manuel para que este encendiera la vela haciendo desparecer a todas las almas y luego salieron de la iglesia y vieron como esta se quemaba desde la carretera. No había sido un sueño, estaba seguro, pero por otro lado, ¿cómo era posible que estuviera con ellos si estaban en el hospital? Eso era algo que se escapaba a su razonamiento, no lograba entenderlo. Creo que lo mejor será esperar a que Manuel regrese del hospital —pensó Pepe—, le preguntaré si él tuvo algún sueño relacionado con el puente de San Francisco y, además, él le había contado todo lo de la Santa Compaña. Estuvieron en casa de Encarnación, eso no había sido un sueño. Después de darle muchas vueltas, Pepe se quedó dormido, el cansancio pudo más que todos sus pensamientos. Su hermana le miraba mientras dormía, pensando que había sido una suerte que le encontraran con vida después de estar tantas horas expuesto al frío y humedad de la noche.

A la semana siguiente María y sus hijos fueron dados de alta. Cuando la enfermera le entregó las pertenencias que les habían quitado cuando entraron en el hospital, María se asustó al ver que dentro de la caja se encontraban los escapularios que Manuel encontrara en el autobús, diciendo que se los había dado una mujer.

—¡Dios mío! —exclamó María—, esto no puede estar aquí.

—¿Por qué dice eso señora? —se sorprendió la enfermera.

—Porque están en casa, los tengo guardados en un cajón.

—No, señora, debe estar equivocada, los escapularios los llevaban al cuello su hija y usted, las enfermeras se los quitaron cuando entraron en urgencias. Todas sus pertenecías se pusieron en una caja, al saber que los tres eran de la familia lo juntamos todo y, son las que tiene usted en las manos.

—Pero, ¿cómo puede ser esto posible? No lo entiendo —dijo María totalmente sorprendida al encontrase con los escapularios.

—Verá señora —respondió la enfermera—, a lo mejor le parece a usted que los tenía en casa, cuando en realidad los llevaban puestos. Tenga usted en cuenta, que han sufrido un terrible accidente y, de momento, su memoria no asocia muy bien los recuerdos, eso ya se lo dijo el doctor cuando estuvo hablando con usted y sus padres.

—Sí, lo sé. Sé todo eso, también me dijo que las visiones que tenía mi hijo desaparecerían, pero sigo sin entender cómo estos escapularios pueden estar en esta caja.

Manuel miró a su madre, pero no podía decirle nada y, menos ahora delante de la enfermera. De hacerlo le daría un disgusto, ya que los médicos le habían dicho que seguramente a raíz del accidente todas esas visiones que tenía acerca de los muertos, desaparecerían, pero él había visto cómo la señora se los colocaba en el autobús momentos antes de tener el accidente.

—No le dé más vueltas señora —dijo la enfermera—, seguramente dentro de unos días recordará perfectamente que sí los llevaban puestos. Todo volverá a la normalidad, créame señora, esa es la única explicación, ya que si los tiene en la caja es porque los llevaban puestos cuando les trajeron al hospital.

—Tiene razón, debe ser que mi cabeza de momento confunde los recuerdos.

—Así es, señora, así es, y ahora pueden irse cuando ustedes quieran —dijo la enfermera a la vez que salía de la habitación, dejando a María totalmente confundida con la caja de pertenencias en la mano, mirando para sus hijos.

Su hija Blanca la miró al tiempo que le decía:

—Mamá, no te preocupes tanto, las cosas que ocurrieron no tienen explicación y, menos lo iba a entender la enfermera, ¿no crees?

—Sí, hija, tienes razón, recojamos todo y vayámonos a casa.

A continuación se vistieron con la ropa de calle que los padres de María les habían llevado el día anterior al saber que iban a ser dados de alta. Una vez se vistieron abandonaron el hospital para coger el autobús que les llevaría a su casa.

Una vez en el autobús, durante un tiempo permanecieron callados, María tenía miedo a enfrentarse a la realidad vivida, había demasiadas incógnitas referente al accidente y, todo lo vivido a raíz de eso. Por más vueltas que le daba no acababa de colocar cada cosa en su sitio. Manuel iba sentado al lado de la ventanilla y, ella lo hacía a su lado, su hija iba sentada justo en el asiento de al lado, no había nadie sentado a su lado, ya que habían decidido ir en la parte trasera del autobús, no tenían ganas de hablar con nadie, ni de que nadie les escuchara si hablaban algo de lo ocurrido. María miró para su hija y, esta le sonrió al tiempo que le decía:

—¿Vas bien, mamá?

—Sí, hija voy bien, pero aunque no lo desee creo que tendremos que hablar de ello.

—Sí, mamá, tienes razón, lo ocurrido no podemos achacárselo a unas pesadillas. Teniendo en cuenta que los tres las hemos vivido, sería demasiada casualidad, aunque los médicos dijeron no sé qué de un sueño colectivo —que yo no entendí muy bien—. Pero yo no puedo aceptar eso como una explicación coherente, después de haber vivido lo que hemos vivido.

—Así es hija, aunque tu hermano dijo que el ángel nos salvó, eso no podemos creerlo, hay tantas cosas extrañas que no puedo entender —dijo María con tristeza.

—Sí, mamá, tienes razón, demasiadas cosas que no le encontramos explicación.

—¿Cómo es posible que lleváramos los escapularios puestos si yo los guardé en el cajón del mueble del comedor? —preguntó María a su hija.

—Eso es otra cosa que yo tampoco puedo entender, mamá —respondió Blanca—. Yo vi como tú metías los escapularios en el cajón y lo cerrabas con llave.

—Sí, hija, y la llave la metí en el bolsillo del vestido, está entre las pertenencias que nos dio la enfermera.

—Así es, mamá, por lo tanto solo hay una explicación para todo esto.

—¿Qué explicación hija? —preguntó María temerosa por la respuesta de ella.

—Que mi hermano esté en lo cierto, que todo lo que dice ver sea verdad.

María guardó silencio durante unos segundos, valorando la respuesta de su hija. Después de ese silencio, dijo:

—La verdad hija que han ocurrido tantas cosas extrañas que estoy empezando a creer que esa sea una posibilidad.

—Yo estoy convencida, mamá, esa es la única posibilidad —dijo con firmeza Blanca.

—¡Claro que es la verdad! —gritó Manuel un tanto contrariado, que hasta ese momento había permanecido callado. Sabía que en el fondo su madre no le creía—. Ya os conté en el hospital que el arcángel Gabriel nos había salvado impidiendo que el alma maligna nos llevara a todos. El alma maligna quería impedir que encendiera la vela que me dio Encarnación y su hijo diciendo que era la del bautismo, el arcángel Gabriel nos salvó de las llamas cuando la iglesia se incendio, pero no me creíste, como siempre lo haces, me dijiste que no siguiera diciendo esas cosas que ya hablaríamos de ello. Pero ahora os diré que los escapularios os los puso ella cuando subió en san Xusto antes del accidente. No os dije nada antes porque tampoco ibais a creerme, también vi a Encarnación que estaba muerta y su alma se marchó con las demás. Yo la puedo ver, veo a los muertos.

—Pero, hijo, todo eso sigue siendo producto de tu imaginación —dijo María sobresaltada al escuchar a su hijo decir que Encarnación estaba muerta y, que la mujer le había puesto los escapularios—. Encarnación no puede estar muerta, ella está en su casa —afirmó María.

—No, mamá, no lo está, ella está muerta, yo la vi entrar en la iglesia acompañada de su hijo, ella me dio la vela que hizo desaparecer a todas las almas. Puedo ver a los muertos, vosotros no visteis nada porque estabais inconscientes en la iglesia, Pepe y yo os sacamos para que no os quemarais, debes creerme.

—De acuerdo hijo —respondió María con pena, al ver que su hijo seguía viendo cosas que ella no lograba entender—. Nosotras también vimos esas almas cuando José el enterrador nos llevó hasta la iglesia, pero eso no puede ser, ya que nosotras estábamos en el hospital. Todo eso fueron pesadillas, tú no digas a nadie que puedes ver a los muertos, ya que la gente no cree en esas cosas y, pensarán que estás enfermo. Yo ahora sé que no lo estás, no tienes nada de eso tal como decía el doctor don Manuel, don Teo nos lo dijo claramente cuando fuimos a su consulta. Ahora yo creo firmemente que tú tienes ese don, que puedes ver a los muertos.

Manuel al escuchar decir eso a su madre sintió que un torrente de felicidad invadía todo su cuerpo, una sensación de paz infinita, como si de pronto todos sus miedos desaparecieran. Su madre le creía y, eso para él era lo más importante, miró por la ventanilla observando el paisaje que también conocía. El autobús pasaba a la altura del monasterio de Toxosoutos, Manuel la vio, allí estaba la hermosa mujer sonriéndole, con la mano levantada a modo de saludo. Manuel levantó la suya haciendo lo mismo. Su madre vio como Manuel saludaba mirando por la ventanilla, se acercó pero no vio a nadie. María en esta ocasión no le dijo nada, sabía que su hijo estaba viendo a la señora que les había salvado del alma maligna, pasó el brazo por el cuello de su hijo y lo apretó contra su cuerpo dándole todo el cariño que una madre puede dar a sus hijos. María esta vez iba con la firme intención de hablar con Encarnación y, pedirle perdón por lo mal que la había tratado. Ella tenía razón, no estaba loca, tan solo era una persona atormentada, la gente no podía entender que ella tuviera esas visiones, como estaba segura que ahora las tenía su hijo Manuel.

51. La amarga realidad

Cuando estaban llegando a la aldea por la carretera que les llevaba a su casa, lo primero que vieron fue la casa de Encarnación que estaba totalmente quemada, tan solo parte de las paredes permanecían en pie, algunas por el efecto de las altas temperaturas se habían venido abajo.

—¡Dios mío! —exclamó María al verla—, la casa de Encarnación está totalmente quemada.

—¡Es cierto! —afirmó Blanca—, solo quedan las paredes.

—Pero ¿qué habrá pasado? —preguntó María.

—Es posible, que el alma maligna la incendiara para matarla y así apoderarse de su alma —dijo Manuel—. Ya os dije que yo la vi muerta.

—¡Por favor hijo!, no digas eso, ella no tiene por qué estar muerta, tan solo se ve la casa quemada.

—¡Está muerta, mamá! Yo vi como su alma desaparecía junto a las demás.

—¡No, no lo está! ¡No puede estarlo! —gritó María totalmente fuera de sí.

—¡Tranquilízate, mamá! —dijo Blanca—, mira, por allí viene Simón, le preguntaremos y, saldremos de dudas.

Cuando llegaron a la altura de Simón, este lo primero que hizo fue preguntarle cómo se encontraban:

—¡Hola buenos días!, ¿cómo os encontráis?

—Buenos días, Simón —respondió María al saludo—, nos encontramos muy bien, gracias.

—Me alegro, aunque yo no fui al hospital, siempre preguntaba por vosotros a las vecinas que fueron a veros, todos en la aldea os esperan, Alcira nos dijo que hoy os darían el alta.

—Gracias, Simón, por preocuparte por nosotros —agradeció María—, pero dime, ¿qué pasó en la casa de Encarnación?

—¿No lo sabéis? —preguntó Simón extrañado.

—No, no sabemos nada —dijo María sorprendida por la reacción de Simón.

—Pero, ¿es que Alcira cuando fue al hospital no os contó nada?

—No, no nos dijo nada —respondía María ahora preocupada por la actitud de sorpresa de Simón.

—Pues sería para no preocuparos. La casa de Encarnación se incendió al día siguiente de que vosotros tuvisteis el accidente. Ella murió en el incendio, encontraron su cuerpo totalmente calcinado.

—¡Dios mío! —exclamó María—, no puede ser —dijo a la vez que miraba a su hijo. Se daba cuenta de que todo lo que él había dicho era cierto.

—Sí, María, lo es. Seguramente Alcira no os dijo nada de todo lo que ocurrió para no preocuparos, como estabais en el hospital, esperaría a que llegarais a casa para contároslo todo.

—¿Todo? ¿Contadnos todo?, pero, ¿hay más que contar? —inquirió María asustada.

—Sí, la verdad es que me sorprende que Alcira no os haya dicho nada, ya que es muy cotilla, pero por lo menos tus padres deberían habértelo dicho, aunque pensándolo bien, ellos seguramente no lo hicieron para que estuvierais tranquilos en el hospital.

—¡Pero, por Dios Simón!, ¿qué es lo que tenían que haberme dicho mis padres? —preguntó María cada vez mas asustada.

—Verás, aparte de que murió Encarnación, también su sobrino el cura de Lousame murió en un accidente de moto. Se estrelló contra un muro.

—¡Dios mío, es horrible! —exclamó María al tiempo que se estremecía.

—Sí, la verdad es que han sido días de tragedia, a la misma hora que se incendiaba la casa de Encarnación también se incendio la iglesia del Puente de san Francisco y, dentro de la iglesia encontraron el cuerpo sin vida de José el enterrador, pobre hombre. Su madre había muerto por la mañana, algunos vecinos dijeron que era posible que él le prendiera fuego a la iglesia al volverse loco, ya que no fue capaz de soportar el dolor producido por la pérdida de su mujer e hijos y, por último de su madre. Fue demasiado para él, es posible que se quisiera suicidar dentro de la iglesia y, lo consiguió.

Al escuchar eso, María se quedó lívida, la poca sensación de tranquilidad que sentía en ese momento fue aniquilada por las palabras de Simón. Le costaba respirar, un sinfín de imágenes imposibles se agolpaban en su mente, miró para sus hijos y, estos la miraron con cara de asombro. Todo era cierto, la iglesia había ardido tal como ellos la vieron pero, ¿cómo era posible, si se encontraban en el hospital? Ellos regresaban después de una semana convalecientes y, sin embargo todo era cierto, a ellos nada les había pasado en el autobús, recordaba perfectamente como una mujer les acompañó a la carretera, se trataba de una enfermera, luego don Teo les atendió y, al ver que no tenían nada les llevó a su casa, pero, ¿cómo es que la enfermera les llevó arriba habiendo tanta gente mal herida entorno al autobús? Lo lógico sería que atendiera a los heridos y no a ellos, ya que se encontraban bien.

¡Dios mío! —dijo María—, es para volverse loca.

—Pero hubo más —prosiguió Simón.

—¿Más? —preguntó María angustiada. Notaba que su corazón comenzaba a tener arritmias.

—Sí, el mismo día que vosotros tuvisteis el accidente, hubo un desplome en una de las galerías de las minas de san Fins, sepultando a varios mineros así como al médico de las minas, que se encontraba en el interior atendiendo a un minero accidentado. Murieron doce personas.

María ahora sí se quedó bloqueada por el miedo, no sabía que decir, lo que le contaba Simón no tenía ningún sentido, el médico de las minas de san Fins era don Teo. María quería preguntarle a Simón si el médico que había muerto era don Teo, pero las palabras no salían de su boca, estaba totalmente bloqueada, tenía miedo de preguntarle y escuchar lo que ella no quería oír.

—La verdad es que fue terrible —prosiguió de nuevo Simón—, ese día ocurrieron demasiados accidentes. Por la mañana lo de la mina y, después vosotros tuvisteis el accidente, murió el sobrino de Encarnación y su casa se quemó, así como la iglesia del puente de San Francisco.

María por fin sacó fuerzas de la flaqueza y, con un hilo de voz le preguntó a Simón:

—Dime Simón, el médico que murió en las minas, ¿quién era?

—Bueno, en realidad fueron dos. Como había habido un desplome en la primera galería y, había varios heridos, la dirección de la mina solicitó la ayuda de varios médicos; dos de los que se encontraban en la galería que luego se desplomó eran don Teo y don Manuel Bedate.

Ahora sí, ahora a María le faltaba el aire. Su vista se le nubló por unos instantes, sentía como si fuera desmayarse. Se acercó a un pequeño muro que había en la carretera y se sentó.

—¡Te encuentras bien mamá! —preguntó su hija a la vez que la agarraba por la cintura y la ayudaba a sentarse.

—Sí, hija, sí, fue tan solo un mareo, debe ser que de momento no estoy recuperada del todo.

—Sí, mamá, seguro que es eso —dijo Blanca que en realidad sabía lo que le pasaba. Ella también estaba asombrada, pero como estaba segura de que lo que su hermano decía era verdad, ya nada le sorprendía.

—Dime Simón, preguntó María, ¿estás seguro de que eran ellos?

—Sí, María, seguro, por desgracia fueron ellos. De hecho yo fui al entierro de don Teo; a don Manuel Bedate lo llevaron para su tierra, creo que era de un pueblo de León. Pero, ¿por qué me preguntas si eran ellos? ¿Acaso te extrañas por alguna razón?

—No, Simón, no me extraño por nada —mintió María que nada podía decirle a Simón de lo que les había pasado. Seguramente les tomaría por enfermos—, lo que pasa es que me cuesta creerlo, eso es todo.

—Te comprendo, María —respondió Simón—, a nosotros también y, menos mal que Pepe Mosquiña, el amigo de Manuel, ese era el mote de Pepe, no se ahogó en el río, pero estuvo a punto. Fue una suerte que la corriente lo llevara hacia los juncos, sino, se hubiese muerto ahogado; yo lo encontré en la Garza en medio de los juncos y, lo llevamos a la clínica de don Daniel Villados, estaba inconsciente y con síntomas de hipotermia. Don Daniel le reanimó, pero estuvo muy mal, cuando se despertó dijo que había estado en la iglesia del Puente de San Francisco con Manuel, que habían ido a la misa de ánimas, que vosotras dos estabais allí y, que un alma maligna de la Santa Compaña quería llevaros, pero vino un ángel y os salvó. También dijo que estaba Encarnación y su hijo, imagínate, su hijo que hace años que murió en la guerra y, la pobre Encarnación estaba muerta en su casa. También dijo que todas las almas desaparecieron cuando la iglesia ardió por completo. El pobre al quedar tanto tiempo sin oxígeno en el cerebro se volvió un poco tarumba, eso fue lo que dijo el médico, aunque lo dijo con otras palabras. Después de unos días de repetir lo mismo lo internaron en el hospital de Conxo en Santiago, donde los médicos especialistas le están tratando. Los médicos le dijeron a su abuela que todo eso se le metió en la cabeza por los cuentos que les contaba esa señora acerca de la Santa Compaña —se referían a Encarnación—. De tanto oírla y, a raíz del accidente, creen que todo eso ocurrió de verdad en la iglesia del Puente de San Francisco. Pobre chico, esperemos que se ponga bien, ya que si sigue pensado que eso fue cierto terminará internado en el manicomio.

—Realmente es asombroso todo lo que nos cuentas, Simón —dijo María totalmente abatida—, sobre todo lo que nos dices del pobre Pepe. Realmente está mal si dice que nos vio en el Puente de San Francisco cuando en realidad estábamos en el hospital. Tienes razón, Simón, seguramente su cerebro al estar a punto de ahogarse se dañó.

—Así es, María, así es, esperemos que se ponga bien —respondió Simón con tristeza al recordar todo lo que había ocurrido en la aldea.

—Nosotros también deseamos que se ponga bien, te doy las gracias por habernos contado todo eso, ahora, si no te importa, nos vamos a casa, tenemos ganas de descansar.

—Claro, María, descansar, ya tendréis tiempo de hablar con los vecinos. A buen seguro que os lo volverán a contar todo un montón de veces. Hasta luego, yo voy a Noia a hacer unas compras.

—Hasta luego, Simón —respondieron los tres.

Cuando Simón se alejó, Manuel le dijo a su madre y a su hermana:

— ¿Me creéis ahora que Encarnación estaba muerta? ¿Que todo lo que os conté era cierto?

—Sí, hijo, te creemos —respondió María totalmente abatida—, pero no debemos decir ni una palabra de lo que ocurrió. Como veis a Pepe le toman por loco, todo esto quedará entre nosotros.

—Claro, mamá —respondió Blanca—, aunque sabemos que Pepe tiene razón, eso nadie iba a creerlo. Seguramente Pepe dentro de unos días pensará que todo fue producto de su imaginación, los médicos le están tratando y, se encargarán de hacerle ver que todo eso que dice haber visto son tan solo imágenes creadas dentro de su mente, como le hacían ver a mi hermano.

—Así es hija, así es, y tú Manuel debes guardar el secreto, si no lo haces todos pensaran que estás loco, lo mismo que pensamos nosotras durante un tiempo, hasta que nos dimos cuenta de que lo que decías era cierto. Cuando me dijiste que viste a Encarnación muerta no te creímos y, tenías razón, viste su alma en la iglesia.

—No te preocupes mamá, no diré nada a nadie. Cuando Pepe regrese del hospital y me pregunte algo —si es que lo hace—, yo también le diré que todo eso fue un sueño, que nada de eso pudo haber ocurrido.

—De acuerdo, hijo, eso es lo que tienes que hacer —respondió María que sabía que la pesadilla había terminado.

A continuación los tres se dirigieron a su casa que se encontraba a unos cincuenta metros de donde habían estado hablando con Simón. María estaba impresionada por todo lo que Simón le había contado, ahora lo entendía, ya no sentía miedo, tenía una gran sensación de paz interna como hacía mucho tiempo que no tenía. Ahora sabía que alguien les había ayudado cuando tuvieron el accidente, sus cuerpos fueron llevados al hospital pero sus almas salieron de su cuerpo, lo mismo que las almas de don Teo y la mujer que les ayudó, por esa razón lo vieron, así como Encarnación la vio a ella cuando fue a su casa. Encarnación tenía ese don, el don de ver a las almas, pero, ¿quién nos ha ayudado? —se preguntó María—. ¿Acaso tenía que creer que Manuel estaba en lo cierto y fue esa mujer y el arcángel Gabriel quien nos ayudó?

María todavía se encontraba en un mar de dudas respecto de su hijo, pero todas esas dudas pronto iban a disiparse. Estaban entrando en casa y, la respuesta a todas sus dudas la encontraron en la cocina. Cuando entraron en la misma, encima de la mesa se encontraba la vela, la vela del día del bautizo de Manuel, estaba encendida luciendo con una llama blanca inundándolo todo de una radiante luz. Al lado de la vela se encontraba Helena, la cual sonrío a Manuel cuando lo vio entrar. Manuel también le sonrió, ella le había contado cosas en el hospital cuando estaba convaleciente.

—¡Dios mío! —exclamó María—. ¿Cómo es posible que la vela esté ahí si nosotras la quemamos en el fogón y, vimos cómo se derretía? Los restos los enterramos en la huerta.

—Sí, mamá, —aseguró una asustada Blanca, que no salía de su asombro al ver la vela encendida—, es cierto, ardió hasta la última gota de cera. Nos aseguramos de que así fuese.

Manuel miró a su madre y hermana con cariño y de forma tranquila les dijo:

—Mamá, ya te dije en el hospital que la vela que quemasteis no era la mía. Yo la escondí en la leñera, sabía que vosotras intentaríais quemarla para proteger mi salud, sabía que no me creíais cuando os decía que podía ver a los muertos, por eso la escondí. Helena cogió la bolsa del lugar del accidente y la trajo a casa, yo cogí la vela de la bolsa y la escondí en la leñera. Pero esa vela que veis tampoco es la que yo tenía. Esa vela perdió los poderes cuando vertí los óleos del bautizo sobre las almas. Esta vela que estáis viendo ahora es la vela que se encendió el día que me bautizaron, el arcángel Gabriel la guardó y se la dio a Encarnación para que me la diera en la iglesia y la encendiera y así hacer que todas la almas se fueran al lugar que les correspondía. También el arcángel Gabriel le encargó a ella que nos protegiera, como os dije antes, ella también os puso los escapularios en el autobús cuando estábamos bajando san Xusto. Os los puso para protegeros, para que vuestras almas no fueran arrebatadas por el alma maligna, yo la vi, pero no podía deciros nada ya que no me creeríais. También el arcángel Gabriel fue quien liberó el alma de Encarnación que se encontraba en su casa, retenida por las fuerzas del mal; envió el alma de su hijo a buscarla y, le dio mi vela del día del bautismo para que yo la encendiera y así acabar con las almas. El arcángel Gabriel se puso delante cuando el alma maligna quiso impedir que yo la encendiera; cuando la encendí todas las almas desaparecieron. La vela se me cayó en la iglesia cuando salimos corriendo, pero el arcángel Gabriel la recuperó, él nos salvó en la iglesia.

—¡Dios mío, hijo!, ¿tú como sabes todo eso? ¿Cómo sabes que el arcángel cogió la vela en la iglesia?

—Ella me lo dijo, mamá, cuando yo estaba en el hospital —respondió Manuel indicándole con el dedo índice hacia la vela, al lado de la cual se encontraba la figura de Helena.

—¿Te refieres a la vela hijo? —preguntó María a la vez que un escalofrío recorría su cuerpo, totalmente desconcertada.

—No, mamá, me refiero a Helena, ella está aquí.

María y Blanca miraron a Manuel con cara de asombro, a la vez que su madre le decía:

— Pero hijo, eso no es posible.

—Sí, mamá es posible y, me dice que ahora está libre, que ella no se fue al cielo con Encarnación y su hijo. Le prometió al arcángel Gabriel que buscaría almas perdidas como ella y su querido Andrés para sacarlas del purgatorio y enseñarles el camino del cielo. También me dice que debes creerme, que confiemos en ella, que las almas malignas jamás se nos aparecerán. ¿Me crees mamá? —preguntó Manuel, al ver que su madre le miraba con cierta incredulidad.

—Sí, hijo, te creo, ya que he visto y oído cosas que tan solo podían explicarse con lo que tú me estás contando. Ahora lo único que espero es que vuelvas a ser un chico normal.

—Ya soy un chico normal, mamá —respondió Manuel—, lo que pasa es que cuando me bautizaron me dieron un don que yo no sé si es bueno o malo, pero lo tengo; por eso te puedo decir que las almas malignas jamás volverán a nuestras vidas, eso me lo dice Helena, porque yo tengo el don de verla y me dice que se va, pero que velará por nosotros y por todas las almas buenas, esas almas perdidas de Dios, para que encuentren el camino y que nunca puedan caer en manos del mal.

—Sí, hijo, tienes razón, eres un chico normal —respondió María con lágrimas en los ojos a la vez que abrazaba a su hijo. Lo mismo hacía su hermana.

Mientras los tres permanecían abrazados el alma de Helena abandonó el lugar y la vela se apagó. Después de unos minutos, Manuel dijo:

—Ella ya se fue, la vela se ha apagado.

—Sí, hijo, sí, ya nos damos cuenta de que se fue. Coge tu vela y guárdala, ahora sé que te protege, como nos protegen a nosotras estos escapularios. A pesar de que hay muchas cosas que no entiendo, ahora estoy convencida de que la Santa Compaña existe y, que siempre existirá mientras haya cristianos que crean en ella. Ahora vayámonos a descansar, lo necesitamos, después de tantas emociones nos encontramos agotados.

—Sí, mamá —respondió Blanca totalmente convencida de que su hermano tenía ese don—, esta noche descasaremos tranquilas después de tantos días de angustia y sufrimiento.

—Así es, hija, así es —respondió María a la vez que los tres se dirigían al piso superior donde se acostaron.

Ese día las puertas de su casa permanecieron cerradas, ya tendrían tiempo al día siguiente de contarle a los vecinos cómo se encontraban y después todo volvería a la normalidad, para ellos el futuro se antojaba prometedor.

María cuando se acostó era incapaz de dormir y sus pensamientos le llevaban a repasar una y otra vez la pesadilla vivida con la muerte de su marido a manos de la Santa Compaña. Ella pensaba que poco a poco todo eso quedaría en el recuerdo diario de sus vidas y se acostumbrarían a vivir con ese estigma, el cual ellos no habían elegido, sino que habían sido víctimas de los avatares de la vida que les había conducido a vivir ese triste episodio. Debido a que los sentimientos humanos no se pueden atar —como el caso de Helena y Andrés que fueron víctimas de su propia existencia—, sino, que estos se desbordan sin más, arrastrando consigo a todo aquel que se encuentre en su camino —como le ocurrió a la familia de Encarnación que por una venganza desmedida fue arrastrada al mundo de la metafísica, mundo en el cual María no creía, pensando que tan solo era una existencia creada por la mente humana—, después de lo vivido con sus hijos a manos de la Santa Compaña, tenía que aceptarlo como un hecho real y desgarrador que pasaría a formar parte de sus vidas. Después de esas reflexiones María comenzó a rezar para que esas almas perdidas de Dios jamás volvieran a cruzarse en su camino y ellos siguieran viviendo hasta llegar al final de sus días.

52. Una nueva víctima

Esa misma noche en la fuente de Valconde las piedras del manantial se volvieron a abrir dejando salir a la macabra procesión, pero esta vez tomaba rumbo diferente, un rumbo lejos de la aldea de Manuel. Se dirigía a la aldea de Berrimes por lo que se adentró en el monte que conducía a ella. En medio de este se escuchaban los sonidos de los animales nocturnos que salían de sus madrigueras para cazar, era el ciclo de la vida. El bullicio en medio del monte resultaba fantasmagórico, el ulular de las lechuzas y búhos parecía desprender un aterrador lamento. El campesino que caminaba por el estrecho camino en dirección a su casa, iba atento a todos esos sonidos. La noche le había cogido en medio del monte debido a que se retrasó en la recolecta de leña para el invierno y ahora lamentaba ese retraso ya que sentía algo de miedo. De pronto se sobresaltó, no por ningún ruido, si no por todo lo contrario. Los sonidos en el bosque cesaron, quedando en silencio total, la noche era clara, ya que la luna se encontraba encima del monte desprendiendo una brillante luz iluminando el camino por donde el campesino caminaba. De pronto, el aire se volvió denso y extraño confundiendo por un momento al hombre, el cual se quedó parado activando todos sus sentidos. De repente percibió un intenso olor a velas quemadas a la vez que un viento frío recorría todo el entorno. El campesino ahora se asustó aun más, estaba desconcertado. ¿Qué significaba ese olor? ¿Y ese aire frío? Sería por el miedo que empezaba a sentir —pensó el campesino—. ¿Estaría su miedo jugándole una mala pasada?

De pronto una luz blanquecina empezó a moverse en medio de los árboles hacia el sendero donde él se encontraba. Poco a poco la luz blanquecina se iba acercando haciendo que el hombre centrara su atención en tan extraño resplandor. ¡Entonces la vio! Fue tan solo un momento, por lo que reaccionó de forma rápida y se tumbó en el suelo en medio del camino, percibiendo la humedad que emanaba de este. Pero eso a él no le importaba, con los ojos cerrados volvió a ver en su memoria al enterrador de su pueblo encabezando la Santa Compaña. La aterradora visión que había tenido hacía apenas unos segundos, le paralizó, haciéndole sentir un intenso frío que calaba sus huesos. Sabía que no debería haberle visto, pero le vio, vio como portaba una pequeña cruz en la mano izquierda y en la derecha una campanilla que hacía sonar cada tres segundos, un sonido que penetró en lo más hondo de sus tímpanos haciendo que su cabeza sintiese una presión que le hacía perder el sentido. Cerró más los ojos queriendo asegurarse de que luz no penetrara por sus pupilas; aun así, con los ojos totalmente cerrados percibió como algo enigmático impregnaba su cuerpo y, de nuevo sin abrirlos vio en su mente un par de filas de seres fantasmales vestidos con túnicas blancas y negras, moviéndose lentamente hacia donde él se encontraba totalmente inerte en medio del camino. De pronto percibió un viento frío y húmedo impregnado con un misterioso halo que rozaba su cara. Cuando lo sintió, el terror se apoderó de todo su ser, pero para nada abrió los ojos, los cerraba con más fuerza, sabía que si los abría estaba perdido, nadie podría salvarle. Su respiración pareció detenerse unos imposibles segundos, la tensión acumulada en su cuerpo hacía que su cerebro se viera totalmente aturdido y confuso. Este hecho hizo que perdiera la noción del tiempo, le pareció que llevaba tumbado en el camino una eternidad, pero en realidad era consciente de que tan solo llevaba unos minutos. Boca abajo respirando el aire mezclado con olor a hierba y barro mojado por la humedad de la noche, un sudor frío recorría su cara y, unas gotas condensadas por el frío sobre su piel se deslizaban por su mejilla para caer en el barro del camino. Un desfile de imágenes imposible discurría por su mente de forma frenética: la imagen del enterrador de su pueblo con su palidez y ojos mortecinos eran el claro reflejo de las almas que no tenían nombre ni podían existir, esas figuras vagando entre las sombras de la noche no podían tener cabida en el mundo de los vivos, sin embargo él los presentía, sabía que estaban allí y, por eso se negaba abrir los ojos. No quería ver las almas perdidas que vagaban por el monte. Por esa razón permaneció tendido en medio del camino durante un tiempo que a él le pareció eterno. Hasta que de pronto el campesino dejó de sentir miedo alguno. Algo mágico estaba ocurriendo a su alrededor y una agradable sensación de bienestar inundó todo su cuerpo. Esto duró unos segundos, al final de los cuales de forma inconsciente abrió los ojos y, cuando se percató de lo que había hecho, ya era demasiado tarde. Frente a él se encontraban las almas perdidas de Dios que él sabía no debería mirar, pero ahora eso ya no importaba, la visión del alma que le miraba le transmitía paz, una paz que jamás antes había sentido. El alma de túnica blanca le indicó con el dedo índice el féretro que las almas con las túnicas negras portaban sobre sus hombros. La luz blanquecina de las velas iluminó su interior lo que hizo que él se viera de forma nítida inerte dentro del féretro, luego poco a poco la Santa Compaña encabezada por el enterrador del pueblo siguió su lento caminar a través del camino que cruzaba el monte.

De pronto el sepulcral silencio que había existido durante ese eterno tiempo se volvió en bullicio, un sinfín de diversos sonidos inundaron por completo el bosque rompiendo el más absoluto de los silencios. Esos sonidos convertidos en bullicio, fueron percibidos por el campesino como música celestial, como si un coro de ángeles estuviera interpretando un aria compuesta por el mismo Dios de los cielos. De pronto al no poder aguantar tanta presión acumulada por la visión de las almas perdidas, el hombre sintió que todo a su alrededor le daba vueltas y se desmayó, quedando totalmente inmóvil en medio del frío y húmedo camino.

A la mañana siguiente, los familiares que habían salido en su búsqueda le encontraron tendido en medio del barro totalmente inconsciente y empapado por la humedad de la noche. Su mortecina cara manchada de barro la daba un aspecto fantasmagórico, dejando asustados a los familiares que le habían encontrado. Estos le recogieron y le llevaron a su casa.

Cuando abrió los ojos se encontraba en su cama y su mujer le miraba con el semblante triste. De pronto, el campesino fue consciente de que ya no era el mismo, veía cosas extrañas y, oía sonidos que parecían emanar de un mundo desconocido. Pero nada le dijo a su esposa, quien seguía mirándole intentando comprender lo que le estaba ocurriendo a su marido, pues veía que su rostro poco a poco se iba transformando en algo desconocido para ella.

Pasados los días, los vecinos murmuraban que había enfermado por algo que había visto en el monte y, otros que una bruja le había echado mal de ojo. Durante los días siguientes su salud fue empeorando, por lo que su mujer llamó al señor cura para que este le diera el sacramento de la extremaunción. Cuando el cura terminó de dársela, el hombre falleció. La Santa Compaña había cobrado una nueva alma, esta vez lejos de la aldea de Manuel, ya que un alma buena velaba para que así fuese.

La Santa Compaña continuaba con su cometido, captar almas para a su vez ellas ser liberadas. No había descanso, era el ciclo de la vida y la muerte, esa muerte que tanto temen los vivos, cuando en realidad, deberían alegrarse cuando esta llame a su puerta. La muerte es tan solo el principio de la eternidad, aunque algunas almas deban pagar por sus pecados en el purgatorio, al final siempre podrán ser liberadas por el sacrificio de formar parte de la Santa Compaña y, esas almas perdidas de Dios alcanzarán la vida eterna en el infinito universo, que es en definitiva el único Dios verdadero que nos acogerá en su seno, ese Dios creado por la desbordante inventiva y creatividad de la mente del ser humano para así sentirse protegido cuando al final de sus días se adentre en el mundo de lo desconocido.

Este libro se imprimió en Madrid
en septiembre del año 2017

«Cantaban las Musas que habitan las mansiones olímpicas,
las nueve hijas nacidas del poderoso Zeus.
Calíope es la más importante de todas,
pues ella asiste a los venerables reyes».

HESÍODO, *Teogonía*, 1-103

www.ingramcontent.com/pod-product-compliance
Lightning Source LLC
Chambersburg PA
CBHW031058260626
47172CB00001B/116